Micha Theis

Der folge mir nach

Roman

Impressum

Bibliografische Information der Deutschen
Nationalbibliothek:
Die Deutsche Nationalbibliothek verzeichnet diese
Publikation in der Deutschen Nationalbibliografie; detaillierte
bibliografische Daten sind im Internet über
http://dnb.dnb.de abrufbar.

Verlag: BoD · Books on Demand GmbH, Überseering 33,
22297 Hamburg, bod@bod.de
Druck: Libri Plureos GmbH, Friedensallee 273,
22763 Hamburg

ISBN: 978-3-7693-1651-3

Inhalt

Vorwort

Der Impuls zu diesem Roman geht auf eine reale Begegnung zurück, die Begegnung mit Robert und Catherine. Ihnen bin ich zu allergrößtem Dank verpflichtet, denn durch sie gelangte ich zu einem neutralen und sachlichen Bericht über einige Ereignisse in und um die *Villa Rufus* (auch wenn ich diesen Bericht aus nachvollziehbaren Gründen und in dichterischer Freiheit etwas ‚ausmalen' musste). Jahrzehntelang hatte ich mich mit der deutschen Besetzung Frankreichs beschäftigt und war dabei unter anderem auf die Tatsache gestoßen, dass aus den *liaisons* deutscher Soldaten mit Französinnen in den Jahren 1940 bis 1944 weit über zweihunderttausend Kinder hervorgingen, in aller Regel unehelich, und dass heute etwa eine halbe Million Franzosen einen deutschen Großvater haben. Dies kann kaum erstaunen, hielten sich doch in den besagten Jahren circa zwei Millionen Soldaten der Wehrmacht zeitweise in Frankreich auf, viele junge, gutaussehende Männer. Und sie gingen – auch wenn es ihnen verboten war, Beziehungen mit Französinnen einzugehen – auf ganz natürliche Weise mit der Kontaktsituation um … so, wie es alle jungen Menschen in diesem Alter tun. Der Titel des ersten Teils „Fußball am Strand" steht für die Unbekümmertheit jener jungen Männer, die sich ihr Schicksal nicht ausgesucht hatten.

Das Schreibprojekt zu diesem Stoff verdichtete sich also nach jener denkwürdigen Begegnung mit Robert und Catherine (die ich in „Fußball am Strand" so wahrhaftig wie möglich schildere). Für die historischen Hintergründe der „Kinder der Schande" bin ich Picaper & Norz (2005) dankbar, Gaida (2014) für die Details zum Atlantikwall und Scherf (2016) zum Schicksal deutscher Kriegsgefangener am Atlantik. Über die Schlacht um die Festung Gironde-Süd konnte ich mich bei Dufourg & Mangé (1955) informieren.

Doch womit ich nicht gerechnet hatte, nachdem ich die letzte Zeile von „Fußball am Strand" geschrieben hatte, war Folgendes: Ich bemerkte, dass mich Erich Pfeifer nicht mehr loslassen würde. Er nistete sich einfach in meiner Fantasie ein, weigerte sich, das Feld zu räumen, ja: bedrängte mich, ihn nun bloß nicht im Stich zu lassen. Ich gab seinem Drängen nach und begann die Arbeit an *„Pute du boche*, Deutschendirne". Diesmal allerdings kehrte ich zusammen mit Erich in meine Heimat im Südwesten Deutschlands zurück, wo die Fäden mühelos und wie von selbst zusammenliefen: Sobern ist wie Soulac keine Erfindung. Der Stoff, der sich nun vor mir ausbreitete, war mir aus eigener Kindheit und aus den Erzählungen meiner Familie bestens bekannt. Die fünfziger und frühen sechziger Jahre waren eine Zeit des Aufbruchs und auch eine Zeit großer Freiheit, großer Unbekümmertheit. Doch die Verschickung deutscher Soldaten innerhalb Europas hatte das Weltverständnis und Welterleben der Betroffenen für immer verändert. Sie hatten am eigenen Leib erlebt, dass es noch anderes gibt als die kleine Welt ihrer Heimat.

Kaum war der letzte Punkt in „*Pute du boche*, Deutschendirne" gesetzt, bestand Erich wieder unbeirrbar auf einer letzten Fortsetzung. Ich wusste bereits, dass ich den Jahren achtundsechzig bis siebenundsiebzig nicht ausweichen konnte: Es war meine eigene Jugend! Also schrieb ich mich auch in diese verzwickten Jahre hinein, in denen die Unbekümmertheit wieder verloren ging und die „Kontinentaldrift", das Auseinandertreiben der Generationen und Kulturen, Fahrt aufnahm.

Jedes Mal, zuerst bei „Fußball am Strand", dann bei „*Pute du boche*, Deutschendirne" und zuletzt bei „Kontinentaldrift", nahm ich mir vor, eine autonome Geschichte zu erzählen, wenn auch im Falle der beiden letzteren chronologisch, thematisch und personell an die Vorgängererzählung anschließend. Ich stellte mir also ursprünglich drei separate Erzählungen vor. Doch gegen Ende des Schreibprozesses kam ich nicht umhin, feststellen, dass die Trennung unplausibel und ihre Vereinigung zwischen zwei Buchdeckeln plausibler war. Dies wiederum musste auf Grund der Länge und Komplexität unweigerlich das Format der Erzählung sprengen: Die Erzählung mutierte zum Roman.

Zuletzt: Erich Pfeifer. Erich zieht in den Krieg, doch er wird nicht zum Krieger, vielmehr entdeckt er die Liebe. Und er hat ein künstlerisches Talent, er kann zeichnen und malen ... Er wird den Mut haben, dieses Talent zu seinem Beruf zu machen. So wie die allermeisten Menschen sucht und findet auch er seinen Platz in der Gesellschaft. Erich ist Ingas Ehemann und er ist vierfacher Familienvater. Inga passt sich exakt an seine und an die damaligen gesellschaftlichen Rollenerwartungen an. So weit so normal in jenen Jahren. Allerdings hat Erich seit den Jahren als Soldat in Frankreich ein Geheimnis, das sein Leben mitbestimmen wird. Wie weit auch dies einer erlebten Normalität entspricht, mag jeder Leser selbst entscheiden.

Tübingen, 2025

Quellen, u.a.:

Dufourg, Robert & Mangé, Geneviève (1955). La bataille pour la pointe de Grave. Revue historique de Bordeaux et du département de la Gironde, tome 4, 2, pp. 135-156. (doi : https://doi.org/10.3406/rhbg.1955.1750)

Gaida, Peter (2014). Der Atlantikwall in Aquitanien. Baumeister und Zwangsarbeiter im Dienste Hitlers. Wroclaw, Amazon.

Picaper, Jean-Paul und Norz, Ludwig (2005). Die Kinder der Schande. Das tragische Schicksal deutscher Besatzungskinder in Frankreich.
München und Zürich, Piper Verlag.

Scherf, Karin (2016). Spurensuche am Atlantik. Briefe aus französischer Kriegsgefangenschaft. Berlin, Verlag Neues Leben.

Erstes Buch

Fußball am Strand

Erster Teil

1

Es kommt vor, dass man als junger Mensch, ohne es zu wissen oder zu ahnen, Dinge erlebt oder Orte besucht, die man später nie wieder erleben oder besuchen wird, obwohl es durchaus möglich wäre, sie wieder zu erleben oder zu besuchen. Auch Erich dachte, als alles vorbei war, dass er diesen Ort vielleicht niemals wiedersehen würde.

Soulac, Ende Mai 1941.

Als der Wagen den Strand erreicht, stockt ihnen der Atem. So etwas Herrliches hat Erich noch niemals gesehen. Vor ihm erstreckt sich nach beiden Seiten ein schier endloser und hell leuchtender Sandstrand und dahinter der weite Ozean. Das Meer hat er schon einmal in der Normandie gesehen, aber das hier ist anders. Das Licht ist anders. Es verwandelt den Strand in ein einziges glitzerndes Band, auf das die Wellen mit sich wild auftürmender und ganz am Ende erst abflachender Brandung zurollen und das den Betrachter zu einem kleinen Punkt schrumpfen lässt, während sich das Gegenüber zu unendlicher Weite ausdehnt. Minutenlang stehen sie vor diesem Anblick, regen sich kaum, saugen sich mit Bildern voll. Mitten im Meer ragt der Leuchtturm von *Cordouan* empor, und als Erich sich einmal kurz umdreht, lugen die verzierten Giebel einiger Villen hinter der Düne hervor.

Was machen wir hier? Die Frage braucht nicht ausgesprochen zu werden, allein der Anblick des Meeres und der Dünen legt sie nahe. Ja, was machen sie nun hier? Aber wie immer im Krieg sind schon andere vorher gekommen, um Vorbereitungen zu treffen für die, die nachkommen. Aufklärungseinheiten und durchziehende Verbände waren schon da, dann kam die Garnison mit der Kommandantur. Der Quartiermeister hat Villen beschlagnahmt, genug, um auch das erwartete Flakbataillon einzuquartieren. Erich und zwei Kameraden beziehen ein Häuschen in der *Avenue de la Pointe de Grave* in unmittelbarer Nähe der Kommandantur und des Offizierskasinos.

Erich spürt, dass seit seiner Ankunft alle seine Sinne hellwach sind, so als ob er eine anregende Droge eingenommen hätte. Das Licht, die Luft, die Farben haben regelrecht Besitz von ihm ergriffen, und noch am Abend macht er einen kleinen Spaziergang mit dem Skizzenheft zum Strand. Er hat dieses Bedürfnis, in jeder freien Minute Skizzen und Zeichnungen anzufertigen, das macht er nun schon seit sieben, acht Jahren, als Dreizehnjähriger packte es ihn, er ist talentiert. Aber er ist auch kein Träumer, er begeistert sich für alles Praktische, vorausgesetzt, es spricht seine Sinne an. In der Schule mochte er fast alle Fächer, besonders aber Physik. Er liebte die Ästhetik der physikalischen Gesetze und ihrer Anwendungen. Oft fertigte er physikalische Zeichnungen an, ohne sich jedoch weitergehend damit zu beschäftigen. Es genügte ihm, die Ästhetik zu spüren und sie zu Papier zu bringen. Er ist kein Intellektueller. Selbst die Offiziersausbildung mit all ihren Strapazen war keine reine Quälerei für ihn, obwohl er in der Grundausbildung sehr geflucht hatte und kurz davorstand, sich die Offizierslaufbahn wieder aus dem Kopf zu schlagen. Blond und blauäugig, von hoher aufrechter Statur, entsprach er dem von den Nationalsozialisten favorisierten Phänotyp. Allerdings war er nur mäßig sportlich. Nicht sehr ausdauernd und weltanschaulich völlig desinteressiert. Immerhin, die Waffenkunde weckte seine Neugier, ja die Waffen hatten in seinen Augen (wie in den Augen vieler junger Männer) eine Ästhetik, das war es, was ihn faszinierte. Er war ein guter Schütze, hatte ein gutes Auge und eine ruhige Hand, und am

Ende war es die Flak, die für ihn bestimmt schien. Weippert forderte ihn an und schaffte es, ihn ins Bataillon zu holen.

Sie teilen sich zu dritt das Häuschen. Es hat vier kleine Zimmer: unter dem Dachgiebel zwei kleine Schlafzimmer, im Parterre eine Art Arbeitszimmer und einen Wohnraum, eine kleine Küche. Reinhold und Erich schlafen unter dem Dach, Valentin bezieht das Arbeitszimmer, das eine ordentliche Schlafpritsche bekommt. Das Häuschen dient normalerweise irgendeiner Familie aus Bordeaux als Feriendomizil, es ist ohne Luxus eingerichtet. Die drei benutzen die Küche gar nicht, man isst im Offizierskasino, und um die Bettwäsche kümmert sich die Quartiermeisterei. Abends spielen sie Skat.

Reinhold Vetter ist ein großer, dunkeläugiger, schweigsamer Rheinländer, der Vater Volksschullehrer. Er ist nur ein Jahr älter als Erich, aber sein Haar beginnt sich bereits am Ansatz zu lichten. Er hat einen guten Kern. Valentin Hartmann ist noch ein Jahr älter, seine Eltern haben ein Bekleidungsgeschäft in Homburg. Valentin hat einen hintersinnigen Humor, eine gute Bildung und interessiert sich für Erichs Zeichnungen.

- Du wirst mal ein richtiger Künstler, wenn das hier alles rum ist. Ich helf dir dann, Ausstellungen auf die Beine zu stellen.

Manchmal machen sie Pläne für die Zeit nach dem Krieg. Reinhold möchte studieren, Mathe, Physik, Chemie könnten ihn interessieren; aber eigentlich möchte er wie sein Vater Volksschullehrer werden. (Ist es wegen seinem Vater? Wohl kaum, Reinhold will Wissen weitergeben, das ist es …). Valentin wird wohl das Geschäft der Eltern übernehmen. Obwohl … Da kommen auch noch andere Optionen in Frage. So richtig will er nicht damit rausrücken, aber er spricht oft vom Reisen. Südamerika, Argentinien, Chile … Träumen kostet ja nichts. Erich hat keinerlei Vorstellung von der Zukunft. Familie, ja, aber beruflich … ? Vom Zeichnen kann man jedenfalls keine Familie ernähren. Vielleicht als technischer Zeichner.

Erich lässt die Karten noch auf dem Tisch und schaut Valentin an:

- Wie lange werden wir hier bleiben?
- Meinst Du, wir hier in Soulac oder die Wehrmacht in Frankreich?
- Such dir's aus.
- Kann ich in die Zukunft blicken?

Alle drei schweigen.

Valentin durchbricht als erster das Schweigen.

- Erich, gefällt's dir hier? Sag ehrlich.

- Schon. Warum nicht. Eigentlich find ich's hier sogar wunderschön. Aber wie lange wird der Frieden halten?

Reinhold schaltet sich ein:

- Du meinst, bis sie uns aufs Haupt schlagen!
- Genau.

Valentin muss dazu etwas sagen:

- An sowas dürft ihr gar nicht denken. Bisher ist doch alles gutgegangen.
- Es heißt, es geht gegen Russland.
- Woher willst du das wissen?
- Weippert hat's mir gesagt, bevor er nach Potsdam beordert wurde. Ihr müsst mir versprechen, niemandem was zu erzählen.

Zum ersten Mal sagt auch Reinhold etwas:

- Scheiße.

    Valentin fällt nichts anderes ein als:

- Wir können das schaffen.

    Einen Moment lang herrscht absolute Stille. Dann versucht es Valentin noch einmal:

- Denk mal an vierzehn, Tannenberg.
- Und achtzehn war alles verloren.

- Was soll die Schwarzmalerei. Sei jetzt kein Miesepeter, das verdirbt uns nur die Laune.

Sie nehmen das Blatt wieder auf. Achtzehn, zwanzig, …

Zum gleichen Zeitpunkt spricht einige Straßen weiter, im ersten Stock der *Rue Courbet* 15, Albert Ribas das Tischgebet. Familie Ribas bewohnt die vier Zimmer des ersten Stocks, im Parterre sind ihre Geschäftsräume. Nach dem Vaterunser dankt Albert Ribas dem Herrn dafür, dass die deutsche Besetzung bisher so glimpflich vonstatten gegangen ist. Immerhin, so wurde erzählt, hatten die armen Belgier und Nordfranzosen im Krieg vierzehnachtzehn Plünderungen und Vergewaltigungen über sich ergehen lassen müssen. Die Deutschen waren wie die Hunnen, kulturlos, Barbaren. Und mit Simone und Martine hat die Familie einfach ein schweres Los, zwei junge schutzlose Frauen inmitten einer Horde von Barbaren … Das alles bedenkt Albert Ribas – insgeheim – in seinem Gebet.

Er hat den großen Krieg mitgemacht, als Achtzehnjähriger war er neunzehnhundertfünfzehn eingezogen worden. Sechzehn war er an der Somme schwer verwundet worden, Artilleriesplitter hatten sein rechtes Bein zerfetzt, man war drauf und dran gewesen, es zu amputieren, doch im letzten Moment hatte ein geschickter Feldchirurg das

Wunder vollbracht und das Bein gerettet. Dafür hört Albert nicht auf, dem Herrn in seinen Gebeten zu danken, auch wenn er seitdem etwas hinkt. Nach dem Krieg hat er dann in Soulac in die Schreibwarenhandlung eingeheiratet. Das ist kein schlechtes Geschäft, sie verkaufen auch Presse und Bücher. Das Buchgeschäft hat sich mit der anwachsenden Zahl von Sommerfrischlern nach und nach ausgedehnt, ja im Grunde ist es neununddreißig (fast) die Säule des Geschäfts. Dazu kommt noch eine Konzession für Tabak und Briefmarken. Die ganze Familie arbeitet mit. Die Monate Mai bis September bringen natürlich das Geld in die Kasse, davon muss man über den Herbst und Winter kommen. Und mit seiner kleinen Versehrtenrente und etwas Geerbtem hatten sie ein Auskommen. Mit der Ankunft der Deutschen sind die Sommerfrischler allerdings ausgeblieben. Albert hat rasch reagiert und macht seitdem nebenbei bei einem lokalen Bauunternehmer die Buchhaltung. Dessen Geschäfte gehen gut, er arbeitet für die Deutschen, und sie zahlen gut und pünktlich.

Seltsam, den Einmarsch der Deutschen hatte er sich ganz anders vorgestellt. Plötzlich waren sie da, fuhren mit ihren Motorrädern mit Seitenwagen durch den Ort, sprachen mit dem Bürgermeister, ließen eine kleine Garnison da und verschwanden wieder. Nach kurzer Zeit kamen dann andere, die die Kommandantur in der *Rue St. Philippe* einrichteten, alle größeren Häuser beschlagnahmten, Schilder aufstellten und die Garnison vergrößerten. Sie benehmen sich alle korrekt, keine Übergriffe, keine Belästigungen. Man beobachtet sogar hier einen deutschen Offizier, der einer Dame im Schreibwarenladen höflich den Vortritt lässt und dort einen anderen, der einer alten Frau den schweren Korb vom Markt bis vor die Haustür trägt. Sie haben gute Manieren, einige sprechen auch etwas Französisch, und in den Cafés und den Restaurants sind sie gern gesehen, sie ersetzen ein wenig die Urlauber. Man spricht mit ihnen, sie zahlen ihre Rechnungen und geben sogar ein Trinkgeld. Was ist ihr Plan? Was führen sie im Schilde? Was wollen sie als Gegenleistung? Albert bleibt misstrauisch. Bei aller Freundlichkeit, es ist eine Besatzungsmacht, die Deutschen bestimmen alles.

Wenn nicht die Waren immer knapper würden und wenn nicht die Sommerfrischler ausblieben ... Die Schreibwarenhandlung leidet stark unter der Sperrzone.

Auch Simone und Martine haben letztes Jahr im Juni angstvoll die Ankunft der deutschen Truppen beobachtet, wie sie auf ihren Motorrädern mit Stahlhelm und umgehängtem Karabiner durch die Straßen fuhren, direkt vor ihrer Schreibwarenhandlung vorbei, sie hatten sie durch die gardinenverhangenen Fenster gesehen, und ja, natürlich hatte ihnen dieses Auftreten Angst gemacht ... zunächst. Diese Männer hatten nicht bemerkt, dass sie hinter Vorhängen beobachtet wurden, sie hielten sich auch gar nicht lange auf, prüften eigentlich nur, ob es Widerstand gab, dann waren sie wieder weg, und andere kamen nach.

Man hatte ihnen allerlei Dinge über die Deutschen erzählt, in der Schule und auch zu Hause, aber Deutschland war weit weg, das alles war weit weg, das war im großen Krieg gewesen, vor über zwanzig Jahren, *la Grande Guerre*, da waren sie noch gar nicht geboren. Und auch viele dieser Männer, die jetzt hier einmarschierten, waren damals noch gar nicht geboren. Nicht, dass ihnen das wirklich bewusst ist, aber wenn sie die Gesichter dieser jungen Männer sehen, die, die nachgerückt sind, vor allem, wenn sie die Helme ablegen, und das tun sie meistens, wenn sie also die Gesichter sehen, dann spüren die beiden jungen Frauen keinen Hass, dann spüren sie, dass sie es eben mit jungen Männern zu tun haben, mit nichts als jungen, gutaussehenden Männern in einer feldgrauen Uniform.

Simone ist siebzehn, sie ist die jüngere, Martine ist neunzehn, nicht ganz zwei Jahre älter. Die beiden ähneln sich, aus der Entfernung könnte man sie für Zwillinge halten, zumal sie beide kastanienbraunes Haar mit dem gleichen Schnitt haben. Aus der Nähe betrachtet fällt dann allerdings schon auf, dass Martine etwas reifer wirkt, sie hat auch etwas Verschmitztes, das Verschmitzte liegt in ihren funkelnden Augen und den Grübchen. Simone hat keine Grübchen, sie ist ... fast möchte man sagen: unscheinbar. Alle Augen sind immer zuerst auf Martine gerichtet, bevor irgend jemand Simone bemerkt. Das allerdings scheint Simone nichts auszumachen, die beiden verstehen sich ausgezeichnet, fast wie Zwillinge. Ist eine mal krank, dann leidet die andere genauso und ist erst wieder fröhlich, wenn die Schwester vollständig genesen ist. Beide arbeiten im elterlichen Geschäft mit, sie sind da hineingewachsen. Doch mit dem Sieg der Deutschen und der Besetzung des Landes ist eine völlig neue Situation entstanden. Man muss jetzt abwarten, alle müssen abwarten. Am Ende wird wieder einer siegen, und dann stellt man sich auf die Seite des Siegers. Bis dahin müssen alle abwarten.

2

Warum um alles in der Welt habe ich dich nie gefragt, was du eigentlich in den vielen Jahren dort getrieben hast. Am Ende stieß ich auf Roberts und Catherines Erzählungen, und die waren äußerst dürftig. Wie war es möglich, dass du mir gegenüber praktisch nichts über diese Jahre rausgelassen hast? Fast so, als hätte es sie nicht gegeben …

Ich kannte dich eigentlich immer nur als diesen bärtigen Schrat, ein Hippie, ohne je ein Hippie gewesen zu sein. Als die Hippies dann endlich kamen, auch nach Deutschland und auch in diesen verlorenen Flecken im Südwesten Deutschlands, da brauchtest du deine Haare und deinen Bart einfach nur noch ein wenig länger wachsen zu lassen, und schon hätte man dir den Hippie abgenommen. Der du – wie gesagt – ja gar nicht warst, noch nicht einmal ansatzweise (das wäre auch vom Alter her unwahrscheinlich gewesen, denn als die Hippies kamen, warst du schon über vierzig). Damit hattest du nichts am Hut. Ich vermute, dass du dich hinter deinem langen wilden Bart und den abgetragenen Klamotten verstecktest, niemand durfte je hinter diese Fassade schauen, nicht einmal wir, deine Kinder, ja vielleicht nicht einmal Inga, deine Frau, unsre Mutter. Aber da gehe ich dann vielleicht doch etwas zu weit. Was weiß ich schon von euren Geheimnissen …

Mitte der Sechziger, als ich in Sobern aufs Gymnasium kam, hattest du schon längst diese Verkleidung, und alle nannten dich den Rübi, eine Abkürzung für Rübezahl. So sahen sie dich also, so nannten sie dich in der einfachen und brachialen Schülersprache. Manche kannten nicht einmal deinen richtigen Namen. Und dass ich dein Sohn war, wenn sie in meiner Gegenwart vom Rübi sprachen, genierte sie auch nicht. Ich muss gestehen, dass mir das schon etwas ausmachte, das war hart, denn Rübi war ein Spottname, das war nicht etwa ein Künstlername oder ein liebvoller Spitzname wie Radi für den Radenkovic oder der Dicke für den Seeler, nein das war ernst gemeint, sie verspotteten dich auf Grund deines Äußeren. Dabei hatte sich keiner über dich zu beklagen, du gabst ohnehin nur Noten von eins bis drei, und du hast dich um jeden einzelnen bemüht, lobtest diesen und gabst jenem Tipps, was er oder sie noch verbessern könnte. Kein „So jetzt macht mal, malt mal ein Selbstporträt" und dann die Zeitung raus und erst mal eine halbe Stunde lang die Zeitung lesen, mitten im Unterricht, während die Klasse Selbstporträts malte. Solche Lehrer gab es tatsächlich. (Bei dir hatte ich selbst nie Unterricht, das war ja ausgeschlossen. Man wusste diese Dinge einfach).

Ich bin also in einem Dilemma. Einerseits bin ich dein Sohn und du bist mein Vater, das heißt: Ich bin befangen. Andererseits bin ich Historiker, das heißt: jemand, der deine Geschichte unbefangen, mit dem unerbittlichen Blick des Wissenschaftlers lesen sollte, sezieren sollte. Noch dazu ist mein Schwerpunkt die Zeitgeschichte. Aber wenn es um die eigenen Eltern, die eigene Familie geht, dann schiebt sich so etwas wie ein Filter vor die Linse, und man sieht erst einmal alles in Pastellfarben, manches schärfer und manches wiederum völlig unscharf. So geht es mir, wenn ich versuche, mich an meine Kindheit zu erinnern und das Bild von dir in diesen Jahren zu schärfen. Ich versuche, an der Linse zu drehen, aber das Bild will einfach nicht schärfer werden. Und dass du wie ein Rübezahl, ein Schrat oder ein früher Hippie aussahst, war mir als Kind einfach nicht bewusst. Ich sah dich jeden Tag so, das war die Normalität, und du erschienst mir dabei keineswegs ungepflegt, das wäre ja auch bei einem Studienrat damals gar nicht denkbar gewesen, zumal in einem kleinen Hunsrückstädtchen wie Sobern, wo jeder jeden kennt … Die etwas längeren Haare und der lange Bart waren also für uns Kinder der normale Anblick, das sollte bei einem Kunstlehrer doch möglich sein, und ohnehin war es für uns auch normal, dass du unser Zuhause wahlweise in eine Art Gesamtkunstwerk, Atelier oder Museum verwandeltest. Du bemaltest zum Beispiel auch die Wände mit deinen Fresken, die Wohnzimmerwände wurden zu einem regelrechten Comic, in dem man lesen konnte, das war für uns ganz normal, das gehörte dazu, und im Nachhinein wundert es mich sogar, dass wir davon so gar nichts übernommen haben, keiner von uns zeigt besondere künstlerische Neigungen, wir sind alle eher etwas bieder geraten, und erst in der Folgegeneration gibt es dann wieder Ausschläge ins Künstlerische. Was mich betrifft, so hätte ich mir das sogar irgendwie vorstellen können. Doch der Impuls war nicht stark genug, dafür jedoch umso mehr das Interesse an der Vergangenheit, und so kam es, dass ich Geschichte studierte und mich für eine akademische Laufbahn entschied. Ich bin da allerdings der einzige von uns Kindern, mein Bruder studierte Chemie, promovierte und ging in die Industrie, meine Schwester studierte Grundschullehramt und unterrichtete jahrelang in einer Dorfschule ganz in der Nähe.

Doch zurück zum Thema. Ich erwähnte meine Vermutung, dass du dich hinter einer Art Verkleidung verstecktest, so konntest du auch vermeiden, dass dir jemand Fragen stellte, die du nicht beantworten wolltest. Du gabst den Geschäftigen, das fiel bei einer großen Familie nicht schwer, immer war etwas zu erledigen (der Rasen muss dringend gemäht werden, das Auto muss in die Werkstatt, die Frist für die Steuererklärung läuft ab), zu reparieren (Hannes Fahrrad hat einen Plattfuß, die Fußleisten im Wohnzimmer sind lose), einzukaufen (Wochenendeinkauf am Freitag, schnell noch frische Milch holen). Wenn du nicht gerade in der Schule warst – und da verbrachtest du wirklich sehr viel Zeit, wesentlich mehr als deine Kollegen – dann bereitetest du eben eine Ausstellung vor.

Niemals fiel der Name Soulac, kein Sterbenswörtchen. Vage war mal die Rede davon, dass du im Krieg irgendwo am Atlantik, im Südwesten Frankreichs gewesen warst. Und wie gesagt, keiner von uns fragte nach: Wo genau war denn das? Wie hieß denn der Ort? Mir ist rätselhaft, warum wir uns mit deinen vagen Hinweisen zufriedengaben.

Nach Soulac kam ich dann rein zufällig, vor zwei Jahren. Wir kamen auf den Ort, weil wir mal etwas direkt am Meer suchten, also nicht ein paar Kilometer im Hinterland, auch nicht ein paar hundert Meter hinter der Küste, nein: am besten sogar mit Meerblick, noch besser: direkt am Wasser. Es war also gar nicht der Ort selbst, der uns anzog, sondern ausschließlich die Strandnähe des Feriendorfs. Und da fiel unsre Wahl auf Soulac, weil es dort diesen Club gab, ein *VVF*-Feriendorf. Den Tipp mit den Feriendörfern hatte mir mal ein Kollege gegeben, *VVF* steht für *village vacances famille*, Dorf Ferien Familie. Diese Feriendörfer liegen immer sehr idyllisch, und es gibt Clubs für Kinder und Jugendliche, das hatte sich für uns bewährt, die Kinder sind in einer Gruppe

Gleichaltriger und machen Spiele, die Eltern ruhen sich aus oder kümmern sich um das Essen. Wir hatten das schon ein halbes Dutzend Mal mit Erfolg ausprobiert, die Normandie am berühmten *Omaha-Beach, D-Day*, Landung der Alliierten 1944, auf der *Ile-de-Ré*, im Zentralmassif, in den französischen Alpen, am Mittelmeer. Und das *village* von *Soulac* lag nun mal direkt am Strand, das konnte man schon auf der Webseite erkennen. So kamen wir nach Soulac.

Drei Tage vor der Abreise erwacht der Historiker in mir und ich glaube, es meiner Profession schuldig zu sein, mich auch etwas für die Geschichte des Ortes zu interessieren. Ich stelle das Auto vor der Kirche *Notre-Dame-de-la-fin-des-Terres* ab, die Basilika aus dem frühen zwölften Jahrhundert stellt neben den deutschen Bunkerbauten aus dem zweiten Weltkrieg für mich sichtbar das bedeutendste historische Bauwerk dar, da sollte ein Historiker wohl anfangen. Ich schlendere auf das Hauptportal zu, wo eine Gruppe Erwachsener einer jungen Frau lauscht, ich vermute eine Stadtführung. Vielleicht kann ich ein paar Sätze aufschnappen. Unauffällig stellte ich mich ganz am Rand dazu. Die Führerin erklärt die Geschichte der Kirche, die einmal zu einer Benediktinerabtei gehörte, von Versandung ist die Rede und vom Wiederauftauchen der Kirche nach dem Weiterziehen der Düne. Das klingt abenteuerlich in meinen Ohren, eine Düne, die eine Kirche unter sich begräbt und dann weiterzieht ... Es ist heiß, die Mittagssonne steht hoch, ich verlasse die Gruppe wieder und betrete das große Kirchengebäude, in dem es wie in den meisten Kirchen angenehm kühl ist. Als ich wieder rauskomme, ist die Gruppe weg. Ich sehe gerade noch, wie einige von ihnen in der Hauptstraße verschwinden. Passt schon, ich hab ja auch nicht für die Führung bezahlt, und ein wenig Herumschlendern kann ich auch ohne Führung. Vielleicht findet sich im *office du tourisme* ein Stadtplan, und ich finde tatsächlich ein Faltblatt, in dem auch die angeblich schönsten *Soulacaises* markiert sind, das sind die Villen aus dem neunzehnten Jahrhundert im Neokolonialstil. Durch die Hauptstraße geht's nun zur Strandpromenade und von dort in ein paar Windungen wieder zurück in das alte Soulac. Ich orientiere mich an meinem Plan, eine Straße weiter soll es eine *Villa Rufus* geben, offenbar ein besonders schönes Exemplar dieser *Soulacaises*. Hier muss es schon sein, ich biege in die kurze Gasse ein ... und treffe wieder auf die Stadtführerin mit ihrer Gruppe. Tatsächlich, sie halten vor der *Villa Rufus*, und die junge Frau erklärt gerade die Farbsymbolik bei der Fassadenbemalung. Charakteristisch für diese Villen seien nämlich nicht nur die ausschweifende Giebelgestaltung mit hölzernen Schmuckelementen, sondern auch die dafür gewählten Farben. Schließlich kommt sie noch auf den Krieg zu sprechen und erwähnt, dass diese Villa von den deutschen Besatzern als Offizierskasino genutzt wurde. Als die Deutschen neunzehnhundertvierundvierzig abzogen, hätten sie das Geschirr mitgenommen und überhaupt, sie hätten wie die Vandalen gehaust. Dann ist sie schon beim nächsten Thema, die Gruppe schickt sich an, weiterzugehen. Ich bin perplex, denn nach meinem Kenntnisstand gehörte es zum Reglement der deutschen Besatzungstruppen, sich in keiner Weise an fremdem Eigentum zu vergehen … Die Garnison in Soulac stand unter dem Kommando der Marine, die waren in dieser Hinsicht ganz besonders streng, und die Offiziere hatten doch wohl anderes zu tun, als sich fremdes Geschirr unter den Nagel zu reißen … Und dann war mir noch zu Ohren gekommen, dass es im April fünfundvierzig zu schweren Kämpfen um die Festungsanlage bei Soulac gekommen war, die Überlebenden waren alle gefangen genommen worden, wer sollte da irgendwelches Geschirr gestohlen haben … Eine seltsame Erzählung, die die junge Frau den Touristen hier aufgetischt hat.

Ich kehre wieder zum Auto zurück, es ist Zeit fürs Mittagessen, ich hatte gesagt, dass ich nicht lange wegbleibe. Die *Villa Rufus* geht mir allerdings nicht aus dem Kopf und ich überrede dich, morgen noch einmal mit mir hinzugehen. Morgen ist unser letzter Tag. Kurz vor Mittag stehen wir vor dem Haus und ich wiederhole, was ich von der Führerin erfahren habe. Auf einmal kommt ein älterer Herr aus der Tür und schaut zu uns herüber. Die Toreinfahrt ist lang, vielleicht zwanzig Meter, wir weichen trotzdem unwillkürlich etwas zurück, wollen ja nicht neugierig wirken. Der Mann spricht irgendetwas in unsere Richtung, es ist kaum zu verstehen, ich rufe zurück, dass wir nur mal einen Blick auf sein Haus werfen wollen, immerhin ist es im Stadtführer des *office du tourisme* markiert. Mehr ist es ja auch nicht, wenn nicht noch das Detail wäre, dass wir Deutsche sind und die Führerin gestern merkwürdige Dinge über die deutsche Besatzung während des zweiten Weltkriegs gesagt hat. Der Mann kommt langsam näher, seine Stimme ist jetzt deutlicher zu vernehmen, ich bemerke, dass er einen Morgenrock und Hausschuhe trägt, es ist kurz vor Mittag.

- *Vous êtes Allemands?* Sie sind Deutsche?
- Ja, sieht man uns das an? Wir wollten nur mal einen Blick auf Ihr wunderschönes Haus werfen.

Ich krame mein allerbestes Französisch hervor, das sollte kein Problem sein.

- Viele Deutsche kommen hier vorbei und schauen sich das an. *On a l'habitude*, wir sind das gewöhnt. Viele haben sich hier in *Soulac* sogar was gekauft und verbringen ihre Ferien hier. Unsere Nachbarin ist auch eine Deutsche (er zeigt zur anderen Straßenseite).

Entschuldigen Sie meine Kleidung (er lacht verschmitzt). Als Rentner nimmt man es nicht so genau. Und heute Morgen hatte ich zwei sehr lange Anrufe von meinen Kindern, da hatte ich noch nicht einmal Zeit, mich anzukleiden. Ich war gerade auf dem Weg zum Briefkasten, als ich sie entdeckte.

Inzwischen hat sich auch seine Frau genähert, ich schätze sie auf Ende siebzig, ihn etwas älter noch, Mitte achtzig.

- Wissen Sie, gestern stieß ich hier zufällig auf eine Stadtführung, die Führerin erklärte das mit den Farben am Giebel, und dann sagte sie noch, dass Ihr Haus im Krieg von den Deutschen als Offizierskasino genutzt wurde.
- Das stimmt.
- Sie erwähnte, dass die Deutschen am Ende das Geschirr mitgenommen und sich wie die Vandalen aufgeführt hätten.

Sein Gesicht wirkt ernst.

- Das ist falsch. Die Deutschen haben sich hier korrekt verhalten. Das Geschirr wurde tatsächlich gestohlen, aber nicht von den Deutschen. Die französischen Truppen, die Soulac im April fünfundvierzig zurückeroberten, waren es, die die ersten Verwüstungen in den leerstehenden Häusern anrichteten. Als sie abzogen, überließ man unser Haus zunächst den Obdachlosen. Viele Leute hatten bei den Bombardierungen ihre Häuser verloren. Später, nachdem wir unser Haus zurückerhalten hatten, fanden wir dann Geschirr und Möbelstücke verstreut in der Nachbarschaft wieder.

Er lacht dabei und zeigt mit der Rechten vage hierhin und dorthin in Richtung Nachbarschaft.

- Nein, nein, die Deutschen haben nichts mitgenommen. Wie sollten sie auch. Sie zogen sich in ihre Bunker zurück, die Festung war völlig abgeschnitten, man bereitete sich auf den Endkampf vor. Und wer nicht getötet wurde, der geriet in Gefangenschaft.

Inzwischen ist seine Frau kurz im Hausinnern verschwunden und kommt nun mit einer großen Mappe zurück, darin bewahrt sie allerlei Dokumente zur *Villa Rufus* auf, wie sie uns erklärt. Ein Foto scheint es ihr besonders angetan zu haben, jedenfalls scheint es ihr wichtig zu sein, es uns zu zeigen. Lebhaft, ja energisch zeigt sie mit dem Finger darauf. Zwei gezeichnete Fußballspieler sind darauf zu sehen, die an Comicfiguren erinnern. Verschmitzt erklärte sie es uns:

- Einer der Deutschen hat eine Wand im Salon damit bemalt. Das Fresko ist erst vor ein paar Jahren im Zuge von Renovierungsarbeiten wieder zum Vorschein gekommen. Nach dem Kriege ist es wohl übermalt worden. Der Mann muss ein Künstler gewesen sein.

Ihr Mann pflichtet ihr bei.

- Ja, die haben damals am Strand Fußball gespielt, Deutsche gegen Franzosen.

Und wiederum fügt er lächelnd hinzu:

- Er hat den Deutschen in Siegerpose gemalt, schauen Sie mal seine Züge. Und der Franzose wirkt auch eher schmächtig im Vergleich. Na ja, so ganz ausgereift war seine Technik wohl noch nicht. Das Bein wirkt auch ein wenig verdreht.

Als wir uns am nächsten Tag wiedersehen, einen Tag vor unserer Abreise, weil sie uns zum *apéritif* eingeladen haben, erfahren wir von ihr, dass sie neunzehnhundertsechzig als Austauschschülerin ein Jahr in Deutschland verbracht hat, in einem ganz kleinen Städtchen im Südwesten. Ich frage sie, wo denn genau ... immerhin komme ich selbst ja auch aus dem Südwesten. Ach, sagt sie, ein wirklich ganz kleines graues Städtchen: Sobern. Ich kann es nicht fassen: Ich bin in Sobern geboren, aufgewachsen, zur Schule gegangen. Wir schauen uns verblüfft an ... Die Welt ist klein. Dann erzählt sie noch, dass sie in Saarbrücken Deutsch studiert hat. Auch meine Frau hat in Saarbrücken studiert, Germanistik ...

3

- Warum hast du eigentlich Geschichte studiert?
- Ich kann's dir sagen. Nach dem Abitur bestürmten mich Freunde und Geschwister, aus meinen guten Noten „unbedingt etwas zu machen". Sie meinten, ich solle Medizin studieren. Ich bewarb mich also bei der Zentralen Studienplatzvergabe um einen Studienplatz in Medizin, aber lustlos, und zunehmend mit Bauchgrimmen. Vorausgegangen waren stundenlange Spaziergänge mit einem Freund, der ein Jahr zuvor Abitur gemacht hatte und schon seit zwei Semestern Medizin studierte. Er beschwichtigte meine Bedenken, erzählte begeistert von seinem Praktikum, alles machbar, auch die Lehrveranstaltungen, alles kein Hexenwerk, du musst dich ein bisschen reinknien, das ist alles. Mein Gefühl sagte mir etwas anderes, dass das nicht das Richtige für mich sei, dass ich eigentlich an ganz anderen Dingen hing, jedenfalls nicht an der Medizin. Meine Aversion gegen Ärzte kam allerdings erst voll zum Vorschein, als ich ein Krankenhauspraktikum machte. Ich fühlte mich wie ein Fremdkörper in dieser Umgebung ... und sagte am Ende meine Studienwahl ab. Jemand anderes sollte

sich über den Studienplatz freuen. Mein Herz hüpfte regelrecht, als ich die Entscheidung traf, ich fühlte meine Schultern von einer zentnerschweren Last befreit.

- Und dann hast du dich in Geschichte eingeschrieben!
- Nein. Das Wintersemester hatte schon angefangen, für eine Neuimmatrikulation war es zu spät. Vor allem: Ich hatte keinen Plan B.

Ich brauchte Bedenkzeit und fragte kurzentschlossen bei meiner ehemaligen Gastfamilie in Frankreich nach, ob sie vielleicht etwas für mich tun könnten, vielleicht könnte ich dort irgendwo ein paar Monate jobben. Und es klappte. Sie organisierten mir einen Aushilfsjob bei einer Baufirma, als Lagerhelfer, wohnen konnte ich bei ihnen. Der Job war hart, damals arbeitete man im Baugewerbe achtundvierzig Stunden die Woche, aber es half mir, meinen Kopf von der Last des guten Abiturs und allen aus Überreizung entstandenen Schlacken zu befreien und stattdessen auf mein Herz zu hören. Und da sollten die französische Sprache und Kultur eine gewichtige Rolle spielen. Aber fast noch gewichtiger sollte werden, dass ich eine fast unbändige Lust entwickelte, mich mit der Geschichte zu beschäftigen. In der freien Zeit las ich alles, was mir an Geschichtsbüchern und Büchern mit geschichtlichem Inhalt in die Hände fiel.

- Damit klärte sich dann dein Studienwunsch.

- Genau. Ich brauchte keine Beratungsgespräche mehr. Wenn ich allerdings heute an meine naiven Vorstellungen über das Geschichtsstudium zurückdenke, kann ich nur den Kopf schütteln.

- Was meinst du damit?

- Wir sehr wich das Studium doch von dem ab, was ich mir darunter vorgestellt hatte … Und wie sehr hat sich seitdem die Geschichtstheorie von dem wegentwickelt, was ich in meinem Studium kennengelernt hatte.

- Mit was hast du dich denn genau beschäftigt?

- Mit allem Möglichen. Ein Geschichtsstudium umfasst Alte Geschichte, Mittelalter und Neuzeit. Vielleicht sollte ich dir erzählen, dass ich meine Staatsexamensarbeit über das Thema der Volksfront in Frankreich und das Ende der zweiten Republik schrieb, also die Jahre neunzehnhundertsechsunddreißig bis vierzig. Im Zuge meiner Nachforschungen kam ich – eher als Nebenprodukt – zu zwei Erkenntnissen, die mich, als relativer Novize, damals verblüfften: erstens die Tatsache, dass es in ganz Europa, praktisch überall, anfangs der dreißiger Jahre starke links- und rechtsautoritäre Bewegungen gab, also nicht nur in Italien, Deutschland und Spanien, wo der Faschismus beziehungsweise Nationalsozialismus formell die Macht ergriff. In ganz Osteuropa herrschten autoritäre oder auch totalitäre Regime, und auch in Frankreich und England kam es zu allerdings erfolglosen Umsturzversuchen.

- Und was war die zweite Erkenntnis?

- Die zweite Überraschung für meinen damaligen Wissensstand war, dass es in ganz Europa auch einen verbreiteten Antisemitismus gab. Wenn man die Geschichte nur aus heutiger Perspektive betrachtet, dann übersieht man leicht, dass sich die europäische Öffentlichkeit nach dem zweiten Weltkrieg geeinigt hatte, Deutschland die Alleinschuld an den Verbrechen gegen die Juden zu geben.

- Das war bequem.

- Genau. Die antisemitische und autoritäre Grundstimmung vor fünfundvierzig wurde in weiten Teilen der europäischen Öffentlichkeit zunächst ausgeblendet, ja teilweise unterschlagen, genauso wie auch die Kollaboration während des zweiten Weltkriegs. Manchmal frage ich mich, ob sich daran viel geändert hat.

- An der antisemitischen und autoritären Grundstimmung?
- Ich dachte an die Sicht auf die dreißiger und frühen vierziger Jahre. Aber du hast recht ... was ist mit heute?

- Wie ist Großvater denn nach Frankreich gekommen? Konnte er schon Französisch?
- Wegen dem Krieg. Ob er Französisch konnte, weiß ich nicht. Vielleicht Grundkenntnisse. Er war Jahrgang einundzwanzig. Weißt du, was das heißt, Jahrgang einundzwanzig? Das heißt: den Krieg in voller Länge mitzumachen. Er hatte gerade mal das Abitur, neununddreißig, die hatten ja die Schulzeit auf zwölf Jahre verkürzt, damit die Abiturienten schneller als Offiziere zur Verfügung stünden. Das Abitur war übrigens etwas Besonderes, damals. Nicht wie heute. Weißt du, wie viele eines Jahrgangs damals Abitur machten? Gerade mal fünf Prozent.
- Und er, wieso konnte er Abitur machen?
- Sein Vater – mein Großvater – war Offizier der Reichswehr. Er hatte es im ersten Weltkrieg zum Leutnant gebracht, das ist ein Offiziersrang, und

konnte danach während der Weimarer Republik als Ausbilder in der Garnison Konstanz verbleiben. Die Wahrscheinlichkeit war groß, dass ein Kind eines Offiziers, wenn es nicht auf den Kopf gefallen war, das Gymnasium besuchte und Abitur machte. Ja, und dann brach der Krieg aus.

- Hätte er denn nicht studieren können?

- Mein Großvater drängte ihn, Offizier zu werden. Das lag in der Familie, und, wie gesagt, die Wehrmacht brauchte Offiziere. Er selbst wollte lieber ganz was anderes machen, Kunst studieren. Vielleicht redete man ihm auch ein, er könne später noch mal was anderes machen und vielleicht auch Kunst studieren. Wie dem auch sei, die Frage stellte sich auf einmal gar nicht mehr, er erhielt seinen Musterungsbescheid und wurde eingezogen. Großvater hatte unglaublich viele Verbindungen, ein richtiges Netzwerk, und dazu zählte auch Weippert, sein bester Freund an der Front in Flandern. Nach der Grundausbildung nahm ihn Weippert unter seine Fittiche.

Vater schrieb zwar ein paar Briefe, aber nicht sehr viele, ich bin mehr auf seine Skizzen angewiesen und auf sein kleines Kriegstagebuch, in dem aber nicht viel drinsteht. Es scheint eher so eine Art Protokollheft seines Skizzenblocks gewesen zu sein. Der erste Eintrag datiert auf den 21. April 1940.

21. April 1940. Einquartierung im Hunsrück. Major Weippert hat mich nach dem Fähnrich direkt in seinen Stab genommen. Wir kommen bei strömendem Regen an. Weippert rechnet mit höchstens einer Woche.

- Was ist los, Schmitt? Warum fahren Sie nicht?
- Ich bin mir nicht sicher, ob wir schon da sind.
- Links ist der Bahnhof und rechts das große Haus. Sonst gibt es da doch gar nichts. Na los, fahren Sie da rein.

Schmitt fährt den BMW-Funkkraftwagen auf den Hof des großen wuchtigen Gebäudes. Als er den Motor ausgeschaltet hat und Weippert den Wagen verlässt, öffnet sich die Tür und ein Mann von Mitte fünfzig, schlank und mit glattem Gesicht tritt die drei Treppenstufen der Eingangstür hinab, um sie zu begrüßen.

- Weippert. Sie sind Herr Stumm, vermute ich. Ich darf Ihnen Fähnrich Pfeifer vorstellen und meinen Fahrer, Hauptgefreiter Schmitt.
- Ich grüße Sie, Major Weippert. In der oberen Etage stehen Ihnen und Ihren Männern zwei Zimmer zur

Verfügung. Ich hörte, Ihr Bataillon wurde in den Dörfern verteilt.

- Ich danke Ihnen. Ja, alle haben ihr Quartier bezogen. Wir hoffen, dass unser Aufenthalt nur von kurzer Dauer sein wird. Es soll in Kürze losgehen.

- Glaubst du, er hat damals schon den Hunsrück für sich entdeckt?
- Unwahrscheinlich. Insgesamt waren sie zwei Wochen dort einquartiert, dann gingen sie schon in ihre Bereitschaftsstellungen. In den zwei Wochen hat er nicht viel gesehen. Aber vielleicht erinnerte er sich später wieder daran, als man ihm die Stelle als Lehrer anbot. Und du weißt ja, dass seine Mutter, also meine Großmutter, aus Koblenz stammte. Ich denke, er hat eher etwas über die Familie mitbekommen, bei denen sie einquartiert waren.

Hunsrück, April 1940.

Erich schaut sich in freien Momenten auf dem Anwesen um. Er hat seinen Skizzenblock dabei und wirft, ohne groß darüber nachzudenken, ein paar Eindrücke aufs Papier, eine Frontansicht vom Haus, eine Rückansicht mit den Kindern, eine Skizze von Herrn Stumm mit Mütze und Jacke vor dem Gewächshaus. Das Anwesen umfasst neben dem Hauptgebäude noch eine Strickerei, eine große Scheune und eben ein Gewächshaus. Herr Stumm ist offensichtlich bestrebt, seine Familie selbst mit dem Notwendigsten zu versorgen.

- Was haben Sie denn da wieder gezeichnet? Zeigen Sie mal, Pfeifer!

Er reicht dem Major seinen Skizzenblock.

- Ganz nett, aber dafür werden Sie bald keine Zeit mehr bekommen. Was mach ich bloß mit Ihnen Pfeifer? Mit Ihrem Zeichentalent gehören Sie eigentlich ganz woanders hin, jedenfalls nicht in ein Flakbataillon.
- Jawoll, Herr Major, ganz woanders hin.

Erich antwortet mit einem breiten Grinsen, denn das war nicht ernst gemeint. Weippert hat seinem Vater versprochen, auf den Jungen aufzupassen, und Erich hat seinem Vater versprochen, bis zum Ende des Krieges durchzuhalten. Insgeheim hofft sein Vater vielleicht, mit der Zeit werde vielleicht doch noch ein brauchbarer Offizier aus ihm, obwohl er seinen Jungen doch so gut kennt, dass er seine Hoffnung eher im Reich der Träume ansiedelt. Erich hat einen guten Kern (zu gut für das Militär?), aber seine Fähigkeiten liegen eindeutig im Künstlerischen. Er, Weippert, muss gut auf ihn aufpassen.

- Was denken Sie über den Krieg, Herr Stumm?
- Ich bin Christ. Welche Antwort erwarten Sie von einem Christen?
- Ich fürchte, an Jesus Christus denken im Moment nur wenige. Es geht um Deutschland, um unser Vaterland. Hat man denn nicht das Recht, sich zu verteidigen?
- Jesus sagte: Wenn dich einer auf die rechte Wange schlägt, dann halte ihm auch die andere hin ...
  Aber wer hat uns denn überhaupt auf eine Wange geschlagen?
- Was war mit Polen?
- Ich weiß nicht, was da genau war. Ich weiß nur: Es gibt keinen Grund, einen Krieg zu führen, außer man wird angegriffen. Und selbst dann. Der Einmarsch in Polen hat uns doch nur die Kriegserklärungen Englands und Frankreichs eingebracht. Und jetzt geht all das wieder

von vorne los, wofür wir vor fünfundzwanzig Jahren schon gelitten haben. Man muss auch Verständnis für die Polen haben: Es gab die drei polnischen Teilungen, bei der letzten hat man ihnen nichts mehr übriggelassen, und Warschau gehörte zum Zarenreich. Diese Verletzungen konnten sie uns wohl nicht verzeihen.

Weippert wirkt nachdenklich.

- Warum haben England und Frankreich eigentlich nur uns den Krieg erklärt und nicht auch Russland? Auch Russland hat Polen angegriffen.

Herr Stumm kann die Frage nicht beantworten, und Erich versucht, so zu tun, als habe er das Gespräch nicht mitangehört. Was für ein merkwürdiger Mensch, dieser Strickereibesitzer, der von Christus redet, wenn ihm der Major eine Frage zum Krieg stellt. Nicht von oben herab antwortet er, auch nicht unterwürfig, nein: geradeheraus, von Mensch zu Mensch. Diese Familie passt gar nicht so recht in dieses Dorf, das Haus wirkt eine Nummer zu groß, und die schwarze Limousine dürfte wohl das einzige Auto weit und breit sein. Dass sie Freikirchler seien, hat Weippert erwähnt, vielleicht um damit die Auffälligkeiten zu erklären. Erich kennt keinen Freikirchler, er kann sich nicht viel darunter vorstellen. Aber was macht das schon, wir glauben doch alle an denselben

Gott. Solange sie sich nicht in die Politik einmischen, sollen sie es mit Gott halten, wie sie wollen.

Der Mann arbeitet hart, aber wenn er eine Pause macht, legt er sich in seinem Büro einfach auf den Boden und entspannt sich dabei. Das hat ihm eine von den Zwillingstöchtern erzählt. Die Kinder bewundern den Major mit seinen Männern und seinem Funkkraftwagen. Sie bewundern auch ihn, wenn er etwas in sein Skizzenheft zeichnet und es ihnen dann zeigt. So etwas haben sie noch nie gesehen, dass jemand so schön zeichnen kann. Erich würde sich gerne ein wenig für die Last der Einquartierung revanchieren, und daher schenkt er ihnen die Zeichnungen.

Nebel liegt über der Landschaft. Alles ist still, um diese Zeit. Noch nicht einmal die Hähne krähen, als die Soldaten aufstehen. Viele haben Armbanduhren, sie brauchen keine Hähne. Das Quartier im Hunsrückdorf endet abrupt. Der Angriffstermin steht jetzt fest, und das Bataillon ist auf dem Weg zu den Bereitstellungen an der belgischen Grenze. Um fünf Uhr brechen sie auf, der Strickereibesitzer hat Erich noch eine kleine Schrift in die Hand gedrückt, das Johannesevangelium. Warum gerade ihm? Er lässt es geschehen, steckt es in seine Uniform und bedankt sich. Auf der gerade fertiggestellten Hunsrückhöhenstraße herrscht bereits reger Verkehr, die Fahrzeuge reihen sich in langen Kolonnen aneinander. Als sich Weipperts Wagen nähert, ist man bemüht, ihn vorbeizulassen, was Schmitt bisweilen in Bedrängnis bringt, denn so breit ist die Fahrbahn nun auch wieder nicht, es ist ja keine Autobahn. Bei Cochem überqueren sie die Mosel, und weiter geht es durch die Eifel bis an die Grenze vor Malmedy.

Als sie ankommen, beginnt nach kurzem Aufenthalt schon der Feldzug … der nur wenige Wochen dauern wird. Das Schicksal ist den eigenen Truppen gewogen, denkt Weippert, und so denkt auch Erich. Wer soll Deutschland jetzt noch aufhalten? Das Bataillon wird von Verlusten verschont. Die Flak erfüllt ihren Auftrag, ohne dass auch nur ein einziger direkter Angriff auf die eigenen Stellungen zu verzeichnen wäre. Erich nimmt den Krieg wie durch einen Filter wahr, nicht wie ein reales Ereignis, sondern eher wie einen Film.

Schon als Jugendlicher hat er diese Fähigkeit, das Leben um ihn herum wie einen Film zu betrachten, in dem andere als Schauspieler auftreten. Er begnügt sich damit, die Szenen dieses Films als Zeichnungen auf Papier festzuhalten. Er erlebt sogar sein eigenes Leben mehr durch die Seiten seines Skizzenblocks als durch die Realität des Alltags. In der Kindheit fällt sein Talent noch kaum auf, kein Lehrer macht eine diesbezügliche Bemerkung, auch zu Hause verbringt er kaum Zeit mit dem Zeichnen oder Malen. Dies ändert sich – relativ abrupt – mit dreizehn, vierzehn. Das Talent packt ihn, er kann gar nichts dagegen machen. Nun spürt er ständig den Drang, seine Umwelt zu zeichnen. Seiner Mutter gefällt es, sein Vater nimmt es hin. Am Gymnasium wird der Kunstlehrer auf ihn aufmerksam, schaut sich seine Bilder an, gibt ihm Tipps. Erich macht sogar mit anderen eine kleine Ausstellung an seiner Schule. Zu Hause wird über andere Dinge gesprochen.

- Warum soll i zur Wehrmacht?
- Weil's wieder a Krieg gibd. Und wenn du jedsch Offizier wirschd, kann i no ebbs für di tun, dameds ned zu dick kommt.
- Woher willschd denn wisse, dass es wieder a Krieg gibd.
- Das werde die ned zulasse, dass Deutschland wieder groß wird. Bisher habbe ma Glück gehabt, aber wenn d'Hitler zu weit gäht, kann es jäderzeit wieder losgähe. D'Amerikaner wird immer zu England halde, und wenn ma ned aufbasse, isch Deutschland sehr schnell wieder eiklemmt, wie vor dem ledschde Krieg.
- Papa, i bin keu Soldat. Des liegt mir ned.
- Des wois i. Deshalb muschd in d'Stab. Da bischd sicher. Glaubs mir, i hab nen Riecher für des, was si da

zsammbraut. Nachher kannschd immer no Kunschd studiere oder was du dir vorstellschd. Als Offizier haschd immera solide Basis.

So oder ähnlich hat sich sein Vater atikuliert. Unter sich – mit dem Vater – sprechen sie meist Schwäbisch. Die Mutter kann kein Schwäbisch, sie spricht unbeirrt ihr Koblenzer Rheinisch und die Kinder wachsen dreisprachig auf: draußen das Alemannische, das man in Konstanz spricht, drinnen das Deutsch der Mutter aus Koblenz am Rhein, mit dem Vater (unter vier Augen) Stuttgarter Schwäbisch.

Erich hat eine zwei Jahre ältere Schwester, Elsa, doch nur Erich scheint in der Familie zu zählen. Für die Mutter, Irene, gilt nur der Sohn, seine Geburt wurde sehnlichst erwartet, die Tochter, immerhin die Erstgeborene, wird von ihr eher als nebensächlich betrachtet. Anders für den Vater, er liebt Elsa genauso wie Erich, macht keine Unterschiede, versucht, die allzu offensichtliche Bevorzugung des Sohnes durch die Mutter mit kleinen Großzügigkeiten der Tochter gegenüber auszugleichen. Doch es hilft nichts: Erich bekommt immer das Beste vom Essen, nur seine Wünsche werden beim Kochen berücksichtigt, wie von Zauberhand landet immer das größte Stück Kuchen auf seinem Teller, nur seine Schullaufbahn zählt. Elsa darf immerhin die Realschule besuchen, wenn auch nicht das Gymnasium.

Der Vater macht sich große Sorgen, und Erich liebt seine Eltern viel zu sehr, um ihnen Kummer zu machen. Er ist auch kein Rebell, nie würde er in scharfen Gegensatz zu seinem Vater treten (ein Gegensatz zu seiner Mutter besteht ohnehin nicht, sie betet ihn ja an. Allerdings: Liebe kann auch ersticken). Opposition trägt Erich nicht im Außen aus, gegen die Eltern gar oder die Lehrer. Er behält sie tief in seinem Innern und lässt sie irgendwann in einer Zeichnung wieder heraus. Das muss genügen. Und wie gesagt: Liebe kann auch ersticken. Erich spürt: die Wehrmacht ist eine Chance, vielleicht die einzige, aus der Umklammerung der Mutter herauszukommen. Als der Stellungsbefehl kommt, ist es fast wie eine Befreiung. Er wird eingezogen, macht die Grundausbildung und schließt sie als Offiziersanwärter bei der Flak ab. Es ist wie eine Flucht nach vorn, um der erstickenden Liebe der Mutter zu entkommen. Zurück kann er auch nicht mehr. Der Krieg ist ausgebrochen.

Weippert gelingt es, ihn in seinen Stab zu holen.

4

Bis zum Ende des Feldzugs werden die Skizzen seltener, gelegentlich Einträge ins Tagebuch. Am zweiundzwanzigsten Juni wird der Waffenstillstand unterzeichnet, ab jetzt finden sich wieder neue Skizzen im Skizzenblock.

Erster August. Feldflugplatz bei Falaise. Unsere Flak soll die Feldflugplätze gegen englische Überraschungsangriffe sichern. Weippert kontrolliert ständig die Batterien und nimmt mich dabei mit.

- Du bist übrigens der erste, dem ich seine Skizzenhefte zeige. Dein Onkel und deine Tante und natürlich deine Oma kennen sie selbstverständlich auch. Aber ich glaube nicht, dass sie sonst noch jemand gesehen hat. Ich habe mir seine Zeichnungen genau angeschaut. Sie lassen ein auffallend geringes Interesse an Waffen und Technik erkennen, beispielsweise taucht niemals ein Flakgeschütz auf. Dabei interessierte ihn Waffentechnik doch eigentlich. Vielleicht gab es eine dienstliche Anweisung zur Geheimhaltung. Stattdessen zeichnet er zum Beispiel Männer des Reichsarbeitsdienstes, die einen Feldflugplatz in der

Normandie planieren: Zwei junge Männer, vielleicht Anfang zwanzig, also genau in seinem Alter, halten jeder eine Schaufel, mit der sie Steine verteilen. Im Hintergrund schaut ein junger Wehrmachtssoldat zu, seine graue akkurate Uniform mit Koppel und Rangabzeichen am Kragenspiegel steht in Kontrast zu den Uniformen der Arbeiter. Einen Lastwagen hat er im Hintergrund angedeutet, der hat die Steine herangeschafft, der Fahrer sitzt in seiner Kabine und wartet.

- Worauf?
- Na, bis man ihm das Zeichen gibt, dass die Pritsche leer ist und er wieder losfahren kann, die nächste Fuhre zu holen. Die Arbeiter tragen die typischen gebleichten Uniformen ohne jedes Abzeichen. Sie tragen das schirmlose Käppi. Ihre Symmetrie ist auffällig, ihre Körper hat er in exakt der gleichen Bewegung des Schaufelhebens gezeichnet, ganz parallel.
- Warum hat er gerade sie gezeichnet?
- Weiß nicht. Jedenfalls entsteht unter seiner Hand ein Abbild des Arbeitsdienstes, des erzwungenen Dienstes … Menschen, die wie Maschinen eingesetzt werden.

Erich weiß selbst nicht, dass er nicht Menschen porträtiert, sondern den Reichsarbeitsdienst. Es fließt einfach aus seiner Hand.

Fécamp, 30.09.1940

Ihr Lieben,

seit gut drei Monaten sind wir nun schon hier in der Normandie. Unser Bataillon sichert Feldflugplätze. Mehr darf ich euch dazu nicht sagen, militärisches Geheimnis. Wie lange wir noch hier sein werden, wissen wir nicht.

Ihr schreibt, Elsa habe sich mit Walther verlobt. Darüber freue ich mich natürlich. Ihr wisst, dass ich Walther sehr schätze. Hoffentlich hat er ebensolches Glück wie ich, was den Dienst angeht. Wir haben hier ziemlich unsere Ruhe. Seine Einheit ist wieder zurück in Deutschland, wie Ihr schreibt. Wisst Ihr, wo er im Moment steckt? Man geht hier davon aus, dass der Krieg bald schon vorüber ist, und dann könnten viele von uns wieder demobilisiert werden. Etliche Offiziere wollen ein Studium beginnen, ich natürlich auch. Ihr wisst ja, was ich vorhabe.

Ihr braucht mir auch nichts zu schicken, wir sind bestens verpflegt. Es gibt sogar französischen Wein. Insgesamt ist das Verhältnis zu den Franzosen gut. Wir geben uns große Mühe, uns von der besten Seite zu zeigen, jedenfalls lauten so auch die Befehle. Aus dem letzten Krieg haben die Leute hier seltsame Ansichten mitgenommen, man hat ihnen wohl eingetrichtert, wir Deutsche seien alle Barbaren. Jetzt staunen sie nicht schlecht, dass wir uns gut benehmen und sogar musizieren. Ich hatte gar keine Vorstellung, was uns hier erwartet. Mein Schulfranzösisch reicht übrigens, um mich mit den Leuten einigermaßen zu verständigen. Und es wird jede Woche besser.

Für Weihnachten werde ich wie versprochen meinen Urlaubsantrag stellen, hab ihn mir extra aufgehoben. Hoffen wir, dass es klappt. Ich schicke euch auch zwei Skizzenblocks von mir, damit Ihr sie in meinem Zimmer verwahrt. Ihr braucht mir aber diesmal keine neuen zu schicken, denn die bekomme ich auch hier. Die Franzosen haben sogar ausgezeichnetes Zeichen- und Malpapier und für unsre Reichsmark bekommen wir hier mehr als zu Hause.

Seid herzlich umarmt. Über einen Brief von Elsa würde ich mich auch sehr freuen.

Euer Erich

16. November 1940, Unterstand in Bordeaux. Wir wurden vom Norden in den Südwesten Frankreichs verlegt. Alles sehr friedlich. Gutes Verhältnis zu den Franzosen.

Die Skizze zeigt den Eingang einer Flakstellung, die von einem provisorisch aufgehäuften Wall umgeben ist, so dass die Geschütze nicht zu sehen sind. Doch diese

Befestigung steht gar nicht im Zentrum der Zeichnung, zwei junge Frauen beherrschen das Bild, die im Vordergrund lachend auf den Zeichner zuschreiten. Sie gehen eng nebeneinander, fast Arm in Arm, sie sind elegant gekleidet, beide mit Tragetasche. Über ihnen wölbt sich ein großer belaubter Baum, dessen Blätter sich jedoch schon vielfach auf dem Boden verteilen. Im Hintergrund sind großstädtische Fassaden zu erkennen.

Die Skizze betont das Provisorische, ja fast Beiläufige der befestigten Stellung. Das Leben der Straße scheint sich nicht um sie zu kümmern, ein angedeuteter Wachtposten steht fast unscheinbar herum, die lachenden Gesichter und die Eleganz der beiden Frauen sind im Vergleich dazu fein herausgearbeitet. War es seine eigene Stellung, die er auf der Skizze festhielt, verbrachte er dort seinen Dienst? Eher nicht. Als Offiziersanwärter im Stab dürfte er die meiste Zeit in einem Büro verbracht haben. Er hatte allerdings offenbar genug freie Zeit, um sich mit seinem Skizzenblock umzusehen. Der angedeutete Schattenwurf zeigt an, dass die Skizze in der Mittagszeit entstanden sein muss.

Sein Skizzenblock verrät, dass ganz langsam, zart und leise neue Erfahrungen in seine Feder einziehen: Offiziere, die an Terrassentischen auf einem Boulevard sitzen und mit geputzten Stiefeln dem Treiben zuschauen, Platanenalleen voller junger Menschen, ein Fischerkahn im Hafen von Bordeaux, ein Pferdefuhrwerk vor einem Denkmal, und immer wieder Menschen im Alltag, immer wieder junge Frauen ... Er scheint sich wohlzufühlen. Scheinbar sorglos.

- Welches Verhältnis könnte er zu den Franzosen gehabt haben? Es fällt schon auf, dass er die beiden jungen Frauen in der Skizze mit dem Flakunterstand so in den Mittelpunkt stellt.

- Leider weiß ich darüber absolut gar nichts. Wie gesagt, er sprach nicht über diese Zeit. Als Historiker kann ich dir sagen, dass der Anfang der Besatzungszeit sehr entspannt war. Die deutschen Besatzungssoldaten hatten strikte Order, sich nichts zu Schulden kommen zu lassen. Man wollte Frankreich langfristig als Verbündeten gewinnen. Dennoch war es klar, dass sich mehrere hunderttausend junge deutsche Männer, die sich zwar in Uniform, aber immerhin während ihrer Freizeit ungehindert in der Öffentlichkeit bewegen durften, nicht dem Charme der jungen Französinnen entziehen konnten. Und gleichzeitig befanden sich mehrere hunderttausend junge französische Männer in Kriegsgefangenschaft und später in Deutschland im Arbeitsdienst. Es gab also einen Frauenüberschuss, ein Missverhältnis. Und ein junger Offiziersanwärter, der sich mit seinem Skizzenblock irgendwo hinsetzte, um das Leben um ihn herum festzuhalten, dürfte wohl kaum als bedrohlich wahrgenommen worden sein. Vermutlich verschenkte er auch die eine oder andere Skizze … Den Rest kann man sich denken.

- Und wie kam er nach Bordeaux?

- Das Bataillon wurde im Oktober, nach der Luftschlacht um England, mit der gesamten Division nach Bordeaux verlegt, um die dortigen Hafenanlagen gegen Luftangriffe zu sichern. Längst war das Oberkommando der Wehrmacht dabei, neue strategische Pläne für einen Angriff im Osten auszuarbeiten, und im selben Zuge war klar, dass ein Angriff auf England vorerst nicht mehr in Frage kam. Die Häfen der Atlantikküste mussten daher vor Angriffen geschützt werden, und noch lange bevor die Arbeiten am Atlantikwall begannen, wurde die Luftabwehr verstärkt. Weipperts Bataillon wurde in einer von der französischen Armee geräumten Kaserne am Ufer der Gironde untergebracht.

- Pfeifer, Sie sind der erste, dem ich's sag. Ich hab ein neues Kommando im Osten (er sagt es nicht ohne einen Anflug von Stolz in der Stimme), sechste Armee. Dort werde ich jetzt gebraucht, es geht gegen den Iwan. Ich kann jetzt leider nichts mehr für Sie und Ihren Vater tun. Ich kann nicht gerade sagen, dass ich mich freue, aber ich bin Soldat. (Seine Stimme wird leiser). Wir alle haben unsern Eid geschworen. (Wieder etwas lauter) Wir haben auch keine Wahl, der Iwan bereitet selbst einen Angriff vor, und noch sind die Kräfteverhältnisse für uns günstig, es geht ums Ganze. Wir müssen das Überraschungsmoment nutzen, wie gegen Frankreich. Aber wehe, wenn wir diesmal nicht siegen, dann ist es aus mit Deutschland. Dann haben wir die ganze Welt gegen uns. Der Führer setzt alles auf eine Karte.
- Herr Major …
- (Jetzt wieder mit seiner normalen Stimme) Vergessen Sie, was ich zuletzt gesagt habe, Pfeifer. Natürlich werden wir siegen. Aber auf Sie kommt es hier jetzt umso mehr an. Unsre Messerschmitts werden nämlich alle im Osten gebraucht, und der Tommy wartet nur darauf, in der Luft ungehindert schalten und walten zu können. Seine Bomber werden versuchen, den Bau der U-Bootbunker zu verhindern. Die Flak ist dann

das Einzige, was wir dem hier an der Gironde entgegensetzen können. Zwei Kompanien werden der Kriegsmarine unterstellt und nach Nordwesten verlegt, direkt vor die Gironde-Mündung. Sie gehören dazu.

Wie würdest Du als Historiker die militärische Lage im Frühjahr einundvierzig beurteilen?

- Schwierige Frage. Als Historiker kann man sich in Deutschland eigentlich nur die Finger an solchen Themen verbrennen. Und natürlich unterscheidet sich die Perspektive der Zeitzeugen von der Perspektive heutiger Betrachter … Ich wills trotzdem mal versuchen. Militärhistorisch betrachtet gibt es schon lange eine Präventivkriegthese, das heißt die These, dass die deutsche Führung einem sowjetischen Angriff zuvorgekommen sei. Gesichert ist, dass die sowjetische Führung Angriffsvorbereitungen traf, die einundvierzig schon weit gediehen waren.

- Das heißt, unabhängig von den Handlungen der deutschen Seite soll es auch auf russischer Seite konkrete Planungen für einen Vorstoß nach Westen gegeben haben? Was wollten die Sowjets damit bezwecken?

- Vielleicht Stalins imperiale Ansprüche befriedigen, seine ideologisch motivierten Unterwerfungsziele umsetzen ... Man darf auch nicht das Wesen eines totalitären Staates verkennen, der sich praktisch permanent im Kriegszustand befindet. Wenn der innere Feind besiegt ist, geht es im Außen weiter. Zwei totalitäre Staaten planen also einen Angriffskrieg gegen den anderen, und einer ist schneller.

- Hat die deutsche Führung im Ernst geglaubt, sie könnten die Sowjetunion so wie zuvor Frankreich in einem Blitzkrieg niederringen?

- Offenbar ja, die Quellen sind jedenfalls eindeutig. Man kann da nur von einer gigantischen Fehleinschätzung sprechen und von maßloser Selbstüberschätzung, vergleichbar allenfalls mit der Selbstüberschätzung Napoleons. Hätte Hitler im Dezember vierzig statt der Vorbereitung eines Angriffs auf Russland im Osten einen Verteidigungsfall planen lassen, dann hätte er alle Trümpfe in der Hand behalten und zudem noch die Weltöffentlichkeit auf seiner Seite, denn dann wäre Deutschland gegebenenfalls der Angegriffene gewesen. Ich schätze, die russischen Truppen wären den deutschen immer noch unterlegen gewesen, ähnlich wie im ersten Weltkrieg. Die deutsche Seite hätte um ihr eigenes Land gekämpft, die Sowjets für die Eroberung anderer Länder. Aber solche Überlegungen sind nichts als Spekulation, es ist nun mal anders gekommen.

- War der Angriff auf Polen aus deiner Sicht genauso ein Fehler?

- Natürlich. Wer angreift, setzt sich immer ins Unrecht … Hitler war nicht mit dem zufrieden, was er bis dahin erreicht hatte. Dabei war der Versailler Vertrag in großen Teilen bereits revidiert, und das nationalsozialistische Deutschland stand in Teilen der Weltöffentlichkeit als Erfolgsmodell da. An diesem Image hatte man schließlich planvoll gearbeitet. Doch die traditionelle Logik von Krieg als Fortsetzung der Politik mit anderen Mitteln war noch ungebrochen … Krieg ist aber in meinen Augen immer falsch, und das war er auch schon vor hundert oder hundertzwanzig Jahren …

Weippert sollte jedenfalls Recht behalten. Im Frühjahr und Sommer einundvierzig entblößt die Wehrmacht nach und nach das besetzte Frankreich von kampferprobten Truppen, um sie im Osten einzusetzen. Erichs Bataillon wird Ende Mai einundvierzig von Bordeaux nach Soulac an der Girondemündung verlegt, wo es den Aufbau einer befestigten

Küstenbatterie gegen Luftangriffe abschirmen soll. Erich erhält nach Ablauf der verlängerten Probezeit (offenbar hatten seine Vorgesetzten noch gewisse Bedenken) endlich das Offizierspatent. Sein Flakbataillon wird der Kriegsmarine unterstellt und in die Küstenverteidigung eingegliedert.

5

Soulac, 09. Oktober 1941, Arbeiter beim Bunkerbau

Deutsche und französische Firmen bauen jetzt Bunker am Strand. Wie es heißt, lässt sich hier viel Geld verdienen. In der gesamten Region sucht man nach Arbeitern.

- Auf der Zeichnung sind etwa ein Dutzend Arbeiter festgehalten, wie sie Loren auf Behelfsschienen zum Strand schieben. Wer die Männer sind, woher sie kommen, weiß ich nicht. Sie tragen jedenfalls nicht die Uniform des Reicharbeitsdiensts. Zwangsarbeiter können es nicht gewesen sein, die kamen erst zweiundvierzig zum Einsatz. Vermutlich waren es lokal angeheuerte Männer, die dafür recht ordentlich bezahlt wurden, so dass sich die Schufterei für sie lohnte. Er hat die Männer von hinten gezeichnet, außer einem, der links danebensteht, kerzengrade, und mit den Händen in den Taschen zuschaut, vielleicht ist er sowas wie ein Ingenieur oder Vorarbeiter, und zwei Männern ganz rechts, die eine Lore von rechts nach links auf ein Drehkreuz schieben.
- Das sieht sehr einfach aus.

- Ja, so können die Behälter beispielsweise von einem Lastwagen aus befüllt werden, bevor der Beton die letzten fünfzig Meter auf Schienen bis zum Strand geschoben wird. Es sind aber nur Vermutungen, Genaues weiß ich auch nicht, ich bin kein Spezialist für den Bau des Atlantikwalls. Ich habe mich immer gefragt, wie sie die Bunker im Wasser bauen konnten. Das ergibt keinen Sinn. Der Meeresspiegel muss damals niedriger gewesen sein. Übrigens liegt nur wenige Kilometer entfernt, in Sichtweite, der Leuchtturm von *Cordouan* aus dem siebzehnten Jahrhundert. Der scheint richtig aus dem offenen Meer aufzuragen, aber er steht auf einem Felsen, und bei Ebbe konnte man hinlaufen. Der Meeresspiegel muss seitdem stetig angestiegen sein.

- Ich komme noch nicht dahinter, warum er gerade solche Motive aussuchte. Den Reichsarbeitsdienst hatte er ja schon einmal im Blick.

- Er hat einfach die Tatsache festgehalten, dass hier mit Muskelkraft und zwei kleinen Loren versucht wird, einen Bunker zu bauen. Es erscheint aus heutiger Sicht absurd zu glauben, man könne mehrere tausend Küstenkilometer auf diese Weise befestigen und auch noch erfolgreich verteidigen. Tatsache ist dennoch, dass die Deutschen ihr Bunkerbauprogramm bis vierundvierzig in großen Teilen durchgezogen haben. Was allerdings, wenn eines Tages so viele amerikanische Schiffe vor diesen Bunkern auftauchen, dass nicht mal der Horizont für sie ausreicht, was wenn tausende Schiffskanonen tagelang auf die paar Bunker einhämmern, was, wenn der Himmel sich verdunkelt von den Geschwadern, die mit ihren Bomben jeden Quadratzentimeter dieser Küste wie mit einem riesigen Spaten einfach umpflügen, oder was, wenn die alliierten Truppen einfach an einer Stelle landen, wo es noch fast keine Bunker gibt? Ich glaube, dein Großvater hat diese absurde Situation genau gespürt und seine Motive intuitiv ausgesucht.

- Er schreibt, dass deutsche und französische Firmen Bunker am Strand bauen. Sie müssen sich darüber unterhalten haben, sonst wüsste er das nicht. Was genau wussten die Soldaten eigentlich von dem, was dort vor sich ging?

- Auch hierüber kann ich nur Vermutungen anstellen. Sie wussten sicherlich, dass das gesamte Küstengebiet über eine Breite von zehn bis zwanzig Kilometern Sperrgebiet war und im Herbst vierzig zur Todeszone erklärt worden war. Niemand durfte ohne ausdrückliche Genehmigung raus oder rein. Die Bewohner bekamen spezielle Personalausweise. Sie wussten natürlich auch, was ihr eigener militärischer Auftrag war, nämlich die Girondemündung und damit den Hafen von Bordeaux vor feindlichen Marineangriffen zu schützen. Dafür gab es bereits französische Küstenbatterien, die im Juni vierzig von den Deutschen übernommen wurden und die von der deutschen Flak nun gegen Luftschläge verteidigt wurden. Der Ausbau der Nordspitze der Landzunge zur Festung begann aber erst dreiundvierzig. Bis dahin wurde nur eine relativ lose Kette von Bunkern gebaut. Erst Ende zweiundvierzig befahl Hitler den massiven Ausbau der Küstenfestungen, darunter Soulac und Le Verdon. Das wiederum durfte allen Offizieren genauestens bekannt gewesen sein.

Dein Großvater hat sich offensichtlich auf seine Art für die Politik interessiert. Er zeichnete, was sich am Atlantik im Krieg abspielte. Für mich sind das spannende Quellen.

Oktober 1941.

Erich, Reinhold und Valentin haben sich in ihrem neuen ‚Zuhause' eingerichtet. Ihr Häuschen ist wie eine kleine Oase im Feindesland, das ihnen allerdings nicht sehr feindlich gegenübertritt. Ihre Gespräche kreisen immer wieder um die Lage im Osten. Im Dezember werden die Infanterieeinheiten, die hier bisher zum Schutz der Küste stationiert sind, ausgedünnt und mehrere Kompanien an die Ostfront verlegt.

- Was meinst du, Valentin, wie lange wird man uns noch hierlassen?
- Die bauen jetzt doch die riesigen U-Bootbunker in Bordeaux. Die sind enorm wichtig. Wenn der Engländer die Gironde rauf kommt und von See her die Bunker zusammenschießt, dann wär' das ein Riesenrückschlag. Deshalb werden wir hier noch gebraucht. Das ist unsere Lebensversicherung.

Valentins Argumentation leuchtet ein. Erich wechselt das Thema.

- Wollen wir morgen wieder Fußball spielen?

Mit diesem Thema ist die Stimmung auf alle Fälle gerettet. Auf Fußball freuen sich alle. Nach dem Dienst trifft man sich bei gutem Wetter am Strand und ansonsten am Sportplatz von Soulac, und es fällt niemals schwer, zwei vollständige Mannschaften zusammenzukriegen. Eine gute Gelegenheit übrigens, etwas für die Kameradschaft zu tun, man wächst bei der Langeweile des Alltags wieder etwas mehr zusammen, die Offiziere spielen mit den Mannschaftsrängen zusammen, nur das Können zählt. Valentin ist ein geborener

Mittelstürmer, der Anführertyp, für den nur Tore zählen. Er ist immer bestens gelaunt, ein Strahlemann, und wenn Französinnen zuschauen, zieht er alle Blicke auf sich. Reinhold ist mit seiner Körpergröße und seiner ruhigen Art ein recht guter Torwart. Jede Mannschaft ist froh, wenn sie ihn im Tor hat. Erich spielt nur mäßig, am besten in der Verteidigung, er mag Fußball, hat aber keine gute Technik und keine Puste.

Wenn es warm ist, spielen sie, wie gesagt, meist am Strand, und hin und wieder sogar gegen Franzosen. Man kennt sich, und Fußball begeistert alle. Die jungen Franzosen nehmen den Handschuh auf, hier geht es um die Ehre, Fouls sind tabu. Am Ende reicht man sich die Hände, und alle fragen sich, warum Krieg ist. Genau das ist jedoch der Grund, warum die Truppenführung die gemischten Partien nicht gerne sieht. Man duldet sie stillschweigend, doch was ist, wenn es mal wieder ernst werden sollte … Hier gibt es eine Grenze zwischen den beiden Gruppen, die nicht überschritten werden darf. Genau wie bei den anderen privaten Kontakten. Besonders die Offiziere sind gehalten, Distanz zu wahren, bei den Mannschaften lässt es sich dagegen kaum vermeiden, dass Deutsche und Franzosen regelmäßig miteinander verkehren, man kauft Waren bei den einheimischen Händlern, man beschäftigt einheimisches Personal in den Küchen, in der Wäscherei, auf den Krankenstationen. Überall gibt es formelle und informelle Kontakte, und man begegnet sich mit Respekt. Und wenn man sich informell begegnet, in den Cafés, den Bistrots, dann ist man freundlich zueinander.

Das Spiel endet unentschieden. Valentin hat sein Tor geschossen, und Reinhold hat sein Tor sauber gehalten. Nur Erich ist nicht zufrieden mit seiner Leistung. Er hat sich mehrfach ausdribbeln lassen, das wurmt. Aber er hat noch etwas Zeit, er könnte etwas zeichnen oder besser, er könnte zuerst in der Schreibwarenhandlung bei Monsieur Ribas vorbeischauen und nachfragen, ob die Skizzenhefte inzwischen eingetroffen sind. Er könnte auch jemanden hinschicken, aber lieber geht er selbst hin, erstens wegen des Französischen (von den Mannschaften kann kaum jemand Französisch) und zweitens wegen Martine. Er mag es, wenn sie ihn bedient. Manchmal, wenn er reinschaut, ist Simone da, ihre jüngere Schwester, manchmal auch beide. Martine mag er mehr als Simone, Martine hat diese verschmitzten Grübchen auf den Wangen. Er hat sich schon ertappt, dass er von außen reinschaute, und wenn Martine nicht da war, weiterging, als wäre nichts. Und wenn Martine da war, ging er auch schon mal rein, nur um kurz zu grüßen, ohne etwas zu kaufen. Solche Momente sind wie kleine Oasen für ihn inmitten der Wüste dieses verdammten Krieges. Es fühlt sich an wie Frieden.

Die Langeweile ist oft kaum erträglich. Monat für Monat vergeht mit den immer selben Routinen, den Waffenübungen, den Gefechtsstandkontrollen, gelegentlichen Einweisungen in neues Material, Lagebesprechungen. Zwar ist allen klar, dass keiner mit den Kameraden an der Ostfront tauschen möchte, außer vielleicht ein paar Verrückten, die es auf ein Eisernes Kreuz abgesehen haben, aber dennoch muss man jeden Tag die Langeweile in den Gefechtsständen ertragen. Einige haben damit begonnen, die Bunkerwände zu bemalen. Wäre er kein Offizier, würde sich auch Erich vielleicht daran beteiligen. Als Offizier muss er allerdings Vorbild sein, er kann sich nicht hinstellen und im Dienst Wände bemalen. Daher bleibt ihm fürs Zeichnen nur die freie Zeit nach dem Dienst.

Soulac, 21.04.1942

Ihr Lieben,

nun ist es schon fast wieder ein Jahr her, dass wir uns gesehen haben, aber ich habe natürlich Verständnis dafür, dass die Fronturlauber bevorzugt Heimaturlaub bekommen. Ich vermisse Euch auf alle Fälle sehr. Bei Elsa ist es jetzt bald so weit. Hat sie für den Nachwuchs schon alles beisammen? Ich fürchte, hier aus der

Ferne kann ich nicht viel beitragen, außer mitzufiebern und mich mitzufreuen.

Wie geht es Papa? Wahrscheinlich alle Hände voll zu tun, bei dem Mangel an Offizieren. Was macht sein Rücken? Und was macht deine Migräne, Mutti? Ist es noch so schlimm? Die Versorgung mit Lebensmitteln ist in der Heimat gut, hört man. Ich will's gern glauben. Auch uns fehlt es an nichts. Vielleicht an geistiger Nahrung, das mag sein. Ich würde gern mal wieder etwas lesen, wir haben hier nur unsre Soldatenzeitschrift. Ich hab allerdings eine kleine Buchhandlung am Ort gefunden, und mein Französisch wird immer besser. Vielleicht wage ich mich demnächst mal an ein Buch auf Französisch ran.

Das Wetter ist hier so ähnlich wie zu Hause am See, im Winter nass und neblig, im Sommer heiß. Nur fehlt der Schnee, und ganz so kalt wie in Konstanz ist es dann doch nicht.

Ich denke ständig an euch, vor allem an Elsa. Wenn der oder die Kleine da ist, müsst Ihr mir sofort Nachricht geben. Seid alle ganz herzlich umarmt,

Euer Erich

PS: Ich schicke wieder meine Skizzenhefte mit, bitte alles einfach in mein Zimmer legen, ich kümmre mich drum, sobald ich wieder zu Hause bin. Ihr braucht mir keine neuen Skizzenhefte zu *schicken, weil ich sie neuerdings auch hier in Soulac bekomme, in der Schreibwarenhandlung. Die Papierqualität ist ausgezeichnet.*

Soulac, Mai 1942.

Wer auf die Idee mit dem Fresko gekommen ist? Es lässt sich nicht mehr genau rekonstruieren. Irgend jemand muss Erich beim Zeichnen zugesehen haben. Valentin bestürmt Erich jedenfalls seit Tagen. Es geht darum, die kahle Wand im Salon des Offizierskasinos zu bemalen. Keine bloße Malerarbeit, sondern richtige Kunst: Ein Fresko soll es werden. Erich ist es ungemütlich bei dem Gedanken. Er ist Offizier, eigentlich verbietet es sich, dass er handwerkliche Jobs macht. Doch andererseits: es ist ja Kunst, und da gibt es vielleicht Spielräume. Valentin lässt nicht locker und bedrängt den Major, er müsste das vorab genehmigen. Major Faulhaber muss nicht lange überlegen, er findet die Idee großartig. Das bringt die Leute mal auf andere Gedanken. Einzige Bedingung: Es muss außerhalb der Dienstzeit geschehen, und Erich darf auch nur daran arbeiten, wenn das Kasino gerade nicht beansprucht wird, mit anderen Worten: wenn er dort allein sein kann.

Erich macht ein paar Entwürfe und zeigt sie den beiden anderen. Der Entwurf mit den beiden Fußballspielern kommt sowohl bei Reinhold als auch Valentin am besten an, das Fußballmotiv ist aufbauend. Die Sache nimmt jetzt Fahrt auf. Valentin will sich um die Beschaffung der Farben und Pinsel und eines Malerkittels kümmern, Reinhold schaut sich die Dienstpläne und die Belegzeiten des Offizierskasinos an. Nach zwei Tagen schon hat Valentin alle Utensilien beisammen, wie und woher verrät er nicht. Reinhold hat mehrere einstündige Zeitfenster ausbaldowert, mehr geht nicht, doch Erich kommt auf die Idee, morgens um fünf anzufangen, beim ersten Lichtstrahl (jetzt Ende Mai sind die Tage sehr lang), so hat er immer zwei Stunden am Stück, da kann er schon etwas schaffen.

Er denkt über seine Entwürfe nach. Er möchte eine andere Ästhetik als die offizielle, etwas Frisches, Heiteres. Da gibt es doch diese *Bandes Dessinées*, lustige Bildgeschichten, wie er sie in der Schreibwarenhandlung gesehen hat. Die *Pieds Nicklés* zum Beispiel. Wilhelm Busch hatte schon mit was Ähnlichem angefangen. Also: zwei Figuren im Stile Wilhelm Buschs, vielleicht etwas moderner, eher wie in den amerikanischen *Comics* oder den *Pieds Nicklés*, das sollte reichen, dafür lieber etwas größer, raumfüllender.

Das Offizierskasino in der *Villa Rufus* umfasst zwei Räume. Im Parterre befindet sich der Speisesaal und genau darüber, im ersten Stock, der Salon. Der Speisesaal ist etwas düster, es gibt nur Fenster zur Westseite, die jedoch von einer hohen Hecke zur Kommandantur hin verdunkelt werden. Gleich neben dem Speisesaal befindet sich die geräumige Küche. Man steigt gegenüber dem Kücheneingang eine knarrige Holztreppe hinauf und gelangt von dort linker Hand zum Salon. (Geradeaus befindet sich ein Schlafzimmer, das jetzt als Stauzimmer genutzt wird.) Der Salon ist mit Sesseln und kleinen Tischen in Vierergruppen möbliert. Anders als im Parterre durchströmt das Licht einer Fensterfront über die komplette Süd- und Ostseite den Raum. Auf der Ostseite gibt es eine Tür, über die man zu einer großen Terrasse gelangt. Nur die Westseite, die Wetterseite zur See hin, ist fensterlos. Hier ist nur eine große kahle weiße Wand, hier soll das Fresko hinkommen.

Es ist herrlich, endlich seiner Leidenschaft frönen zu können. Für zwei Stunden vergisst Erich eine Woche lang den Krieg und warum er hier ist. Als die Ersten zum Frühstück an der Tür erscheinen, packt er alles wieder zusammen und ermahnt sie, die Wand nicht zu berühren, die Farbe sei noch frisch. Er ist stolz auf sich, das Fresko kann sich sehen lassen; nur die Proportionen stimmen am

Ende nicht so ganz, das hat Erich noch nicht im Griff, noch nie hat er so eine große Fläche bemalt, er ist an die kleinen Formate in seinem Skizzenblock gewöhnt. Doch das Ergebnis sorgt allenthalben für gute Stimmung. Faulhaber lobt ihn ausdrücklich, das Fresko hebe die Moral der Männer. Erich hat den Deutschen mit Hoheitszeichen der Wehrmacht auf dem Trikot gemalt und in scheinbar überlegener Pose, den französischen Gegenspieler dagegen als etwas ungelenk und schmächtig. Er weiß, dass man es – naiv betrachtet – so deuten könnte. Er selbst sieht es eher als eine Ironie auf die Scheinüberlegenheit: Vom Ende her betrachtet (als ahnte Erich bereits, was in zwei Jahren kommen würde), würde man zur genau entgegengesetzten Deutung kommen: alles Selbstbetrug. Vielleicht merken auch noch andere, worin die Ironie liegt, doch äußert es keiner. Von allen Seiten erntet Erich Lob für die kunstfertige Ausführung der originellen Idee, hierin sind sich alle einig. Vielleicht verschafft ihm das auch bei anderer Gelegenheit gewisse Freiheiten. Man kann nie wissen.

6

Soulac, Juli 1942.

Die Schreibwarenhandlung (überflüssig zu erwähnen, dass sie in der *Rue Courbet* 15 liegt, es gibt nur eine einzige Schreibwarenhandlung in dem kleinen Ort) hat zwei Eingänge, einen Haupteingang, der zu den Büchern führt, und einen Nebeneingang zu den Schreibwaren und zur Kasse. Die Bücher stehen in einem einzigen nicht sehr großen Raum, der mit einem Durchgang mit dem anderen Raum verbunden ist. Sie stehen in deckenhohen Regalen, und da die Räume immerhin fast drei Meter hoch sind, gibt es natürlich auch eine Leiter. Die Regale stehen um einen großen zentralen Tisch herum, auf dem weitere Bücher pyramidenartig aufgetürmt sind. Es sieht hübsch aus, aber Erich hat noch keine Systematik erkennen können, das heißt, ihm ist noch nicht klar, nach welchen Kriterien die Bücher für den Büchertisch ausgewählt werden, statt sie ins Regal zu stellen. Die Systematik der Regale hingegen ist klar: das Alphabet.

Große dicke samtene Vorhänge schützen die Fenster im Winter vor Zugluft. Der kleinere Nebenraum vereint die Schreibwaren, die Bürobedarfsartikel, einen

Zigarettenständer, einen kleinen Ständer für die Tagespresse, einen größeren für Zeitschriften und die Kasse. Die Briefmarken liegen in einem Fach unter der Kasse. Hinter den beiden Verkaufsräumen gibt es noch einen Büroraum und ein Lager.

Martine errötet, als Erich mal wieder in der Tür erscheint. Eigentlich wollte sie vermeiden, vor ihm zu erröten, ja eigentlich sollte sie Simone rufen und selbst im Nebenraum verschwinden, doch ihr Verlangen, Erich wiederzusehen, ist stärker. Was ist nur los mit ihr? Seit dieser junge Mann bei ihnen seine Zeichenhefte bestellt, ist etwas mit ihr geschehen, was sie sich nicht erklären kann. Sie zittert, ihre sonst feste Stimme klingt brüchig, ihre Hände werden feucht, sie spürt ein Kribbeln unter der Haut. Er spricht ein recht gutes Französisch.

- Guten Abend, Mademoiselle Ribas. Na, sind die Hefte da?
- Einen Moment bitte.

Sie kramt umständlich unter dem Ladentisch, lässt das bestellte Heft im letzten Moment auf den Boden fallen, bückt sich, um es aufzuheben, wischt mit dem Ärmel drüber.

- Es tut mir leid, dass es mir runtergefallen ist.

- Das macht doch nichts. Ich zeichne ja nicht auf dem Umschlag.

Beide müssen lachen.

- Ihr Französisch wird immer besser.
- Ich gebe mir Mühe. Aber allzu viel Gelegenheit, es anzuwenden, habe ich gar nicht. Hätten Sie vielleicht Lust, meine Lehrerin zu sein?

Das ist ihm so rausgerutscht, er hat überhaupt nicht darüber nachgedacht, was er da sagte. Jetzt ist es an ihm zu erröten, und Martine muss leise kichern.

- Mit Vergnügen. Viel Unterrichtszeit dürfte uns allerdings nicht bleiben. Ich sehe Sie ja nur selten.
- Ja leider.

Erich fällt jetzt nichts mehr ein, außer sie noch nach den *Pieds Nicklés* zu fragen.

- Dürfte ich noch einmal einen Blick in die *Pieds Nicklés* werfen? Ich überlege, ob ich sie mir endlich kaufe. Ich finde sie toll.

Während er auf die Stelle im Regal blickt, wo er die *Pieds Nicklés* weiß, hat er auch schon entschieden, den Kauf noch hinauszuzögern, denn so hat er einen Vorwand, in kürzerem Abstand wieder vorbeizuschauen.

Martine geht voran und zieht einen Band aus dem Regal. Beide schauen hinein, und da steht sie nun ganz dicht neben ihm. Ihre kastanienbraunen Locken berühren schon das offene Buch und gleichzeitig Erichs linke Hand. Er spürt das zarte Kitzeln ihrer Haare auf seiner Haut, er spürt, wie sein Herz rast, er spürt das Knistern … Dieses Gefühl hat er bisher nur einmal gehabt, immerhin erkennt er es wieder, er war mal in ein Mädel in der Nachbarschaft verknallt, mit fünfzehn, das ist lange her, seitdem gab es nichts mehr in der Hinsicht.

Scheinbar minutenlang schauen die beiden auf die eine zufällig aufgeschlagene Seite, Simone hat sich längst diskret in den Nebenraum zurückgezogen, und keiner sagt ein Wort. Martines Brust hebt und senkt sich, irgendwie kriegt Erich das noch mit, obwohl er fast gelähmt dasteht und nicht weiß, wie es nun weitergehen soll. Endlich löst sich Martine aus dem Betrachten des Buches und räuspert sich. Es ist das Signal, die Situation jetzt zu beenden, obwohl es ihr schwerfällt. Jeden Moment kann ein Kunde zur Tür hereinkommen, und es darf absolut niemand sehen, dass sie so eng bei einem deutschen Soldaten steht.

Mitten in der Nacht wacht Martine auf und muss an Erich denken. Es ist, also ob er neben ihr stünde, als ob sie seinen Atem neben sich spüre. Doch der nächste

Gedanke ist: Ich kann Vater das nicht antun, er würde kein Verständnis haben, all die gefallenen Kameraden, das hinkende Bein, die Demütigung vor zwei Jahren, als sie unser Land besetzt haben … Ich darf keinen Deutschen lieben, ich darf keinen Deutschen lieben, ich darf keinen Deutschen lieben … Die Stimme des Verstandes. Sie kommt zu dem Schluss, die Begegnungen mit Erich nach Möglichkeit zu vermeiden. Sie zieht Simone ins Vertrauen. Beide werden die Tür scharf im Auge behalten, und sollte sich Erich an der Tür zeigen, wird Martine sich sofort in das Hinterzimmer zurückziehen und Simone ihn bedienen. Die Stimme der Vernunft.

Auch Erich liegt hellwach in seinem Bett. Auch er spürt sie noch neben sich, das zarte Kitzeln der Haarsträhne auf seiner Hand, das Heben und Senken der Brust, die verschmitzten Grübchen, ihre Stimme … Auch Erich hört seinen Verstand: Ich bin ein deutscher Offizier, es ist streng verboten, private oder gar intime Kontakte zu Französinnen zu pflegen, der französische Widerstand setzt Frauen gezielt auf deutsche Offiziere an, um an geheimes Wissen heranzukommen, man hat uns gewarnt, es gab Schulungen zu diesem Thema, ich darf keine Französin lieben, ich darf keine Französin lieben, ich darf keine Französin lieben … Auch Erich kommt zu dem Schluss, dass es so nicht weitergehen kann. Er wird einen

Gefreiten hinschicken, um Skizzenblöcke für ihn zu kaufen, oder noch besser: Er wird sie sich wieder von seiner Mutter schicken lassen. Die Stimme der Vernunft.

Die Wochen vergehen, der Sommer geht langsam in den Herbst über. Soulac bevölkert sich zunehmend mit französischen Arbeitern. In Soulac befindet sich die Bauleitung der Organisation Todt, und die deutsche Führung plant, Soulac und Le Verdon zu einer uneinnehmbaren Festung auszubauen, zur „Festung Gironde Süd". Tausende von Arbeitern müssen in behelfsmäßigen Barackensiedlungen untergebracht werden, ein gewaltiger Stab an Ingenieuren und Bauleitern lebt nun neben den Soldaten der Garnison in Soulac. Es herrscht Betriebsamkeit an dieser bisher eher verschlafenen Küste.

Erich hat soeben das kleine Haus in der *Avenue de la Pointe de Grave* verlassen. Es ist Dienstschluss und man hat sich zum Fußball auf dem Sportplatz verabredet. Valentin und Reinhold dürften schon dort sein, Erich kommt nach, er will noch den Brief an seine Eltern bei der Feldpost abgeben. Nun schlendert er eher, als dass er sich beeilt, irgendwie ist er in Gedanken woanders, vielleicht bei seinen Eltern und seiner Schwester. Er hat kaum die

81

letzten Häuser erreicht, als er ein schrilles Quietschen hinter sich hört und dann das Geräusch eines metallenen Aufpralls auf der Straße. Er dreht sich um und bemerkt, dass jemand mit dem Fahrrad offenbar ungebremst um die Hausecke gesegelt ist. Als er Martine erkennt, schnellt er wie ein Pfeil auf sie zu und hebt sie mit beiden Armen vom Boden auf.

Martine hatte sich an diesem Abend aufs Rad gesetzt, so wie sie es öfters macht, wenn sie das Geschäft schließen. Sie hat nach dem langen Tag hinter dem Tresen das Bedürfnis nach Bewegung und frischer Luft. Oft fahren sie zusammen, Simone und sie, meistens eigentlich, doch heute Abend geht es nicht. Simone hat ihre Tage bekommen.

Martine hätte die Bremse schon längst reparieren müssen oder reparieren lassen, ihr Papa macht das gerne, der Gummi ist völlig runter, aber Papa hat so viel zu tun, neuerdings, mit der Buchhaltung bei der Baufirma. Am Wochenende wird er bestimmt Zeit haben. Jetzt aber los, sonst bleibt keine Zeit mehr für eine kleine Tour, danach muss sie ihrer Mutter beim Abendessen helfen. Als sie die letzten Häuser Richtung Norden passiert und – vielleicht etwas zu schnell – um die Hausecke biegt, sieht sie ihn. Vor lauter Schreck zieht sie wie panisch an der Bremse, doch diese greift nicht, und Martine kann das Fahrrad nicht mehr halten. Sie donnert gegen den Bordstein und stürzt auf die Straße.

Erich hebt sie behutsam in die Höhe, und als sich ihre Augen begegnen, lösen sich die vergangenen Wochen im Bruchteil einer Sekunde ins Nichts auf ... So als wäre die Zeit seit ihrem letzten Zusammentreffen in der Buchhandlung einfach stehengeblieben. Mehr noch: Ihre beiden Körper gehorchen dem Willen nicht mehr, wie in Zeitlupe kommt ihr Körper in Erichs Armen wieder in die Senkrechte, dann steht sie zwar wieder auf den Füßen, doch noch immer in Erichs Armen schmiegt sie sich immer enger an ihn an ...

Die Umarmung scheint nicht enden zu wollen. Doch irgendwann beugt sich Erich zum Fahrrad hinunter, hebt es auf, und die beiden machen sich gemeinsam auf den Weg zur *Rue Courbet*. Martine hinkt leicht, sie hat sich das rechte Knie aufgeschlagen, so wird wohl niemand Verdacht schöpfen, dass ein deutscher Offizier sie nach Hause begleitet. Doch zu dieser Stunde wissen beide, dass ab sofort nichts mehr ist wie vorher. Sie sind ein Paar. Die Stimme des Herzens.

Natürlich sind sie kein richtiges Paar. Ein richtiges Paar zeigt sich als Paar, es genießt es, Hand in Hand herumzuschlendern. Das alles ist in diesen Zeiten nicht möglich. Doch die beiden sind wild entschlossen, sich ihre Liebe nicht verbieten zu lassen. Erich ist es, der die Idee mit der Küche hat. Er hat gehört, dass der Koch des Offizierskasinos dringend eine Küchenhilfe sucht. Er hat zwar eine, das ist aber eine ältere, etwas mürrische Person, die Dufour, die mit ihrer Langsamkeit die Deutschen zu sabotieren scheint. Er braucht jemand jüngeren oder wenigstens jemanden, der zupackt ... und vielleicht auch etwas Deutsch kann.

Martine kann etwas Deutsch, sie hat es in der Schule gelernt, und sie büffelt heimlich wieder die deutsche Grammatik. Das sollte fürs Erste genügen. Erich trifft sich mit ihr bei einbrechender Dunkelheit an einer vereinbarten Stelle in der Nähe des Bahnhofs. Hier hätte man ein Alibi, falls sie jemand beobachten sollte.

- Kannst du dir das in der Küche vorstellen? fragt Erich sie.
- Warum nicht, wir können das Geld gut gebrauchen. Doch was wäre der Vorteil für uns beide?
- Von der *Villa Rufus* führt ein schmaler Stichweg zum Haus in der *Avenue de la Pointe de Grave*. Du bräuchtest

deinen Eltern ja nicht immer präzise Angaben zu deinen Arbeitszeiten zu machen, und wenn unsre Dienstpläne es zulassen, könnten wir uns bei mir treffen. Niemand würde etwas bemerken.

Sie nickt begeistert über die Aussicht, ganz allein bei ihm sein zu können.

- Die Hürde wird sein, meinen Vater zu überzeugen! Er wird von der Aussicht, dass seine Tochter für die Deutschen arbeitet und noch dazu als Küchenhilfe, nicht begeistert sein. Einen Versuch ist es aber wert.

Die beiden trennen sich wieder, nicht ohne sich vorsichtig nach allen Seiten umzusehen und sich dann innig zu küssen.

Noch am selben Abend spricht sie das Thema zu Hause an. Simone hat sie zuvor in ihren Plan eingeweiht.

- Das Geschäft geht schlecht, eigentlich immer schlechter. Niemand kauft Bücher, die Leute halten ihr Geld zusammen.

Alle schauen still auf ihren Teller.

- Worauf willst du hinaus? fragt Albert.

- Ich will darauf hinaus, dass wir – Simone und ich – etwas mehr für die Familienkasse tun könnten.
- Was könnte das denn sein? entgegnet Albert eher unwillig. Seine Frau Corinne schaut erstaunt auf.
- Ich habe mitbekommen, dass die Deutschen jemanden für die Küche im Offizierskasino suchen.

Der Satz fällt wie ein Stein ins stille Wasser. Man könnte auch eine Stecknadel fallen hören. Die Schwestern haben sich auf die erwartbare Frage Alberts vorbereitet:

- Woher weißt du das denn?

Der Plan ist, ihren Vater von Martines Interesse an der Stelle abzulenken und eine andere Fährte zu legen. Simone antwortet daher.

- Ich hab's von Marie Josette. Der Vater beliefert den Koch, und der hat's ihm erzählt.
- Und warum möchte Marie Josette nicht selbst in der Küche arbeiten?
- Weil sie schon für die Deutschen putzt. Das reicht ihr.

Albert braust auf.

- Für die Deutschen putzen, für die Deutschen Kartoffeln schälen, am Ende geht man noch mit den Deutschen ins Bett.

- Albert! fällt ihm Corinne in strengem Ton ins Wort.
- Du hast Recht, ich sollte mich beherrschen. Aber reicht es nicht, dass sie unser Land besetzt haben, dass sie uns gedemütigt haben? Müssen wir uns auch noch selbst demütigen? Schau dir mein Bein an, reicht es nicht, dass sie mir meine Gesundheit geraubt haben?
- Albert, beruhige dich wieder!
- Wie soll ich mich beruhigen, wenn ich mit ansehen muss, wie meine eigenen Töchter mit dem Feind kollaborieren wollen?
- Albert, was redest du da? Von Kollaboration kann doch gar keine Rede sein. Auch wenn ich nicht weiß, ob ich zustimmen soll, dass eine meiner Töchter als Küchenhilfe arbeitet, so steht doch fest, dass es sich hier nur um eine Zivilbeschäftigung handelt. Wir könnten das Geld gut gebrauchen.
- Sieh's mal so, Papa. Ich könnte den Job als Sprungbrett benutzen, um gut Deutsch zu lernen und danach in die zivile Verwaltung zu wechseln. Da wird man besser bezahlt und macht eine angesehenere Arbeit.

Ihre finanzielle Lage ist tatsächlich angespannt, das ist allen nur zu sehr bewusst. Der Plan scheint aufzugehen, dass ihre Mutter sich, ohne es zu ahnen, zu Martines Anwalt macht. Albert Ribas macht es wütend, dass er plötzlich allein gegen die drei Frauen zu stehen scheint, und noch wütender macht es ihn, dass er nicht in der Lage ist, seine Familie von finanziellen Sorgen gänzlich zu befreien, und das, obwohl er sogar an manchen Sonntagen noch die Bücher von Pelletier & Söhne bearbeitet. Ja, es stimmt, der Schreibwarenumsatz geht zurück. Der Tabak hält sich, doch die Buchumsätze gehen dafür noch drastischer zurück als die Schreibwaren. Dieses verfluchte Sperrgebiet bringt ihnen noch den Ruin. Er wird das mit der Küchentätigkeit überschlafen. Sie gehören schließlich zum Bürgertum von Soulac. Da kann ein Mädel nicht einfach als Küchenhilfe arbeiten, und schon gar nicht für die Deutschen. Sowas gehört sich eigentlich nicht. Auf gar keinen Fall käme Simone dafür in Frage, wenn, dann nur Martine. Sie ist die ältere, die vernünftigere, auch die resolutere, falls jemand auf den Gedanken käme, sie mal irgendwann unsittlich anzufassen (allein bei dem Gedanken dreht sich ihm fast der Magen um). Meine Güte, mit welchen Gedanken muss man sich in diesen Zeiten befassen.

Martine kommt mit ihrem Deutsch zurecht. In der Küche muss man ohnehin lauter neues Vokabular lernen, doch das geht wie von selbst, man hat ja die Dinge direkt in der Hand, die Kelle, das Küchenmesser, das Fleischmesser, die Geflügelschere, die Petersilie, den Schnittlauch, den

Koriander, den Liebstöckel. Das hört man einmal und schon kann man es, weil man ja damit umgeht. Und es macht ihr Freude, die Langweile des Schreibwarengeschäfts gegen die Betriebsamkeit der Küche einzutauschen. Der Koch, Gefreiter Petersen, ist nett zu ihr. Er war Schiffskoch, erzählt er ihr, bis das Schiff auf eine Mine gelaufen ist und sie alle zum Dienst in der Küstenbatterie abkommandiert wurden. Viele hier sind Marinesoldaten.

Martine fühlt sich sehr wohl bei ihrer neuen Arbeit, obwohl diese merklich auf die Stimmung zu Hause drückt. Ihr Vater beobachtet sie misstrauisch. Auch hier in der *Villa Rufus* hat sie den Eindruck, als beobachte man sie, genauer gesagt, als wüssten viele von ihrem Geheimnis.

- Keiner weiß davon, völlig ausgeschlossen, sagt Erich.

Was nicht ganz stimmt, denn er hat Valentin und Reinhold ins Vertrauen gezogen. Valentin hatte ihn übrigens schon vor zwei, drei Wochen, noch bevor das mit dem Fahrrad passierte, zur Seite genommen.

- Was ist eigentlich los mit dir? Du redest kaum noch mit uns und ziehst dich immer mehr zurück. Komm, kotz dich aus. Ich glaube, du bist verliebt.

Erich hatte ihn verwundert angeschaut, denn das hatte er sich ja selbst noch nicht einmal zugegeben. Doch was sollte er tun?

- Das wirst du schon selbst herausfinden. Wie dem auch sei, du bist ein Held, meinte Valentin belustigt.

Erich schaute ihn mit verständnislosen Augen an.

- Wenn sie dich liebt und ihr ein Paar werdet, dann bist du ein Held. Die meisten von uns träumen doch von sowas. Und wenn sie dich liebt und du trotzdem standhaft bleibst, dann bist du auch ein Held.
- Und wenn sie mich nicht liebt?
- Sie liebt dich! Dabei musste er schmunzeln, es war nicht so ganz ernst gemeint …

Doch die Sache ist für einen Offizier gefährlich.

- Die Führung weiß zwar, dass man ein paar hunderttausend Mann nicht einfach als Besatzer in ein Land schicken kann, ohne dass es zu Berührungen mit der Bevölkerung kommt und ohne dass die Mädels einem den Kopf verdrehen, und deshalb duldet sie bei den Mannschaftsrängen auch das meiste. Offiziere haben diese Freiheiten nicht. Man munkelt von einigen, dass sie eine offizielle Mätresse haben, das gibt es auch. Doch von uns erwartet man da trotzdem mehr als von den Mannschaften. Gerade jetzt, wo der Widerstand in der Bevölkerung zunimmt …

Das hat Erich nachdenklich gemacht. Aber jetzt ist es zu spät, jetzt gibt es kein Zurück mehr. Und er möchte auch nicht mehr zurück. Er möchte Martine.

Es ist gut, wenn wir misstrauisch bleiben, denkt er bei sich. Und je vorsichtiger wir uns in der *Villa Rufus* verhalten, umso besser. In ihrem Häuschen hat es indes eine Veränderung gegeben, Valentin ist nach oben zu Reinhold gezogen und Erich hat das Zimmer unter dem Dach mit dem Parterrezimmer getauscht. Das lässt ihm und Martine mehr Freiheiten. Sie braucht bloß aus der *Villa Rufus* raus und in den hinteren Gartentrakt einzutreten, dann das Gartentürchen auf und zwischen fensterlosen Mauern entlang dem schmalen Stichweg bis zum letzten Haus vor der *Avenue de la Pointe de Grave* folgen, wo die drei ihr Quartier haben. Sie muss noch nicht einmal den Vordereingang benutzen, wo sie jedermann sehen könnte, es gibt eine Gartentür, zu der sie von Erich einen Schlüssel bekommen hat. Vom Garten kann sie direkt in Erichs Zimmer schlüpfen.

Nach der Arbeit kommt sie zu ihm, wenn er da ist, oder später am Abend, wenn sie zu Hause erzählt, sie mache nur noch einen Spaziergang oder eine kleine Fahrradausfahrt, um sich die Beine zu vertreten, oder früh am Morgen, wenn sie zu Hause erzählt, sie habe Frühschicht. Nie haben sie viel Zeit füreinander, immer nur sind es kurze Zeitfenster von maximal einer Stunde, doch sie sehen sich jetzt regelmäßig, und es reicht, um die Liebe zu entdecken. Beide sind noch ohne jegliche Erfahrung, keiner hatte etwas mit einem anderen, und so genügt auch schon eine halbe Stunde oder eine ganze Stunde, um die Liebe zu entdecken, wie sie nur junge, frisch Verliebte entdecken können, allmählich und Schritt für Schritt, und jeder Schritt eine neue Welt. Man sieht es ihnen an der Nasenspitze an, man hört es an der veränderten Stimme (einer heller gewordenen, noch jugendlicher erscheinenden Stimme), man riecht es förmlich beim Zusammensein mit ihnen, und Valentin und Reinhold machen ihre Scherze mit den beiden. Nur bei ihr zu Hause darf niemand etwas merken, obwohl man blind sein müsste, um es nicht zu sehen. Bei ihr zu Hause stellt sich Martine auf die dunkle Seite des Zimmers, wenn ihre Eltern hereinkommen, zieht dunklere Kleider an, spricht mit leiser Stimme, lässt Simone nach Möglichkeit den Vortritt. Die Eltern wollen die Veränderung nicht wahrhaben, noch nicht.

- Hattest du schon einen Freund?
- Nein, und du?

- Ich auch nicht. Nur dass mich Antoine mal geküsst hat, der Sohn vom Apotheker. Ich hatte dir von ihm erzählt.

- Ja, und wie war es?

- Gar nichts. Antoine und ich kennen uns seit Kindesbeinen an, und seit ich zurückdenken kann, ist Antoine in mich verliebt. Mit fünfzehn wollte er mich küssen, und ich habe ihm nachgeben. Ich hab's mir einfach gefallen lassen, mehr nicht. Ich war neugierig, doch es hat mir nicht gefallen. Er hat es auch nie wieder versucht ...

    Antoine ist in Ordnung. Ein guter Kumpel.

- Ich hatte mal etwas mit einem Mädel aus der Nachbarschaft, Händchenhalten und Küsse. Vielleicht so ähnlich wie bei dir und Antoine.

Beide müssen lachen. Wie weit ist das alles weg. Und wie schwer wird ihnen jetzt die Liebe gemacht. Wenn das alles vorbei ist – und irgendwann muss es ja wohl vorbei sein –, dann werden sie heiraten, dann geht sie mit Erich nach Konstanz oder Erich kommt hierher, oder er bleibt einfach hier. Es muss doch einen Weg geben. Und so absurd es scheint angesichts ihrer Situation: Ohne den Krieg wären sie sich nicht begegnet ...

7

Konstanz, Dezember 1942.

An Weihnachten hat Erich endlich Heimaturlaub. Über ein Jahr hat er seine Eltern und seine Schwester nicht mehr gesehen. Ein Baby ist jetzt dabei, ein fröhlicher pausbäckiger Junge, Herbert, den alle Herbi nennen. Wenn Erichs Vater den Namen sagt, klingt es wie Hörbi, nur guttural, auf Stuttgarter Schwäbisch eben. Herbi ist der einzige Sonnenstrahl, ansonsten liegt eine eigentümliche Schwere auf diesem Jahresende. Alle wissen, was gerade in Stalingrad passiert, Weippert ist im Kessel, doch man spricht nicht davon. Walther ist noch auf Genesungsurlaub, hat einen glatten Durchschuss an der Wade, Heimatschuss. Doppeltes Glück: er war in El Alamein und ist mit einer Ju gerade noch rausgekommen, bevor sich die Reste des Afrikacorps nach Tunesien zurückgezogen haben. Wird man ihn da noch mal hinschicken? Eher nicht, sein Regiment gibt es nicht mehr. An schlimmere Aussichten will man gar nicht erst denken. Allerdings, die Ostfront kann natürlich auch Erich noch blühen. Über all das spricht man nicht, man denkt es vielleicht, aber niemand spricht es aus. Jetzt ist Weihnachten, und alle bitten den Herrgott, er möge seine schützende Hand über die Familie halten. Erichs Vater spricht die Tischgebete … auf Schwäbisch.

Erich liegt auf dem Bett in seinem Zimmer und muss an Martine denken. Was macht sie wohl gerade? Was denkt sie? Sehnt sie sich nach ihm, so wie er sich nach ihr sehnt? Er hat seinen Eltern nichts erzählt, auch Elsa nicht, kein Wort. Es ist Krieg, morgen schon kann alles vorbei sein.

Da liegt der Stapel Skizzenhefte im Regal. Alles ist fein säuberlich aufgeräumt. Seine Mutter hat Ordnungssinn. Schaut sie sich die Skizzen an? Eigentlich ist es Privatsache, geht niemanden was an. Und eigentlich ist es auch egal. Soll sie sie doch anschauen. So hat sie wenigstens was von ihm.

Noch ist hier alles friedlich. Da drüben ist die Schweiz, und dort ist der See. Noch ist in Konstanz keine Bombe gefallen, die großen Städte hat es jedoch schon erwischt. Konstanz ist zu klein, das lohnt sich nicht. Lieber Gott, beschütze diese Stadt und ihre Menschen.

Und lass mich mit Martine zusammen sein.

Als sie zum Abschied noch einmal durch das verdunkelte Konstanz spazieren, fragt er sich, ob er seine Heimatstadt jemals wiedersehen wird. Die Dunkelheit verstärkt die neblige Kälte, es ist gerade einmal fünf Uhr am

Nachmittag, als die Münsterglocke schlägt und sie mit dem Kinderwagen zum Seeufer abbiegen, um noch ein wenig am Wasser entlangzulaufen. Fast wünscht er sich, jetzt an einem anderen Ufer zu sein, einem Ufer mit breitem Sandstrand, doch sofort wischt er diesen Gedanken beiseite. Könnte es sein, dass er so etwas wie heimatliche Gefühle für Soulac entwickelt hat? Es kann nur eine Erklärung dafür geben: Martine.

Soulac, 13. März 1943.

- Die Zeichnungen von Martine haben keine Beschriftung. Nur das Datum und den Ort. Fürchtet er sich davor, dass jemand Unbefugtes was rauskriegt?
- Wahrscheinlich. Schau dir mal diese Skizze an.
- Meine Güte ist das schön gezeichnet.
- Sie sitzt irgendwo am Strand, an einer Düne und schaut mit geschlossenen Augen nach oben, im Hintergrund das Meer. Eine Haarsträhne liegt über ihrer Stirn, ihr Mund ist halb geöffnet, und sie sieht aus, als würde sie lachen. Von rechts streckt sich Dünengras zwischen sie und den Zeichner.

- Wo haben sie denn dieses Plätzchen gefunden? Im Sommer dreiundvierzig wimmelt es doch überall von Bauarbeitern, der Ausbau der Küste zur Festung „Gironde-Süd" ist in vollem Gange.
- Das wundert mich auch.
- Sie wirkt sehr sorglos auf dieser Zeichnung.

Dabei wird die militärische Lage immer angespannter. Nach Stalingrad ist allen klar, dass Deutschland den Krieg verlieren wird. Die *Résistance* bekommt immer mehr Zulauf, verübt immer mehr Anschläge, und die Wehrmacht reagiert mit Repressalien gegen die Bevölkerung. Viele junge Männer entziehen sich dem Arbeitseinsatz in Deutschland dadurch, dass sie in den Untergrund gehen und sich der *Résistance* anschließen.

Die kurzen Zeiten, in denen sie sich sehen, genügen, einander kennenzulernen. Martine ist unbeschwerter, dabei ist sie es doch, die ein Kind austragen müsste, wenn es denn passieren sollte. Erich hat eine Höllenangst davor, dass sie schwanger werden könnte, er malt sich ständig aus, was ihm dann blühen würde: Versetzung an die Ostfront. Er vermeidet es monatelang, überhaupt in eine solche Lage zu kommen, Martine lässt es achselzuckend geschehen. Doch sie liebt ihn bedingungslos. Immer wieder sagt sie es:

- Ich möchte dir ein Kind schenken.

Er sieht ihre grünbraunen Augen, die ihn wie aus einem Kindergesicht anschauen. Im Grunde sind sie doch beide noch Kinder.

- Das wäre für uns beide eine Katastrophe.
- Eine Katastrophe wäre nur, wenn wir uns nicht mehr lieben könnten.

Nach einer Pause fügt sie hinzu:

- Liebst du mich?
- Natürlich liebe ich dich.

Er streichelt ihr Gesicht und blickt traurig über sie hinweg.

Mit der Zeit wird auch er sorgloser. Das Jahr vergeht, und immer kommt pünktlich ihre Monatsblutung. Vielleicht meint es der liebe Gott gut mit ihnen und billigt, was sie tun. Es ist ein schöner Sommer, dreiundvierzig, und ein langer. Noch im Oktober kann man im Meer baden. Vielleicht wird ja alles gut.

8

Soulac, Oktober 1943.

Es ist Samstagabend, weit nach Anbruch der
Dunkelheit. Die Luft ist wunderbar, die Temperaturen noch
gar nicht herbstlich. Martine ist auf dem Weg nach Hause, sie
kommt von einer Verabredung mit ihrer Klassenkameradin
Elise, deren Familie sie zum Abendessen eingeladen hat. Als
sie – schon an der Haustür – den Schlüssel hervorkramt,
bemerkt sie, dass jemand hinter ihr steht. Erschrocken dreht
sie sich um.

- Meine Güte, Antoine! Was machst du denn hier? Es
  ist fast Sperrstunde.
- Martine, ich muss dringend mit dir reden.
- Ich kann dich nicht mit reinnehmen. Was soll ich
  meinen Eltern sagen?
- Wir brauchen nicht lange.
- Die Leute sagen, du seist bei der *Résistance*. Ist das
  wahr?
- Ja, das stimmt. Ich lass' mich doch nicht als
  Zwangsarbeiter nach Deutschland schicken. Hör zu,
  die Deutschen bauen an der Pointe de Grave eine
  gewaltige Festung, und sie sind dabei, Unmengen von

Minen zu verlegen. Ich bin mit einem Kumpel hier, um die Anlage auszukundschaften und die Minenfelder einzuzeichnen.

Sie schlägt die Hände vor den Mund.

- Du darfst niemandem was sagen, und natürlich auch deinem deutschen Freund nicht.
- Du weißt davon … ?
- Fast alle wissen es.

Voller Schreck sieht sie ihn an.

- Das ist ja … entsetzlich. Und jetzt?
- Ich kann dir nur raten: Beende diese Beziehung sofort. Du bist in großer Gefahr. Und dein Freund auch. Ich nehme an, er ist ein anständiger Kerl, sonst hättest du dich nicht auf ihn eingelassen. Aber es ist Krieg, und es geht um Frankreich. Jeder muss sich jetzt entscheiden.
- Pétain ist auch Frankreich.

Antoine antwortet nicht auf diesen Einwand. Er schaut verächtlich an ihr vorbei.

- Hör zu, ich muss wieder weg. Ich wollte dich warnen, und das habe ich jetzt getan. Du weißt, was ich für dich empfinde. Um mich brauchst du dir keine Sorgen zu machen, ich kenne hier jeden Baum. Wir wissen uns zu verstecken.

- Weiß dein Vater, wo du bist und was du machst?

Im Lügen war er noch nie gut, daher schweigt er lieber.

Also weiß sein Vater Bescheid. Antoine bringt seine ganze Familie in Lebensgefahr ...

- Ich muss wieder weg. Man darf uns hier nicht sehen, und gleich kommt die Feldgendarmerie. *Bisou.*

Schon ist er verschwunden.

Sie interessiert sich nicht für die Politik. Ihr Vater lässt auf den *Maréchal* nichts kommen, obwohl er nicht damit einverstanden ist, dass seine Regierung mit den Deutschen zusammenarbeitet. Doch Pétain hat für Ordnung gesorgt. Und wenn er nicht mehr da ist, dann übernehmen vielleicht die Kommunisten, dann bricht das Chaos aus. Das betont ihr Vater immer wieder. Er war schon gegen den *Front Populaire*, gegen Léon Blum. Und jetzt ... die *Résistance*? Was sind das für Leute? Ist Antoine etwa auch ein Kommunist geworden? Das kann doch nicht sein. Antoine, der Sohn des Apothekers ...

Martine ist verwirrt. Langsam, ganz langsam geht sie die Treppe hinauf. Oben warten die drei im Salon schon auf sie.

- Na, wie war's. Habt ihr euch schön unterhalten?
- Ja, ja, gut unterhalten haben wir uns. Nichts Neues. Elise möchte versuchen, irgendwie nach Bordeaux zu kommen. Sie hält es hier nicht mehr aus.
- Was will sie denn in Bordeaux machen?
- Na studieren. Irgendwas studieren. Sie war die Beste in der Schule.

Ein schwieriges Thema. Auch Simone und Martine waren gut in der Schule, doch für ein Studium reichte das Geld der Familie nicht. Martine macht ihren Eltern auch gar keine Vorwürfe, vor allem seit sie Erich liebt. Ihr Mutter antwortet.

- Jetzt ist Krieg. Jetzt wartet man am besten ab. Diesen Rat kann ich auch den Lemoine geben. In Bordeaux ist eine junge Frau in größerer Gefahr als auf dem Land oder hier an der Küste.

Das Gespräch versiegt und Martine und Simone ziehen sich in Martines Zimmer zurück, um noch ein wenig zu reden.

- Antoine hat mich vor der Tür abgefangen.

102

- Antoine?

Simone ist genauso überrascht wie Martine es war.

- Er sagt, er sei untergetaucht, bei der *Résistance*.

Simone ist entsetzt.

- Und er sagt, alle wissen von mir und Erich.

Simone schaut unter sich.

- Hat er recht?
- Ich weiß es nicht. Ich weiß nur, dass viele Leute nicht mehr bei uns kaufen. Niemand sagt etwas, aber vielleicht ist das ja der Grund.
- Und nun?
- Ich weiß nicht.

Martine denkt gar nicht daran, ihre Liebe dem Vaterland zu opfern, wie es Antoine von ihr verlangt. Sie möchte Erich behalten, und sie möchte mit ihm glücklich sein. Doch die Begegnung mit Antoine bringt sie auf eine Idee. Es ist eine absurde Idee, zugegeben, die Idee einer verzweifelten jungen Frau, aber wenn sich die Lage weiter zuspitzt und bevor man Erich vielleicht am Ende nach Russland schickt ... Vielleicht würde Erich die Seiten wechseln, bevor es zu spät ist. Es ist, wie gesagt, die Idee einer Frau, einer verliebten und verzweifelten jungen Frau, und Martine wagt es auch gar nicht, Erich diese Idee mitzuteilen … Vorerst nicht.

- Großvater hatte wahrscheinlich diese Freundin in Soulac, wir haben sein Skizzenheft: Er hat sie über ein halbes Dutzend Mal gezeichnet, das ist nicht irgendwer, und man fand damals nicht irgendeine junge Frau, die sich einfach so ein halbes Dutzend Mal von einem jungen deutschen Wachtmeister zeichnen lässt. Welche Optionen hatte er?
- Kaum eine. Das endete fast alles im Nichts, entweder weil die Einheiten versetzt wurden, sich vierundvierzig nach Deutschland zurückzogen, oder weil die Männer in den Abwehrkämpfen fielen.
- Haben eigentlich Deutsche in Frankreich die Seite gewechselt? Weißt du was darüber?
- Es gab einige. Vor allem überzeugte Kommunisten und Fälle wie der „Schutzengel von Bordeaux". Man darf die Kameradschaft nicht unterschätzen. Es ist einfach unglaublich schwer, die eigenen Kameraden sozusagen zu verraten, auch wenn man überzeugt

davon ist, dass es der richtige Weg ist. Und nicht zu vergessen: Man hat einen Eid geschworen.

- Der Schutzengel von Bordeaux?

- Ja, das war ein deutscher Marinesoldat, Hans Stahlschmidt, der für einen Bunker in Bordeaux verantwortlich war, in dem die Zünder für die Sprengung der Hafeneinrichtungen lagerten. Er sprengte diesen Bunker selbst in die Luft, wodurch dann die Zünder für die Sprengung des Hafens fehlten und vermutlich tausende Menschenleben gerettet wurden. Der Mann tauchte anschließend im französischen Untergrund unter. Zweitausendzwölf wurde der Hafen von Bordeaux nach ihm benannt.

9

Soulac, 10. Februar 1944

Rommel besichtigt den Flakstand. Kein gutes Wetter, aber tolle Stimmung, Rommel macht uns Mut.

- Was machte denn Rommel in Soulac?
- Ganz einfach, Rommel war vierundvierzig für die Fertigstellung des Atlantikwalls zuständig und besuchte alle wichtigen Stellungen. Die Festung Gironde-Süd war wahrscheinlich die größte und wichtigste Verteidigungsposition am Atlantik, von daher war es logisch, dass er ihre Einsatzbereitschaft prüfte. Die Bauleitung hatte in diesem Riesensandkasten über hundertfünfzig Bunker rund um die gewaltige dreistöckige Kommandozentrale errichten lassen, und man erwartete, dass diese Festung auch schwersten Bombardements standhalten würde.
- Was war denn der Plan dahinter? Wenn die Alliierten an einer anderen und wenig befestigten Stelle angreifen würden und die Festung Gironde-Süd

einfach links liegen lassen würden, dann wäre sie doch völlig nutzlos.

- Nun, der Plan war, dass eine solche Festung monatelang eine Bedrohung des Hinterlands darstellen und größere Truppenkontingente des Gegners binden würde. Man ging davon aus, dass eine Invasion, wenn sie denn überhaupt Fuß fassen könnte, wieder zurückgedrängt werden würde, und dann könnten solche Festungen als Brückenköpfe im Rücken des Feindes genutzt werden. Dafür mussten sie jedoch auch in jeder Hinsicht autark sein. Und das war eine enorme Herausforderung. Man hatte eine eigene Waffenschmiede vor Ort, ein Lazarett und sogar zwei Bauernhöfe mit einer Landwirtschaftskompanie. Die Anlage war hochmodern, mit einem ausgeklügelten Belüftungssystem, einem ausgedehnten Telefonnetz und Kasematten für über viertausend Soldaten.

- Er hat Rommel ganz in den Mittelpunkt der Skizze gestellt.

- Ja, das sieht beeindruckend aus, wie er den Rommel da vor eine Wand hoher Militärs stellt. Rommel steht ganz entspannt da, mit seinem langen Ledermantel, dem weißen Schal und dem Marschallstab in der Rechten und nimmt den Bericht entgegen, wahrscheinlich vom Kommandeur der beiden Flakkompanien. Dein Großvater hatte ein gutes Auge für offene und versteckte Ordnungen. Ein paar Federstriche genügen, und Rommel kommt hier ganz klar als Oberbefehlshaber zur Geltung.

- Es sieht so aus, als würde er ihn von der Flakstellung herab zeichnen.
- Das vermute ich auch. Offiziere und Mannschaften durften auch Fotos machen, Rommel war ja sowas wie ein Superstar. Er wurde verehrt ... und inszeniert.

Rommel kommt am Morgen in Soulac an und wird nach einem kurzen Empfang bei Korvettenkapitän Schillinger den höheren Offizieren vorgestellt. Man besichtigt zunächst die Flak- und Artilleriestellungen, dann den zentralen Kommandobunker und begibt sich anschließend in den Salon des Offizierskasinos in der *Villa Rufus*. Danach gibt es ein gemeinsames Mittagessen mit den höheren Offizieren im Speisesaal. Martine erwischt einen kurzen Blick auf Rommel, für Erich reicht es nicht, denn der Speisesaal fasst natürlich nicht alle, und so müssen die Feldwebel und Leutnants in der Mannschaftskantine essen. Im Salon zeigt sich Rommel amüsiert von dem Wandfresko mit den Fußballspielern, bis vor kurzem war es tatsächlich noch möglich, dass Deutsche und Franzosen gemeinsam am Strand Fußball spielten … Am Nachmittag machen der Feldmarschall und sein Gefolge einen Rundgang. Die Offiziere laufen durch die *Rue de la Plage* zum Meer, vorneweg eine Musikkapelle, dann zum *Hotel de la Plage*, wo man einen *apéritif* einnimmt. Rommel besichtigt noch die Verteidigungslinie direkt am Strand und zeigt sich zufrieden mit dem Stand der Arbeiten. Ein Feuerwerk am Abend rundet den offiziellen Besuchsteil ab. Er verbringt die Nacht in der Villa Faust, die einem Studienfreund von Kommandant Schillinger gehört. Der Eindruck, den Rommel auf die Truppen macht, ist überwältigend, die Aura des Wüstenfuchses verfängt, macht Mut. Mit ihm an der Spitze wird man den Atlantik zu verteidigen wissen, die Alliierten können ruhig kommen. Oder ist es eher der Mut der Verzweiflung?

Soulac, 13. Februar 1944

Ihr Lieben zuhaus,

ich schreibe Euch diesmal etwas ausführlicher, weil es was ganz Besonderes zu berichten gibt: Feldmarschall Rommel hat vor drei Tagen unsere Stellungen besichtigt. Großer Bahnhof, ich kann euch sagen, mit Musikkapelle und allem. Der Wüstenfuchs ist ein wunderbarer Mann, wir haben alle volles Vertrauen in ihn. Er strahlt genau das aus, was wir hier eine ganze Weile vermisst haben: Zuversicht und Perfektion. Ja, er kann's, das hat er in Afrika gezeigt und davor auch schon in Frankreich. Er hat durchgesetzt, dass die Küste auch am Strand besser verteidigt wird, und wir können jetzt davon ausgehen, dass der Feind, wenn er es denn wagen sollte, hier anzugreifen, gar nicht erst über den Strand hinauskommt.

Er ist übrigens ein ganz bescheidener Mann, er isst mit allen zusammen im Offizierskasino. Er hat mich sogar rufen lassen, weil er wissen wollte, wer das Wandbild gemalt hat (davon hatte ich euch erzählt). Man holt mich also in den Speisesaal, als Rommel noch beim Essen ist, und da steht er auf, gratuliert mir persönlich und lobt die Ausführung der Arbeit. Damit hätte ich nie gerechnet, der Oberst wäre so weit nicht gegangen.

Rommel ist noch eine Nacht in Soulac geblieben, hat ihm wohl gut gefallen bei uns, obwohl das Wetter nicht besonders war. Jetzt wissen wir, dass wir hier richtig sind. Macht euch keine Sorgen, es wird alles gut werden. Man hat riesige Bunker für uns gebaut, wie sind hier so sicher wie in Abrahams Schoß.

Auch die Verpflegung stimmt nach wie vor, wir haben alles, was wir brauchen, natürlich auch jede Menge Wein aus der Region. Wenn der Krieg vorbei ist, besuche ich die Gegend mal mit euch zusammen.

Seid alle herzlich gedrückt, ganz besonders Elsa und Herbi,

Euer Erich.

- Glaubt er das alles, was er da erzählt, oder will er nur
  zu Hause Mut machen?

- Eher Letzteres. Obschon der Mythos Rommel auch
  eine Rolle spielt. Anfang vierundvierzig klammert man
  sich an jeden Strohhalm, noch sind die Alliierten nicht
  gelandet, und die Männer am Atlantikwall spielen das
  Spiel mit. Alle wissen natürlich, dass es ein Spiel ist,
  doch einen Rest Hoffnung will man sich nicht nehmen
  lassen.

Soulac, Frühjahr 1944.

Es wird langsam wieder warm. Ende April steigen die
Temperaturen kurzzeitig auf über zwanzig Grad. Doch die
Menschen können diesen Frühling nicht genießen, zu sehr
lastet die allgemeine Verknappung aller Güter des täglichen
Bedarfs auf ihnen. Der Bedarf des Reichs und der Wehrmacht
an Versorgungsgütern aller Art ist riesig, das Land wird
ausgequetscht und man macht regelrecht Jagd auf
Arbeitskräfte für den Bunkerbau und für die
Rüstungsindustrie in Deutschland.

Am sechsten Juni landen die Alliierten in der Normandie. Im Südwesten bleibt die Lage ruhig. Am achtundzwanzigsten Juni wird Erich zu Oberst Faulhaber gerufen.

- Meine Güte, Pfeifer, in welchen Schlamassel haben sie sich da gebracht?

Erich schaut ihn verblüfft an. Er weiß nicht, um welchen Schlamassel es sich handeln könnte, doch der Ton wirkt bedrohlich und im selben Augenblick durchzuckt ihn ein Gedanke: Martine.

- Man hat sie denunziert, Pfeifer. Eine gewisse Martine Ribas, die Tochter des Schreibwarenhändlers, wurde beobachtet, wie sie sich in das Haus schlich, das Sie zusammen mit Wachtmeister Vetter und Wachtmeister Hartmann bewohnen. Sie sollen seit über einem Jahr schon ein Verhältnis zu ihr haben. Sie arbeitet bei uns in der Küche. Was haben Sie dazu zu sagen?

Erich weiß auf einen Schlag, was los ist. Die alte Schlange Dufour muss ihr nachspioniert und sie denunziert haben. Doch was sollte sie davon haben? Er antwortet leise und mit stockender Stimme:

- Es entspricht der Wahrheit. Mehr kann ich leider nicht dazu sagen. Es tut mir leid.
- Hören Sie zu, Pfeifer. Sie sind ein netter Kerl. Aber ich kann Ihnen maximal vierundzwanzig Stunden Zeit geben, um die Geschichte zu beenden, sonst muss ich Disziplinarmaßnahmen gegen Sie einleiten. Fräulein Ribas ist selbstverständlich mit sofortiger Wirkung entlassen. Die Lage ist ernst, der französische Widerstand bedrängt uns von allen Seiten, und wir können uns keine Fehler erlauben.

Was nun? Wie betäubt geht er auf seinen Posten zurück und bittet Valentin und Reinhold, nach dem Dienst sofort in ihr Haus zu kommen, er müsse etwas Dringendes mit ihnen besprechen. Martine nie wieder sehen? Eine unglaubliche Verzweiflung überkommt ihn bei dem Gedanken. Nein, völlig ausgeschlossen … Sie ist das Glück seines Lebens.

Die nächsten Stunden sind die Hölle für ihn. Valentin und Reinhold sind kurz nach achtzehn Uhr zurück in ihrem Haus. Sie treffen fast zeitgleich ein.

- Faulhaber hat mir bis morgen Zeit gegeben, mit Martine Schluss zu machen. Die alte Schlange Dufour, die von der Küche, hat ihr nachspioniert und uns verraten.

113

- Was willst du machen? antwortet Reinhold.

- Das wollte ich von euch wissen.

- Du hast gar keine Wahl. So schlimm es ist, du würdest strafversetzt werden.

Valentin hat die ganze Zeit nichts gesagt. Jetzt äußert er einen Gedanken:

- Strafversetzt – wohin? Die Zufahrtswege in den Médoc sind vom französischen Widerstand unterbrochen. Das Oberkommando will, dass wir uns hier einigeln. Selbst wenn Faulhaber das so anordnen würde, hier kommt morgen schon niemand mehr raus. Vielleicht gäbe es die Möglichkeit, ihm zu sagen, dass du selbstverständlich mit Martine Schluss machst, dass du Martine aber trotzdem heimlich irgendwie triffst.

- Das dürfte schwierig werden. Wir sind in höchster Alarmbereitschaft. Du weißt selbst, dass wir nirgends mehr hindürfen.

- Das ist richtig. Und wenn Martine nicht mehr in der *Villa Rufus* arbeitet, dann habt ihr auch keine Kontaktmöglichkeiten mehr.

- Vielleicht hau ich ab.

- Was meinst du damit?

- Vielleicht gehe ich in den Untergrund, zu den Franzosen.

- Du bist bekloppt. Meinst du, die haben auf dich gewartet und werden dich mit offenen Armen empfangen? Wenn's ganz dumm läuft, stellen sie dich an die nächste Wand. Schlag dir das aus dem Kopf. Wir sitzen in der Mausefalle.

Es klopft an der Terrassentür, Martine steht draußen. Reinhold und Valentin ziehen sich nach oben zurück. Sie schluchzt, als Erich sie reinlässt.

- Liebes, wo kommst du jetzt her? Du müsstest doch zu Hause sein.
- Ich bin weggelaufen. Als ich vorhin nach Hause kam, war alles im Aufstand. Die Alte hat mich bei meinem Vater angeschwärzt. Ich bringe sie um.
- Du meine Güte, wie kommt sie dazu?
- Ich weiß es auch nicht, aber mein Vater will mich nicht mehr sehen. Ich weiß mir nicht mehr zu helfen.

Erich hält sie fest in seinen Armen.

- Sie hat auch mich beim Oberst angeschwärzt. Er verlangt, dass ich unser Verhältnis sofort beende.

Noch nie hat er sich so verzweifelt gefühlt, noch nie so ausweglos. Die beiden setzen sich auf die Bettkante.

- Hab vorhin mit Valentin und Reinhold gesprochen. Sie wissen auch nicht weiter.

Martine hört für einen Moment auf zu schluchzen, als sie plötzlich einen Gedanken hat, einen Gedanken, der sie schon seit längerem beschäftigt. Vielleicht ist der Zeitpunkt jetzt gekommen.

- Und wenn du in den Untergrund gehst? Die *Résistance* würde dich bestimmt verstecken.
- Oder sie würde mich an die Wand stellen.
- Nein, das würden sie bestimmt nicht tun. Antoine würde für dich bürgen.
- Glaubst du, das würde er für mich tun?
- Natürlich! Er würde es für mich tun! Und außerdem: Du bist wichtig für sie. Du kennst die Festung und die Stützpunkte, du kennst die Lage der Minenfelder. Man würde dich verstecken. Du und ich, wir könnten gemeinsam fliehen.

Erich sagt nichts. Seine Kameraden verraten, das könnte er nicht. Ihm wird speiübel bei dem Gedanken.

Am nächsten Tag meldet sich Erich bei Oberst Faulhaber und sagt ihm, dass er die Beziehung zu Martine beendet habe.

Er sieht Martine noch einmal, am achtzehnten Juli. Sie hat zwar Hausarrest, doch mitten in der Nacht kommt sie zu ihm in die *Avenue de la Pointe de Grave*. Wie es ihr gelungen ist, sich unbemerkt aus dem Haus zu schleichen, bleibt ihr Geheimnis. Als die Sonne zart am Horizont aufgeht, ist sie bereits wieder zu Hause. Ihr Vater redet seit nunmehr drei Wochen kein Wort mehr mit ihr, die Mahlzeiten finden meist ohne ihn statt. Er fühlt sich von ihr hintergangen, eine Welt ist für ihn zusammengebrochen. Ihr Mutter Corinne sitzt zwischen den Stühlen, an Albert kommt allerdings auch sie nicht ran. Simone hält zu Martine, doch sie hat große Angst. Was soll aus ihnen werden, wenn der Vater auch sie verstößt?

Am zweiten August steht Martine noch einmal mitten in der Nacht auf. Diesmal allerdings geht sie nicht zu Erich, sondern läuft in die entgegengesetzte Richtung, wo ein Mann am südlichen Ortsausgang auf sie wartet. Es ist eine warme Sommernacht, und Martine muss befürchten, dass noch andere Personen unterwegs sind, vielleicht weil der eine oder andere nicht schlafen kann. Doch niemand bemerkt sie. Die beiden laufen durch den Pinienwald. Ein Hund schlägt an, nichts regt sich, dann passieren sie sumpfiges Gelände, die Deutschen haben hier die Schleusen geöffnet, doch das Wasser steht noch nicht sehr hoch, sie kommen gut voran. Endlich stoßen sie auf zwei Fahrräder, die offensichtlich gezielt für sie bereitgestellt wurden. Mit den Rädern gelangen sie bei Morgengrauen bis nach Montalivet, wo sie den deutschen Kontrollpunkt entlang eines kleinen Waldstücks umgehen können. Hinter dem Ort erwartet sie eine voll betankte schwarze *Traction avant*. Antoine dankt dem Mann, der Martine hierhergebracht hat. Antoine fährt mit Martine über kleine Straßen weiter, umgeht Bordeaux im Süden, um dann nach Nordosten abzubiegen. Sie werden nun fast drei Tage lang unterwegs sein, immer wieder müssen sie Kontrollpunkte der *Résistance* passieren, doch Antoine kann alle Fragen klären. Am fünften August erreichen sie Grenoble und stellen den Wagen in einer privaten Garage in der *Rue Ampère* ab. Sie gehen die Treppe hinauf zum zweiten Stock, wo sie Antoines Onkel begrüßt. Sie sind am Ziel.

- Wieso Grenoble?
- In Grenoble wohnt Antoines Onkel. Ich kann das ansatzweise aus Catherines Biografie rekonstruieren. Mehr Anhaltspunkte habe ich nicht, doch wenn es stimmt, was ich vermute, dann ist Antoine Leroux mit ihr Anfang August nach Grenoble gefahren, wo sein Onkel eine Apotheke betreibt. Die Leroux-Brüder waren beide Apotheker. Sie finden dort vorerst Unterschlupf.

Ende August weiß Martine dann, dass sie schwanger ist.

- Ein heikles Thema.
- Ja, auf alle Fälle. Die Frage der Vaterschaft.
- Wusste sie, dass Erich der Vater ist?
- Keine Ahnung, es könnte gut sein. Vielleicht ist es bei ihrem letzten Treffen passiert.
- Catherine, deine Halbschwester!
- So ist es. Es hätte aber auch sein können, dass Antoine der Vater ist. Die beiden sind tagelang auf versteckten Wegen im Süden Frankreichs unterwegs, inmitten großer Gefahren, jeden Moment können sie zwischen die zurückströmenden deutschen Truppen geraten, zwischen die Fronten, oder von der *Résistance* für Kollaborateure auf der Flucht gehalten werden. Was sich da genau zwischen den beiden abgespielt hat, kann niemand wissen, vielleicht noch nicht einmal sie selbst.
- Hat Antoine sie so sehr geliebt?
- Davon gehe ich aus. Alles, was ich den Gesprächen mit Catherine und ihrem Werdegang entnehmen kann, deutet darauf hin. Und was er für Martine getan hat, spricht eigentlich Bände. Doch wie gesagt, das sind nur Vermutungen, mehr nicht.

10

Soulac, August 1944.

Im August ist es ruhig, in Soulac. Die Atlantikküste bleibt von den Kämpfen unberührt und die Alliierten wie auch der französische Widerstand lassen den Médoc ‚links liegen'. Man ist vorerst damit beschäftigt, den deutschen Truppen nachzusetzen, die sich nach Norden, Richtung Deutschland, zurückziehen. Am vierundzwanzigsten August wird Paris befreit.

Die Deutschen in Soulac bereiten die Abriegelung der Festung Gironde Süd vor, indem man die Verteidigungslinie von Montalivet zur Pointe aux Oiseaux über Vensac verstärkt. Ein paar Tage später und Martine hätte es nicht mehr bis Montalivet geschafft. Am fünfundzwanzigsten August werden ein deutscher Zerstörer und ein deutsches Torpedoboot vor der Küste versenkt, die Besatzungen können sich in die Festung Gironde Süd retten und verstärken die Verteidiger, insgesamt nun knapp viertausend Mann. Am fünfundzwanzigsten versammelt Generalmajor Mayer alle Offiziere in seinem Quartier in der *Villa Ferrenjack* in Soulac.

- Meine Herren, ich brauche Ihnen wohl kaum die Lage zu erklären, Paris ist gestern von den französischen

Truppen eingenommen worden. Ich habe den Befehl erhalten, die Festung Gironde-Süd zu halten und ich bin fest entschlossen, diesen Befehl bis zur letzten Patrone auszuführen. Wir werden übermorgen damit beginnen, die französische Polizei aufzulösen. Diese Männer werden nach Bordeaux gebracht. Desgleichen alle Fremdarbeiter. Jeder, der vor neununddreißig hier gewohnt hat, darf bleiben. Am Dreißigsten werden alle Brücken nach Süden gesprengt. Danach gibt es keinen Warenverkehr mehr mit der Region.

- Was geschieht mit den vielen Bauingenieuren der Organisation Todt?

- Gut, dass Sie das ansprechen. Die Leute werden nach Royan gebracht und vom dortigen Flugplatz aus evakuiert.

- Und werden wir in unseren Häusern bleiben?

- Nur noch bis Anfang September. Dann werden sich alle in die neuen Bunker zurückziehen. Bis dahin hat die Intendantur Zeit, unsere Versorgungslage zu verbessern. Wir werden sämtliches Schlachtvieh, sämtliches Geflügel und alle Vorräte der Dörfer und Höfe im Vorfeld requirieren müssen, die Bewohner werden nach Süden evakuiert. Das ist hart für die Betroffenen, doch wir haben keine andere Wahl. Wir brauchen Vorräte für mindestens ein halbes Jahr.

Übrigens stehen in der Heimat die Versuche mit neuen, hocheffizienten Waffen kurz vor dem Abschluss. Mehr kann ich dazu nicht sagen, uns wurde jedoch versichert, dass es sich um Vernichtungswaffen handelt, wie sie die Welt noch nicht gesehen hat und die es uns erlauben werden, den Feind in Kürze an allen Fronten zurückzuwerfen. Bis dahin müssen wir die Festung Gironde-Süd halten. Meine Herren, Sie können sich zurückziehen.

Das beschauliche Miteinander von Besatzern und Besetzten nimmt ein jähes Ende. Die Cafés sind zwar geöffnet, doch die Tische sind fast leer. Der Ort wirkt noch nicht gänzlich wie eine Geisterstadt, aber das geschäftige Treiben hat aufgehört. Erich, Reinhold und Valentin haben ihr Häuschen in der *Avenue de la Pointe de Grave* geräumt und sind wie alle in die neuen Bunker umgezogen. Sie üben neuerdings den Einsatz der Flak zur Panzerabwehr, auch einige Flakstellungen im nordöstlichen Vorfeld müssen verstärkt werden. Die Nerven sind angespannt, und gelegentlich hat jeder einen vollen Tag Dienstbefreiung, um sich in Soulac zu entspannen. Man geht in ein Café oder vertreibt sich die Zeit am Strand. Fußball am Strand sorgt immer wieder für Abwechslung.

Der Herbst bringt weitere unangenehme Überraschungen. Dem Feind gelingt es, mit einem Handstreich einen Vorposten zu überraschen und die Soldaten dort gefangen zu nehmen. Schlimmer für die Moral der Truppen ist es, dass nicht nur etliche Mannschaften, sondern auch zwei Unteroffiziere zu den Franzosen übergelaufen sind. Auch Erich denkt immer wieder über diese Möglichkeit nach. Er muss Martine wiedersehen. Doch die Widerstände sind unüberwindlich. Er ist kein Deserteur, er kann seine Kameraden nicht auf diese Weise im Stich lassen, ja verraten. Und er hat einen Eid geleistet. Auch Selbstmordgedanken sind ihm nicht mehr fremd.

- Wie kommen wir aus dieser Falle wieder raus? murmelt Valentin, mehr zu sich selbst.
- Tot, antwortet Reinhold trocken.

Allen dreien ist wahrlich nicht nach heldenhaftem Sterben zu Mute. Erich mag die Hoffnung nicht aufgeben, Martine wiederzusehen und sie zu heiraten. Wo sie sich wohl aufhält? In Soulac ist sie nicht mehr, so viel steht fest. Nur Simone ist noch in der Schreibwarenhandlung, die allerdings die meiste Zeit geschlossen ist. Wovon leben die Ribas jetzt?

- Was haben wir hier bloß angestellt?

Ende Oktober macht die Nachricht die Runde, dass man die alte Dufour tot aufgefunden hat, erschlagen in ihrem Haus. Erich kann eine gewisse Genugtuung nicht verbergen:

- Es gibt doch noch sowas wie Gerechtigkeit.

Das bringt ihm zwar Martine nicht zurück, doch wenigstens ist die Alte nicht ungeschoren davongekommen. Bloß: Wer könnte das getan haben?

- Gibt es denn eine heiße Spur, wer ihr Mörder sein könnte? Weißt du was, Valentin?
- Nichts, gar nichts. Die französische Gendarmerie ist weg, und die Feldjäger bekommen aus den Leuten nichts raus. Es heißt, die Alte habe ihre Landsleute bespitzelt und habe Namen von Leuten genannt, die sich dem Arbeitsdienst entzogen haben. Manche von denen wurden gestellt.
- Von wem weißt du denn das? fragt Reinhold.
- Nowotny hat es erzählt. Und der will es von seiner französischen Freundin wissen.

Erich kann sich nicht zurückhalten. In bitterem Ton kommt es aus ihm heraus:

- Nowotny hat eine Freundin in Soulac?

- Hatte. Er musste die Beziehung ebenfalls beenden. Wenigstens sehen sie sich dann und wann, wenn er Ausgang hat. Er ist kein Offizier.
- Sie riskiert Kopf und Kragen! wendet Reinhold ein.
  Nicht bei uns Deutschen, wir tun ihr nichts, aber bei den Franzosen. Man hört schlimme Dinge, wie sie mit den Frauen umgehen, die ein Verhältnis mit einem Deutschen hatten oder gar ein Kind. Es heißt, man schert ihnen die Köpfe, malt ihnen ein Hakenkreuz auf die Stirn, mancherorts werden sie nackt durch die Straßen getrieben.

Erich muss an Martine denken, er ist besorgt um sie. Hoffentlich ist sie irgendwo, wo man nichts von ihm weiß. Er muss voller Grauen an die heftige, hasserfüllte Reaktion ihres Vaters denken. Auch der Gedanke an die alte Dufour lässt ihn nicht los. Für echtes Mitleid mit ihr reicht es zwar nicht, doch krampft sich ihm der Magen bei der Vorstellung, dass die offenbar alleinstehende Frau in ihrem eigenen Haus erschlagen worden ist:

- Ich versteh das mit der Dufour nicht. Wenn sie Franzosen bespitzelt haben soll, was hatte sie denn davon? Und warum hat sie Martine und mich denunziert? Und noch dazu bei ihrem Vater ... Das ergibt doch keinen Sinn.

- Das hätte ich auch gern mal gewusst! fällt Valentin ein.

- Vielleicht gibt es solche Leute, die nicht anders können, als andere zu bespitzeln und zu denunzieren, krankhaft! meint Reinhold.

- Ja, vielleicht kommen sie sich dadurch wichtig vor.

- In Zeiten wie jetzt können sich diese kranken Typen ungestört austoben.

- Ganz ungestört auch nicht. Schau, wie's mit der Dufour ausging.

Schweigen breitet sich aus. Nach einiger Zeit ergreift Reinhold wieder das Wort.

- Und warum müssen gerade wir hier elend verrecken?

- Warte mal ab. Ich hoffe immer noch, dass Mayer die weiße Fahne schwenkt, wenn's los geht, und wir alle wieder nach Hause geschickt werden.

- Das glaubst du doch selbst nicht. Wir haben hier Unmengen von Minen verlegt, und wir haben die Küste mit unseren Bunkern zubetoniert. Glaubst du, die machen das alles allein wieder weg?

- Was ist mit den Wunderwaffen? Es heißt, wir hätten neuerdings Bomben, die alles in den Schatten stellen, was es bisher gab.

- Das müsste dann aber schnell gehen. Viel Zeit haben wir nicht mehr. Frankreich ist doch schon verloren.

- Bis auf unsre tolle Festung.
- In der Bretagne halten auch noch ein paar von uns aus.
- Wenn wir hier noch lange rumsitzen, haben wir nichts mehr zum Knabbern.
- Ich glaube sowieso nicht, dass die Franzosen uns frontal angreifen werden, ja noch nicht einmal, dass sie uns überhaupt angreifen. Sie werden uns aushungern. Das kostet sie keinen einzigen Mann. Allenfalls werden sie uns bombardieren, bis wir mürbe sind.
- Mürbe werden wir auch so. Wenn wir wenigstens Post von zuhause bekommen oder Post nach Hause schicken könnten.

- Ich hab mal ein bisschen recherchiert, um rauszufinden, wie die letzten Monate in der „Festung Gironde Süd" verliefen. Allzu viel findet man nicht dazu. Am siebenundzwanzigsten November wird Generalmayor Mayer durch Oberst Sonntag ersetzt. Mayer ist kränkelnd und gilt als seiner Aufgabe nicht mehr gewachsen. Sonntag kommt von der Ostfront, ist gerade mal vierunddreißig und hat das Eiserne Kreuz mit Eichenlaub. Er wird in einem

Wasserflugzeug eingeflogen, das wiederum Generalmayor Mayer mitnimmt. Am fünften Januar wird Royan bombardiert, die Bomben zerstören jedoch nur die Altstadt und verfehlen die deutschen Verteidigungsanlagen. Von der Festung Gironde Süd können die deutschen Soldaten das Flammenmeer am anderen Ufer des Flusses beobachten, fast fünfhundert Zivilisten sterben an diesem Morgen, tausend werden verwundet. Am vierten März kommt Oberst Sonntag durch einen Unfall ums Leben und wird am neunten durch den aus Jersey eingeflogenen Oberst Prahl ersetzt. Das Oberkommando der Wehrmacht gibt nach wie vor die Parole aus, dass in Kürze neuartige Waffen, Wunderwaffen, zur Verfügung stehen, die zu sofortigen Waffenstillstandsverhandlungen führen werden. Bis dahin muss durchgehalten werden, auch in den Atlantikfestungen.

- Gab es denn keine Verhandlungen?
- Doch, die gab es, schon unter Oberst Sonntag. Doch es ist schwer, rauszukriegen, wie ernst die gemeint waren. Robert sagte, der deutsche Kommandant habe einen Abzug mit allen militärischen Ehren gefordert, und als man ihm den verweigerte, habe er nur geantwortet: Dann kommt uns eben holen. Das ist die

128

Erzählung der Leute hier. Doch andere Quellen behaupten, die Verhandlungen seien von der deutschen Seite nur vorgeschützt worden, in Wirklichkeit habe man Zeit gewinnen wollen.

Jedenfalls führen sie zu nichts. Am vierzehnten April beginnt der Angriff. Die Franzosen bombardieren die Festung mit massivem Geschützfeuer des Panzerkreuzers Lorraine und des Kreuzers Duquesne, mit Trommelfeuer aus hunderten schwerer Geschütze zu Land und zehntausend Tonnen Bomben aus der Luft.

Am Abend des dreizehnten April neunzehnhundertfünfundvierzig spielen Valentin, Reinhold und Erich noch einmal Skat. Sie wollen sich ablenken, denn die Nachrichten, die die Funker vom Feind abfangen und entschlüsseln können, lassen keinen Zweifel mehr zu, dass der Angriff unmittelbar bevorsteht. Erich hat Angst.

- Ich bin nicht richtig bei der Sache. Ich sag's euch ehrlich, ich hab' Schiss.
- Das haben wir alle. Zuhause geht's auch zu Ende. Der Russe ist schon in Berlin und der Amerikaner an der Elbe. Was zum Teufel machen wir noch hier?
- Du hast doch gehört, die Wunderwaffen.

- An die keiner mehr glaubt. Am allerwenigsten die da oben. Vielleicht haben die sich schon abgesetzt, irgendwo ins Ausland, nach Südamerika oder wer weiß wohin.
- Der Führer nicht. Er ist in Berlin.
- Und wir an der Gironde. Wer hat's wohl besser?

Um acht ist Schluss. Jeder geht in seinen Bunker zurück. Erich hat das Kommando über einen der nördlichen Gefechtsstände, zwischen Le Verdon und der Pointe de Grave, Valentin und Reinhold gleich daneben. Es sind die Stützpunkte 325, 326 und 327, die sich mit ihren MG gegenseitig Deckung geben. In der Nacht kann Erich kein Auge zutun. Die Kameraden schlafen alle oder tun so, manche schnarchen. Wegen der Feuchtigkeit hat sich Erich fest in die Wolldecke gewickelt, wie jede Nacht, wie eine Mumie liegt er auf seiner Pritsche und blickt nach oben zur Bunkerdecke, wo eine kleine Funzel an einem lose befestigten Kabel von der Decke hängt. Der dicke Beton über ihm soll sie beschützen, wird sie beschützen. Doch in dieser Nacht ist da noch etwas anderes, etwas, das in den Nächten zuvor nicht da war. Ihm ist, als spüre er den Puls von tausenden Matrosen draußen auf dem Meer, von hunderten Piloten auf den Flugplätzen im Landesinnern, von tausenden Soldaten in ihren Stellungen vor der deutschen Verteidigungslinie. Ihm ist, als wehe dieser

Pulsschlag in immer neuen Wellen über ihn hinweg, beharrlich wie das Meer. Erich hat Angst, Todesangst. Er tastet nach der elektrischen Taschenlampe, die griffbereit neben seiner Pritsche liegt, und greift zum Einzigen, was er in diesen Bunker mitgenommen hat, die kleine Schrift, die ihm der ältere Mann vor fünf Jahren im Hunsrücker Quartier in die Hand gedrückt hatte, das Evangelium nach Johannes. Er blättert wahllos darin und stößt auf Johannes zwölf, Vers vierundzwanzig: „Wer sein Leben liebt, der wird es verlieren. Wer aber sein Leben in dieser Welt geringachtet, wird es für das ewige Leben bewahren. Wer mir dienen will, der folge mir nach, und wo ich bin, wird mein Diener dann auch sein." Aus diesem Erdloch wird er in der Nacht nicht mehr herauskommen, doch er spürt, dass es eine Rettung gibt. Erich faltet seine Hände und betet zum Himmel: „Vater, ich bin bereit." Sein Puls wird ruhiger und nach kurzer Zeit schläft er ein.

Als das Bombardement beginnt, ist sofort allen klar, dass dies kein Scharmützel und auch kein Ablenkungsmanöver ist. Erich kann von seiner Stellung aus mit dem Scherenfernrohr das Aufspritzen von Sandfontänen ganz in der Nähe der beiden Nachbarbunker sehen, während seine Flak auf die Welle feindlicher Bomber hält, die sich von

Nordosten nähert. Plötzlich ist es still um ihn und seine Männer herum, unerwartet still. Einen winzigen Moment lang scheint der Krieg den Atem anzuhalten, einen winzigen Moment lang ist es Erich, als sei Frieden und als ob Martine ihm beide Arme entgegenstrecke. Doch dann ist mit einem Mal alles vorbei: Wie aus dem Nichts hebt eine gewaltige Explosion den gesamten Gefechtsstand mehrere Zentimeter in die Höhe. Volltreffer. Es ist ein so gewaltiger Schlag, dass sich alles aufzulösen scheint ... hinabgestiegen in das Reich des Todes ... Erich möchte beten, doch dafür ist es zu spät. Es wird dunkel in seinem Kopf, er verliert das Bewusstsein. Und in seinem Unterbewusstsein erscheint kurz, für einen winzigen Augenblick, das Bild einer jungen Frau, die er kennt, ein Bündel im Arm.

Am vierzehnten April um sieben Uhr morgens ertönt auf einer Geburtsstation in Grenoble der Schrei eines Neugeborenen, eines gesunden Mädchens von knapp dreitausend Gramm. Einen Tag später, am fünfzehnten, erscheint Antoine Leroux gleich um acht Uhr auf dem Standesamt des Rathauses in Grenoble und zeigt die Geburt an. Das Neugeborene trägt den Namen Catherine Corinne Marie Ribas. Mutter: Martine Ribas. Vater: Antoine Leroux.

Zweiter Teil

1

Dumpfer, warmer, wabernder Nebel scheint über der dunklen Erde zu liegen, ohne dass es sich anfühlt, als sei das die Erde. Was es gibt, ist ein Oben und ein Unten, ein Nah und ein Fern, mehr nicht, und dazwischen das Nebelreich. Ein graues Einerlei, keine Konturen, nichts Festes. Dennoch ist er nicht allein. Er spürt eine Anwesenheit, eine große, allgegenwärtige Anwesenheit, die ihn beschützt. Es mag daher auch keine Angst aufkommen, keine Sorge, kein Schmerz. Es ist wie ein Schweben im Nebel, ein Warten, ein Nichts.

Nach langer, langer Zeit kommt Veränderung, zuerst ist es nur eine Ahnung, eine Intuition, dann ist es auch zu spüren: Er wird emporgehoben, fortgetragen, mitgenommen … an einen anderen Ort, heraus aus dem Nebel, durch ein Tor, das kein Tor sein will, sondern nur ein Übergang. Was ihn erwartet, ist ein Reich aus Farben und Formen, doch sind es keine vertrauten Formen, eher Konturen von etwas, das einmal einen Körper hatte, nun jedoch alles Körperliche abgestreift hat, so dass nur noch das Ätherische erscheint, das Materielose. Es ist ein buntes Weben und Wiegen, das ihn umfängt, alles ist in harmonischer Bewegung, alles strömt und fließt, ohne dass sich eine Richtung erkennen ließe. Stimmen ertönen, vertraute Stimmen, liebevolle Stimmen, doch er weiß nicht, wem sie gehören, Vater, Mutter, Schwestern, Brüder, Freunde … vielleicht. Auch ist noch nicht zu vernehmen, was sie ihm sagen. Wenden sie sich überhaupt an ihn? Oder kommunizieren sie untereinander und lassen nur zu, dass er es vernimmt? Dennoch ist er eingebunden, er gehört dazu, ist kein gänzlich Fremder in dieser Welt der Stimmen, Farben und konturlosen Formen. Eine Welt der Liebe und der Schönheit.

Alle Ängste hat er hinter sich gelassen, er ist an einem Ort der begierdelosen Erwartung. Fast spürt er eine Wehmut und wüsste dennoch nicht zu sagen, wonach. Nur eines weiß er: Noch ist er nicht am Ziel! Noch gibt es keine Ruhe. Noch ist er auf einer Reise, deren Ziel er noch nicht einmal kennt … Es ist die Reise der offenen Fragen. Ist es die Reise zur Seligkeit? Er ahnt, dass am Ende Erlösung steht.

Wie viel Zeit mag vergangen sein, seit er seinen Körper verlassen hat? Er könnte es nicht sagen, es gibt keine Zeit mehr. Er spürt jedoch, dass es ihn allmählich wieder zurückträgt, zurück zum Nebelreich. Die Stimmen, Farben und konturlosen Formen werden schwächer und schwächer, bis ihn das Nebelreich wieder umfängt. Noch ist er getragen, noch stützt ihn eine liebevolle Macht und begleitet ihn. Sind es Engel? Erst im Nebelreich kommt ihm diese Frage, erst im Nebelreich kann er wieder in vertrauten Bildern denken. Noch gleitet er durch das wabernde Reich des warmen Nebels zurück zu seinem Körper, der auf ihn wartet. Wie lange war er fort? Stunden? Tage?

2

Es ist tiefe Nacht. Nichts zu sehen, nichts zu hören. Auf seiner Stirn liegt ein feuchter Verband, sein ganzer Kopf scheint umwickelt. Er versucht, einen Arm zu heben, doch der Arm gehorcht nicht. Wo ist er? Wie kommt er hierher? Wie lange liegt er schon hier? Er kann sich an nichts erinnern. Er dämmert vor sich hin, und in seinem Kopf türmen sich dunkle, unförmige Gestalten wie aus einer anderen Welt.

Nach einer gefühlten Ewigkeit hört er Stimmen. Jemand nähert sich, nimmt seinen Puls am Handgelenk und scheint ihn anzusprechen.

- Herr Pfeifer, können Sie mich hören? Bewegen Sie einen Arm, wenn Sie mich hören können.

Er versucht, den rechten Arm zu bewegen, doch mehr als ein Zucken bringt er nicht zustande.

- Herr Pfeifer, sie sind im Lazarett. Die Festung hat kapituliert. Wir warten ab, was die Franzosen beschließen. Ich bin Stabsarzt Doktor Neumann, und sie haben eine schwere Kopfverletzung. Im Moment können wir nicht viel für Sie tun, wir wechseln ihre

Verbände und versuchen, ihnen etwas Flüssigkeit zu verabreichen. Ich muss jetzt weiter, wir haben sehr viele Verwundete zu versorgen.

Erich nimmt wahr, dass man mit ihm spricht, doch er versteht nicht, was man ihm sagen will. Wie ein schwerer Nebel liegt etwas auf seiner Erinnerung, und nichts, absolut nichts vermag diesen Nebel zu durchdringen.

In den nächsten Tagen dringt nach und nach durch, welche Pläne die französische Seite mit den Besiegten und der Festung verfolgt. Die Gefangenen sollen zunächst alle in Soulac, Le Verdon und Saint-Vivien in Lager gebracht und zum Minenräumen eingesetzt werden. Einige von ihnen wird man auch auf den Höfen und Weingütern des Médoc gebrauchen können. Das Festungslazarett wird aufgelöst, sobald die Verwundeten entlassen werden können. Man rechnet mit zwei Wochen. Für die Schwerverwundeten wird man nach anderen Lösungen suchen, eventuell Verlegung nach Lesparre.

Am nächsten Morgen bespricht Stabsarzt Neumann die Situation mit seinem Assistenzarzt Berger.

- Wir werden hier im Lazarett noch eine Weile gebraucht, Berger. Danach, so schätze ich, werden auch wir als ganz normale Kriegsgefangene eingesetzt, vermutlich im Gefangenensanitätsdienst. Machen wir uns darauf gefasst, dass keiner von uns irgendeine Sonderbehandlung bekommt.

- Vielleicht werden wir Französisch lernen müssen, antwortet Berger scherzhaft.

- Sie machen Scherze. Mal sehen, vielleicht haben Sie am Ende recht, und mit Französischkenntnissen wird man uns entsprechend unseren Fähigkeiten einsetzen. Bin allerdings kein Sprachtalent.

- Was ist mit Wachtmeister Pfeifer? Sie sagen, er sei komatös.

- Ja, ich tippe auf schweres Schädel-Hirn-Trauma. Sein Gefechtsstand hat einen Volltreffer erhalten, und die Druckwelle muss ihm den Helm vom Kopf gerissen haben. Herabfallende Trümmerteile haben dann vermutlich die Läsionen verursacht, vielleicht ist er auch durch die Luft geschleudert geworden und mit Kopf und Schulter gegen die Wand oder gegen das Geschütz geprallt. Ansonsten: die Claviculafraktur scheint glatt zu sein, keine Splitter. Überall Hämatome, aber nichts Ernstes. Sorgen macht mir nur sein Kopf.

Ein Wunder, dass er überhaupt überlebt hat. Er ist der einzige Überlebende des Gefechtsstands.

- Meine Güte, der arme Kerl. Ich schau mir seinen Kopf nachher nochmal an. Vorläufig absolute Ruhe.

Am Abend ist Dr. Neumann bei Erich, der ihn aus halb geschlossenen Augen anschaut. Die schwere Kopfverletzung ist weniger äußerlich abzulesen, es gibt keine klaffende Wunde, sondern eher am Wachkoma des Patienten: Erichs Augen schauen ins Leere. Neumann ist nicht in der Lage herauszufinden, ob Erich überhaupt etwas von der Außenwelt wahrnimmt und wenn ja, was. Er empfiehlt eine Überführung nach Lesparre, sobald dort grünes Licht gegeben wird. Dort könnte man ihn vielleicht besser überwachen und versorgen. Doch was ist ein schwer verletzter deutscher Soldat in dieser Zeit schon wert? So viele sind auf beiden Seiten gefallen und verwundet, einer mehr oder einer weniger von den verhassten Deutschen, was macht das schon, wenn der Sieger sowieso erst mal seine eigenen Leute behandelt? Wahrscheinlich wird er in diesem Rattenloch verrecken.

Die Festung Gironde-Süd wird von einer französischen Spezialabteilung inspiziert. Man durchkämmt die Bunker, man sichtet die Waffen- und Munitionsbestände, man zählt und registriert die

Getöteten und Verwundeten, man legt ein Massengrab an. Die Bestände an Lebensmitteln und Medikamenten werden aufgenommen. Ein französischer Arzt, der Deutsch spricht, lässt sich das Lazarett zeigen. Er geht zusammen mit Dr. Neumann und Assistenzarzt Berger durch die Bettreihen und hält kurz bei Erich. Irgendetwas erregt seine Aufmerksamkeit. Er hat Erichs Namen auf dem angehefteten Zettel entdeckt.

- Was ist mit diesem Mann hier?
- Wachtmeister Pfeifer. Er hat ein schweres Schädel-Hirn-Trauma und eine Claviculafraktur.
- Was wissen Sie über ihn?
- Eigentlich gar nichts. Berger, wissen Sie etwas?
- Er kommt aus Konstanz. Ich weiß es zufällig, weil er vor ein paar Wochen wegen eines Furunkels bei mir war und wir ein wenig miteinander geredet haben.

Der französische Arzt wird hellhörig.

- Aus Konstanz. Versuchen Sie bitte, noch mehr über ihn herauszufinden. Ich komme später noch einmal zu Ihnen, vielleicht wissen Sie dann mehr. Mein Name ist Dr. Loev.

Neumann und Berger sind etwas erstaunt über diese plötzliche Wendung: ein französischer Arzt, der fließend Deutsch spricht und der sich nach Erich Pfeifer erkundigt … Berger gelingt es auf alle Fälle, ein paar Informationen über Pfeifer zusammenzutragen. Dabei hilft ihm ein Kamerad Pfeifers, Valentin Hartmann, der wegen eines Granatsplitters – nichts Schlimmes – im Lazarett liegt. Als der Arzt zurückkommt, führt ihn Berger zu Valentins Bett, und Valentin erzählt ihm alles, was er über Erich weiß: der Vater ein Leutnant aus dem ersten Weltkrieg, Ausbilder in der Konstanzer Garnison, Erichs Talent als Zeichner, das Fresko in der Offizierskantine, seine Beziehung zu Martine. Dr. Loev ordnet an, dass Erich nach Lesparre überführt wird.

-   Hören Sie zu, Dr. Neumann. Ich bin Jude und habe vierzehnachtzehn mit Erich Pfeifers Vater in Flandern gekämpft. Er hat mir das Leben gerettet, wir waren Kameraden. Ich werde mich für seinen Sohn einsetzen.

Neumann sieht ihn erstaunt an, sagt jedoch nichts. Er kann sich seinen Teil denken: jüdischer Arzt in Deutschland, achtunddreißig Berufsverbot, Ausreise nach Frankreich, bei Kriegsbeginn irgendwo untergetaucht, wahrscheinlich später bei der *Résistance* … Als Ärzte haben sie alle den hippokratischen Eid abgelegt, als Jude jedoch: Man könnte verstehen, wenn er gegenüber deutschen Verwundeten hart bliebe. Die Verbundenheit mit Erichs Vater scheint sehr stark zu sein.

Erich wird noch am selben Tag ins *Hôpital Saint-Léonard* in Lesparre gebracht, wo Dr. Loev die Schwerverwundeten der Kämpfe um die Festung Gironde Süd betreut. Drei Deutsche sind dort in einem Zimmer untergebracht, für alle gilt absolute Ruhe. Dr. Loev sieht keine Veranlassung zu einer Operation, muss allerdings feststellen, dass sich Erichs Amnesie sowohl auf neue Gedächtnisinhalte als auch auf weiter zurückliegende Ereignisse zu beziehen scheint. Während sich sein Allgemeinzustand langsam bessert, ändert sich an seinem Gedächtniszustand nichts. Ende April, gute zwei Wochen nach Erichs Verletzung, nimmt sich Dr. Loev etwas Zeit, um herauszufinden, wie weit Erichs Amnesie zurückreicht.

- Ich sehe, dass sie langsam wieder am Leben teilnehmen, Herr Pfeifer. Das freut mich.

Erich schaut ihn aus müden, doch immerhin vollständig geöffneten Augen an. Die Lethargie scheint langsam etwas nachzulassen.

- Ich danke Ihnen sehr, Dr. Loev ... für alles, was Sie für mich getan haben.

Erichs Augen werden feucht, ein paar Tränen zeichnen sich ab. Loev krampft es in der Magengegend, er muss an seinen eigenen Sohn denken, der wie er im Untergrund überlebt hat.

- Wissen Sie, Ihr Vater und ich waren nur ein klein wenig älter, als Sie es jetzt sind, als wir in Flandern im Schützengraben lagen. Er hat mir neunzehnhundertachtzehn das Leben gerettet. Wie könnte ich das vergessen.

Er beobachtet Erich genau und sieht, dass er aufmerksam zuhört. Sein Konzentrationsvermögen reicht also schon mal für ein Gespräch über weiter zurück liegende Ereignisse.

- Ich hatte bei einem Gegenangriff eine Kugel in die Leiste bekommen, ein Steckschuss. Ihr Vater packte mich und zog mich die ganze Strecke zurück in den Graben. Er war eine gute Zielscheibe für die Tommys, er riskierte sein Leben für mich. Zum Glück ist ihm nichts passiert, und die Sanis haben mich dann zum

Feldlazarett gebracht. Die Kugel konnte rausgenommen werden. Auch ich hatte Glück.

Er beobachtet Erich ununterbrochen weiter und stellt zufrieden fest, dass er konzentriert ist.

- Wir kommen beide aus Stuttgart, er aus Feuerbach und ich aus Zuffenhausen. Wir kannten uns nicht beziehungsweise lernten uns erst in der sechsundzwanzigsten Division, der königlich württembergischen, kennen. Nach dem Krieg hielten wir Kontakt, er besuchte mich gelegentlich in Stuttgart, wenn er bei seinen Eltern war.
- Könnten Sie mir einen Gefallen tun, Dr. Loev …

Erich spricht leise, es fällt ihm sichtlich schwer, zu sprechen.

- … und meinen Eltern eine Nachricht schicken. Haben Sie die Konstanzer Adresse?
- Ich denke ja.
- Ich gebe sie Ihnen lieber noch mal. Damit würden Sie mir einen sehr großen Gefallen tun.

Loev überlegt kurz. Doch, das sollte gehen. Er hatte Ernst Pfeifers Konstanzer Adresse noch vage im Hinterkopf, und selbst wenn die Hausnummer nicht stimmte, würde die

Nachricht sicherlich ankommen. Zur Sicherheit würde er sich die Adresse von Erich geben lassen, falls dies überhaupt möglich ist. Er überlegt jetzt, wie er das Gespräch auf weniger weit zurückliegende Ereignisse lenken könnte.

- Seit wann sind Sie eigentlich in Soulac, Herr Pfeifer?

Erich schaut ihn mit großen Augen an.

- Ich kann es Ihnen nicht sagen. Ich erinnere mich nicht mehr genau. Vielleicht seit vier Jahren.

Immerhin. Dr. Loev fragt weiter:

- Erinnern Sie sich noch an irgendetwas Schönes aus diesen Jahren?

Erich denkt nach. Er wirkt erschöpft.

- Fußball. Am Strand.
- Und ein Mädchen, eine junge Französin?

Erich schaut ihn aus denselben großen Augen an, ohne dass sich irgendeine Erinnerung einzustellen scheint. Er kann sich an Martine nicht mehr erinnern.

Fünf Wochen nach seiner Einweisung in Lesparre wird Erich entlassen. Dr. Loev signalisiert dem Wachsoldaten, der gekommen ist, um Erich nach Soulac ins Offizierslager zu bringen, dass er noch kurz mit dem Patienten sprechen möchte.

- Herr Pfeifer, ich kann jetzt leider nichts mehr für Sie und Ihren Vater tun. Sie müssen zurück nach Soulac, ins Lager. Ich habe ihre Eltern übrigens benachrichtigt, ob meine Post auch tatsächlich angekommen ist, weiß ich allerdings noch nicht. Vermutlich haben Sie selbst inzwischen geschrieben.
- Das Schreiben fällt mir noch schwer. Ich werd's so bald wie möglich versuchen. Auf alle Fälle verdanke ich Ihnen, dass ich wieder auf den Beinen bin.
- Das verdanken Sie dem lieben Gott. Sie haben einen starken Schutzengel, Herr Pfeifer! Und eine gesunde Natur. Ich habe ein Schreiben an den kommandierenden Offizier in Soulac vorbereitet. Darin steht, dass Sie an einer retrograden Amnesie leiden und auch kräftemäßig noch keinen Belastungen ausgesetzt werden dürfen. Da Sie Offizier sind, kann ohnehin niemand von Ihnen verlangen, zu arbeiten. Dieser Krieg hat allerdings so tiefe Spuren hinterlassen, dass man für nichts mehr garantieren

kann. Versprechen Sie mir, dass Sie sich schonen werden!

- Selbstverständlich, Dr. Loev. Aber sagen Sie mir: Wie kann ich Ihnen danken?

- Indem Sie Verständnis haben für alle die, die kein Verständnis für Sie haben, allein weil Sie Deutscher sind. Es werden nicht wenige sein.

Erich schaut ihn traurig an. Auch wenn er sich an vieles nicht mehr erinnern kann, so weiß er doch, was Dr. Loev meint.

Im Lager Soulac hat man knapp hundert Offiziere aller Ränge untergebracht. Die Männer vertreiben sich die Zeit mit Spaziergängen und hitzigen Debatten, doch an allen nagt die Ungewissheit ... und die Langeweile. Bisweilen werden einige herausgeholt und verhört oder verlegt, andere kommen hinzu. So wie Erich, der plötzlich wieder da ist. Reinhold entdeckt ihn als erster.

- Mensch Erich, alter Junge, wir wähnten dich schon in den ewigen Jagdgründen.

Erich blickt gequält. Er erkennt Reinhold zwar, es bereitet ihm jedoch Mühe, sich an alles zu erinnern.

- Nein, Spaß beiseite. Das sah nicht gut aus, nach dem Volltreffer. Dass du das überlebt hast …

Erich hat keine Erinnerung an einen Volltreffer. Er kann sich an gar nichts vom vierzehnten April erinnern. Langsam merkt Reinhold, dass Erich ein Problem hat.

- Was ist denn mit dir? Du sagst ja gar nichts.
- Sie sagen, ich habe eine Amnesie. Ich kann mich an vieles nicht mehr erinnern.
- Das heißt, du erkennst … auch mich nicht?
- Nein, nein, soweit geht das nicht. Dich erkenn ich natürlich.

Reinhold atmet auf. Er nimmt Erich mit zu Valentin.

- Du Valentin, schau mal, wer gekommen ist.
- Mensch Erich, ich freu mich so, dich wiederzusehen!
- Erich sagt, er hat eine Amnesie, Gedächtnisverlust.

Valentin umarmt Erich spontan, der spürt, dass ihm die Freunde guttun, dass sie ihm gefehlt haben. Erich erklärt den beiden, dass er sich an den vierzehnten April überhaupt nicht erinnern kann und an manches aus der Zeit davor auch nicht. Er erzählt ihnen von Lesparre und von Dr. Loev.

- Wir dachten eine Zeitlang, du hättest den Treffer auf dem Gefechtstand nicht überlebt. Alle Kameraden, die bei dir waren, sind tot. Dann sagte jedoch einer, er habe dich im Lazarett gesehen. Nach zwei Tagen seist du plötzlich verschwunden gewesen. Uns hat man ein paar Tage am Strand festgesetzt und dann zuerst nach Le Verdon und zum Schluss hier nach Soulac gebracht.
- Und was macht ihr hier die ganze Zeit?
- Nicht viel. Wir gehen spazieren, lesen alle dieselben paar Bücher, die man uns gelassen hat, und reden. Die Verpflegung ist miserabel, aber den Franzosen geht es auch nicht viel besser. Es heißt, die Versorgungslage sei im ganzen Land katastrophal. Einige haben sich übrigens freiwillig zum Arbeitsdienst gemeldet. Da sind die Rationen etwas besser.
- Dann hatte ich es ja ganz gut in Lesparre. Im Krankenhaus waren die Rationen in Ordnung.
- Siehst auch gut genährt aus, alter Junge.

Das ist eher als Aufmunterung gemeint. In Wirklichkeit haben alle drei eingefallene Wangen. Nur dass

Erich eine neue Uniform aus Lagerbeständen erhalten hat, während Reinhold und Valentin in ihren zerschlissenen Uniformen rumlaufen. Was ist bloß aus ihnen geworden …

Die Tage vergehen nun auch für Erich im eintönigen Allerlei des Lagerlebens. Seine Erinnerung kommt langsam zurück, doch noch immer leidet er unter Konzentrationsstörungen, mehr oder minder starken migräneartigen Kopfschmerzen und starken Stimmungsschwankungen. Ende Juli setzt ihm die Hitze zu, irgendetwas drückt ihn nach unten, doch er will mit niemandem darüber reden. Über Nacht fasst er den Entschluss, sich freiwillig zum Minenräumen zu melden.

- Erich, das ist doch Wahnsinn! Lass das! Weißt du, wie viele Leute da jede Woche draufgehen? versucht Valentin ihn abzuhalten.

Doch Erich ist mittlerweile so deprimiert, dass er sich nicht mehr davon abbringen lässt. Valentin hat einen Verdacht.

- Ist es wegen Martine?

Er hat ins Schwarze getroffen. Es ist das erste Mal, dass ihr Name seit jenem Tag im Juli letzten Jahres fällt, als Erich sie zum letzten Mal gesehen hat. Und Reinhold und

Valentin hatten zwischenzeitlich sogar die Vermutung, Erich habe vielleicht die Erinnerung an sie verloren. Wahrscheinlich traf das auch zu, in der Anfangszeit der Amnesie. Doch plötzlich scheint sich das geändert zu haben. Bei der Erwähnung ihres Namens zuckt Erich zusammen. Er schaut Valentin nicht an, sondern geht mit traurigen Augen zum Zaun. Sein Entschluss, sich zum Minenräumen zu melden, scheint unumstößlich. Er lässt niemanden mehr an sich ran.

3

- Das Jahr fünfundvierzig scheint eine *black box* zu sein. Keine Briefe, keine Zeichnungen.

- Genauer gesagt, Ende vierundvierzig bis Ende fünfundvierzig. Ende vierundvierzig brach der Postverkehr der eingeigelten Festung mit der Heimat zusammen, bis dahin war es immerhin gelungen, Postsäcke mit dem Flugzeug rauszubringen. Ein Jahr später funktionierte dann der Briefaustausch der Gefangenen mit ihren Angehörigen in der Heimat wieder. Es sind nur formularartige Briefe mit begrenzter Zeilenzahl zulässig. Allerdings hat dein Großvater Glück, dass Konstanz in der französisch besetzten Zone liegt, hier funktioniert die Postzustellung besser als in den anderen Zonen.

Aber du hast Recht. Über etwa ein Jahr fehlen jegliche Aufzeichnungen von ihm. In den späteren Briefen spricht er dann von einer Verwundung, eine Kopfverletzung, die er sich in den letzten Kriegstagen zugezogen habe, und davon, dass sie in den Lagern unter Hunger und Langeweile litten. Mehr weiß ich nicht.

- Wie hast du rausgekriegt, dass er beim Minenräumen eingesetzt war.
- Über einen Umweg. Er selbst erwähnt es in seinen Briefen nicht. Reinhold Vetter spricht in einem Brief an seine Eltern davon. Ich durfte einige seiner Briefe lesen. Offenbar hat sich dein Großvater freiwillig zum Minenräumen gemeldet.
- Du hast die Eltern von Reinhold Vetter aufgesucht?
- Auch so ein Zufall. Reinhold Vetters Enkelin besuchte ein Seminar über die deutsch-französischen Beziehungen der Nachkriegszeit bei mir. Dabei stellte sich heraus, dass ihr Großvater Reinhold in Soulac war und dass es noch Briefe von ihm gab. Sie brachte einige davon mit und schrieb sogar ihre Seminararbeit über das Thema der deutschen Kriegsgefangenen in Frankreich. Ich habe von ihr einiges über das Minenräumen gelernt.
- Erzähl!
- Das Minenräumen erfolgte mit bloßen Händen. Die Männer legten sich nebeneinander auf die Erde und stocherten mit Stahlstäben in flachem Winkel nach den Minen. War der gewählte Winkel zu steil, konnte es sein, dass man die Zündung auslöste. Stieß man auf einen harten Gegenstand, der eine Mine sein konnte, legte man sie mit bloßen Händen oder einer Schaufel

154

so weit frei, dass man sicher sein konnte, dass nicht mehrere Minen übereinander lagen. Erst dann wurde sie mit einem Stift gesichert, ausgegraben und zu einem Sprengplatz gebracht.

- Puh, das klingt ja gruselig.

- War es auch. Anfangs starben in der Spitze bis zur Hälfte der Männer, dann verbesserte man die Einweisungen und konnte die Verluste deutlich senken. Es war auf alle Fälle unmenschlich.

- Hat niemand dagegen protestiert?

- Doch, es gab Proteste von amerikanischer und britischer Seite, da dieses Vorgehen Frankreichs klar gegen die Genfer Kriegsgefangenkonvention verstieß. Die französische Seite argumentierte, es sei legitim, diejenigen, die die Minen verlegt hätten – man meinte global die Wehrmacht – auch mit ihrer Räumung zu beauftragen. Am Ende stimmten die Alliierten zu. Das Leben eines deutschen Kriegsgefangenen zählte unmittelbar nach dem Krieg recht wenig ...

- Warum hat sich Großvater bloß dafür gemeldet? Als Offizier konnte er den Einsatz verweigern.

- Das ist auch mir rätselhaft. Er muss lebensmüde gewesen sein, eine schwere Depression oder sowas. Einen Offizier, der sich freiwillig meldete, wiesen die französischen Lagerkommandanten jedenfalls nicht zurück.

Grenoble, Juni 1945.

Die junge Frau sitzt auf der Parkbank im *Jardin des Dauphins* und stillt ihren Säugling. Sie ist völlig allein, weit und breit keine Menschenseele, nur das Zwitschern der Vögel. Dabei ist es Juni, schönstes Wetter und angenehme Temperaturen. Mit der Stille dürfte es bald vorbei sein, sie ist sehr früh dran heute, doch in der Regel kommen um diese Zeit auch schon andere Mütter mit ihren Kleinsten. Sie trägt eine dunkle Sonnenbrille, fast würde man sagen: Sie versteckt sich dahinter.

Sie liebt diese frühe Stunde mit Catherine im Park. Hier kann sie ihren Gedanken nachhängen, hier kann sie träumen. Wovon kann eine junge Frau von zweiundzwanzig Jahren im Juni fünfundvierzig träumen? Von einem Ort am Meer, der ihre Heimat war, bevor der Krieg alles über den Haufen warf? Von einem Vater, der aufhörte, mit ihr zu reden, als er erfuhr, dass sie ein Verhältnis mit einem Deutschen hatte? Von einer Mutter, die ihren Vater nicht besänftigen konnte und zwischen allen Stühlen saß? Von ihrer zwei Jahre jüngeren Schwester, die zu ihr hielt und nun allein in dieser zerbrochenen Familie aushalten muss? Und ja: von einem vierundzwanzigjährigen Deutschen, der der Vater ihres Kindes ist und von dem sie noch nicht einmal weiß, ob er überhaupt noch lebt? Liebt er sie noch, denkt er noch an sie (sofern er noch lebt)? Liebt sie ihn noch? Was ist Liebe in Zeiten der Not und der Verfolgung? Was ist von ihr geblieben, ihrem Leben, ihren Träumen, ihrer Identität als Martine Ribas aus Soulac? Nichts ist geblieben außer diesem kleinen unschuldigen Wesen, das nichts kennt, außer der Liebe seiner Mutter, das nichts weiß, das nichts ahnt.

Martine hat ein neues Leben an der Seite Antoines begonnen, ein Leben in der Anonymität einer großen Stadt, ein Leben, in dem niemand nach dem deutschen Soldaten fragt, den sie einmal liebte, in dem niemand überhaupt ahnt, dass es diesen deutschen Soldaten gegeben hat. Genauso wenig wie der Schmetterling, der sich gerade auf ihren Rock gesetzt hat, ahnt, dass es Martine Ribas gibt oder dass es einen deutschen Soldaten gegeben hat, der Erich Pfeifer hieß. Es tut ihr gut, in diesem bunten Park zu sitzen, in der Frühlingssonne, mit ihrer kleinen Catherine, der sie ihre ganze Liebe schenken kann, die Liebe, die sie einmal auch für Erich empfand. Sie genießt es, für eine Stunde hier sein zu dürfen, ganz allein mit Catherine, die Augen hinter der Sonnenbrille verborgen, so dass nur Gott ihre Gedanken lesen kann.

Sie wird Antoine heiraten, sie möchte es, weil er es möchte, weil er sie aufrichtig liebt, und ja, weil auch sie ihn vielleicht liebt. Die Liebe … ist ein Windhauch, ein schöner Moment, oder auch ein Schmetterling, der plötzlich da ist und genauso plötzlich wieder davonfliegt. Wenn er nicht vorher zerdrückt wird.

Der Park füllt sich langsam, andere Frauen kommen mit ihrem Kinderwagen, ein paar Ältere setzen sich auf eine Bank in die Sonne. Manche kennt man schon, man grüßt sich, nickt sich zu, mit ein, zwei Frauen plaudert man ein wenig, bis auch Martine wieder aufbricht, um einzukaufen und das Essen zu kochen. Sie fährt mit dem Bus.

Als der Bus kurz am Bahnhof hält, muss sie an den Schreckmoment vor genau einem Monat zurückdenken. Sie sah diesen Zug voller Soldaten, deutsche Kriegsgefangene, die man aus irgendwelchen Lagern in irgendwelche anderen Lager transportierte, ein Zug aus lauter Viehwaggons, und aus den Ritzen und Spalten der Seitenwände blickten zusammengepferchte Augen in tiefen Höhlen, unrasierte Wangen, verdreckte Körper, die sich so eng drängten, dass man sich fragte, wie sie überhaupt Luft bekamen. Martines Augen suchten verzweifelt die Waggons ab, wie sehr sehnte sie sich nach einem Lebenszeichen von Erich, und wie sehr fürchtete sie sich davor, ihn unter diesen ausgemergelten Gestalten entdecken zu müssen. Ihr Verstand sagte ihr, dass er unmöglich in diesem Zug sein konnte, hier in Grenoble, am anderen Ende Frankreichs, so weit weg von Soulac. Und dennoch …

- Warum hat Antoine das alles gemacht?
- Weil er sie wirklich liebte. Antoine war ein feiner Kerl. Er wollte, dass es ihr an nichts fehlte, und er wollte, dass Catherine nicht in der Schande aufwuchs.
- Du meinst die Schande, Tochter eines Deutschen zu sein.
- Genau. *Enfant du boche*. Deshalb Grenoble, am anderen Ende Frankreichs. Deshalb die Vaterschaftserklärung auf dem Standesamt. Deshalb die Heirat im Sommer fünfundvierzig. Antoine war nicht nur mutig, er war auch hellwach. Er muss genau beobachtet haben, wie man die Kinder der Deutschen und ihre Mütter behandelte, und er wollte genau das Martine und Catherine ersparen.

- Glaubst du, Martine hat ihn auch geliebt?

- Ich denke ja. Sie wird deinen Großvater nicht vergessen haben, aber nach allem, was ich von Catherine weiß, haben ihre Eltern eine gute Ehe geführt. Sie hat mit Antoine vierundvierzig eine lebensgefährliche, abenteuerliche Fahrt erlebt, das dürfte die beiden für immer verbunden haben. Und vor allem: Antoine hat Catherine wie sein eigenes Kind behandelt. Er hat nie einen Unterschied gemacht.

Soulac, Ende September 1945.

- Erich, lass uns mal reden. Ich kann das nicht mehr länger mit ansehen.

Reinhold fasst Erich bei der Schulter und schaut ihm in die Augen. Was er sieht, ist Apathie.

- Wir haben kürzlich über die Bibelstelle im Johannesevangelium gesprochen. Darf ich es nochmal lesen.

Erich nickt und zeigt auf sein Bündel unter dem Bett.

- Kannst es dir rausholen.

Reinhold kramt die kleine Schrift hervor und sucht nach Kapitel zwölf. Nach kurzem Suchen findet er auch die Stelle wieder:

- „Wer sein Leben liebt, der wird es verlieren. Wer aber sein Leben in dieser Welt geringachtet, der wird es bewahren zum ewigen Leben. Wer mir dienen will, der folge mir nach, und wo ich bin, da soll mein Diener auch sein."

Mal ehrlich, ich glaube, du hast da was missverstanden. Jesus sagt doch nicht, dass du dein Leben wegwerfen sollst! Er ist für uns alle am Kreuz gestorben, das war sein Auftrag. Und du glaubst nun, du müsstest ihm in den Tod nachfolgen? Das ist doch völliger Unsinn. Ihm zu dienen kann nur bedeuten, ihm im Leben nachzufolgen und dadurch das ewige Leben zu bekommen. Nur Gott bestimmt, wann der Zeitpunkt gekommen ist, das irdische Leben zu verlassen, nicht wir. Willst du dir im Ernst anmaßen, selbst darüber zu bestimmen?

Das sitzt. Erich sackt auf seiner Bettkante in sich zusammen, schaut nach unten, das Gesicht starr wie eine Maske.

- Wie lange willst du der Wahrheit noch ausweichen? Martine ist weg. Und durch deinen Tod wirst du sie erst recht nicht mehr zurückbekommen.

- Es quält mich so sehr, keine Nachricht von ihr zu haben. Ich kann sie nicht loslassen.

- Das kann ich verstehen. Doch jetzt sind wir hier alle *PG*[1]s. Verstehst du? *Prisonniers de Guerre.* Vielleicht bleiben wir noch jahrelang hier. Wir haben den größten Krieg aller Zeiten geführt und verloren. Unsere Führung hat gepokert und sie hat verloren. *Vae victis!* Wir haben bedingungslos kapituliert, und da gibt es noch nicht einmal mehr einen Versailler Vertrag für uns, nichts, gar nichts mehr wird es geben, wir können froh sein, wenn sie uns nicht verhungern lassen.

- Ja, wahrscheinlich hast du recht, ich war anmaßend. In habe nur noch meinen Schmerz gesehen. Ich sollte dankbar sein … Ich weiß auch nicht: Seit meiner Kopfverletzung bin ich nicht mehr derselbe, ich bin viel reizbarer. Ich kann mich ja selbst kaum noch ertragen.

- Hör zu, wir sind Freunde. Wir halten zusammen, Valentin, du und ich. Wir haben zusammen schöne

---

[1] *Prisonniers de Guerre*, Kriegsgefangene

Zeiten erlebt, und jetzt stehen wir auch das hier zusammen durch.

Ja, er hatte Gottes Warnung nicht gehört. Am vierzehnten April war er dem Tode nahe gewesen, er war Gott nahe gewesen, doch Gott hatte für ihn diesen Tag noch nicht dafür vorgesehen, das Leben zu verlassen. Und jetzt genauso wenig. Er, Erich, hatte Gottes Sprache nicht verstanden. Er war undankbar und verbittert gewesen, hatte Martine als seinen Besitz betrachtet, und er hatte Gott herausgefordert, als er sich zum Minenräumen meldete. Er hat keine Rechte an einem anderen Menschen, und Gott lässt sich nicht herausfordern. Auch dass er sein Gedächtnis verloren hatte, war Gottes Sprache. Vielleicht wollte Gott ihm damit sagen: Vergiss, was war, lass alles los, lass auch Martine los …

-   Danke Reinhold! Ich glaube, ich hab endlich was verstanden.

Am nächsten Tag meldet sich Erich beim Lagerleiter und verweigert die weitere Beteiligung am Minenräumen.

Soulac, 01. November 1945

Ihr Lieben,

*habt tausend Dank für eure beiden Briefe, die mich zur gleichen
Zeit erreichen. Die Postzustellung funktioniert jetzt im Großen und
Ganzen, aber es kann zu Verzögerungen kommen. Endlich kann ich
euch antworten, muss mich allerdings kurzfassen (vorgeschriebene
Zeilenanzahl!).*

*Mir geht's wieder besser. Von meiner Kopfverletzung habt ihr
durch Dr. Loev mitbekommen. Er war ein Geschenk des Himmels, ihm
verdanke ich, dass es mir wieder besser geht. Hab zwar noch
Kopfschmerzen und Konzentrationsprobleme, denke jedoch, das wird sich
bald legen. Und das Gedächtnis funktioniert auch wieder einigermaßen!*

*Ihr schreibt, Dr. Loev denkt an Übersiedlung nach Palästina.
Wüsste gern mehr darüber. Wir erfahren so wenig, verdummen hier
regelrecht. Aber schön, dass Papa und er wieder Kontakt haben.
Überhaupt, Papas alte Verbindungen haben mir so viel geholfen, Major
Weippert, Dr. Loev, Ihr wisst gar nicht, wie dankbar ich dafür bin.*

*Meine Freunde Valentin und Reinhold sind Schätze, sie haben
mich wieder aufgebaut, nachdem ich wochenlang apathisch und depressiv
war. Eine große Bitte noch: Könnt Ihr mir wieder Skizzenhefte und*

Kohlestifte schicken? Kriegt man das überhaupt noch? Wie ist die Versorgung bei euch?

Seid ganz herzlich umarmt, besonders Elsa und Herbi. Ihr schreibt nichts von Walther. Er war in Rumänien? Gibt es denn keine Nachrichten von ihm?

Euer Erich

- Kein Wort von den Minen. Großvater hat das offenbar hinter sich und will nur Aufbauendes schreiben.
- Ja, es sieht so aus, als hätte er jetzt die Kurve gekriegt. Das ist nicht untypisch. Viele erleben in der Gefangenschaft schwere Krisen, die Langeweile, die Sehnsucht nach den Lieben zu Hause, Heimweh … Meist kommen auch Krankheit, Auszehrung und Unterernährung dazu. Die Verhältnisse in den französischen Gefangenenlagern, den *dépôts*, sind prekär. Im ersten Jahr reichen die Rationen kaum zum Überleben, die Männer sind zerlumpt und verlaust. Da man sie für den Wiederaufbau braucht – das ist ja der Hauptgrund, warum man sie so lange in den Lagern hält, neben dem Minenräumen –, erkennt man

allmählich, dass man auch die Lagerbedingungen verbessern muss. Ab sechsundvierzig gelingt es der französischen Verwaltung besser, die Situation in den Griff zu bekommen.

- Und auf Seiten der Gefangenen?
- Das ist sehr unterschiedlich. Manche haben Glück und kommen ganz raus aus dem Lager, weil sie auf irgendeinem Bauernhof eingesetzt werden und dort bleiben dürfen oder weil sie als freiwillige Arbeitskräfte anheuern, doch viele vegetieren mehr oder minder vor sich hin, arbeiten und schlafen, sonst nichts. Einige organisieren auch kulturelle Aktivitäten, vor allem die Offiziere, die ja ein gewisses Bildungsniveau mitbringen.

Valentin, Reinhold und Erich lassen sich etwas einfallen, um nicht zu verblöden. Reinhold hat sich von seinem Vater ein Mathebuch schicken lassen. Jetzt lösen alle drei alte Mathematikaufgaben, Gleichungen und Ungleichungen, Wurzeln und Exponenten sind dran. Das trainiert den Geist, das bringt neue Ideen. Sie machen Pläne. Reinhold will wie sein Vater Volksschullehrer werden, Valentin will ein Geschäft gründen, irgendwas, ganz egal, irgendwo, Hauptsache ein Geschäft und sein eigener Herr. Erich will Architektur oder Kunst studieren, am liebsten Kunst, doch vielleicht braucht man keine Künstler mehr, Architekten werden dagegen sicher gebraucht.

Eines Morgens kommt eine Limousine auf den Hof. Eine Frau Mitte zwanzig und ein älterer Herr steigen aus. Die Offiziere drängen sich um die beiden, man rätselt, wer das sein könnte, vielleicht wieder jemand, der Arbeiter braucht. Die französischen Wachsoldaten schauen eher gelangweilt zu, man kennt das. Die junge Frau schaut sich um, offenbar hat sie das Sagen, energisch ergreift sie das Wort. Alle können ein wenig Französisch, sie kann auch etwas Deutsch.

-   Isch komme vom Château de Montivet. Wir atten ein Unfall, swai unserer Männer sind ums Leben gekommen. Wir suchen swai Männer, die uns elfen.

Sie schaut sich um, sie entdeckt Valentin, er entdeckt sie. Wer genau hingeschaut hätte, hätte vielleicht noch etwas anderes bemerkt, ein Leuchten in ihren Augen. Sie geht auf ihn zu und sagt in energischem Ton:

-   Sie will isch. Kommen Sie mit?

Valentin überlegt nicht einmal. Er nimmt sein Bündel, sagt „Tschüss, bis bald" und verschwindet in der Limousine. Ein zweiter Mann, auch ein Oberwachtmeister, meldet sich, dann fährt die Limousine wieder davon.

Das Château de Montivet liegt an der Gironde, bei Saint-Estèphe. Das ist eine gute dreiviertel Stunde mit dem Auto. Claire Arnault wird die beiden in der Remise unterbringen, das Hin und Her mit dem Auto fängt sie gar nicht erst an. Die beiden machen einen patenten Eindruck, es muss weitergehen nach dem Unfall … Schrecklich, was passiert ist, Helmut und Wolfgang waren auf der Stelle tot, als der Lastwagen sie erfasste, *mon Dieu*, so nette Kerle, sie gehörten irgendwie schon zur Familie … Aber es muss ja weitergehen, ein Weingut im Médoc, das ist Tradition, Familie

... und sehr viel Arbeit ... Wenn nur Papa nicht so kränklich wäre ... Valentin heißt der eine von den beiden (sie wirft einen Blick in den Rückspiegel), sie wird seinen Namen französisch aussprechen, der andere heißt Werner, das geht auch, manche haben so schwer auszusprechende Namen ...

Als die Limousine am Schloss eintrifft, müssen die beiden schlucken: Ein richtiges Schloss, kein Möchtegernschloss, nein: ein richtiges Schloss mit herrschaftlicher Treppe, riesigen Fenstern und einem richtigen Park drum herum. Und jede Menge Arbeit ... Claire fährt mit ihnen noch ein Stück weiter, es geht am Schloss vorbei zu einem versteckt im Hintergrund liegenden kleineren Gebäude, der Remise. Alle steigen aus, und Claire zeigt ihnen ihre Unterkunft. Sie spricht jetzt Französisch mit ihnen und prüft dabei, wie viel sie verstehen.

- Sie fangen gleich mit der Arbeit an. Es gibt viel zu tun. Martin bringt Sie raus aufs Feld, wir müssen die Rebstöcke schneiden und wässern. Die anderen werden es Ihnen zeigen.

Dann verabschiedet sie sich wieder und geht zu Fuß zum *Château*. Martin kümmert sich um die beiden.

Die Arbeit ist hart. Valentin und Werner sind es nicht mehr gewohnt, so hart zu arbeiten. Werner fällt es sichtlich leichter als Valentin, in der Landwirtschaft zu arbeiten. Aber Valentin hat gute Ideen, er macht immer wieder Vorschläge, wie man dies und das so arrangieren könnte, dass alle etwas davon haben. Sein Französisch ist auch schon so gut, dass er bis auf das Fachvokabular des Weinbaus und der Landwirtschaft alles sagen kann, was er will. Doch auch das Fachvokabular fliegt ihm zu. Er ist einfach der geborene Organisator, ja eigentlich der geborene Anführer. Nach wenigen Wochen hat er sich durch sein Organisationstalent ein beachtliches Ansehen erworben.

Claire hat ihn vom ersten Tag an nicht aus den Augen gelassen. Sie weiß selbst nicht genau, was sie an ihm so fasziniert, er ist gar nicht ihr Typ, vom Äußeren her, kein Mann zum Verlieben. Es ist mehr sein selbstsicheres Auftreten, seine gute Laune, sein Humor. Es ist nicht leicht für sie, alles gut zu organisieren, ihr Vater lässt stark nach, alles hängt an ihr. Ihr Bruder zeigt kein Interesse am Château de Montivet, er studiert Medizin, das scheint seine Welt zu sein. Dann ist da noch Georges, der Verwalter, der sicherlich eine gute Arbeit macht, doch der Tag hat auch für ihn nur vierundzwanzig Stunden, und er hat eine große Familie. Mit

Valentin hat sie es gut getroffen, er ist so umsichtig, hat ein Auge für das große Ganze, denkt mit.

So wachsen Valentin und Werner in den Alltag der Arnaults hinein. Nach vier Wochen unterzeichnen beide einen Jahresvertrag als freiwillige Arbeiter. Damit endet automatisch ihre Gefangenschaft, sie sind frei. Nach kurzer Zeit macht man auf dem Château de Montivet praktisch keinen Unterschied mehr, man isst gemeinsam, man stößt bei Geburtstagen gemeinsam an, und die beiden sind auf eine gewisse Art und Weise Franzosen geworden, ohne es zu merken. Auch die Arnaults scheinen gar nicht mehr zu merken, dass die beiden deutsche Kriegsgefangene waren.

Soulac, März 1946

Minenräumtrupp in den Dünen. Die Männer kommen von einem gesäuberten Strandabschnitt zurück.

-   Die ersten Skizzen im ersten neuen Heft, das ihm seine Eltern zu Jahresbeginn sechsundvierzig geschickt haben, datieren auf März. Er hat offenbar ein paar

Wochen gebraucht, um wieder in Schwung zu kommen.

- Ja, offenbar. Oder es fehlen Zeichnungen.
- Interessant finde ich die Zeichnung mit dem Trupp Gefangener, die auf dem Rückweg von einem geräumten Strandabschnitt zu sein scheinen. Jeder trägt zwei Minen, in jeder Hand eine. Sie laufen paarweise und werden von zwei Wachsoldaten rechts und links bewacht, die einen Karabiner tragen. Die Wachsoldaten tragen Baskenmützen, vielleicht sind es gar keine regulären Truppen. Er hat sie als ältere Männer gezeichnet. Die Deutschen, meist junge Männer, tragen alle noch ihre Wehrmachtskleidung. Er zeigt mit ein paar gelungenen Federstrichen den ganzen Unterschied: Bügelfalten hier und da bei den Wachsoldaten, bei den Gefangenen abgetragene Klamotten, die die Form verloren haben, ausgebeulte Knie, kein einheitliches Schuhwerk, vom Knobelbecher bis zu Sandalen ist alles vorhanden. Die Wachmänner wirken nicht sehr bedrohlich, das scheint auch gar nicht erforderlich zu sein: Die Gefangenen wirken erschöpft. Nicht würdelos, nicht gebrochen, sondern eher wie moderne Sklaven. Sklaverei in der Mitte des zwanzigsten Jahrhunderts. Und dadurch bekommen sie gleichzeitig etwas

172

Spartakushaftes. Ja, man möchte fast sagen, dein Großvater hat – besonders durch den Kontrast zu den Wachmännern – sowas wie Helden aus ihnen gemacht.

- Wie war denn die Situation im Frühjahr sechsundvierzig?

- Sie haben den ersten Winter hinter sich und erfahren nun nach und nach in den Briefen, die sie aus der Heimat empfangen, wie das Leben dort weitergeht. Viele sind bereits aus der Gefangenschaft entlassen worden, was natürlich an der Moral derer nagt, die sich noch in Gefangenschaft befinden. Für sie geht nämlich der Krieg weiter, nur nicht als Sieger, sondern als Gefangene, Kriegsgefangene eben, während für die Heimkehrer schon das normale Leben beginnt, wenn man das so bezeichnen kann. Ein Leben in Frieden und Freiheit wenigstens. Gleichzeitig gelingt es den französischen Behörden, die Versorgungslage so weit zu verbessern, dass nicht mehr so viele an Hunger und Krankheit sterben. Die Lageraufsicht geht nun auch vom Militär auf die Zivilverwaltung über.

- Was ist mit den Offizieren?

- Die können ihren Lageralltag noch am besten organisieren. Sie betreiben Weiterbildung, sofern das die dürftige Ausstattung der Lager zulässt. Sie lassen sich Bücher aus der Heimat schicken, bauen sich kleine Bibliotheken auf, organisieren eigene Bildungsveranstaltungen und Debattierrunden.

- Das bedeutet, dass die militärische Sozialisation auch in der Gefangenschaft noch anhielt?

- In der Tat. Auch nach der Kapitulation war man deutscher Soldat, dafür sorgten schon die Sieger, indem sie nichts daran änderten, dass die Gefangenen bis zum Ende, das heißt jahrelang, weiter ihre deutschen Uniformen trugen. Außerdem trugen alle ein großes *PG* für *Prisonnier de Guerre* auf der Kleidung und waren damit als deutsche Wehrmachtsangehörige sichtbar stigmatisiert. Damit nicht genug: Man verblieb weiterhin als deutscher Soldat in seinem Rang zum Zeitpunkt des Kriegsendes, also entweder als Offizier oder als Mannschaft. Die Offiziere waren von der Arbeitspflicht befreit, auch wenn sich etliche freiwillig dazu meldeten, um dem Lagerleben zu entkommen. Doch das ist eine andere Geschichte.

- In gewisser Weise hielt also der Krieg für die Gefangenen an, obwohl die Waffen längst ruhten.

- Genauso ist es.

Grenoble, Ende Februar 1946.

- Antoine, komm zu mir, setz dich, ich muss dir etwas sagen.

Antoine ist gerade zur Tür hereingekommen, er hat seinen Mantel und seine Mütze an der Garderobe abgelegt und schaut durch den Türspalt ins kleine gut gewärmte Wohnzimmer. Martine sitzt auf dem Sofa, strickt an einem Pullover, Catherine spielt mit ihrer Puppe.

- Komm Schatz, setz dich her.

Antoine sitzt jetzt erwartungsvoll neben ihr.

- Was ich dir sagen will (sie sagt es leise, fast flüsternd, obwohl Catherine kaum ein Jahr alt ist und noch nichts von dem versteht, was Erwachsene sagen): Ich bin wieder schwanger.

Sie wird nun auch ihm ein Kind schenken können, obschon er bereits Catherine wie ein Geschenk angenommen hat. Doch Catherine war einmal das Geschenk für einen anderen, für einen Menschen, dessen Erinnerung langsam verblasst und der trotzdem oder vielleicht gerade deshalb ihre Erinnerung so hartnäckig besetzt hält. Es ist das Gedächtnis des Herzens. Doch im Hier und Jetzt sind nun mal Antoine

175

und die kleine Familie, die sie inzwischen aufgebaut haben. Ein neues Zuhause ist für sie entstanden, ungeplant und aus den Wirren der letzten Kriegsmonate heraus, doch jetzt ist es da, dieses Zuhause. Antoine studiert endlich Pharmazie, das, was er sich gewünscht hat, und kann nebenher in der Apotheke seines Onkels arbeiten. Auch sein Vater hilft aus, vielleicht hofft er, dass Antoine einmal die Apotheke in Soulac übernehmen wird. So haben sie ein Auskommen. Es reicht für die Miete, für die Kleidung und für das Essen. Martine träumt auch von einem Studium oder wenigstens von einer Ausbildung, vielleicht im Buchhandel, das wäre nicht schlecht. Sie wird sich umsehen.

Antoine schließt sie und Catherine in seine Arme. Er hatte es sich so sehr gewünscht.

- Cathou, du wirst ein Brüderchen bekommen. Vielleicht wird's auch ein Schwesterchen. Freust du dich, Cathou?

6

Soulac, April 1946.

Valentins Pritsche ist von Anton Bürk aus Leipzig belegt worden. Nicht, dass Erich etwas gegen ihn hätte, was ihn stört ist nur die Selbstverständlichkeit, mit der Anton sie beansprucht … so, als wäre es ein Naturgesetz, als würde sie ihm zustehen. Anton ist auch derjenige, der am deutlichsten seine sozialistischen Vorstellungen in die Debatten um die Zukunft Deutschlands trägt. Sein Ansatz ist die Einheit Deutschlands.

- Wir brauchen eine enge Zusammenarbeit aller Sozialisten, über die Zonengrenzen hinweg. Nur so lässt sich die Einheit Deutschlands bewahren.

Reinhold entgegnet ihm:

- Anton, hast du denn nicht gehört, dass Ulbricht und seine Leute gerade die SPD platt gemacht haben. Die wollen ja nicht einmal mit den anderen sozialistischen Parteien zusammenarbeiten.

- Jeder weiß doch, dass Hitlers Aufstieg nur durch die Spaltung der Arbeiterschaft möglich war. Das hat jetzt ein Ende.
- Ja, unter dem Druck der Russen! wirft Erich ein.

Armin Zerfas, der sich nach Valentins Weggang etwas mehr mit Erich angefreundet hat, pflichtet ihm bei:

- Der Russe wird keine demokratischen Strukturen in seiner Zone zulassen. Die wollen, dass ihre Zone kommunistisch wird. Das ist alles.
- Amerikanische Propaganda! Sonst nichts. Der Ami will die Weltherrschaft, sonst nichts.

Armin lässt nicht locker.

- Was wollen wir denn eigentlich? Ich jedenfalls möchte nicht eine Diktatur gegen die andere eintauschen. Ich bin Christ, ich wünsche mir, dass wieder christliche Werte in unsere Gesellschaft einziehen. Die Kommunisten lehnen das ab. Für sie gibt es keinen Gott, sie glauben, der Mensch könne mit seinem Willen alles regeln. Genau wie die Nazis. Deshalb kommt für mich nur eine christliche Partei in Frage.
- Im Sozialismus wird es allen gutgehen. Da kannst du auch an deinen Gott glauben, wenn du willst. Aber

vorher muss die Ausbeutung der Arbeiter und Bauern beendet werden!

Reinhold meldet sich zu Wort:

- Ich wünschte mir, dass in Deutschland endlich mal nicht alle das Gleiche tun und das Gleiche denken müssen, dass wir endlich mal ein bisschen freiheitlicher und toleranter werden. Ihr Sozialisten träumt doch alle vom neuen Menschen, und das war bei den Nazis genauso. Auch sie wollten einen neuen Menschen aus uns machen, den nationalen sozialistischen Menschen, und bei euch ist es der internationale sozialistische Mensch. Ich hab's satt. Ich hab die Nase voll von den Volkserziehern. Ich würde nur noch eine liberale Partei wählen.

Erich kann mit alledem nicht viel anfangen. Wo ist Gott in dieser vermaledeiten Welt? Gott hat ihm eine harte Prüfung auferlegt, und er hat sie – hoffentlich – bestanden: Er ist wieder ins Leben zurückgekehrt und in die Welt der anderen. Doch wie soll es weitergehen? Jetzt streiten sich wieder alle, wieder ist Trennung und Spaltung in Deutschland. Vielleicht hat Valentin es besser. Vielleicht sollte er, Erich, sich auch für eine Arbeit auf einem Weingut oder einem Bauernhof verpflichten, vielleicht würde er in Frankreich bleiben … und Martine wieder finden.

Soulac, 15. August 1946

Ihr Lieben,

was Ihr da schreibt, sind ja keine guten Nachrichten. Ich bin so traurig, dass Walther als vermisst gilt. Aber man darf die Hoffnung nie aufgeben, es geschehen immer noch genug Wunder, dafür ist das Chaos viel zu groß. Ich höre immer wieder, dass Vermisste plötzlich auftauchen.

Wir alle hier hoffen, dass es bald nach Hause geht. Offiziere müssen mit durchgefüttert werden, wir arbeiten ja nicht, außer denen, die sich als freiwillige Arbeiter melden. Darauf spekuliert die französische Seite. Mein Freund Valentin hat das so gemacht. Er arbeitet jetzt auf einem Weingut, verdient eigenes Geld und scheint sich dabei wohlzufüllen. Man muss sich für ein Jahr verpflichten und ist damit auch kein PG mehr. Sollte man uns noch lange hier festhalten, werde ich wohl auch drüber nachdenken.

Hier im Lager gibt es immer mehr politische Diskussionen. Vor lauter Langeweile gehen einige schon aufeinander los. Ich weiß nicht, was ich davon halten soll. Was sagt man denn in Konstanz? Es gibt ja endlich wieder politische Parteien. Und was wisst Ihr über die Konzentrationslager? Man erzählt uns von Gräueltaten, die Deutsche im Osten begangen haben sollen. Stimmt das?

Für diesmal soll's genug sein. Seid alle herzlichst umarmt, besonders Elsa und Herbi,

Euer Erich

Soulac, Ende September 1946.

Valentin kommt für ein paar Stunden ins Lager. Es ist Sonntag, und er ist gut gekleidet, auffällig gut. Er sucht nach Freiwilligen für das Weingut, und er braucht gar nicht viel zu sagen, seine bloße Erscheinung wirkt überzeugend genug. Mehrere melden sich. Valentin hat jetzt Zeit für ein Gespräch mit Erich und Reinhold.

-   Jungs, was habt ihr euch überlegt? Wollt ihr hier im Lager versauern?

Erich und Reinhold schauen sich an. Was sollen sie auf diese Frage schon antworten? Reinhold antwortet:

- Was sollen wir machen? Als freie Arbeiter raus aus dem Lager? Ich seh's nicht so richtig ein. Die sollten uns nach Hause entlassen! Mit welchem Recht sperren sie uns so lange ein? Der Krieg ist seit anderthalb Jahren vorüber!

- Das stimmt. Doch ich seh auch, was wir hier hinterlassen haben. Frankreich wurde von uns fünf Jahre lang ausgebeutet. Da kann man verstehen, dass sie uns so lange wie möglich als Arbeitskräfte für den Wiederaufbau nutzen wollen. Wir haben eben den Krieg verloren.

Auch Erich hat eine Meinung dazu:

- Ich finde, ihr habt beide recht. Man muss uns verstehen, denn was können wir für diesen Krieg, wir sind doch da reingezogen worden. Man muss allerdings auch die Franzosen verstehen. Sie haben uns zwar neununddreißig den Krieg erklärt und wurden vierzig von uns besetzt, aber die großen Schäden entstanden erst danach. Jetzt muss jeder von uns entscheiden, wie es für ihn weitergehen soll. Es hilft nichts, zurückzublicken. Das habe ich auf bittere Weise selbst erleben müssen.

Reinhold und Valentin wissen natürlich, was er mit dem letzten Satz meint.

- Und deshalb kann ich dich auch gut verstehen, Valentin, wenn du hierbleiben willst.
- Das hab ich noch nicht zu hundert Prozent entschieden. Ich gebe aber zu, dass ich's auf dem Weingut prima getroffen habe. Ich bin selbst ganz erstaunt, wie ich mich da einbringen kann. Ich wollte immer ein Geschäft aufmachen, und, na ja, irgendwie bin ich jetzt mittendrin in einem Geschäft.

Mit einem gewissen Stolz erzählt er von seinen vielfältigen Aufgaben, davon, dass er für Claire fast unersetzlich geworden ist, und auch davon, dass zwischen ihm und Claire mehr ist als nur ein Arbeitsverhältnis. Reinhold kann sich nicht mehr zurückhalten:

- Du Schwerenöter! Erzähl uns Näheres!
- Da gibt's nicht viel zu erzählen. Ich hab von Anfang an gemerkt, dass sie mich mag. Und ich mag sie auch.

An seinen funkelnden Augen und seinen geröteten Wangen ist sofort zu erkennen, von welcher Natur das Verhältnis der beiden sein muss. Reinhold pfeift durch die Zähne.

- Wer hätte das gedacht. Und wie weit geht das nun?
- Ich sagte ja, ich hab das noch nicht zu hundert Prozent entschieden. Aber im Moment denke ich gar nicht an Rückkehr nach Deutschland. Hier geht es aufwärts, das Weingeschäft floriert, da ist eine Frau, die mich liebt und alle drum herum behandeln mich wie … wie einen von ihnen. Warum sollte ich die Platte putzen? Sagen wir's mal so: Ich bin da reingewachsen, ich gehöre jetzt dahin.

So geht das Gespräch noch eine Weile weiter, und Erich kann sich gut vorstellen, dass Valentin sich auf Château de Montivet wohlfühlt. Er ist einfach eine Frohnatur, nimmt das Leben leichter als ich, denkt Erich. So wie ich mit Martine wäre Valentin das mit Claire nie angegangen. Vielleicht geht es gut mit Claire. Ich wünsch es ihm von ganzem Herzen.

Ähnliche Gedanken gehen auch Reinhold durch den Kopf. Er weiß, dass er nach Deutschland zurückmuss, dass er wie sein Vater Lehrer werden will, und dass das nur in Deutschland geht. Und mit Frankreich ist er nicht so warm

184

geworden wie andere. Eigentlich hat er hier erst sein Deutschsein entdeckt, sein Anderssein. Er hat die schlechte Behandlung in den ersten Wochen nach dem Krieg noch nicht ganz verziehen, hat jedoch Verständnis. Und die Geschichte Valentins rührt ihn, ja auch das gibt es, dass da jemand wie Claire überhaupt nicht zurückschaut, sondern nur nach vorne und das Leben mit beiden Händen anpackt. So jemand braucht Valentin, das passt zu ihm. Nur für ihn, Reinhold, ist das eben nichts. Er ist ernster, nachdenklicher als Valentin. Er würde sich auf einem Weingut oder einem Bauernhof schwertun.

So gehen sie wieder auseinander, als Freunde, doch jeder auf seinem eigenen Weg.

Warum dauerte es denn doch noch bis Mai achtundvierzig, bis Großvater entlassen wurde?

- Frankreich wollte das Maximum aus den deutschen Arbeitskräften rausholen, ganz einfach. Erst als die Amerikaner Ende siebundvierzig androhten, die Marschallplanhilfe für Frankreich zu kürzen, wenn sich die französischen Behörden nicht an das längst

185

ausgehandelte Repatriierungsabkommen hielten, gab Frankreich nach und entließ im Laufe des Jahres alle deutschen Kriegsgefangenen. Vierundvierzigtausend blieben allerdings im Land. Sie hatten entweder ein für sie gutes Leben gefunden oder sogar in Frankreich geheiratet, oder aber sie sahen in Deutschland für sich keine Zukunft mehr.

- Und warum durfte Großvater gerade im Mai zurück und nicht zum Beispiel im Januar oder erst im Oktober?

- Man entließ zuerst die Familienväter, im Januar. Da mein Opa im Sterben lag, bekam mein Vater seine Entlassungspapiere etwas früher als Oktober.

Es ist ein Abschied ohne Abschied. Er verlässt das Lager, Soulac und das Meer, so wie er gekommen ist, unversehens. Er will es nicht wie einen Abschied aussehen lassen, und er weiß selbst nicht, warum, er weiß nur, dass die Bindung stark ist. Die Kameradschaft, das gemeinsam Erlebte, die langen gemeinsamen Jahre. Er ist jetzt fast siebenundzwanzig. Die letzten neun Jahre war er Soldat, sieben davon hat er in Soulac zugebracht, drei als *PG*. Was hat er eigentlich gemacht? Verlorene Jahre, gestohlene Jugend …

Auch gemeinsame Lebenszeit mit den Kameraden, mit Reinhold und Valentin. Mit Martine. Einmal glaubt er, Simone gesehen zu haben, sie hätte es sein können, jemand, die aussah wie Simone fuhr mit dem Rad in einiger Entfernung am Lager vorbei, sicher ist er sich nicht. Keine Spur von Martine. Nach Soulac durften sie als *PG* sowieso nicht mehr rein. Sie werden mit einem LKW zum Bahnhof gebracht, rein in den Zug, und die „Festung Gironde-Süd" verschwindet am Horizont.

09. Mai 1948

Grenoble. Rückfahrt nachhause, nach acht langen Jahren. Im Zug sitzen wie ein Fremder. Rausschauen und Abschiednehmen von Frankreich. Ich freue mich auf die Heimat.

- Was ist das für eine seltsame Zeichnung? Sie passt nicht so recht zu den anderen Motiven.
- Ja, das habe ich mich auch schon gefragt. Er hat einen Blick aus dem Zugfenster gezeichnet und dabei auch sein Spiegelbild im Fenster. Das ist alles nur zart angedeutet. Genauso wie die Leute draußen, eine Frau mit einem Kinderwagen und einem weiteren Kind an

der Hand. Alles nur zu ahnen, nur angedeutet, keine festen Striche.

- Das kann er unmöglich während der Zugfahrt gemacht haben, das sieht ja aus wie ein Schnappschuss.
- Ja, das Bild muss sich in sein Gedächtnis eingebrannt haben. Gezeichnet hat er es dann etwas später, vielleicht beim Warten auf den Anschlusszug.

Auf der Rückfahrt nach Konstanz hält der Zug in Grenoble. Es ist früher Morgen, Erich ist am Abend losgefahren und hat die Nacht im Abteil verbracht. Der Zug schiebt sich langsam, ganz langsam durch einen Vorort, Richtung Hauptbahnhof. Er kommt an einem Park vorbei, man sieht Mütter mit kleinen Kindern und Alte, die die Mai-Sonne auf einer Parkbank genießen. So einen Anblick hatte Erich zuletzt vor vielleicht zehn Jahren einmal, in Konstanz, wo es auch einen Park gibt und eine Uferpromenade. Er wundert sich, dass zehn Jahre vergehen mussten, bis er wieder einen Park in voller Blüte sieht. Sein Blick fällt auf eine junge Frau mit einem Kinderwagen und einem Kind an der Hand. Ein kleines Mädchen von vielleicht drei Jahren, das eine Puppe in der anderen Hand hält. Er sieht die junge Frau nur von hinten, aber irgendwie kommt ihm die Silhouette vertraut vor. Schon ist der Zug wieder weiter. Er spürt, dass sein Herz pocht ... seltsam, woher kommt diese Beklemmung, vielleicht sollte ich mal an die frische Luft. Sein Gegenüber bemerkt etwas, geht's dir nicht gut, Kumpel, du bist so blass, ich lass mal das Fenster runter.

Als Erich wieder zu sich kommt, hat man ihn auf eine Bank gelegt, auf dem Bahnsteig, die oberen Knöpfe geöffnet, und sein Kumpel schaut ihm in die Augen.

- Mensch Erich, was ist los mit dir? Bist einfach zusammengesackt. Geht's wieder?

Erich schaut an sich runter, die Hose ist am Knie leicht aufgeschlitzt, der Kopf schmerzt etwas (wieder mal eins auf die Rübe), eine kleine Beule, vom Aufprall wahrscheinlich. Sonst fehlt ihm nichts.

- Danke Lothar, schon gut. War nur'n kleiner Schwächeanfall, wahrscheinlich zu wenig getrunken. Es ist ziemlich heiß im Abteil. Kriegen wir den Zug noch?
- Ja, mach dir keine Sorgen, den kriegen wir noch. Hauptsache, du hast dir nicht wehgetan.

„Nicht wehgetan" … Nein, er hat sich nicht wehgetan, doch etwas hat wehgetan. Erich weiß nicht, was es ist. Ein Stich in der Brust, wie aus dem Nichts. Doch es muss weitergehen.

7

Eine Woche nach seiner Rückkehr stirbt sein Vater an einer Lungenentzündung. Sie hatten ihm geschrieben, dass er sehr schwach sei. Jahrgang achtundachtzig, im Juli wäre er sechzig geworden. Doch die Hungerjahre sind auch an ihm nicht spurlos vorübergegangen. Gerade jetzt, wo es wirtschaftlich wieder etwas besser geht, kommt für ihn das Aus. Er hat so lange durchgehalten, wie er konnte, vielleicht nur so lange, um Erich noch einmal zu sehen. Als es endlich so weit ist und Erich ihn umarmen kann, kommen ihm die Tränen ... vor Freude. Tränen sind für Ernst Pfeifer immer ein Zeichen von Schwäche gewesen. Jetzt ist er schwach, körperlich geschwächt wie nach einem schier unendlich langen Winter. Doch jetzt kann er gehen, denn Erich ist zurückgekehrt, jetzt ist wieder ein Mann im Haus, Erich ist zurück aus der Kriegsgefangenschaft, gesund und unversehrt, kein Krüppel wie so viele andere. Das ganze Land, das ganze Volk scheint verkrüppelt zu sein, niemand ist ungeschoren aus dem Chaos herausgekommen. Ernst Pfeifer bleiben nur noch ein paar Tage, um sich an Erich zu erfreuen, zu kurz, um über das sprechen, was man erlebt hat oder gar, warum man es erlebt hat, vielleicht erleben musste. Diese Gedanken muss er mitnehmen, und vielleicht findet er dort, wo er hingeht, die

Antwort auf alle Fragen. Hier auf Erden ist nur noch Zeit für einen letzten Abschied. Gott segne dich, mein Sohn, Gott segne die ganze Familie, Gott sei uns gnädig.

Zum Begräbnis kommen neben Angehörigen aus Stuttgart auch einige Kriegskameraden von vierzehnachtzehn, alle in Zivil. Man spricht über Weippert, der in Stalingrad geblieben ist, er war der jüngste von damals, und über Loev, der nach Frankreich und später nach Palästina gegangen ist. Erich korrigiert: Dr. Loev ist nicht freiwillig nach Frankreich gegangen, ihm blieb keine andere Wahl. Alle nicken. Erich erzählt, dass er ihm vielleicht sein Leben verdankt.

Es stehen Fragen im Raum, Fragen, die sich alle stellen und die keiner ausspricht. Sie sind jedoch zu groß, um sie bei Ernst Pfeifers Begräbnis zu stellen. Warum musste unser Land zweimal durch die Katastrophe? Warum diese Demütigungen, nachdem es doch gerade erst zur Blüte gekommen war? Wo ist unser Platz in der Welt? Was ist dran an den Berichten über Gräuel, über Auschwitz und Treblinka, über Maidanek und Sobibor, an den Filmen, die die Amerikaner dort gedreht haben? Wer hat das gemacht, wer war daran beteiligt? Und was ist mit den an Deutschen begangenen Gräueln, im Bombenhagel, auf der Flucht, nach dem Einmarsch? Was ist wahr, was ist Erzählung? Gibt es Wahrheit? Oder gibt es nur Sichtweisen? Schreibt nur der Sieger die Geschichte … ?

Erich hat sich seine Heimkehr anders vorgestellt, glücklicher, unbelasteter, im Kreise seiner Familie. Wie konnte er so naiv gewesen sein … Jetzt muss er einsehen, dass auch hier nichts ist als Leid, der Vater tot, die Schwester Witwe, der Neffe Waise, die Städte in Trümmern, viele ausgemergelt, halb verhungert, die Kinder verwahrlost. Und er muss feststellen, dass das Leben dennoch weitergegangen ist, ein Leben, das er gar nicht kennt, woher auch, er war ja in Frankreich. Die Franzosen verwalten jetzt die Region, und unter ihnen haben sich lokale deutsche Behörden gebildet, es gibt ein politisches und kulturelles Leben, von dem er praktisch nichts weiß. Es gibt Parteien und Politiker, es gibt eine Presse und einen Rundfunk, es gibt Verbände und Vereine, und alles ist ihm fremd. Er ist ein Fremder im eigenen Land. So hat er sich seine Heimkehr nicht vorgestellt. Gehört er noch hierher? Er spürt, dass er die Flucht nach vorne antreten muss, sonst wird er hier ersticken.

Er wird sich nach einem Studienplatz in Kunst umsehen. Kann man wieder Kunst studieren? Und wenn ja: wo? In München, Berlin, vielleicht auch Stuttgart, Frankfurt, das wäre etwas näher …, er wird sich überall bewerben, er muss eine Mappe zusammenstellen, Zeichnungen hat er genug, das wäre nicht das Problem, auch einige Aquarelle. Die Finanzen sind das Problem, wovon soll er leben? Es gibt ein kleines Erbe, doch damit sind wir schon beim nächsten Thema: Wie soll er es seiner Mutter und seiner Schwester beibringen? Elsa wird vielleicht Verständnis aufbringen, obwohl sie sich vielleicht vorgestellt hat, er könne für Herbert ein wenig den Vater ersetzen, aber ja, es wird eine Lösung geben, und am Ende ist sie es, die ihn drängt, Kunst zu studieren (hör auf deine innere Stimme, Erich, du kannst nicht in Konstanz bleiben, du hast diese Begabung, ...), nur die Mutter, sie wird den Schmerz nicht verwinden, dass Erich wieder wegwill, kaum dass sie ihn wiederhat. Und doch spürt er, dass er genau dies tun muss, um nicht von ihrer Liebe erstickt zu werden, um sich ein eigenes Leben aufbauen zu können. Er darf seinen Traum nicht aufgeben, er muss eine Kunsthochschule finden, die ihn aufnimmt, und dann muss er dorthin gehen. Es gibt keinen anderen Weg für ihn.

Am ersten Oktober neunzehnhundertachtundvierzig zieht Erich nach Frankfurt und beginnt das Kunststudium an der Städelschule ("Akademie für angewandte Kunst"); einen Monat zuvor hat Reinhold seine Entlassungspapiere für seine Rückkehr nach Deutschland erhalten, Catherine einen Kindergartenplatz bekommen, Martine eine Lehre als Buchhändlerin begonnen (Michel ist bei einer Tagesmutter untergekommen), und Valentin hat Claire Arnault geheiratet.

Zweites Buch

Pute du Boche
Deutschendirne

Erster Teil

1

Die Geburtstagsparty ist diesmal etwas größer ausfallen. Er hat fünfzehn Gäste eingeladen. Immerhin ist es ein runder, sein Vierzigster. Vielleicht ist es auch ein wenig wegen des Hauses, er ist stolz darauf. Ja, und da ist sie eben auch eingeladen. Weil sie als Austauschschülerin bei den Ungers ist (und Rolf Unger ist damals sein bester Freund). Das ist am vierten Juli einundsechzig.

Er spürt diese ungewöhnliche Vertrautheit. Sie ist nicht einfach nur eine sechzehnjährige Französin, die sich für ein Schuljahr in Sobern aufhält, um Deutsch zu lernen, es ist etwas in ihrer Art, das ihm sehr vertraut ist. Er kann gar nicht sagen, was es genau ist, er kennt sie ja gar nicht, außer, dass er sie mal in einer Vertretungsstunde gesehen hat. Und jetzt steht sie da mit den ganzen Leuten, die allesamt deutlich älter sind als sie, abgesehen von seinen Kindern, die sind aber viel jünger als sie. Nur die Unger-Zwillinge sind in ihrem Alter, Franziska und Julia; Joachim Unger, Rolfs Sohn, ist zwei Jahre älter, das passt auch noch. Sie spricht schon richtig gut Deutsch, dafür ist sie ja hierhergekommen, aber um Himmels Willen, warum gerade in dieses triste Nest im Hunsrück … Hier ist doch alles grau, das Wetter, die Häuser mit ihren Schieferdächern und ihrer Schieferverkleidung, selbst die Menschen, die hier leben, kommen ihm grau vor, jedenfalls grauer als in Konstanz oder in Frankfurt. Nicht, dass er sich hier nicht wohlfühlt, er hat sich eingelebt … und vielleicht auch angepasst. Man kann hier leben, es ist ruhig und beschaulich, da ist das Gymnasium, da ist das Schloss, da sind die Geschäfte und auch ein Café, da ist der Bahnhof und da ist das Neubauviertel, wo er ein Grundstück fast geschenkt bekommen hat. Hier haben sie sich ihr Häuschen gebaut, sogar mit Kamin im Wohnzimmer, der einzige Luxus. Immerhin, jedes Kind hat sein eigenes Zimmer. Und er hat Platz für seine Kunst. Da braucht man schon allerhand Platz, mehr als eine normale Familie, wo der Vater morgens aus dem Haus geht und abends oder auch mittags zwischendurch heimkommt. Ein Lehrer braucht von vornherein mehr Platz wegen des Arbeitszimmers, aber ein Kunstlehrer, der braucht noch mehr Platz, wir reden hier über metergroße Bilder und Skulpturen, wir reden über Unmengen an Material, Papier, Rahmen, Klebstoffe, Farben, Pinsel, und natürlich allerlei Gebrauchsgegenstände, die einen ästhetischen Wert haben können, sobald ihre Zeit gekommen ist.

Und da kommt dieses Mädel ausgerechnet in das graue Sobern, um hier Deutsch zu lernen. Und ja, die Sprache. Hier spricht man kein sauberes Deutsch, viele sprechen sogar einen breiten Dialekt, um Deutsch zu lernen geht man doch vielleicht besser irgendwo in den Norden Deutschlands. Aber jetzt ist sie da (wie lange eigentlich noch? Das Schuljahr endet doch morgen ... Den vierzehnten Juli wird sie sicher wieder zu Hause feiern wollen). Doch irgendwie kommt sie ihm vertraut vor, ihre ganze Art, ohne dass er sagen könnte, dass es ihre Stimme wäre oder ihr Blick. So, als kennte man sich schon lange ... aber an einem anderen Ort.

Es ist tatsächlich ihr vorletzter Abend in Sobern. Übermorgen, am Samstag, wird sie mit dem Zug wieder zurückfahren nach Grenoble. Zehn Monate hat sie nun hier verbracht. Was hatte sie eigentlich dazu bewogen? War es nur wegen der deutschen Sprache? Ihre Mutter hatte das so gewollt, sie hatte entschieden, dass Catherine ein Gymnasium besuchte, auf dem man von Anfang an Deutsch lernen konnte. Sie hatte damit ins Schwarze getroffen: Catherine begeisterte sich für diese Sprache, man musste sie gar nicht drängen. Und nach vier Jahren war sie es, die auf ihre Eltern zukam und sagte, dass sie gerne für ein Jahr nach Deutschland gehen wolle, um die Sprache richtig zu lernen. Frau Weber, ihre Deutschlehrerin, hat viele Kontakte nach Deutschland. Sie sagte, sie könne vielleicht etwas vermitteln. Im Gegenzug würden sie dann jemanden bei sich zu Hause aufnehmen. Am Ende waren es die Ungers in Sobern, die Frau Weber kannte und die zusagten. Zufall?

Ich konnte damals noch nichts mit ihr bereden, ich wusste ja gar nichts von ihr, bis zum Abend des vierten Juli einundsechzig. Und auch da war ich natürlich noch viel zu klein (gerade mal sechs), um ihr irgendwelche Fragen zu stellen. Es sollte noch eine Weile vergehen, bis ich erfuhr, dass sie meine Halbschwester war. Über sechzig Jahre.

Nüchtern betrachtet erscheint es fast wie ein Ding der Unmöglichkeit, dass wir uns überhaupt begegneten.

- Wie kam er denn eigentlich in die Gegend und an diese Schule? Weißt du was darüber?
- Ich weiß nur, dass er nach seinem Studium an der Städelschule in Frankfurt eine Stelle in Rheinland-Pfalz bekam. Er muss sich wohl dort beworben haben. Vielleicht hatte er sich auch in Hessen und Baden-Württemberg beworben, ich weiß es nicht. Jedenfalls hat man ihm die Stelle in Sobern angeboten. Das war

dreiundfünfzig, und damals gab es noch kein Schulreferendariat.

- Sobern war ja ein völlig verschlafenes Nest mitten im Hunsrück …

- Ich weiß auch nicht, warum genau er die Stelle annahm. Vielleicht weil sie gerade geheiratet hatten und Carlo schon unterwegs war. Vielleicht auch, weil er neunzehnhundertvierzig einmal für ein paar Tage dort in der Nähe einquartiert war und es ihm irgendwie gefallen haben muss. Vielleicht, weil seine Mutter aus Koblenz stammte. Sie scheinen sich auf alle Fälle rasch eingelebt zu haben.

- Und dann haben sie das Häuschen gebaut?

- Nicht sofort. Sie wohnten sieben Jahre in Miete. Sie hatten eine kleine Wohnung in der Oberen Straße, mitten im Städtchen. Dort ist auch Carlo zur Welt gekommen. Es muss wohl sehr idyllisch gewesen sein, sie haben später noch öfters davon erzählt. So ist das, das sind die schönsten Jahre, wenn die Familie gegründet wird und die Kinder kommen. Aber es muss auch sehr beengt gewesen sein. Im Juli sechzig sind sie dann in das Haus in der Rosenstraße am Stadtrand eingezogen.

- Wie haben sie sich eigentlich kennengelernt? Weiß du was darüber?

- Er wohnte während seines Studiums in Frankfurt. Sie haben zugegeben, dass sie sich bei einer Faschingsparty kennengelernt hatten. Meine Mutter war Verlagssekretärin, hatte zuvor ein paar Semester Germanistik und Französisch in Saarbrücken studiert. Als sie heirateten, hat sie ihren Job gekündigt und ist mit ihm weggezogen.
- So war das damals …
- Und im Nachlass der beiden befanden sich dann die Skizzenhefte.
- Ja, genau. Ein ganzer Stapel, sorgfältig in einen stabilen Karton verbannt. Offenbar wollte er, dass sie uns später einmal übergeben würden. Aber eben nicht zu seinen Lebzeiten. Und meine Mutter wollte wohl auch nicht, dass wir sie zu sehen bekämen, solange sie lebte.
- Warum diese Geheimniskrämerei?
- Es muss wohl mit Martine und Cathou zusammenhängen.
- Du meinst, er hatte Schuldgefühle?
- Bin mir nicht ganz sicher. Vielleicht wollte er meine Mutter damit verschonen. Er redete nicht viel, und schon gar nicht über die Zeit im Krieg und in der Gefangenschaft. Wir sind also wieder Mal auf seine Skizzenhefte angewiesen.

Sobern, 18. Juli 1954.

Obere Straße

- Sie wohnten da in der Oberen Straße. Ich war noch nicht geboren. Er hat die Ansicht vielleicht aus ihrem Wohnzimmer heraus gezeichnet. An dem Brezelkäfer und den labbrigen Kleidern sieht man sofort, dass das in den frühen Fünfzigern war.

- Was ist denn ein „Brezelkäfer"?

- Der Käfer mit dem winzigen, durch einen Steg geteilten Heckfenster. Übrigens hatten diese Käfer noch keine Blinker, sondern Winker, das sind so kleine Plastikarme, die aus der Mittelsäule herausklappten.

- Ziemlich viel los an der Stelle. Mopeds, Gegenverkehr, sogar eine Ampel.

- Ja, später hat man die Straße verbreitert. Heute ist das alles weg, abgerissen, man kann's kaum glauben. Ein Stück weiter unten war das Brückenlokal, wo wir Pennäler samstags nach der vierten Stunde, wenn wir mal frei hatten, Stiefel tranken.

- „Stiefel" trinken?

- Ja, Bier aus einem riesigen Glas, das die Form eines Stiefels hatte.

- Und da habt ihr sieben Jahre lang gewohnt, deine Eltern und vier kleine Kinder?

- So ist es. Auf fünfundsiebzig Quadratmetern. Anfangs waren sie ja nur zu dritt. Dann kamen ich, Hannes und Connie. Carlo, ich und Hannes schliefen in einem Raum, meine Eltern und Connie im Elternschlafzimmer. Dazu Wohnzimmer, Küche und Bad. Auf jeden von uns kamen also theoretisch zwölf Quadratmeter … Viele hatten damals weniger. Ich erinnere mich noch an die Leute in den Nachbarwohnungen, Verwandte aus dem Ruhgebiet waren dabei, Ausgebombte vom Krieg, Evakuierte, deren Wohnungen es nicht mehr gab, als sie nach dem Krieg zurückwollten. Erst Ende der Fünfziger ging das mit der Wohnungsnot langsam zu Ende. Bis dahin platzten die Kleinstädte auf dem Land aus allen Nähten.

- Verstehe. Eure Wohnung war da sogar noch recht üppig.

- Das nicht, aber auch nicht winzig. Anfangs wohnte auch noch meine Großmutter bei uns, das heißt, sie hatte ein Zimmer im Nebenhaus gemietet, war aber die ganze Zeit in unserer Wohnung. Doch daran kann ich mich nicht erinnern, denn kurz nachdem ich auf die Welt kam, verließ sie Sobern wieder. Mutter hat mir erzählt, dass meine Großmutter dreiundfünfzig Konstanz verlassen hatte, weil Elsa wieder geheiratet hatte und meine Großmutter sich wohl mit dem neuen Schwiegersohn nicht so gut verstand. Mein Vater nahm sie dann für zwei Jahre bei sich auf, und als ich kam, zog sie nach Koblenz, wo ihr Bruder wohnte.

Carlo im Waschzuber, 10. Juli 1954

- Man hat ihn in einen Waschzuber aus Zink gesetzt. Wir hatten in der Wohnung in der Oberen Straße noch keine Badewanne und im Nachhinein frage ich mich, wie meine Eltern das mit der Hygiene hinbekamen. Papa scheint die Zeit mit den Kleinen auf alle Fälle genossen zu haben, sonst hätte er uns nicht so liebevoll in allen Lebenslagen gezeichnet und gemalt.
- Hat er keine Fotos gemacht?
- Doch, hat er, aber nicht sehr viele. Wir haben aus den Fünfzigern vielleicht noch drei Fotoalben, mehr waren es nicht. Die Fotografie interessierte ihn, um damit Kunst zu machen. Später kaufte er sich sogar eine

Spiegelreflexkamera. Für die Alltagsfotos war meine Mutter zuständig.

- Gibt es den Waschzuber noch?

- Wir haben ihn lange aufbewahrt, auch als man ihn längst nicht mehr benutzte. Ich kann mich auch noch an das kratzige Gefühl auf der rauen Zinkoberfläche erinnern und an das leichte Frieren, wenn meine Mutter kam, um mich abzutrocknen. Sie warf das Handtuch so schwungvoll um mich herum, dass es immer zuerst einen kalten Luftstrom gab, bevor ich ganz trocken und warm eingepackt wieder aus dem Zuber rausdurfte. Irgendwann ist der Waschzuber dann sang- und klanglos verschwunden.

Sie genießt das Baderitual mit Carlo. Sie genießt es, einmal mit ihm allein zu sein. Ständig ist ihre Schwiegermutter dabei, ständig redet diese auf sie ein. Sie meint es ja gut, aber sie ist wie eine Klette, und sie redet wie ein Wasserfall. Erich ist morgens in der Schule, er kriegt das gar nicht mit, und nachmittags geht er auch oft in die Kunsträume, obwohl kein Unterricht ist. Er nimmt sich einfach die Zeit, für sich. Inga ist nicht unzufrieden mit der Situation, es gibt Schlimmeres als eine Schwiegermutter, die auf Schritt und Tritt unterhalten werden will. Andere haben noch weniger Freiheit, bei den

Vollraths nebenan drängen sie sich zu acht auf den fünfundsiebzig Quadratmetern. Da sind noch zwei Tanten aus der Ostzone eingetrudelt und müssen mit durchgefüttert werden.

Dass sie Erich gefunden hat, ist ein großes Glück. Sie lieben sich. Manche ihrer Freundinnen haben nicht so viel Glück gehabt. Rosemarie hat einen zwanzig Jahre älteren schwerst Kriegsversehrten geheiratet, na ja, vielleicht liebt sie ihn, wer weiß … Maria hat noch niemanden gefunden, es wird langsam eng. Ingeborg wartet mit den Kindern auf Toni und hofft, dass er bald aus Russland zurückkehrt. Erichs Schwester wollte nicht mehr länger warten.

Inga hat für Ehe und Familie viel aufgegeben. Sie hatte einen Beruf, der sie ausfüllte, Verlagssekretärin bei Suhrkamp, direkt nach der Verlagsgründung. Das Verlagsgeschäft expandiert jetzt, viele Verlage haben sich für Frankfurt als Firmensitz entschieden, seit neunundvierzig gibt es die Frankfurter Buchmesse, sie hat den ganzen Aufbruch miterlebt. Und jetzt sitzt sie in diesem Provinznest und soll ihre Schwiegermutter bespaßen. Sie hätte auch nein sagen können, sie hätte Erich vor die Wahl stellen können, Frankfurt oder nichts. Hat sie aber nicht. Sie ist mit ihm in den Hunsrück gegangen, und jetzt probiert sie aus, wie es ist, ohne Beruf, aber mit Familie dazustehen. Vielleicht ist es genau das, was jetzt für sie dran ist, was sie erleben soll und will. Nichts ist für ewig, alles kann man auch wieder ändern. Vielleicht wird es was mit einer kleinen Beschäftigung bei der Buchdruckerei gegenüber. Sie könnten sie gebrauchen, sie hat schon mal mit dem Besitzer gesprochen, ein netter älterer Herr mit lebendigen Äuglein (auch wenn er sie vielleicht etwas zu lange aus diesen Äuglein fixiert hat). Der hat auch einen Fernseher, einen der ersten in Sobern, und vergangenen Sonntag wurde das Endspiel der Fußballweltmeisterschaft übertragen, das hätte Erich auch sehr gerne gesehen. Ein paar Mark mehr in der Familienkasse und sie könnten sich irgendwann auch so ein Gerät leisten. Aber Carlo ist noch zu klein, und eigentlich wollen sie ja noch ein zweites Kleines. Mindestens noch ein zweites.

Er hat sie auch mal mit dem Kinderwagen gezeichnet, bei einem Sonntagsspaziergang, da nimmt er immer seinen Skizzenblock mit, rasch hingeworfene kleine Skizzen, die Zeichnung mit dem Kinderwagen ist genauso rührend wie die mit dem Waschzuber, daran erkennt sie, dass er seine kleine Familie wirklich liebt.

Es ist ein Wagen mit kleinen Rädern ohne Speichen, den haben sie von ihren Eltern zu Carlos Geburt geschenkt bekommen, ein cremefarbener, bauchiger, tief liegender Wagen, ein wenig wie ein Schaf sieht er aus, besonders wenn man das Verdeck draufsetzt. Das mit dem Verdeck ist etwas unpraktisch, denn man weiß nie, wohin damit, wenn es nicht regnet, also lässt man es meistens drauf. Im Hunsrück regnet es oft, das passt dann wieder. Als er sie mit dem Kinderwagen zeichnet, trägt sie diesen Topfhut, ein Hut wie ein umgestülpter Blumentopf, und ihren hellbraunen Wollmantel, auch den kann man in Sobern gut gebrauchen. Sie erinnert sich noch ganz genau an den Sonntagsspaziergang, als er sie mit dem Kinderwagen gezeichnet hat.

Meistens trifft sie sich mit ein paar Frauen aus der Nachbarschaft, um die Kinder an die frische Luft zu bringen. Es sind viele da mit Kleinkindern. Anfangs dachte sie, sie würde niemals in einem so kleinen Städtchen leben können, aber es ist nicht die Zeit zurückzublicken. Erich hat als Assessor ein passables Gehalt, und er sagt, er werde wohl bald verbeamtet werden, das gibt ihnen Sicherheit. Das Leben ist provinziell, natürlich, aber in Sachsenhausen ist ja so vieles kaputt, auch ihr Haus hatte einen Bombentreffer, wenn es auch nicht abbrannte. Jetzt bauen sie eine große Wohnsiedlung, Mutter sagt, die Wohnungen seien schön, jedenfalls was man so sehe, mit schönen Küchen und Badezimmern. Vielleicht gehen sie ja eines Tages wieder aus Sobern weg …

Wenn Irene nur nicht so nervig wäre. Sie vergöttert Erich, möchte ihm am liebsten noch die Nägel schneiden. Sie hat sonst nichts mehr, Erichs Vater ist tot, Elsa und Herbert sind weit weg. Ja, Irene tut ihr auch ein wenig leid, das schon, aber Inga muss an sich selber denken, das geht auf Dauer nicht gut mit Irene, und jetzt vergöttert sie auch den Carlo, welche Mutter würde da nicht eifersüchtig werden … Wenn Irene den Kleinen mit sehnsüchtigen Augen anblickt, dann kommt in Inga Eifersucht hoch. Alles dreht sich bei Irene immer nur um Erich und jetzt auch noch um Carlo, alles soll so gemacht werden, wie sie es früher in ihrem Haushalt gemacht hat, es soll so gekocht werden wie früher, und der Kleine soll so gefüttert werden wie früher. Alles soll so sein wie früher. Es ist zum Ersticken. Erich weiß das, Inga hat natürlich mit ihm darüber gesprochen. Erich, der nimmt sich einfach seine Freiräume, er verbringt den Vormittag und auch die meisten Nachmittage in der Schule, da braucht er sich nicht mit den Frauen in der Wohnung auseinanderzusetzen. Doch Erich wird etwas unternehmen, das hat er ihr versprochen.

Aber was soll er machen? Er kann wohl schlecht seine eigene Mutter vor die Tür setzen. Und sie ist nun mal seinetwegen nach Sobern gekommen. Dass sie so ein rotes Tuch für Inga werden würde, hatte er nicht kommen sehen. Vielmehr: er wollte es nicht kommen sehen. Immerhin kannte er seine Mutter gut genug, um zu wissen, wie nervig sie sein konnte. Er selbst war es ja, der nach dem Abitur schleunigst von ihr wegwollte, weil sie ihn mit ihrer Liebe und ihrer Betulichkeit erstickte. Und er war es, der nach der Rückkehr aus der französischen Gefangenschaft nicht in Konstanz bleiben wollte. Das hatte seinen Grund. Doch konnte er sich der Verantwortung für sie nicht entziehen, das heißt, er brachte es nicht übers Herz. Sie war eigentlich noch jung genug, um noch einmal etwas anzufangen, Anfang-Mitte fünfzig, da kann man sich noch einmal etwas aufbauen. Aber man muss es auch wollen … Und das genau ist das Problem bei ihr. Sie will es nicht. Was sie will, ist der Familienanschluss und ansonsten ihre eigenen vier Wände und ihre Ruhe. Mit ihrer Witwenrente kommt sie klar.

Aber vielleicht liegt hier ja der Schlüssel zur Lösung: die eigenen vier Wände! Im Moment hat sie nur ein einzelnes Zimmer gemietet, wo sie schläft, und ansonsten wohnt sie bei Erich und Inga. Sollte die Familie größer und der Platz bei ihnen enger werden, könnte man hier vielleicht ansetzen. Er wird auf alle Fälle mit Onkel Wilfried in Koblenz darüber sprechen. Da wird jetzt viel gebaut, die Leute kommen wieder zurück, und eine Großstadt ist doch viel attraktiver als eine Kleinstadt wie Sobern. Wenn Inga darum bittet, wird sie es nicht machen, aber wenn er es von ihr verlangt, wird sie vielleicht wieder nach Koblenz gehen. Da ist sie aufgewachsen, da hat sie alle ihre Kindheitserinnerungen.

211

Es ist vielleicht alles etwas schnell gegangen. Er hatte sich in Hessen, Rheinland-Pfalz und in Baden-Württemberg auf eine Stelle als Kunstlehrer beworben, und Rheinland-Pfalz hatte als erste reagiert. Man hatte ihm in Sobern eine Stelle an einem Gymnasium angeboten, gute Bezahlung und Hilfen bei der Wohnungssuche. Er hatte zugesagt ... einem Gefühl, einer inneren Stimme folgend. Auch Inga war einverstanden. Sobern war noch erreichbar für ihre Eltern in Frankfurt und umgekehrt, Baden-Württemberg dagegen war groß, da konnte es einen überall hin verschlagen, auch in Hessen. Für Erich zählte das weniger, für ihn war der Gedanke, in eine Kleinstadt auf dem Land zu ziehen, gar nicht unattraktiv. Während des Krieges war er jahrelang in einem kleinen Ort an der Atlantikküste stationiert gewesen, hatte dort das Überschaubare, ja Zurückgezogene kennengelernt. Das hatte ihm vielleicht die Ruhe gegeben, die er brauchte.

Doch was er nun schleunigst braucht, ist erst einmal, ein richtiger Lehrer zu werden, schließlich ist er völlig unausgebildet in den Lehrerberuf gekommen. Er hat Kunst studiert, doch er hat keine pädagogisch-didaktische Ausbildung. Noch jetzt, nach einem Jahr, hat er keine Routinen. Jetzt studiert er tagtäglich, was es heißt, mit Kindern und Jugendlichen zu arbeiten. Immerhin hat er schon festgestellt, dass ihm die Herausforderung durchaus Freude bereitet. Was gut funktioniert, ist, die Kinder zum Tun zu bringen. Er muss nur dafür sorgen, dass alle das notwendige Material haben, Papier, Stifte, Kohlestifte, Farbkästen, und dass sie wissen, was sie tun sollen. Dann geht er herum und zeigt ihnen dies und jenes bei der konkreten Ausführung. Das macht ihm Freude. Er beobachtet, dass es da unterschiedliche Begabungen gibt, so war es ja auch in seiner eigenen Schulzeit, manch einer vermochte es einfach nicht, das, was er sah, zu Papier zu bringen … am Ende gibt es Striche, jedoch keine Skizze, Kleckse, aber kein Bild. Und dann kann Erich ein paar Tricks zeigen, die rasch zu Verbesserungen führen. Andere haben zwar eine ausschweifende Phantasie, doch einen inneren Widerstand, technische Fertigkeiten zu üben. Sie verlieren die Lust am Zeichnen oder Malen, wenn das Ergebnis nicht sofort ihren Vorstellungen entspricht. Bei wieder anderen ist es genau umgekehrt, sie entwickeln rasch gute technische Fertigkeiten, jedoch kaum Phantasie. Eine Blumenvase mit Blumen sieht bei ihnen tatsächlich annähernd wie eine Blumenvase mit Blumen aus, doch sie löst keine Gefühle aus, alles wirkt trist und kraftlos. Hier muss er ansetzen: Er muss den Kreativen helfen, ein angemessenes technisches Niveau zu erreichen, und er muss den Phantasielosen, aber technisch Begabten helfen, Phantasie zu entwickeln. Eigentlich ist Erich genau richtig in diesem Beruf und an dieser Stelle, eigentlich ist er ein guter Pädagoge.

Länger als mit seinen Schülern dürfte es dauern, mit einigen Kollegen warm zu werden. Manche sind kriegsversehrt, und unter den Kriegsteilnehmern versteht man sich. Auch er hatte eine schwere Kopfverletzung, und noch immer plagen ihn gelegentliche Migräneattacken. Aber davon sieht man äußerlich nichts. Schlimmer hat es einen Kollegen getroffen, der ein Bein verloren hat, ein anderer hat einen zerschmetterten Kiefer. Aber dann sind auch einige dabei, die den Krieg nicht an der Front mitgemacht haben, sondern in der Etappe oder zu Hause. Manche Ältere sind bis zum Schluss, bis fünfundvierzig, Lehrer gewesen, danach hat man sie ‚entnazifiziert‘, wie es so schön heißt, und dann durften sie wieder unterrichten. Sie haben nicht das erlebt, was Erich und andere erlebt haben, sie tragen keine Narben, sie sind nicht in Gefangenschaft gewesen, sie sind immer im Warmen geblieben. Das trennt das Kollegium in zwei Gruppen, die Soldaten und die Nichtsoldaten. Jeder trägt seine eigene Vergangenheit mit sich herum, es sind sehr verschiedene Vergangenheiten.

- Man hat den Eindruck, wenn man sich seine Zeichnungen aus diesen Jahren anschaut, dass er etwas sucht. Er hat unzählige Skizzen von den Menschen im Hunsrück angefertigt, von den Dörfern rund um Sobern, die er mit dem Fahrrad erreichen konnte, von Menschen bei der Arbeit in der Landwirtschaft, Menschen in ihren kleinen Läden, Müttern mit Kindern, spielenden Kindern, … Immer wieder Kinder, die eigenen, aber meistens fremde.
- Das stimmt. Fast fieberhaft zeichnet er die Menschen um sich herum, als würden sie ihm so vielleicht ein Geheimnis preisgeben. Was sucht er wohl in ihnen?
- Schau mal, bei dieser Zeichnung fühlst du dich um hundert Jahre zurückversetzt. Im Vordergrund ein primitiver Wagen von einem Pferde- oder Ochsenfuhrwerk, die Seitenbohlen ausgefranst, drei kleine Mädchen und ein kleiner Junge daneben, die auf den Zeichner schauen, hinter ihnen ein Latrinenhäuschen, dahinter ein Misthaufen, auf dem zwei Hühner sitzen, dazwischen ein Mann mit Glatze, der ebenfalls auf den Zeichner schaut, weiter oben noch ein kleines Kind. Im Hintergrund wie aneinanderklebende Bauernhäuser, aufsteigend an

einen Hang gebaut, große Häuser, ja das kann man sagen, keine Katen. Ein kahler Baum in der Mitte, die Sonne scheint intensiv, es dürfte März oder Anfang April gewesen sein. Kein Asphalt, kein Straßenpflaster, nur blanke, festgetretene Erde. Ein Huhn am linken Bildrand. Da hat sich in hundert Jahren nicht viel geändert.

- Die Kinder scheinen ihn mehr interessiert zu haben als die Erwachsenen.

- Das passt zu ihm. Auch wenn sie ihn später den Rübi nannten, vom Rübezahl, das hat ihm nichts ausgemacht. Er ist ja selbst ein Kind geblieben, vielleicht ist er nie ganz erwachsen geworden.

Er beklagt den Fluch der Photographie. Überall tauchen die kleinen Apparate auf, von Agfa, Kodak und Co., die Brownie von Kodak, bald wird es die Instamatic geben … Dann wird sich niemand mehr die Mühe machen, etwas von Hand zu zeichnen. Die Menschen werden nur noch auf einen Knopf drücken, aber sie werden nichts mehr selbst erschaffen, keinen ebenen Gebilden mehr Form geben, keine Körper mehr perspektivieren. Stattdessen werden sie scheinbar mühelos die Oberflächen fixieren, anstrengungslos, phantasielos. Man wird sich damit begnügen, bei der Oberfläche stehenzubleiben, man wird im Bilderkonsum versinken, das eigene künstlerische Tun wird sich rar machen, man wird faul und träge werden. Man wird vielleicht … Gottes Handschrift nicht mehr erkennen.

- Und fünfundfünfzig ist deine Oma dann nach Koblenz gezogen?
- Ja, als ich kam, hat sie das Weite gesucht.

Beide schmunzeln.

- Dein Großvater muss ihr klar gemacht haben, dass es mit zwei kleinen Kindern, Eltern und Großmutter in ihrer Wohnung etwas eng werden würde. Und da sie ihm niemals irgendwas abschlagen konnte und ihm schon gar nicht zur Last fallen wollte, willigte sie ein.
- Onkel Wilfried hat ihr die Wohnung besorgt?
- Ja, auf der Karthause wurde gebaut, im typischen Stil der fünfziger Jahre, zwei- und dreistöckige Schuhkartons. Ich weiß gar nicht, wie er das geschafft hat, bei der Wohnungsnot damals. Familien hatten ja Vorrang. Ob er da auf der Behörde jemanden kannte?

- Und da habt ihr sie dann besucht? Oder kam sie zu euch?

- Sowohl als auch. Ganz genau kann ich mich allerdings nicht mehr erinnern, dafür war ich noch zu klein. Ich weiß nur noch, dass wir sonntags oft zu ihr hinfuhren, wir hatten Ende der Fünfziger noch kein Auto, wir fuhren mit Bahn und Bus, und da hielt der Bus dann vor dem Gebäude mit den gelben und gelbblauen Balkonen. Dieses Gebäude faszinierte mich, sowas gab es in Sobern noch nicht. Es war wirklich wie ein großer Schuhkarton, alles war neu und alles war gleich, alle Wohnungen exakt gleich geschnitten. Alle Türen waren gleich, alle Fenster, alle Balkone. Das störte niemanden, ganz im Gegenteil, die Leute fanden das toll. Und ich natürlich auch. Die Wohnung war sehr klein, ich meine mich zu erinnern, dass es ein kleines Schlafzimmer gab, ein Wohnzimmer mit Tür zum Balkon, eine winzige Küche und ein winziges Bad. Am meisten begeisterte mich der Balkon. Die Häuser in Sobern hatten keine Balkone. Hier aber konnte man einfach rausspazieren und stand vor diesen herrlich gelben Polyesterwellplatten. Oma hatte dort zwei weiße Stühle, einen kleinen weißen Tisch und einen blauen Sonnenschirm hingestellt. In meiner Erinnerung schien immer nur die Sonne, wenn wir hinkamen, und immer gab es Kaffee und Kuchen. Wir Kinder gingen dann runter in den Garten, wo ein paar Spielgeräte standen.

- Und wie ist sie damit klargekommen, dass sie jetzt allein war?

- Sie hat sich nie beklagt. Nur einmal hörte ich sie zu Mutter so etwas sagen wie: „Du hast mich ja vor die Tür gesetzt." Sie konnte solche Dinge in einem scheinbar unernsten, leicht kichernden Ton sagen, so wie im Scherz, aber es war ausgesprochen und es war natürlich ein ganz massiver Vorwurf. Austeilen konnte sie, aber immer nur Mutter gegenüber. Zu meinem Vater sagte sie nie ein bitteres Wort, ihn betete sie an.

- Später gestand mir Mutter dann mal, dass Oma zwischen Carlo und mir einen Unterschied machte. Carlo war ihr Liebling, ihn betrachtete sie als zu ihrer Familienseite gehörig, als kleinen Erich sozusagen. Ich war für sie nur der zweite, und der, der zur Familie meiner Mutter gehörte. Schon merkwürdig, wie Großeltern da Unterschiede machen können. Mich hat das als Kind aber nicht gestört, ich hab davon nicht viel mitgekriegt. Mutter hingegen muss es wohl auf die Palme gebracht haben.

- Und Großvater, hat er seine Mutter nicht zurechtgewiesen?

- Wenn er überhaupt was davon mitkriegte. Sie hat das sehr geschickt gemacht, so dass er es nur selten bemerkte. Ich glaube, sie tat ihm einfach leid und er fühlte sich irgendwie verpflichtet ihr gegenüber. Schließlich war er ja ihr Lieblingskind gewesen.

- Und als Hannes und Connie kamen?

- In der Tat verteilte sich ihre Zuwendung dann etwas mehr. Jedenfalls scheint es mir so im Rückblick. Kinder haben immer eine eigene Perspektive, sie können solche Dinge nicht so wie die Erwachsenen erleben. Mit der Distanz – wir in Sobern und sie in Koblenz – und gelegentlichen Besuchen entspannte sich die Situation auf alle Fälle, auch wenn nicht alle Besuche und alle Familienfeste ganz harmonisch verliefen. Auf dem Land war es damals noch völlig normal, dass die Eltern im Haushalt der Kinder mitlebten und dass man die Spannungen ertrug, vor allem in den ländlichen Regionen, wo alle im Familienbetrieb oder in der Landwirtschaft mithelfen mussten. Da war unser Modell schon eher modern.

2

Der Sommer einundfünfzig beginnt ungewöhnlich nass und stürmisch. Schon im Juni kommt es zwischen Albi und Gaillac zu Überschwemmungen. Man hofft auf einen besseren Juli und lenkt sich mit der *Tour de France* ab. Die einundzwanzigste Etappe von Briançon nach Aix-les-Bains kommt auch nach Grenoble, Martine steht mit Cathou am Straßenrand und jubelt den Fahrern zu, Antoine hat Michel auf seine Schultern gehoben. Der Schweizer Hugo Koblet gewinnt auch diese Etappe, die achte in Folge, der Gesamtsieg ist ihm nicht mehr zu nehmen.

Dieser August ist der verregnetste seit Menschengedenken, am achten fallen allein in Paris sechsundfünfzig Millimeter, die Temperaturen überschreiten kaum einmal die zwanzig Grad. Auch in Soulac sind die Temperaturen nicht der Jahreszeit entsprechend, Sonne und Regen wechseln sich ab, doch am Meer ist man das gewöhnt, Kinder können am Strand immer etwas machen. Martine verbringt so wenig Zeit wie möglich in der *Rue Courbet 15*. Mit ihrem Vater ist es immer noch schwierig. Er ist verbittert. Verbittert wegen Erich, verbittert wegen Grenoble, verbittert, weil er und Corinne in der Schreibwarenhandlung allein sind.

Auch Simone ist ausgezogen, sie ist nach Bordeaux gegangen, hat eine Lehre als Krankenpflegerin gemacht und dort ihren Mann kennengelernt. Sie erwartet ihr erstes Kind. Es ist einsam geworden in der *Rue Courbet 15*.

Martine weiß, dass sie sich mit ihren Eltern versöhnen muss. Der Krieg ist zu Ende, und auch der Krieg in den Herzen muss ein Ende haben. Es ist ihr nicht leichtgefallen, nach Soulac zurückzukehren. Sieben Jahre sind seit damals vergangen. Und wenn nicht Cathou und Michel wären, wer weiß, vielleicht hätte sie noch länger damit gewartet. Antoine war zwischendurch jedes Jahr einmal dort, sein Vater hat noch die Apotheke wie eh und je, das Verhältnis scheint harmonisch zu sein, auch wenn der Vater natürlich nicht glücklich darüber ist, dass Antoine in Grenoble ist und nicht die Absicht zu haben scheint, die Apotheke in Soulac einmal zu übernehmen. Nun, sie haben sich in Grenoble eingelebt. Nachdem Martine ihre Buchhändlerlehre in der *Librairie Arthaud* in der *Maison Rabot* abgeschlossen hat, hat sie M. Grauet, der Geschäftsführer, lakonisch gefragt:

- Wann fangen sie bei uns an? Ich kann ihnen fünfundsiebzig *francs* die Stunde zahlen.
- Sofort, hat sie ihm spontan geantwortet.

Das war letztes Jahr gewesen. Ein Glücksfall, die Stelle bei *Arthaud*. M. Grouet muss einen Narren an ihr gefressen haben, vielleicht weil sie in einer Buchhandlung aufgewachsen ist und der Umgang mit Büchern ihr wie auf den Leib geschneidert scheint. Vielleicht weil M. Grouet sogar Soulac kennt. Vielleicht weil er sie reizend findet (der alte Schwerenöter!). Egal, die Stelle ist wie für sie geschaffen. Sie hat ihre tiefe Melancholie, die sie nach der Flucht aus Soulac und der Trennung von Erich, erfasste, wieder abgelegt. Vorbei sind die einsamen Spaziergänge im *Jardin des Dauphins*, vorbei die verzweifelte Suche nach Erinnerungen an Erich. Sie hat nun eine kleine, glückliche Familie, sie hat eine wunderbare Arbeit, und sie fühlt sich wohl in Grenoble. Das Leben muss weitergehen.

Aber zurück zur *Rue Courbet 15*. Sie weiß, dass sie ihr Verhältnis zu ihrem Vater verbessern muss, aber sie weiß nicht so recht wie. Sie spricht mit ihrer Mutter.

- Redet er mit dir manchmal über uns?
- Selten! Aber ja, ihr seid seine beiden Kinder, natürlich hängt er an euch und natürlich schmerzt ihn die Trennung. Was soll ich dir sagen!
- Die Trennung ging von ihm aus. Er wollte damals nicht mehr mit mir reden.

- Das musst du verstehen. Die *boches*, ich meine die Deutschen, sie waren unsre Unterdrücker. Zwei Kriege innerhalb von zwanzig Jahren ... Denk mal an sein Bein.

Martine sagt nichts mehr. Sie weiß ja, dass ihre Mutter zwischen allen Stühlen sitzt. Und sie weiß, dass sie selbst mit ihrem Vater reden muss. Am Abend, nach Ladenschluss, fasst sie sich ein Herz.

- Vater, ich möchte gerne mit dir sprechen.
- Was hast du mir denn zu sagen?
- Vater, lass uns den Krieg und alles, was war, vergessen ... Lass uns einen Schlussstrich ziehen und uns versöhnen. Was war, können wir nicht mehr ändern. Aber wir können nach vorne blicken und noch einmal neu anfangen.
- Wie könnten wir das in Soulac? Schau dich doch um, wie es am Strand aussieht.
- Der Strand ist der Strand, viel wichtiger sind aber doch die Herzen. Auch in den Herzen sollte der Krieg zu Ende sein.
- Glaubst du etwa an eine Versöhnung mit den *boches*? Ich nicht. Niemals.

- Sie haben bezahlt, Vater. Man hat sie bis vor drei Jahren hier festgehalten, eingesperrt, sie haben die Minen geräumt, hunderte sind dabei ums Leben gekommen. Deutschland ist zerstört, die Städte ausradiert, das Land aufgeteilt und besetzt, Millionen Deutsche sind getötet worden …

- Was ist mir dir und deinem *boche*?

- Vater, wie redest du mit mir?

- Schon gut, entschuldige. Ja, das ist vorbei, du hast Antoine geheiratet, ihr habt eine schöne kleine Familie. Aber bereust du wenigstens, was du uns damals angetan hast?

- Was willst du denn von mir? Ja, ich habe ihn geliebt, und ich bereue es nicht. Er war oder ist ein wunderbarer Mensch. Ich weiß nicht, was aus ihm geworden ist, wo er lebt und ob er überhaupt noch lebt. Doch das ist vorbei, ein für alle Mal vorbei. Sieben Jahre sind seitdem vergangen. Du solltest auch endlich einen Schlussstrich ziehen.

- Weißt du eigentlich, was es bedeutete, in einem kleinen Ort wie Soulac eine Tochter zu haben, die mit einem *boche* ausging? Wir mussten Knöpfe auf den Augen gehabt haben. Und als die alte Dufour, Gott hab sie selig, es mir sagte, wusste es schon ganz Soulac. Man kam nicht mehr in unser Geschäft, die Leute mieden

225

uns. Weißt du eigentlich, wie schwer wir es bis vor kurzem hatten?

Martine muss schlucken. Sie weiß diese Dinge zwar alle schon von Simone, doch sie von ihrem Vater zu hören, macht es ihr nicht gerade leichter. Sie empfindet ihren Eltern gegenüber Schuldgefühle. Sie fühlt sich schuldig für das Leid, dass sie ihnen ungewollt zugefügt hat. Hätte sie denn damals ahnen können, wie man später mit den Frauen umgehen würde, die sich auf Deutsche eingelassen hatten, und wie man ihre Angehörigen behandeln würde? Das war alles so schäbig.

- Vater, es tut mir unendlich leid, was ich euch in meiner naiven Verliebtheit zugefügt habe. Ich konnte nicht ahnen, wie es euch einmal ergehen würde. Und ich selbst habe ja auch großes Glück gehabt, dass Antoine mich nach Grenoble brachte.

Albert nimmt seine Tochter in die Arme und drückt sie sanft an sich. Beide haben Tränen in den Augen, warten aber geduldig, bis sie getrocknet sind, damit der andere nichts davon mitbekommt. Die stumme Geste genügt.

Am nächsten Tag fährt Martine noch einmal mit ihrem alten Fahrrad den Strand entlang bis zu den verlassenen Festungsanlagen und darüber hinaus, fast bis Le Verdon, vorbei an gesprengten Geschützständen, die selbst nach sechs Jahren noch ein Bild des Grauens bieten. Dann fährt sie wieder durch die abgeholzten, zerbombten und zerschossenen Pinienwälder, die ganz langsam wieder aufwachsen, zurück nach Soulac zu der Stelle, wo sie vor über acht Jahren mit dem Rad gestürzt war, fast vor Erichs Füße und wo er sie zum ersten Mal geküsst hatte. Sie fährt zurück durch die *Avenue de la Pointe de Grave*, vorbei an dem Häuschen, das von Erich, Reinhold und Valentin bewohnt worden war und wo dessen Eigentümer aus Bordeaux jetzt wieder ihren Sommerurlab verbringen; dann noch einmal einen Schlenker zur *Villa Rufus*, wo sie für die Deutschen in der Küche gearbeitet hatte, weiter zum Ortsausgang, zu der Stelle, wo im Juli vierundvierzig ein Mann von der *Résistance* auf sie gewartet hatte, um sie auf verborgenen Pfaden nach Montalivet zu begleiten, wo Antoine bereits in der schwarzen *Traction avant* wartete, um sie nach Grenoble zu bringen.

Sie fühlt sich erleichtert … nach dem Gespräch mit ihrem Vater. Alles wird gut werden. Man wird endlich diese Geschichte hinter sich lassen und sich der Zukunft zuwenden. So wie ganz Frankreich im Aufbruch in die Zukunft ist. Überall wird gebaut, überall entsteht Neues, alle sind fiebrig. Das neue Jahrzehnt ist gerade anderthalb Jahre alt, doch es fühlt sich schon völlig anders an als das vergangene. Alles blickt nach vorne.

Jetzt noch einmal rasch durch die *Rue de la Plage*, dann zurück in die *Rue Courbet*. Aus der Schreibwarenhandlung tritt gerade Monsieur Vernon heraus, ein älterer Nachbar in der Straße, eine knochige Gestalt, schon in Rente, er macht immer seine Runde durch den Ort, mit seiner ewigen Baskenmütze und seinem *mégot* im Mundwinkel, einem gelblichen Zigarettenstummel. So kennt sie ihn noch von früher. Ob er sie wiedererkennt?

- *Bonjour M. Vernon. Vous allez bien?* Geht's Ihnen gut, Herr Vernon?
- *Bonjour*, erwidert er, freundlich und scheinbar gut gelaunt. Doch er ist noch nicht fertig.
- *Bonjour, pute du boche.* Tag, Deutschendirne.

Es dauert nur eine Sekunde, und der Gedanke schießt ihr durch den Kopf: nie wieder Soulac. *C'est fini.*

3

Rolf Unger hat er über das Bauprojekt kennengelernt.
Rolf hat eine kleine Baufirma in Sobern, und als Erich mit den
Planungen für das Haus beginnt, ist er plötzlich da. Und sie
brauchen auch nicht lange, um herauszufinden, dass Rolf
vierundvierzig bis achtundvierzig ebenfalls in Soulac war,
allerdings nicht im Offizierslager, sondern als Stabsgefreiter
bei den Mannschaften. Das ist natürlich sensationell und
schafft eine dauerhafte Verbindung. Rolf Unger ist ein
Rotschopf von stämmiger Gestalt, jovial, eine Frohnatur, zu
dem Erich, eher hager, zurückhaltend, immer etwas zerstreut,
einen Kontrast bildet. Doch das tut ihrer gegenseitigen
Zuneigung keinen Abbruch, im Gegenteil. Das Thema Soulac
bleibt allerdings mehr oder minder ihr Geheimnis, Privatsache
jedenfalls, und nur, wenn sie sich völlig unbelauscht wissen,
reden sie darüber. Auch Rolf hatte es am vierzehnten April
fünfundvierzig erwischt, ein Granatsplitter im Oberschenkel,
er hatte viel Blut verloren, und es hätte auch übel ausgehen
können, Amputation. So ist er mit einer großen Narbe
davongekommen, die man zum Glück nicht sieht. Auch er
wurde von Stabsarzt Dr. Neumann und Assistenzarzt Berger
behandelt. Nach der Genesung wurde er zum Minenräumen
eingesetzt.

- Dadurch habe ich zum Christentum gefunden. Die Angst vor den Minen und der Anblick der zerfetzten Kameraden haben mich bekehrt. Wenn ich nicht hätte zu Gott beten können, hätte ich nicht gewusst, wie ich damit hätte fertig werden sollen.
- Mir geht's genauso. Ohne meinen Glauben hätte ich das alles nicht überstanden. Ich danke Gott jeden Tag, dass er mich gerettet hat, ich danke ihm aber auch für die Erfahrung. Und ich bete zu ihm, dass ich nie wieder durch so etwas hindurchmuss.
- Das wird es nie wieder geben. Nie wieder wird es hier bei uns Krieg geben. Wir haben genug bezahlt. Ich hoffe auch, dass wir beide genug bezahlt haben und dass wir nicht noch einmal durch solche dunklen Tage müssen.

Auch das behalten sie für sich. Vieles aus der Zeit tauschen sie untereinander aus, ohne dass es jemals ein anderes Ohr zu hören bekommt. Eine Männerfreundschaft.

Erich nimmt für das Bauprojekt ein ziemlich großes, aber ziemlich günstiges Darlehen aus dem Eigenheimförderprogramm des Landes auf, außerdem ist er verbeamtet worden, was sich positiv auf die Darlehensgewährung auswirkt.

Rolf ist begeistert von den neu erschlossenen Grundstücken.

- Die liegen genial. Freie Sicht nach Süden, über die Stadt hinweg. Und die Schule ist auch um die Ecke.
- Nur zum Einkaufen ist es jetzt etwas weiter.
- Du wirst dir ein Auto kaufen.
- Mal sehen, ob's dafür noch reicht.

Alles träumt jetzt vom eigenen Auto, ein Käfer wäre schon toll. Rolf führt den Bau so kostengünstig wie möglich aus, auch die Pläne des Architekten sind auf Kostenersparnis abgestimmt, keine Experimente. Ein Keller muss sein, aber eine Garage kann man später immer noch bauen. Nur der Kamin, darauf hat Erich bestanden. Ein Haus ohne Kamin ist kein Haus, hat er immer gesagt. Im Sommer sechzig ist Einzug und im Herbst kauft Erich sogar einen Fernseher. Jetzt haben sie einen Haufen Schulden, aber die Kinder endlich alle ein eigenes Zimmer.

- Bist du glücklich, Erich? Inga schaut auf die Dachschräge über ihrem Bett.

- Natürlich bin ich glücklich. Wir haben's tatsächlich geschafft. Wir haben ein eigenes Haus. Aber ist das schon Glück? Glück ist doch eher, wenn alle gesund sind und die Kinder gedeihen.
- Natürlich, du hast recht. Aber so habe ich das ja auch gar nicht gemeint. Ich wollte nur sagen: Freust du dich auch ein bisschen über das, was du erreicht hast?
- Was WIR erreicht haben! Aber klar, was wäre ich für ein Mensch, wenn ich mich nicht darüber freuen würde.

Insgeheim denkt er manchmal anders. Die Träume der anderen sind nicht unbedingt seine Träume. Inga weiß das. Sie weiß, dass er sich Sorgen macht wegen der Schulden und dass er gleichzeitig nicht so richtig stolz sein kann auf das Haus, doch, ein bisschen vielleicht. Eigentlich bedeuten die Dinge ihm gar nicht so viel. Nur die Familie bedeutet ihm viel. Wenn es den Kindern gut geht, ist er zufrieden.

- Es gibt gar kein selbst gemaltes Bild, noch nicht mal eine Zeichnung von dem neuen Haus.
- Das stimmt. Aus heutiger Sicht wäre es ein eher kleines Haus, mit sehr spitzem hohem Dach, wie fast alle Häuser dort. Es gibt ein paar Fotos, aber die Fotos

hat er eher lieblos gemacht. So wie die Fotos von Familienfeiern und die Urlaubsfotos. Auch Mutter hat hin und wieder auf den Auslöser gedrückt. Sie klebten sie in ein Album ein und fertig. Fotos hatten für meinen Vater nicht denselben Stellenwert wie seine Zeichnungen. Erst später, als er sich Ende der Sechziger eine Spiegelreflexkamera leistete, hat er sich mehr Mühe gegeben. Dann waren es aber auch keine Familien- und Urlaubsfotos mehr.

- Hier schau mal. Er hat mal eine Dampflok auf dem Bahnhof von Sobern gezeichnet. Mehr Dampf als Lok.

- Solche Motive hat er auch mit seinen Klassen gezeichnet. Sie durften dann alle ein Foto von einem Zug mitbringen und eine Zeichnung dazu anfertigen. Manche brachten ein Foto vom Schienenbus mit, andere von den letzten Güterdampfloks.

Erich kennt alle seine Skizzen und Zeichnungen in- und auswendig. Er kann sich an jede einzelne Entstehungsgeschichte erinnern, an jedes Detail. Nach außen gibt er den zerstreuten Professor, versteckt sich gerne hinter seinem Malerkittel als Symbol eines Künstlerlebens, doch im Innern gibt es einen klaren Kompass: die Dokumentation.

Erich kann nur das als gelebt und erlebt betrachten, was er mit seinem Stift dokumentiert hat. Weil er Martine damals ein Dutzendmal gezeichnet hat, gehört sie jetzt noch zu ihm … auch wenn er seitdem nichts mehr von ihr gehört hat. Durch die Skizzen seiner Hand und nur durch sie hat er sie für immer in sich festgehalten … auch wenn er sie längst losgelassen hat. Genau genommen: nicht sie gehört jetzt noch zu ihm, sondern die zwei Jahre von damals. Erich hat sein Leben in seinen Skizzen, Zeichnungen, Bildern dokumentiert, er hat es fixiert, und zwar das Leben, das ihm bedeutsam ist. Ein Haus am Stadtrand ist ihm nicht so bedeutsam wie ein Säugling im Waschzuber. Martine damals, dreiundvierzig, ist ihm bedeutsam und später Inga, doch all das, was zu den Konsumwünschen der neu entstehenden Gesellschaft gehört, ist es nicht.

-   Bist schon ein eigenwilliger Mensch … stellt Rolf fest.
-   Warum meinst du?
-   Du scheinst dich gar nicht so richtig über dein neues Haus zu freuen. Andere schauen ihr neues Haus stundenlang verliebt an.
-   Ich schaue Inga und meine Kinder verliebt an.
-   Das eine schließt das andere nicht aus.

Rolf kennt Erich mittlerweile gut genug. Wer das Minenräumen überlebt hat, sieht die Welt mit anderen Augen.

Auch ihm sind viele Dinge unwichtig, die für die Jüngeren alles bedeuten, das erste Auto, der erste Fernseher, die Urlaube und ersten Reisen nach Italien, Frankreich, Spanien … Apropos, sie werden Besuch bekommen aus Grenoble. Die Zwillinge werden sich an einem Austausch beteiligen. Nach den Sommerferien kommt eine fünfzehnjährige Französin aus Grenoble für ein Jahr in die Familie. Sie wurden angefragt, das ging über zwei Ecken, familiäre Kontakte zu einer Deutschlehrerin in Grenoble, dort sucht eine kleine Dame jemanden, der sie für ein Jahr aufnimmt. Danach werden die Zwillinge für ein Schuljahr nach Grenoble gehen. Sie sind bereits Feuer und Flamme, wittern das Abenteuer.

Im Juni läuft Armin Hary die hundert Meter als erster Mensch in zehnkommanull Sekunden. Am vierten Juli wird Erich Pfeifer neununddreißig und am fünfzehnten zieht die Familie ins neue Haus ein. Am selben Tag unterzeichnet Deutschland mit Frankreich ein Wiedergutmachungsabkommen für die Schäden des zweiten Weltkriegs. Im November wird John F. Kennedy zum fünfunddreißigsten Präsidenten der USA gewählt.

- Was hast du denn davon mitgekriegt?

- Ich war gerade mal fünf. An Armin Harys Lauf kann ich mich sehr gut erinnern. Alle redeten von Armin Hary, alle freuten sich, waren stolz auf diese Leistung eines deutschen Sprinters. An das Wiedergutmachungsabkommen kann ich mich nicht erinnern. Es wurden damals so viele Wiedergutmachungsabkommen unterzeichnet. Ich wusste nicht, was das war. Das Wort hatte aber einen beruhigenden Klang. Wenn ich mal was ausgefressen hatte, dann konnte ich es ja auch wieder gut machen, indem ich es meinen Eltern sagte … Das neue Haus war für uns Kinder natürlich das Wichtigste. Dann kam unendlich lange nichts. Dann kam vielleicht noch Armin Hary, und die Wiedergutmachung war nur ein Wort, das Erwachsene benutzten und mit dem man als Kind nichts anfangen konnte. Es kam ganz am Ende.

- Und Kennedy?

- Ich kann mich nur noch erinnern, dass ihn alle bewunderten, weil er so jung war und so gut aussah. Wir hatten jetzt auch den Fernseher, man sah die Bilder von ihm, und er machte wirklich eine sehr gute Figur. Besonders für die Frauen. Viele bewunderten Amerika, viele träumten sogar davon, dorthin auszuwandern. In Deutschland war alles so eng, auch wenn es wirtschaftlich steil bergauf ging, und Amerika, so hieß es, war das Land der unbegrenzten Möglichkeiten. Und Kennedy repräsentierte Kraft, Jugendlichkeit, Träume …

4

Einen Moment lang scheint ihr Herz stehenzubleiben. *Pute du boche*, Deutschendirne. Welch ein Hass muss sich da aufgestaut haben. Der Gedanke schießt ihr durch den Kopf, nie wieder hierher zu kommen.

Wortlos, mit gesenktem Haupt, lässt sie ihr Fahrrad an der Mauer angelehnt und eilt in die Schreibwarenhandlung ihres Vaters. An ihm vorbei läuft sie weinend ins Hinterzimmer. Zum Glück ist gerade kein Kunde im Raum, Albert geht ihr nach und nimmt sie behutsam in beide Arme.

- Monsieur Vernon.
- Ja, er.
- Ich kann's mir denken.
- Er hat mich *pute du boche* genannt.

Es durchzuckt ihn schmerzlich. M. Vernons Beleidigung gilt auch ihm, er ist schließlich Martines Vater. Nach einer Weile, in der er Martine wärmend in seinen Armen hält und beide nicht das Bedürfnis haben, irgendetwas zu sagen, ergreift er schließlich das Wort.

- Vergiss seine Worte. Lass nicht zu, dass er dich beschmutzt. Gib ihm nicht die Genugtuung … Was zählt, ist, dass wir uns wieder versöhnt haben, dass die Familie wieder zusammenhält. Die wenigsten hier denken wie Vernon. Was maßt er sich an! Der Médoc ist eine friedliche Ecke Frankreichs, und Soulac ist ein friedlicher Ort. Die Deutschen haben gebüßt für das, was sie Frankreich angetan haben. Im Übrigen: vier Jahre lang sind wir hier in Soulac miteinander klargekommen, sie haben sich korrekt verhalten.

- Er hat mich eine Dirne genannt.
- Vergiss auch das. Ja, auch ich war blind vor Zorn, blind vor Anmaßung. Auch ich habe über dich geurteilt, und du weißt nicht, wie leid es mir jetzt tut. Du hast keinen Fehler begangen, meine kleine Martine, den Fehler haben andere begangen, die Führer, die unsre Völker in den Krieg stürzten, und die Vernons, die sich haben aufhetzen lassen. Ihr jungen Menschen, ihr habt das einzig richtige getan, ihr habt euch geliebt.

Das sind erstaunliche Worte, die Albert Ribas da über die Lippen kommen, und es sind genau die Worte, die Martine jetzt braucht und die sie von ihm und nur von ihm hören will. Jetzt weiß sie, dass ihre Versöhnung echt ist. Was stören sie die Vernons dieser Welt, wenn ihr Vater sie liebt und hinter ihr steht. Fast könnte sie Monsieur Vernon dankbar sein, denn durch seinen Affront hat er ihr die Augen geöffnet für die Liebe derer, auf die es ihr ankommt, ihre Familie, Antoine.

So nehmen sie wieder Abschied von Soulac, und Martine kann wenigstens eine Last hinter sich lassen. Sie umarmen sich am Bahnhof. Bald werden sie sich wiedersehen.

Aber es gibt noch eine andere Last, ein Gewicht auf Martines Herz, das ungleich schwerer auf ihr liegt als Monsieur Vernons Beleidigung. Cathou hat Erichs Haarfarbe, Erichs schmales Gesicht, Erichs Augen. Nichts Hervorspringendes, nichts, dass die Leute zu ihr sagen würden: Schau mal, sie sieht dir ja gar nicht ähnlich. Nein, Cathou ist Cathou, sie bezaubert die ganze Welt mit ihrer Unbekümmertheit und ihrer Kreativität. Besonders in der Schule ist man von ihr angetan, sie lernt mühelos. Noch ist sie ahnungslos. Irgendwann einmal, später, viel später, wird Martine es ihr sagen müssen … Doch bis dahin ist noch Zeit.

Cathou spaziert durch die Klassen der Grundschule, und die Zeit vergeht wie im Flug. Jede Ferien verbringen sie jetzt in Soulac. Cathou kümmert sich besorgt um ihren kleinen Bruder Michel, der sie als große Schwester wiederum verehrt. In Soulac ist ihre zweite Heimat, bei *papi* und *mamie* Ribas, bei *papi* und *mamie* Leroux. Manchmal fragen sie nach den

Bunkern und nach den Deutschen, die sie gebaut haben. Meistens antwortet Albert, Martine hört zu.

- Die Bunker gehörten zu einer Verteidigungslinie. Sie sollten eine Landung verhindern. Frankreich war von deutschen Truppen besetzt, und mit den Bunkern am Strand wollten sie verhindern, dass jemand vom Meer aus nach Frankreich eindrang, um das Land zu befreien.
- Wer wollte denn vom Meer aus das Land befreien?
- Na, unsre Verbündeten natürlich, die Briten und die Amerikaner.
- Und als sie über das Meer kamen, haben sie da die Bunker zerstört?
- Nein, sie kamen gar nicht übers Meer, jedenfalls hier nicht, bei uns in Soulac. Soulac wurde vom Land aus befreit, nachdem der Rest Frankreichs zuvor schon befreit worden war. Und es waren auch nicht die Briten und die Amerikaner, die Soulac befreiten, sondern unsre eigenen Truppen.
- Und warum haben sie Soulac nicht gleich befreit, zusammen mit dem übrigen Frankreich?
- Weil sich die Deutschen in die Festung zurückgezogen hatten. Die konnte man nicht so einfach einnehmen, das musste man zuerst in Ruhe vorbereiten. Erst ganz

am Schluss des Krieges war man so weit, dass man den Angriff wagen konnte.

- Und dann?

- Na, dann kam es zu einem großen Kampf, den unsre Soldaten gewonnen und die Deutschen verloren haben. Viele sind dabei ums Leben gekommen oder schwer verletzt worden.

- Bei diesen Worten zeichnen sich Furchen auf Martines Gesicht. Sie hört diese Erzählung nicht gern, aber die Kinder sind fasziniert davon, und so lässt sie es über sich ergehen.

- Und dann? Was geschah dann mit den Besiegten?

- Nun, man sperrte sie in ein Lager ein. Sie mussten drei Jahre lang die Minen wegräumen, die sie zuvor gelegt hatten.

- Was sind Minen?

- Das sind Sprengkörper, wie Granaten, die man in den Sand einbuddelt, und wenn jemand drüber läuft, explodieren sie.

- Sind sie denn nicht selbst auch drüber gelaufen?

- Nein, sie wussten ja genau, wo sie sie hingelegt hatten. Sie hatten sich Pläne davon angefertigt.

- Und das Wegräumen, war das gefährlich?

- Sehr gefährlich. Viele sind dabei ums Leben gekommen

Am liebsten würde sich Martine die Ohren zuhalten, wenn die Rede auf das Minenräumen kommt. Was, wenn Erich bei diesen Räumkommandos eingesetzt worden war ... Albert weiß um ihre Befindlichkeit und hält die Erzählung an dieser Stelle kurz.

- Aber wisst ihr, Kinder, wir sollten nicht schlecht über die deutschen Soldaten reden, die hier in Soulac waren. Sie konnten ja auch nichts dafür, dass man sie hierhergeschickt hatte. Es war eben Krieg, und sie taten nur das, was man ihnen befohlen hatte. Sie verhielten sich korrekt uns gegenüber. Natürlich hatten sie alle Villen besetzt und bestimmten alles in Soulac. Aber sie haben uns nichts getan. Sie kauften in den Geschäften ein und bezahlten dafür. Viele Franzosen arbeiteten für sie. Deutsche und Franzosen spielten sogar manchmal am Strand Fußball.

Die Kinder sind unersättlich, wenn es um die Geschichten vom Krieg geht, und Albert antwortet meistens geduldig auf alle ihre Fragen. Die Bunker am Strand regen die Fantasie aller Kinder an, der Kinder der Feriengäste ebenso wie der ortsansässigen Kinder. Gelegentlich kommen Cathou und Michel vom Strand zurück und bringen neue Details mit, die sie von anderen Kindern erfahren haben.

- Opa, was ist eine *pute du boche*? fragt Cathou eines Tages.

- Wo hast du denn das aufgeschnappt, mein Kleines? fragt Albert besorgt zurück. Er hat einen Verdacht.

- Die Kinder aus der Nachbarschaft haben es uns gesagt. Sie sagen, sie haben es von Monsieur Vernon gehört. Sie sagen, Mutti sei eine *pute du boche*. Wir wissen aber nicht, was das ist. Kannst du es uns erklären?

Cathou schließt die Grundschule mit Empfehlung ab. Martine hat schon ins Auge gefasst, dass Cathou das Gymnasium *Champollion* besucht, wo man mit Deutsch beginnen kann, Cathous Interesse an der deutschen Sprache ist von Anfang an groß. Nie wieder hat sie das Thema der *pute du boche* aufgegriffen, nie wieder hat sie danach gefragt. Auch die anderen Kinder in Soulac haben das Wort nie wieder gerufen. Doch Martines Misstrauen lässt sich nicht ganz ausräumen. Ahnt Cathou irgendetwas?

Die Jahre vergehen wie im Flug, Cathous Ergebnisse in Deutsch sind durchweg exzellent, und am Ende der Mittelstufe ist sie es, die ihren Eltern von ihrem Wunsch erzählt, ein Jahr in Deutschland zu verbringen. Sie habe schon mit ihrer Deutschlehrerin, Mme Weber darüber gesprochen, die den Gedanken ausgezeichnet findet. Doch zuerst müssen Cathous Eltern zustimmen. Mme Weber hat private Kontakte nach Deutschland, ihr Mann ist Deutscher, da ließe sich vielleicht etwas machen, auf Austauschbasis natürlich, es gibt eine Familie Unger mit Zwillingen in Cathous Alter, die Französisch lernen, Familie Leroux müsste im Gegenzug dann die Zwillinge für ein Schuljahr aufnehmen. Vom Platz her ginge das, die Wohnung ist groß genug, das Bügelzimmer kann ja auch als Gästezimmer genutzt werden, sie haben dort ein *clic-clac*, ein Doppelschlafsofa. Auf alle Fälle möchte Cathou unbedingt nach Deutschland. Und so kommt es, dass es am Ende – über zwei Ecken – die Ungers sind; sie haben zugesagt. Frau Weber überbringt ihr die Nachricht.

- Sie haben zwei Mädchen, in deinem Alter, Zwillinge, die genauso begeistert vom Französischen sind wie du vom Deutschen. Ihr werdet euch bestimmt verstehen. Ihr Vater ist ein Schwager meines Mannes. Sie haben eine kleine Baufirma in Sobern, das ist ein kleines Städtchen im Westen, nicht weit vom Saarland und von Luxemburg, damit du mal eine ungefähre Vorstellung hast.

Das ist zwar nicht das, was sich Cathou vorgestellt hat (sie dachte eher an eine richtige Stadt, so wie Grenoble), doch das macht nichts, Hauptsache ein Jahr in Deutschland.

- Und du hast keine Angst? fragen sie ihre Freundinnen.
- Wovor?
- Na, vor den *boches*. Das sind doch Nazis.

Da ist es wieder, das Thema. Cathou beißt sich auf die Lippen, und insgeheim sagt sie sich: jetzt erst recht. Längst hat sie sich mit der wechselvollen Geschichte der beiden Völker beschäftigt, sie kennt die Vorbehalte gegenüber den Deutschen. Doch irgendetwas hält sie davon ab, mit ihren Eltern darüber zu sprechen. Sie bleibt stumm, und ihre Eltern bleiben stumm. Eine Art Tabu liegt über der Geschichte. Umso intensiver nehmen Martine und Antoine an ihren sprachlichen Fortschritten teil, beide haben in der Schule etwas Deutsch gelernt, Martine weiß sogar noch überraschend viel. Cathou bewundert die gute Aussprache ihrer Mutter.

Ende August sechzig ist es so weit. Antoine Leroux bringt Cathou mit dem Wagen nach Sobern. Martine bleibt mit Michel zu Hause. Einen Moment lang haben sie sogar überlegt, alle vier zu fahren, doch im letzten Moment änderte Martine ihre Meinung. Irgendetwas hielt sie zurück:

- Vielleicht ist besser, wenn ihr beide mal allein seid, Vater und Tochter.

Es ist sechs Uhr morgens. Zwölf Stunden Fahrt liegen vor den beiden. Antoine startet den Renault.

- Aufgeregt?
- Ja, total. Ich bin froh, dass du mich hinbringst.

Antoine ist zufrieden. So kann er endlich einmal ein paar Stunden mit Cathou allein verbringen, ein Vater-Tochter-Abenteuer. So können sie vielleicht auch manches bereden, was nicht für Martines Ohren bestimmt ist. Er zwinkert ihr zu.

Die Route führt über Dijon, Nancy und Saarbrücken. Ganz am Schluss fahren sie über die Hunsrückhöhenstraße durch eine Landschaft, bei der das satte Grün der Wiesen mit dem Dunkelgrün der Wälder und dem Schiefergrau der Häuser wechselt, und sie wissen: Dies ist die Gegend, in der sich Cathou nun zehn Monate lang aufhalten wird. Es hat etwas Beklemmendes, aus der Fülle des Lichts in Grenoble und mehr noch in Soulac in dieses gedämpfte Licht einzutauchen, auch wenn es ein wenig an der Uhrzeit liegen mag, denn mittlerweile ist es achtzehn Uhr geworden. Eine halbe Stunde später erreichen sie Sobern und noch einmal zehn Minuten später stehen sie in Rolf Ungers Einfahrt. Das Haus der Ungers befindet sich am Stadtrand, auf einem recht großen Grundstück, neben anderen ähnlichen Häusern, die ebenfalls auf großen Grundstücken stehen. Es ist ein sehr solide wirkendes Haus mit zwei Stockwerken, keine Villa, aber auch kein Haus von der Stange. Man hat viele Bäume drum herum gepflanzt, die es gegen neugierige Blicke abschirmen. Es hat im Parterre ein großes Wohnzimmer, eine große Küche, Rolfs Arbeitszimmer, ein kleines Gästezimmer ohne Fenster und ein Gäste-WC. Die Schlafzimmer sind alle im Obergeschoss. Cathou hat Franziskas Zimmer bekommen, Franziska – Franzi – ist für die zehn Monate bei ihrer Zwillingsschwester Julia, die sich Jule nennen lässt. Die beiden sind wie Cathou sechzehn, Joachim ist gerade achtzehn geworden.

Rolf hat sie sich genauso vorgestellt, wie er ist: groß, kräftig, rothaarig, jovial. Maria Unger wirkt ihm gegenüber etwas farblos, bieder, mit toupiertem Haar nach der Mode der Zeit, leicht füllig. Aber herzlich. Cathou ist erleichtert, so schön hat sie es gar nicht erwartet. Solche Häuser gibt es in Grenoble kaum, so geräumig, aber Sobern ist ja auch ein kleines Provinzstädtchen, da kann man sich so etwas eher leisten. Alles wirkt neu. Außer dem großen, alten, müden

Schäferhund, Hektor. Mit ihm wird sie sich als erstes anfreunden.

Die Ungers bieten Antoine an, die Nacht bei Ihnen zu verbringen, die Einladung nimmt er gerne an. In holprigem Deutsch und holprigem Französisch kauderwelschen sie sich durch den Abend, und da die beiden eine lange Fahrt hinter sich haben und Antoine eine genauso lange Fahrt vor sich, geht man früh zu Bett. Am nächsten Morgen verabschieden sich Vater und Tochter ohne Tränen voneinander:

- Meine kleine Cathou. Ich glaube, du hast es hier gut getroffen.
- Ich glaube es auch.

Antoine bricht ruhigen Herzens wieder auf.

Bereits in den Abschied von Antoine mischt sich bei Cathou ein neues Gefühl, ein ihr bisher unbekanntes Gefühl, das sie selbst nur ganz zart spürt, ein Windhauch eher, eine fast unmerkliche Berührung. Sie könnte es selbst noch gar nicht beschreiben in diesen letzten Augusttagen, es ist ein Gefühl der Ruhe und Vertrautheit, fast so, als sei sie nach langem Suchen an einem vorläufigen Ziel angekommen. Nachdem Antoine aufgebrochen ist, atmet sie diese reine Luft tief ein, berührt sie die glatten Birken und schrundigen Kiefern rund ums Haus mit ihren Händen, tritt sie mit Bedacht auf die unregelmäßigen Schieferplatten, die zum Hauseingang führen. Sie erwidert die ersten unbeholfenen Kommunikationsversuche der Zwillinge.

Sie hört heraus, dass alle dem Ende der Ferien nachtrauern, es ist Samstag, am Montag fängt die Schule wieder an, noch einmal die letzten Augusttage genießen, dann beginnt wieder der Ernst des Lebens. Paradoxerweise fühlt es sich für Cathou ein wenig so an, als sei sie gar nicht für zehn Monate von zu Hause weggegangen, sondern ... als ob sie nach Hause zurückgekehrt sei. Warum sie dieses Gefühl hat, weiß sie auch nicht. Sie spürt nur, dass diese Menschen, dieses Haus, dieser Ort ihr vertrauter sind, als sie dachte. Sie ist vollkommen ruhig.

Mit den Zwillingen versteht sie sich auf Anhieb; auch wenn Joachim sich mit Cathou Mühe gibt: die Komplizenhaftigkeit pubertierender Mädchen ist übermächtig. Sie können gar nicht anders als tuscheln und kichern, gemeinsam Radiomusik hören, sich die Zimmer und die Kleider zeigen. Cathou ist nach einer Woche bereits so flüssig im Deutschen, dass sie gar nicht mehr darüber nachdenkt, dass es nicht ihre Muttersprache ist. Als das Telefon klingelt und Maria ihr den Hörer hinhält, sagt sie „Ja bitte?", weil sie das ständig gehört hat. Martine ist am Telefon.

- Mein Schatz, wie geht es dir?
- Gut, Mutti, sehr gut. Ich fühle mich sehr sehr wohl. Ist Papa denn wieder gut angekommen?
- Ja, er war müde, aber er hatte ja noch den Sonntag zum Ausruhen.
- Und Michel? Vermisst er mich auch ein wenig?
- Sehr! Er vermisst dich sehr! Wir alle vermissen dich! Aber die Hauptsache ist ja, du fühlst dich wohl. Brauchst du denn noch irgendetwas? Soll ich dir noch etwas von deinen Sachen schicken?
- Im Moment passt alles. Vielleicht in ein paar Wochen, wenn es kühler wird, bis dahin schreibe ich euch aber. Wir sollten jetzt nicht so lange telefonieren. Das ist doch so teuer.
- Mein Liebes, mach dir darum keine Gedanken. Ich wollte einfach deine Stimme hören. Du klingst fröhlich, das ist das Wichtigste.
- Ja Mutti, ihr solltet auch fröhlich sein. Ich schreibe euch jetzt jede Woche einen kleinen Brief, und an Weihnachten sehen wir uns ja wieder. Mach's gut jetzt. *Bisou*.
- *Bisou* meine kleine Cathou.

Das Schulgebäude ist neu. Es hat einen L-förmigen Grundriss, drei Etagen mit Klassenzimmern in langen Reihen und einen Turm mit weiteren zwei Etagen, in dem sich immer zwei Klassen eine Etage teilen. Das Gebäude spart nach einer Seite einen Schulhof für die unteren und mittleren Klassenstufen aus, und nach der anderen Seite überlässt es den Oberstufenschülern einen eigenen Schulhof, der auch für Schulsport genutzt werden kann. Cathous Klassenzimmer liegt im Bereich der oberen Klassen. Sie besucht mit Franzi und Jule die Obersekunda, die auch ihrer Klassenstufe in Frankreich entspricht. Die Schulleitung hat sich entschieden, es einfach zu versuchen, und sollte Cathou sich überfordert zeigen, könnte man ja immer noch reagieren und sie in die Untersekunda stecken. Doch Cathou schlägt sich gut, alle nehmen natürlich Rücksicht auf ihre Deutschkenntnisse, und in Französisch kann sie brillieren. Natürlich bestürmen alle sie mit Fragen:

- Ist die Schule bei euch anders?
- Ja, manches ist ganz anders, die Lehrer sind viel strenger, und wir dürfen das Schulgelände nicht verlassen. Es gibt eine Mauer. Wir haben auch keinen Kunst- und keinen Musikunterricht.

Jule gesteht, dass sie in einen Jungen aus Joachims Klasse verliebt ist, Arno. Wenn sie ihm im Schulgebäude begegnet, blickt sie ihn mit verliebten Augen an und ihr Herz schlägt zum Zerspringen. Doch Arno ist unerreichbar für sie, denn ein Primaner schaut Sekundaner noch nicht einmal an. Cathou tröstet sie. Sie selbst war zwar noch nie verliebt, doch sie weiß, wie man jemanden tröstet.

Die Schule ist ganz viel besser ausgestattet als ihre eigene, in Grenoble. Es gibt viele tolle Säle für die Naturwissenschaften. Es gibt einen Musiksaal mit einem Flügel, und im Parterre zwei Räume für den Kunstunterricht. Der hat es ihr angetan. Ihre Klasse hat einen jungen, gerade erst frisch eingestellten Lehrer, mit dem sie Drucke anfertigen. Für den Kunstunterricht bekommt sie von Maria einen Malerkittel mit, den kann sie bekleckern. Welche Freude ihr das macht, denkt sie, warum machen wir in unserer Schule nicht auch so schöne Sachen? In der Grundschule haben sie noch gemalt und gebastelt, doch auf dem Gymnasium war das alles plötzlich vorbei, es wurde nur noch gepaukt. Seltsam nur, dass man die Kunsträume nicht weiter oben platziert hat, wo es heller ist. Für die Kunst braucht man doch Licht!

Sie spürt, wie eine große Veränderung Besitz von ihr ergriffen hat. Die Veränderung hat schon vor zwei Jahren begonnen, die Regelblutung hatte es angezeigt, doch zunächst waren es nur kleinere Veränderungen gewesen. Und gerade jetzt, wo sie fern von ihrer Mutter ist, wo sie ihre Mutter vielleicht am meisten bräuchte, gerade jetzt kommt die Veränderung mit Macht über sie, wie eine Urgewalt. Tagtäglich spürt sie, sieht sie, wie ihr Körper sich entwickelt, und wie der Geist der Revolte Besitz von ihr ergreift. Doch diese Revolte verwandelt sich hier in Sobern, bei ihrer Gastfamilie, in Neugier, Wissensdurst und Leidenschaft. Sie könnte die ganze Welt erobern, doch sie muss sich damit begnügen, die Sprache, den Lehrstoff und ihre neue Klasse zu erobern. Die Lehrer sind genauso verblüfft über ihre Fortschritte wie ihre Mitschüler. Es ist kaum zu fassen, mit welcher Gier sie allen Stoff verschlingt und wie sie sich im Deutschen in kürzester Zeit wie ein Fisch im Wasser bewegt. Dabei bezaubert sie auch noch alle, sie ist keineswegs in der Streberrolle, nein: Sie erobert sich den Platz ganz vorne allein durch ihren wachen Geist, ihren Wissensdurst … und ihr einnehmendes Äußeres. Den Jungs hat sie längst den Kopf verdreht. Die Zwillinge stehen plötzlich hoch im Kurs. Einige möchten sich ständig mit ihnen verabreden, am besten bei ihnen zu Hause. Besonders Eckardt, den alle nur Eckes nennen, hat sich in Cathou vernarrt. Wenn sie mit ihrem kastanienbraunen Lockenkopf, mit dem hellen plüschigen Wollpullover, mit dem grünweiß gestreiften warmen Herbstkleid im Klassenzimmer auftaucht, hat er nur noch Augen für sie. Doch Cathou scheint nicht zu bemerken, dass Eckes nur Augen für sie hat, genauso wenig wie Rainer zu bemerken scheint, dass Cathou nur Augen für ihn hat. Rainer ist zwei Jahre älter, Oberprimaner, in Joachims Klasse und Joachims bester Freund. Allerdings zeigt sie es ihm auch nicht zu offensichtlich. Was sie ihm zeigt, wenn er Joachim besucht, ist, dass sie sich mit ihm über alles Mögliche freut, dass sie immer lacht, wenn sie in seiner Nähe ist, dass sie ihn dann und wann um eine englische Vokabel oder eine Erklärung zu Mathe fragt, so wie sie auch Joachim fragt oder andere. Cathous Herz pocht, wenn Rainer bei den Ungers ist.

5

- Sechzig und einundsechzig waren vielleicht seine schönsten Jahre.

- Wie kommst du darauf? Du warst doch erst fünf beziehungsweise sechs.

- Schon. Aber ich kann mich noch gut erinnern, dass er damals viel lachte und gut gelaunt war. Im Sommer sechzig sind wir von der Oberen Straße ins neue Haus umgezogen. In den Wochen davor stand er oft auf dem Gerüst, legte selbst Hand an, um Malerkosten zu sparen. Da hab ich ihm zugewinkt.

- Gezeichnet oder gemalt hat er da aber wenig.

- Woher auch. Der Sommer ging ganz mit dem Umzug drauf, und dann hatte er noch mindestens ein Jahr lang damit zu tun, Schränke zu bauen, Fußleisten anzubringen, Gardinen aufzuhängen, und und und. Dazu vier Kinder. Aber er war glücklich. Er hatte alles erreicht, wovon er vermutlich einmal geträumt hatte: Familie, Beruf, Haus.

- Großvater hat damals viel erreicht. Es waren die Aufbaujahre, Wirtschaftswunder, dem Tüchtigen standen alle Türen offen. Aber was bedeutete ihm das Erreichte? Was bewegte ihn wirklich?

- Ich kann's dir gar nicht sagen. Wir – seine Familie – und sein Haus umgaben ihn wie eine Burg ... Doch ich frage mich oft: Hatte er vor irgendetwas Angst? Seine Verbeamtung gab ihm berufliche Sicherheit, und dennoch verspürte er immer eine tiefe Unsicherheit.

- Was mir durch den Kopf geht: Eine Künstlernatur wie er zieht sich in die entlegene Provinz im tiefsten Westen Deutschlands zurück, statt sein Talent in den Städten zu erproben, wo man ihn vielleicht entdecken könnte. Da ist etwas nicht stimmig.

- Genau das ist es ja: Mein Vater hat sich versteckt. Er wollte unentdeckt bleiben, unauffällig. Er hat zwar sein Talent teilweise zu seinem Beruf gemacht, aber eben nur teilweise. Den anderen Teil hat er geopfert ...

- Für welchen Gegenwert? Vor was hat er sich versteckt?

- Vielleicht traute er dem Frieden nicht.

- Welchen Frieden meinst du? Den Weltfrieden?

- Ja vielleicht. Tatsache ist: Er wurde in eine wenig friedfertige Zeit hineingeboren. Dreiundzwanzig gab es die Hyperinflation und meine Großeltern verloren ihr gesamtes Vermögen. Er war zwar noch zu klein, um dies direkt zu erleben, aber man hat ihm später davon erzählt, da bleibt was hängen. Neunundzwanzig

257

begann die Weltwirtschaftskrise, da war er schon acht und hat garantiert die Auswirkungen davon wahrgenommen, wenn auch unbewusst. Im Krieg hat er Todesängste ausgestanden und wurde schwer verwundet. In der Gefangenschaft hat er Minen geräumt und hätte hundertmal sein Leben verlieren können. Alles zusammen ist das schon ein heftiges Paket, das er mit sich rumschleppte.

- Ja, könnte sein. Vielleicht gab es aber noch Dinge, von denen wir gar nichts wissen.

Erich würde gewiss der Aussage zustimmen, dass es seine schönsten Jahre sind. Hat er nicht alles erreicht, was man mit neununddreißig Jahren erwarten kann? Familie, Beruf, eigenes Haus … Indes: ein kleiner, ein winzig kleiner Restzweifel bleibt in irgendeiner Ecke des schönen Gemäldes erhalten, wie ein winzig kleiner Fleck am unteren oder oberen Bildrand, mit bloßem Auge praktisch nicht zu erkennen … So, wie auch der beste Handwerker aus reiner Ermüdung hier einen Kratzer hinterlässt und dort eine angerissene Fliese. Ist es sein Unbehagen Inga gegenüber, die er aus der Großstadt in dieses kleine Provinznest verbannt und sie mit vier Kindern für alle Zeit hier angekettet hat? Ist es der Verzicht auf eine künstlerische Laufbahn? Ist es die zähe und schleichende

Verspießerung des Alltags? Oder gibt es noch etwas, von dem niemand etwas weiß? Wie ehrlich ist er eigentlich zu sich selbst?

Man kann nicht leugnen, dass er die Familie und den kleinen Wohlstand, den sie sich erarbeitet haben, genießt. Er ist stolz auf seine Kinder, besonders auf Carlo, der es ihnen so leicht macht. Ein wunderbares Kind. Er lernt leicht und begierig, er hilft seinen Geschwistern, ist großzügig und stets guter Dinge. Manchmal fragt Erich sich, ob er bei der ganzen Umtriebigkeit im Beruf und im Haushalt die Zeit mit Carlo bisher genug genossen hat …

- Wenn ich sehe, wie groß er schon ist, frage ich mich, wo die Jahre geblieben sind.

Das sagt er immer mal wieder zu Inga. Und immer wieder antwortet sie ihm:

- Du brauchst dir nichts vorzuwerfen. Du bist ihm ein guter Vater, nein der beste; du warst so verliebt in ihn. Und bist es noch. Andere Väter kümmern sich viel weniger um ihre Sprösslinge.

Das beruhigt ihn. Aber nur für kurze Zeit. Immer noch schleicht er sich gelegentlich nachts in Carlos Zimmer und setzt sich neben sein Bett, um ihn im Mondlicht anzuschauen, seinem regelmäßigen Atem zu lauschen und sich an dem Glück zu erfreuen, dass es ihn gibt.

- Lieber Vater im Himmel, habe ich dieses Glück wirklich verdient ...?

Nach der Gefangenschaft hat er zwar das Beten ein wenig vernachlässigt, oder besser: vergessen. Aber dann überkommt es ihn doch immer wieder, und dann erinnert ihn etwas daran, wie zerbrechlich das Glück sein kann.

Im Januar kommt Reinhold mit seiner Frau zu Besuch. Reinhold und Erich haben sich nach ihrer Entlassung aus der Gefangenschaft nur zweimal gesehen, und auch nur kurz. Reinhold ist Grundschullehrer geworden, genauso wie er es sich vorgestellt hatte. Am Niederrhein, irgendwo unweit von Aachen. Er hat Charlotte erst vor einem Jahr kennengelernt, auf einer Urlaubsreise nach Island. Reinhold hat Erich gestanden, dass er schon davon ausgegangen war, Junggeselle zu bleiben. Ein Dasein als Volksschullehrer, sonst gab es nichts für ihn. Er hatte immer nur vom Volksschullehrer als berufliche Perspektive gesprochen, er hatte so etwas Preußisches, doch Erich war sich sicher, dass es noch eine zweite echte Option gegeben hatte: Pfarrer. Reinhold konnte sich offenbar nicht selber lieben, nur die anderen. Irgendetwas muss nun aber mit ihm passiert sein, dass er Charlotte kennengelernt und sich in sie verliebt hat.

- Reinhold, wie konnte das passieren? fragt er ihn scherzhaft.
- Reinhold versteht den Humor.
- Die innere Stimme.
- Dabei schaut er Charlotte eine Spur weniger ernst an als üblich, fast könnte man ein Lächeln ahnen. Sie lächelt dafür umso aufrichtiger.
- Ich konnte immer gut den anderen dabei helfen, auf ihre innere Stimme zu hören.
- Stimmt, du warst es, der mir in Soulac ins Gewissen geredet hat.
- Bloß: auf meine eigene innere Stimme zu hören, das hatte ich nicht gelernt.

Reinhold war es, der Erich sechsundvierzig wieder ins Leben zurückgeholt hatte, nachdem Erich sich freiwillig zum Minenräumen gemeldet hatte. Er hatte ihn damals daran erinnert, dass es nicht Gottes Wille sein konnte, sein Leben auf diese Art wegzuwerfen. Reinhold fährt fort:

- Ich war drauf und dran, mich wie ein Asket für die Schulkinder zu opfern und nichts anderes mehr als das

Schulgebäude zu sehen. Eines Tages hörte ich im Radio ein Feature über Halldór Laxness und seinen Roman ‚Das Fischkonzert‘. Ich verstand auf einmal, dass ich mich in etwas verrannt hatte und dass ich meinem Leben die Wärme und Geborgenheit geben wollte, die mir immer gefehlt hatten. Acht verlorene Jahr, vierzig bis achtundvierzig, das sollte mal reichen. Ich bekam plötzlich die Eingebung, eine Wanderreise durch Island zu buchen, fuhr in den Sommerferien hin und begegnete dort Charlotte. Sie ist auch Lehrerin. Mehr brauche ich dir gar nicht zu erzählen.

- Das ist eine rührende Geschichte. So bist auch du am Ende noch unter die Haube gekommen. Der erste von uns dreien war Valentin. Hast du eigentlich noch einmal etwas von ihm gehört?

- Ja, wir schreiben uns hin und wieder. Er scheint nach wie vor mit seiner Claire glücklich zu sein. Er fragt auch immer nach dir. Was soll ich ihm antworten?

- Erich denkt nach.

- Ich werde ihm demnächst selbst mal schreiben.

Acht verlorene Jahre. Sie waren noch so jung gewesen.

Inga liegt in der Nacht wach. Die Nacht ist hell, das Licht des Mondes dringt durch das Dachfenster ins Schlafzimmer. Inga muss an Reinholds Geschichte denken, und an Valentins und an Erichs Geschichte. Er hat ihr alles erzählt, das von Martine und von der Kopfverletzung, das vom Minenräumen und das von der Langeweile im Offizierslager. Acht verlorene Jahre … Sie waren ja so jung. Keiner von ihnen hatte eine richtige Jugend gehabt. Bis achtzehn durften sie Kinder sein, und dann mussten sie von einem Tag auf den anderen erwachsen werden und die Uniform anziehen. Und dann saßen sie jahrelang in diesen Bunkern und warteten, und schließlich kam es zur Schlacht, und viele verloren ihr Leben oder wurden verwundet. Und danach saßen sie in der Gefangenschaft fest, während daheim das Leben wieder begann. Acht verlorene Jahre. Was hatte man ihnen bloß angetan … Inga überkommt eine plötzliche Angst. Ein erster Gedanke zunächst, doch er wächst und nimmt Gestalt an: Was, wenn sie die verlorenen Jahre nachholen wollen? Es ist wahr, Erich kannte nie die Freiheit. Zuerst das Elternhaus, dann die Wehrmacht, dann die Gefangenschaft. Immer war er unfrei. Selbst das Studium war keine echte Freiheit, dafür musste er sich viel zu sehr einschränken, eine zugige Bude, schlechtes Essen, ständige schlecht bezahlte Aushilfstätigkeiten. Und danach kamen sofort der Beruf und die Familie. Er hatte eigentlich gar keine richtige Jugend, keine Freiheit … Was, wenn er des Geschreis der Kinder überdrüssig wird, wenn er die Enge des Hauses nicht mehr aushält? Man hört Geschichten von Männern, die sagen, sie gingen nur noch mal raus, um Zigaretten zu holen, und dann kommen sie nie wieder. Es gibt Geschichten von Männern, die ans andere Ende Deutschlands ziehen oder ins Ausland und dort eine neue Familie gründen. Es gibt Männer, die sich eine Parallelwelt aufbauen, eine Geliebte irgendwo, Bordelle, schlechte Gesellschaft, ohne dass die eigene Frau es ahnt.

Inga spürt diese Angst, und sie weiß, dass sie völlig machtlos ist. Es kann plötzlich passieren, oder es kann sich schleichend über Jahre entwickeln, sie würde es nicht verhindern können. Erich hat sich seine kleinen Fluchten bisher in der Kunst gesucht, vor allem in seinen Zeichnungen. Doch wird das immer so bleiben? Wird die Kunst ihn dauerhaft tragen? Oder wird er sich eines Tages eine junge Frau als Modell suchen, am Ende noch eine Schülerin, sich in sie verlieben und mit ihr weggehen? In Ingas Phantasie tauchen plötzlich Szenarien auf, die ihr zwar gelegentlich einmal in den Sinn gekommen sind, die sie jedoch nie an sich rangelassen hat, die sie von sich gewiesen und in die hinterste Schublade ihres Bewusstseins verbannt hatte. Jetzt, in dieser Nacht, muss sie feststellen, dass sie alle noch da sind. Was kann sie tun? In ihrer Verzweiflung faltet sie die Hände und bittet Gott, dass er ihr und den Kindern dies ersparen möge.

Der Schein des Vollmonds hält viele Leute in Sobern vom Schlafen ab. Auch Cathou ist wach, auch sie denkt nach. Sie möchte ihre Gefühle sortieren, doch so recht scheint es nicht zu gelingen. Noch nicht. Da sind die Ungers. Was für eine wunderbare Familie. Wie konnte sie nur so ein unverschämtes Glück haben, in eine solche Familie zu kommen! Joachim scheint sich sogar ein wenig in sie vernarrt zu haben, würde es aber nie zugeben. Der Gedanke kitzelt sie, doch sie kann seine Zuneigung nicht erwidern. Sie mag ihn, er ist ein toller großer Bruder für die Zwillinge, doch Cathou empfindet nichts weiter für ihn.

Dann ist da Rainer. Mit ihm ist es schon anders, da spürt sie ein leichtes Knistern, wenn er auftaucht. Aber reicht es für mehr? Und würde das überhaupt zu diesem Gastjahr passen? Wäre es nicht ungehörig, sich auf ein Techtelmechtel mit Joachims Freund einzulassen? Was treibt sie um, wenn sie solchen Gedanken nachhängt? Sind es echte Gefühle oder ist es Neugier?

Und was ist mit diesem seltsamen Kunstlehrer, Herrn Pfeifer? Sie hatte ihn ein einziges Mal in einer

Vertretungsstunde, und im selben Moment kam es ihr vor, als habe sie schon immer bei ihm Unterricht gehabt. Sie hat versucht, Franzi und Jule nach ihm auszufragen, doch viel wissen die beiden auch nicht. Außer, dass er der beste Freund ihres Vaters ist, die beiden aber nicht viel nach außen dringen lassen. Es muss irgendwas mit dem Krieg zu tun haben. Immer wenn Cathou Herrn Pfeifer im Schulgebäude begegnet, überkommt sie ein Gefühl, als ob sie ihn schon lange kenne.

Die Jungs in ihrer Klasse scheinen alle ein wenig in sie vernarrt zu sein. Sie genießt es bis zu einem gewissen Punkt, weiß allerdings auch, dass sie aufpassen muss und sich hier nichts zu Schulden kommen lassen darf. Sie ist erst fünfzehn! Und sie ist als Gast in Sobern.

Am achtzehnten April sind Rainer und Jürgen am Nachmittag bei den Ungers. Es ist die letzte Woche der Osterferien. Joachim hat die Tischtennisplatte in der Garage aufgebaut, draußen nieselt es. Nach einer Stunde stürmen die Zwillinge in die Garage, gefolgt von Cathou.

-    Könntet ihr uns nicht ein bisschen mitspielen lassen?

Joachim antwortet spontan:

-    Oh nein, muss das sein!

266

Er ahnt Ungemach. Es hätte so ein schöner Männer-Nachmittag werden können. Außerdem muss er sich wieder für sie schämen, wenn erst mal das Gekicher losgeht. Rainer und Jürgen sehen das nicht so eng, im Gegenteil.

Jule versucht es mit einem Argument:

- Wir könnten Paare bilden und ein kleines Turnier ausrichten.

Rainer ergreift Partei für sie:

- Ja, das wär doch was. Joachim, du spielst mit Cathou, Jule mit mir und Franzi mit Jürgen?
- Darf ich mit dir spielen, Rainer? fragt Cathou leise.

Joachim und Rainer schauen sich an, Joachim grinst.

- Na gut, dann wär das entschieden. Jürgen, bist du einverstanden, mit Franzi zu spielen?
- Passt!

Die Zeit vergeht wie im Flug. In einer Spielpause geht Cathou kurz nach draußen, sie möchte die frische Regenluft atmen und hofft, dass Rainer die Gelegenheit ergreift. Tatsächlich kommt er nach kurzer Zeit ebenfalls ins Freie. Cathou stellt sich ganz nah zu ihm, und er flüstert ihr zu:

- Samstag um vier, wenn es nicht regnet. Komm mit dem Fahrrad bei mir vorbei, wir machen eine kleine Tour. Einverstanden?
- Einverstanden.

Frühlingsgefühle. Sie zittert vor Aufregung.

An diesem Samstagnachmittag, dem einundzwanzigsten April, genau eine Woche nach ihrem Geburtstag, geht Cathou in die Garage und nimmt sich ein Fahrrad. Es ist frühlingshaft warm draußen, sie hat Maria Bescheid gesagt, dass sie eine kleine Runde dreht, doch sie fährt nicht aufs Geratewohl, sondern direkt zu einem der Reihenhäuser hinter dem Bahnhof mit der Hausnummer achtzehn. Sie klingelt, ein blonder Jungenschopf zeigt sich kurz in der Tür, kommt zwei Minuten später mit dem Fahrrad zur seitlichen Garagentür heraus, und beide fahren wie aufeinander abgestimmt hinter dem Bahnhof vorbei zum Bach, der hier um diese Jahreszeit viel Wasser führt, und folgen seinem Lauf am Stadtrand entlang zu dem kleinen Wäldchen, das sich an die gewundene Schnur der Weiden entlang des Baches anschließt. Sie sind unbekümmert, niemand scheint sie zu beobachten, obwohl es überall von Kindern wimmelt, doch die beiden tun so, als sei es das normalste der Welt, dass sie jetzt hier über diese kleine Nebenstraße zum Wald radeln. Am Waldrand angekommen, legen sie ihre Räder hinter die Büsche und dringen zu Fuß ein paar Meter in den Wald ein. Erst jetzt schaut sich der Junge prüfend um, es ist niemand zu sehen weit und breit, dann zeigt er auf eine versteckte, trockene Stelle hinter der zweiten Baumreihe. Er hat eine kleine Decke mitgebracht, die er für sie ausbreitet. Hier lassen sie sich nieder.

Nun erst ergreift sie seine Hand und schaut ihn lange an. Ihre Gesichter bewegen sich langsam aufeinander zu, dann berühren sich ihre Lippen, und schließlich schmiegen sich ihre Körper aneinander. Seine Hand gleitet unter ihre Bluse, und sie lässt ihn gewähren. Ihre Küsse werden intensiver, doch nach einigen Minuten unterbricht sie ihn und wehrt ihn behutsam wieder ab. Er akzeptiert es, und sie liegen jetzt einfach nebeneinander und schauen in die Baumwipfel.

Fühlt es sich so an, eine *pute du boche* zu sein? Cathou seufzt leise.

- Was hast du? fragt er sie.
- Ach, nichts. Ich dachte nur gerade an einen französischen Ausdruck. Vergiss es.

In diesem Moment weiß Cathou, dass es keine *pute du boche* mehr gibt, ja, dass es für Liebende niemals eine *pute du boche* geben kann und niemals gegeben hat; weder ist sie eine *pute*, noch ist Rainer ein *boche*. Weder war ihre Mutter eine *pute*, noch war der junge Mann, den sie einmal liebte, ein *boche*. Das waren Schimpfwörter, die nur für den eine Bedeutung haben, der sie verwendet. Er war … einfach nur ein junger Mann. Und jetzt ist Frieden, und zwei Jugendliche haben sich gerade geküsst. Das ist alles. Cathou schluchzt vor Glück. Der Bann des Hexers Vernon ist gebrochen.

- Sag mir, warum schluchzt du denn. Bin ich daran schuld?
- Um Himmels Willen: nein! Aber komm, lass uns jetzt wieder gehen.

Sie wird fortan *pute du boche* als einen Ehrentitel betrachten.

Und sie weiß, dass Rainer noch nicht der Richtige ist. Sie wird auf den Richtigen warten.

7

Inga ist kämpferisch geworden.

- Ich möchte, dass du nicht den ganzen Tag immer nur rumhetzt, Erich. Ich beobachte das mit Sorge. Es ist rührend, wie du dich um die Kinder kümmerst, aber das musst du nicht. Mit wäre es viel lieber, du würdest dich mal mit 'ner Tasse Kaffee hinsetzen und was lesen oder einfach mal nichts tun. Das ist auch etwas, das zum Leben dazugehört.

Erich schaut sie mit großen Augen an. Er erkennt sie nicht mehr wieder. Was ist bloß in sie gefahren? Fast acht Jahre sind sie nun verheiratet, sie müsste ihn doch besser kennen. Sie haben das alles doch gemeinsam aufgebaut, haben geschuftet und gespart, und jetzt sagt sie ihm, er soll die Beine hochlegen? Da sie ihn besser zu kennen scheint als er sich selbst (so war das von Anfang an, erschreckend eigentlich, aber auch ein Zeichen ihrer Liebe zu ihm, dass sie es ihn nie spüren ließ, fast nie …), wird er darüber nachdenken. Vielleicht ist ja was dran. Bloß: faulenzen, das kann er nicht! Das hat er nie gelernt, und das will er auch gar nicht lernen.

Und genau hier greift die zweite Säule von Ingas Strategie.

- Und ich finde, du solltest dich wieder mehr um deine eigentliche Arbeit kümmern. Nicht die Schule, das machst du ja alles schon perfekt. Ich höre von den Frauen ringsum immer nur Überschwängliches von deinem Unterricht. Nein, ich meine deine Zeichnungen und Aquarelle. Ganz im Ernst, Erich, wir sollten endlich mal eine Ausstellung ins Auge fassen. Das hast du dir immer gewünscht. Und ich würde mir nichts sehnlicher wünschen, als dir dabei zu helfen. Ich hab das doch gelernt.

Damit hat sie nun wirklich einen Volltreffer gelandet. Erich ist perplex. Er hat den Gedanken an eine Ausstellung zwar nicht ganz aufgegeben, doch im Ernst daran geglaubt hat er schon lange nicht mehr. Und jetzt kommt ausgerechnet Inga auf die Idee, er solle sein Werk nicht vernachlässigen und endlich eine Ausstellung ins Auge fassen.

War es ein Fehler? Hat er vielleicht irgendetwas gemerkt? An manchen Tagen weiß sie nicht mehr, wo ihr der Kopf steht mit den Kindern und der Hausarbeit, und dann ermuntert sie ihn zu einer Ausstellung und will ihm auch noch bei der Organisation helfen …?

Er schaut sie (scheinbar) entrüstet an, und im selben Augenblick weiß sie, dass ihr Plan aufgeht, dass seine Entrüstung nicht echt ist ... Sie hakt nach:

- Schau mal, wir könnten bei der Stadtverwaltung nachfragen und einen Raum im Schloss anfragen. Wäre das nicht eine ausgezeichnete Kulisse? Die können dir das gar nicht abschlagen. Du bist hier der erste Kunstlehrer am Gymnasium, du zeichnest, malst, porträtierst die Menschen dieser Stadt und dieser Gegend, du gibst ihnen ein Gesicht, du bist der Künstler dieser Stadt! Sie lieben dich dafür!
- Du weißt, dass ich öffentliche Bewunderung hasse. Ich möchte von niemandem bewundert werden. Ich möchte den Menschen eine Freude machen, das ist alles. Wenn sie meine Zeichnungen und meine Aquarelle sehen, möchte ich, dass sie einen Moment der Freude erleben. Insofern ja, vielleicht hast du recht.

Er hat angebissen. Aber das ist nur eine erste Etappe. Jetzt gilt es, bei der nächsten Etappe, nichts zu überstürzen, ihn nicht zu überfordern, und dabei gleichzeitig die Flamme nicht ausgehen zu lassen. Schritt für Schritt muss der Plan jetzt ausgeführt werden. Schließlich war sie einmal Verlagssekretärin bei Suhrkamp. Sie weiß, wie man einen

273

Autor vermarktet, sie wird doch wohl wissen, wie man für Erich eine Ausstellung auf die Beine stellt … Aber jetzt geht es um mehr. Es gilt, eine Ehe zu retten. Ihre Ehe.

Zwei weitere Pfeile hat sie noch im Köcher.

- Ich möchte endlich mal richtig Geburtstag feiern. Wir haben nie richtig Gäste gehabt, immer hieß es, unsre Wohnung ist zu klein, die Kinder können nicht schlafen. Jetzt hätten wir endlich den Platz. Und die Kinder lassen wir einfach rumlaufen. Wenn sie müde sind, werden sie und wir es schon merken. Dann bringt sie eben einer von uns ins Bett.
- Wo du recht hast, hast du recht. Kinder dürfen doch kein Grund sein, Geburtstage nicht mehr zu feiern. Und den Platz hätten wir jetzt tatsächlich.
- Du hast doch bald Geburtstag. Überleg mal, es ist dein vierzigster. Wir würden uns immer Vorwürfe machen, wenn wir den nicht richtig feiern. Lass uns gleich mal überlegen, wen wir einladen wollen.

Für ihren vierten und letzten Pfeil wartet Inga noch ein paar Wochen. Das ist taktisch sinnvoll, denn sonst würde

Erich vielleicht misstrauisch werden. Außerdem sind sie jetzt noch mit den Geburtstagsvorbereitungen beschäftigt. Nach dem Geburtstag wird es dann passen, noch ein Scheit nachzulegen. Ende Juli wird der evangelische Kirchentag stattfinden, in Berlin. Seit Jahren spricht Erich davon, dass er da gerne einmal hinfahren würde. Er könnte bei ihrer Schwester übernachten, die hat neuerdings eine große Wohnung in Schöneberg. Sie wird es direkt nach seinem Geburtstag ansprechen. Und er sollte mit Reinhold hinfahren. Reinhold ist kirchlich engagiert, er wäre der Richtige. Erich braucht gute Gesellschaft, gute männliche Freunde, die ihn auf Kurs halten. Rolf Unger und Reinhold Vetter, zwei gute Freunde, mehr müssen es gar nicht sein. Rolf würde vielleicht auch mit zum Kirchentag wollen, aber er wird keine Zeit haben. Fragen kann man ihn auf alle Fälle. Erich und Reinhold sind beide Lehrer, und Mitte Juli fangen die Sommerferien an, das würde perfekt passen. Im August wollen sie dann als Familie noch eine Woche wegfahren.

Zielstrebig beginnt Inga, ihre Strategie in die Tat umzusetzen. Der erste Schritt heißt Entspannung. Nachmittags, wenn Erich zu Hause ist, macht sie ihm einen Kaffee und sorgt dafür, dass sie beide eine kleine gemütliche Pause haben und sich auf dem Sofa über dies und jenes unterhalten, und wenn es nur eine Viertelstunde ist. Carlo und Thomas müssen in der Zeit mit Hannes und Connie spielen, das hat sie ihnen eingeschärft. Einmal die Woche, mittwochs oder donnerstags, sorgt sie nach dem Mittagessen für ein Schäferstündchen, am Sonntag regelmäßig. Auch da verpflichtet sie Carlo und Thomas, eine Stunde auf Hannes und Connie aufzupassen. (Ab Herbst werden sie dann alle eine halbe Stunde fernsehen dürfen, Jim Knopf und Lukas der Lokomotivführer, Augsburger Puppenkiste, um vierzehn Uhr dreißig.)

Der zweite Schritt ist die Vorbereitung des Geburtstags.

- Bis zum vierten Juli sind es noch sechs Wochen, die Einladungen müssen raus. Lass uns mal eine Liste machen.
- Die Ungers, das sind schon mal fünf, mit der kleinen Französin sechs. Meine Mutter, sieben. Reinhold und Charlotte, neun. Kollegen von der Schule? Georg Bühler (der neue Kunstlehrer), Ralf Betzig und Herbert Nissen, jeweils mit Ehefrau, das macht fünfzehn. Mit Anke Jakobeit verstehe ich mich gut, sie lebt allein, würde sich sehr freuen.
- Wollen wir auch die Nachbarn einladen?

- Wir können schlecht die einen einladen und die anderen nicht. Das wird dann aber ein bisschen viel.
- Lass uns noch überlegen. Die können wir später immer noch einladen.
- Wollen wir Würstchen grillen?
- Klar. Und jede Menge Kartoffelsalat. Dazu Bier, Wasser und Apfelsaft. Wer will, kann gerne auch noch was mitbringen.

- Kannst du dich an den Sommer einundsechzig noch erinnern?
- Klar, bin doch gerade eingeschult worden. Ein Kind hat sehr spezielle Erinnerungen. Zum Beispiel an meinen ersten Anzug. Damals bekam man in dem Alter bereits einen Anzug, den musste man sonntags in der Kirche anziehen und natürlich bei allen Einladungen und Festen. Meiner war braun. Dazu gab es ein weißes Hemd, eine Krawatte in Kindergröße, die ersten Manschettenknöpfe und braune Sonntagsschuhe. Kann mich genau erinnern.
- Ihr seid jeden Sonntag in den Gottesdienst gegangen?
- Selbstverständlich. Wir beteten auch vor jedem Essen.

277

- Hast du den Anzug oft getragen?

- Es gab damals ständig Hochzeiten und Kindtaufen in der Kirche, das war irgendwie normal. Zu meinem sechsten Geburtstag bekam ich übrigens eine Instamatic, so einen kleinen Fotoapparat. Ich bekam die billigere Ausführung ohne Blitz und ohne Einstellmöglichkeiten. Carlo bekam die teurere Variante, die mit Blitz und drei verschiedenen Einstellungen. Wir machten wie wild Fotos von allem Möglichen. Daher gibt es auch noch die Fotos von Papas Vierzigstem.

- Und vom Kirchentag hat er euch Kindern also Kirchentagsbesteck mitgebracht?

- Das hab ich wohl schon oft erzählt? Aber ja, er brachte jedem als Geschenk einen Löffel und eine Gabel mit dem Logo des Kirchentags drauf mit, ganz modernes *Merchandising*. Die waren so leicht. Ich glaube, sie waren schon aus Plastik. Ich fand sie auf alle Fälle genial. Hab meine jahrelang aufgehoben. Man hatte so seine Schätze.

- Hast du eigentlich was von dem Mauerbau mitgekriegt?

- Nicht so richtig. Erst im Studium hab ich mich mal damit beschäftigt. Wir kannten noch niemanden in Berlin.

- Mal Erich, ehrlich. Ähm, umgekehrt natürlich: mal ehrlich, Erich. (Rolf liebt solche Wortspiele, wenn er Reden hält. Er liebt es, Heinz Erhardt zu imitieren. Aber passt es zu ihm? Ist es nicht ein wenig zu schräg?) Ich bin kein großer Redner, das ist ja bekannt, daher will ich es kurz machen. Wir gratulieren dir, lieber Erich, alle, die wir gekommen sind, zu deinem vierzigsten Geburtstag. Vielen Dank für die Einladung und für die Mühe, die ihr euch gemacht habt. Als echter Hunsrücker weiß ich, wer in diese Gegend passt und wer nicht. Du hast von Anfang an hierher gepasst! Als wir uns dann über dein Bauprojekt näher kennenlernten und bestimmte Gemeinsamkeiten entdeckten, da wusste ich, dass es kein Zufall war, dass du und Inga nach Sobern gekommen seid. Für einen Badener aus Konstanz und für eine Frankfurterin habt ihr euch übrigens im rauen Hunsrück bisher gut gehalten. Und wenn die Sonne scheint wie jetzt, dann sieht man vielleicht auch hier manches in einem milderen Licht. Für die nächsten vierzig wünsche ich dir und euch auf alle Fälle von Herzen alles Gute!

So, geschafft. Es ist ihm nicht ganz leichtgefallen, denn – wie er selbst bemerkt hat – zum Redner ist Rolf nicht geboren. Aber es musste sein, das war er Erich schuldig. Alle sind zufrieden. Jetzt erst einmal ein Bier und dann stößt er nochmal mit Erich an.

-   Komm Erich, lass uns anstoßen. Wie fühlt es sich denn an, deine ersten vierzig rumzuhaben? Ich bin ja schon drei Jahre weiter.
-   Wenn du mich nicht gefragt hättest, ich hätte gar nichts davon gemerkt. Du weißt ja, wie es ist mit Familie, Beruf und Hausbau. Man kommt gar nicht dazu, über die Jahre nachzudenken und wie sie vergehen. Das war mal anders. In Soulac wurde uns die Zeit lang.
-   Daran muss ich auch gerade denken. Und dabei waren es bei mir nur vier Jahre. (Rolf kam erst im August vierundvierzig nach Soulac, als ihr Torpedoboot vor der Küste versenkt wurde.)

Es ist jetzt nicht der Zeitpunkt, weiter über Soulac zu reden, Erich muss sich um die Gäste kümmern. Die Ungers stellen allein schon ein Drittel der Gäste, Joachim ist groß geworden, wie die Zeit vergeht …

-   Hallo Joachim, mit dem Abitur in der Tasche, wie soll's denn weitergehen?

280

- Alles Gute zum Geburtstag! Also, ich muss ja zur Bundeswehr.
- Das hatte ich vergessen. Zwölf Monate?
- Ja, zwölf Monate. Danach möchte ich Betriebswirtschaft studieren.
- Echt? Ich dachte, du interessierst dich für die Naturwissenschaften …
- Mal sehen. Ich hab ja jetzt ein ganzes Jahr Zeit, drüber nachzudenken.
- Hallo, Franzi. Was macht die Kunst?
- Sie meinen, DIE Kunst?
- Ja, DIE Kunst. Du hast Talent, ich hab's doch gesehen. Willst du mal Kunst studieren?
- Nö, das trau ich mir nicht zu. Aber vielleicht doch … Ist ja noch'n bisschen Zeit.

Unversehens steht Erich vor Cathou.

- Na, ist das Jahr schon vorbei? Wann geht's denn wieder nach Hause?
- Ende nächster Woche. Wenn das Schuljahr zu Ende ist.
- Verstehe. Vierzehnter Juli zu Hause.

Sie lächelt verlegen.

- Werden Sie die Ungers mal wieder besuchen?
- Natürlich! Aber zuerst kommen Franzi und Jule nach Grenoble. Kennen Sie Grenoble?

Er kennt Grenoble von der Durchfahrt mit dem Zug. Plötzlich sind die Bilder wieder da: Mai achtundvierzig, er hat einen Schwächeanfall, auf dem Bahnhof Grenoble ist er umgefallen und liegt auf dem Bahnsteig, Lothar hilft ihm auf … vermutlich zu wenig getrunken. Komisch, jahrelang war das alles wie weggefegt. Dieses Mädchen weckt die Erinnerung. Soll er sie noch was fragen, über ihre Familie vielleicht, Vater, Mutter, was sie so machen …

- Nein, Grenoble kenne ich nicht. Bin nur mal mit dem Zug durchgekommen. Was macht denn dein Vater beruflich? (Er ist einfach zum Du übergegangen).
- Er ist Apotheker. Meine Mutter arbeitet in einer großen Buchhandlung.
- Vielleicht schaffen wir es ja mal, nach Grenoble zu kommen. Solange die Kinder klein sind, ist es nicht so leicht. Aber die Idee mit dem Austausch ist großartig. War das deine Idee?
- Ja.
- *Chapeau* (er erinnert sich daran, wie er mit Martine Französisch gesprochen hatte). Ein bisschen

Französisch kann ich ja noch. Und welches Fach hat
dir am meisten Spaß gemacht?

- Sie errötet.

- Kunst.

- Was, und das erfahre ich jetzt erst! Das ist ja toll!
Vielleicht wirst du mal Kunst studieren. Wenn ich dir
helfen kann, sehr gerne!

- Vielen Dank! Bei uns gibt es das Fach nicht am
Gymnasium. Ich werde mich aber erkundigen, wenn
ich zurück bin.

Seltsam, dass sie nur ein Jahr hier war. Es kommt ihm
vor, als habe sie schon immer in Sobern gewohnt, als kennte
er sie schon immer.

- Hallo Anke. Na, unterhaltet ihr euch gut?

Als alle gegangen und die Kinder im Bett sind und
auch Erich und Inga sich ins Schlafzimmer zurückgezogen
haben, können sie noch nicht sofort einschlafen. Zu intensiv
war der Tag, um sich einfach umzudrehen und zu schlafen.

- Bist du zufrieden mit deinem Geburtstag?

- Du meinst mit der Party? Ja, ich finde, wir haben es gut hingekriegt.
- Und die Gäste? Meinst du, es hat ihnen auch gefallen?
- Warum sollte es ihnen nicht gefallen haben?
- Man weiß ja nie, was da so hochkommt. Mein Eindruck war auf alle Fälle, dass die Party ein Erfolg war. Wir müssen lernen, das Leben mehr zu genießen, Erich, und uns nicht immer nur zu plagen. Denkst du das auch?
- Ja.

Präses Scharf,

Berlin 21.07.1961

- Hier schau mal, dieses drollige Porträt von Präses Kurt Scharf.
- Er hat von dem Mann immer sehr … ich möchte fast sagen: ehrfürchtig geredet. Obwohl ich damals noch viel zu klein war, um irgendetwas zu verstehen. Auch der Name Dibelius fiel des Öfteren. Später, in den

Siebzigern, war nie wieder von irgendeinem Vorsitzenden die Rede.

- Ich finde, er hat ihn auf der kleinen Skizze sehr eindrucksvoll herausgearbeitet. Selbst wenn man ihn nicht kennt, so sieht man doch sofort, dass der Mann eine Ausstrahlung hat. Sieh mal hier, der große Kopf, der Mund mit den Seitenfältchen, das hervortretende Kinn mit dem Grübchen, die buschigen Augenbrauen, die hohe Stirn … Da sitzt jeder Strich. Sieht übrigens so 'n bisschen aus wie der Johannes Rau.

- Die Menschen hatten nach dem Krieg ein starkes Bedürfnis nach Orientierung im Glauben. Sie suchten Zuflucht in den Kirchen.

Erich ist bei Ingas Schwester untergekommen, und Reinhold hat sich in einem kleinen Hotel ganz in der Nähe einquartiert, er wollte Ingas Schwester nicht zur Last fallen. Aber auch so können sie die Abende zum Entspannen und Nachdenken über den Tag nutzen. Am Donnerstag haben sie an der Arbeitsgruppe „Unser Weg in die Katastrophe 1945 – Rechenschaft und Besinnung heute" teilgenommen.

- Hätten wir denn etwas tun können, ich meine als Einzelperson, um die Katastrophe zu verhindern?

fragt sich Erich. Ich hatte doch keine Ahnung von dem, was sich da zusammenbraute. Wir waren achtzehn, als sie uns einzogen. Hattest du neununddreißig schon irgendwelche Zweifel?

- Ich fühlte mich als Teil eines großen Ganzen. Mein Vater war überzeugter Nationalsozialist, er hatte großen Einfluss auf mich. Allerdings hatte er Sorge wegen eines möglichen Krieges. Und diese Sorgen konnte er mir gegenüber auch nicht ganz verbergen. Er hatte neunzehnhundertsiebzehn ein Auge verloren.

- Manche tun heute so, als seien wir alle mitschuldig am Nationalsozialismus und am Krieg. Ich habe acht Jahre meines Lebens verloren, acht Jahre meiner Jugend! Ich habe für etwas bezahlt, für das ich keine Schuld trage und an dem ich nichts ändern konnte!

- Ich finde auch, dass wir es nicht verdient haben, auf der Anklagebank zu sitzen. Eher sollte es heute darum gehen, uns zu fragen, wie wir uns nach fünfundvierzig entwickelt haben.

- Du meinst, einen Schlussstrich unter die Vergangenheit ziehen?

- Ja, uns mit dem Hier und Jetzt beschäftigen, aber im Bewusstsein der Vergangenheit. Ich kann die Vergangenheit nicht mehr ändern, aber ich kann vielleicht etwas aus ihr lernen. Ich für meinen Teil finde, dass ich erst nach dem Krieg gelernt habe, mich als Individuum zu begreifen. Davor war ich einfach nur in einer Rolle ... als Kind, als Schüler, als Soldat, als Kriegsgefangener.

- Vielleicht bin ich das immer noch, einfach nur in irgendeiner Rolle.

- Jesus war auch in einer Rolle. Hätte er nein sagen können?

- Hätten wir damals nein sagen können?

- Wohl kaum. Man hätte uns eingesperrt.

- Hat irgendeiner von uns überhaupt über das Neinsagen nachgedacht?

- Widerstand war doch gar nicht in unserem Horizont.

- Jesus hat über das Neinsagen nachgedacht.

- Auch er hatte Versuchungen. Und noch kurz vor der Kreuzigung betete er zu Gott: Mein Vater, wenn es möglich ist, so gehe dieser Kelch an mir vorüber!

- Das ist gerade das Menschliche an ihm.

- Du hast noch etwas vergessen. In seinem Gebet sagte er auch noch: Doch nicht wie ich will, sondern wie du willst. Er hat sein Ego aufgegeben und sich ganz dem göttlichen Willen unterworfen.

- Er hat sich zu hundert Prozent Gott anvertraut.

- Weil er wusste, dass genau dieses Opfer seine Aufgabe war. Er tat es für uns alle.

- Es ist schwer zu verstehen, dass Gott dies von ihm verlangte.

- Er verlangt auch einiges von uns. Als wir fünfundvierzig in der Festung Gironde bombardiert wurden und uns alles um die Ohren flog, da hab ich mich gefragt, ob meine Seele gerettet sei. Ich hab zu Gott gebetet und mich ihm anvertraut. Es ging mir gar nicht mehr um mein Leben, es ging mir um meine Seele.

- Und dann?

- Ja, ich fühlte mich für eine kurze Zeit gerettet. Aber danach bin ich wieder zurückgefallen. Das fing mit dem Minenräumen an, hab Gottes Willen nicht akzeptieren können. Du weißt, die Geschichte mit Martine. Und auch später: hab mich oft vom Alltag auffressen lassen.

- Ich weiß, was du meinst. Ging mir nicht anders. Ich war bis vor kurzem mit dem Leben unversöhnt, eigentlich: mit Gott unversöhnt. Erst in der Reise nach Island und der Begegnung mit Charlotte habe ich meinen Norden gefunden.

- „Ich bin bei Euch", ist das Motto des Kirchentags. Er war immer bei uns. Wir haben es bloß nicht gemerkt. Auch in den verlorenen acht Jahren war er bei uns.

- Verloren waren sie vielleicht nur deshalb, weil wir nicht merkten, dass er bei uns war.
- Ich denke, ja ich fürchte, wir werden noch zahlreiche Gelegenheiten bekommen, wo wir uns entscheiden müssen.
- Zwischen?
- Zwischen Gott und unserem Ego. Es ist so leicht, sich als Opfer zu fühlen.

8

Cathou bleibt nicht lange in Grenoble, genau genommen nur bis zum vierzehnten Juli. Dann fährt sie mit Michel gleich weiter nach Soulac. Sie freut sich darauf, den Sommer wieder dort zu verbringen, endlich die Großeltern wiederzusehen. Vielleicht fällt es ihr dort auch leichter, ganz von Sobern Abschied zu nehmen. Es ist ein langer Abschied, er fing irgendwann im Juni an, als ihr so richtig klar wurde, dass sie den Ort bald verlassen würde, für lange oder … für immer, wer weiß, und dass sie diese Luft deshalb noch bis zum Schluss tief einatmen musste, dass sie jene Treppen hinab zur Altstadt noch einmal ganz bewusst gehen musste, dass sie die Familie Unger und Rainer und alle anderen noch intensiv mit den Augen betrachten musste, bis sie sie demnächst aus den Augen verlieren würde. Franzi und Jule würden dann ab September nach Grenoble kommen, immerhin. Von Rainer hat sie sich schon vor längerem verabschiedet, das heißt von ihrer kleinen Romanze, das hat keine Spuren hinterlassen, hat keinem von beiden wehgetan. Joachim hat es wehgetan, dass ausgerechnet sein bester Freund eine Romanze mit der kleinen Cathou hatte, die es ihm selbst doch so angetan hatte. Franzi und Jule hingegen fanden es aufregend, dass Rainer sich für Cathou interessierte oder Cathou für Rainer … Doch das ist jetzt alles vorbei. Leider. Wie gerne wäre sie einfach dortgeblieben, wie geborgen hat sie sich dort gefühlt! War es, weil sie als Französin ein wenig der Star war, gehätschelt wurde? Vielleicht am Anfang, ja, aber mit der Zeit hatte sich das gelegt, und was dann immer stärker wurde, war das Gefühl einer starken natürlichen Bindung, so als ob sie dieses milde Licht des Nordens, diese dunklen Wälder, diese grauen Schieferdächer schon immer in sich getragen hätte. Sie wundert sich über sich selbst.

Ach ja, da war noch dieser Kunstlehrer mit den vier Kindern. Die Geburtstagsparty am vierten Juli hatte ihr ein paar Einblicke in sein Haus verschafft. Er lebt die Kunst in seinen vier Wänden wie in der Schule. Sie empfand eine große Wärme in diesem Haus und bei diesem Fest. Auch bei ihm hatte sie wieder das Empfinden einer natürlichen Vertrautheit, wie schon das ganze Jahr über in Sobern. Es kam ihr vollkommen natürlich vor, dass dieser Mann Kunstlehrer war, alles andere hätte sie verwundert.

Es kommt ihr jetzt auch vollkommen natürlich vor, ernsthaft darüber nachzudenken, selbst später einmal Kunst zu studieren. Vor einem Jahr wäre ihr dieser Gedanke nicht in den Sinn gekommen. Germanistik und Kunst sind plötzlich ernsthafte Optionen für ein Studium. Aber es sind ja noch zwei Jahre bis dahin.

Michel hat sich in dem einen Jahr ebenfalls entwickelt. Er ist kein Kind mehr, auch noch kein Mann, aber sie muss jetzt aufpassen, wenn sie mit ihm spricht. Er möchte als Jugendlicher wahrgenommen werden, nicht mehr als Kind oder kleiner Bruder. Das Jahr der Trennung hat ihrem Verhältnis jedenfalls nicht geschadet.

In Soulac gibt es eine Sommerclique, alles Kinder von Leuten, die dort ein Sommerhäuschen oder gar eine Villa besitzen. Die meisten kommen aus Bordeaux, bis nach Toulouse reicht das Einzugsgebiet. Dass allerdings die Großeltern in Soulac wohnen, auch noch beide Großeltern ... Cathou kennt keinen einzigen weiteren Fall wie ihren. Man sieht sich in den Sommerferien, besucht den Strand, badet im Meer, lernt schwimmen, macht Radtouren. Manche klettern auf die Bunker und suchen nach Überresten des Krieges, doch die Bunker sind längst zubetoniert und die Dünen gesäubert. Minen gibt es keine mehr. Einmal hat ein Junge ein deutsches Messer ausgebuddelt.

Am kommenden Samstag gibt jemand eine Abschiedsparty, und zwar nicht für eine Person, das hat Cathou zunächst angenommen, als sie die Einladung bekam, nein: für ein Haus. Das Haus steht zwei Kilometer südlich von

Soulac direkt am Strand. Das Meer hat die Küste an der Stelle so sehr angegriffen, dass die Besitzer das Haus aufgeben müssen, es ist nicht mehr zu retten. Sie haben beschlossen, das traurige Ereignis mit einer Abschiedsparty zu feiern, zu der eben auch Cathou eingeladen ist. Die ganze Sommerclique trifft sich dort, über dreißig Personen sollen insgesamt kommen. Sie fahren zusammen mit dem Rad über den Uferweg dorthin. Diesen Weg haben noch die Deutschen im Krieg angelegt.

Das Haus steht tatsächlich auf einer Klippe, die bereits unterspült ist, ein bedrohlicher Anblick. Alles ist hell erleuchtet, Musik dringt aus den Fenstern nach draußen, man hört Lieder von Charles Trenet, *La mer,* dann plötzlich Chubby Checker mit *Let's twist again,* ein brutaler Kontrast, doch das scheint niemanden zu stören, die Ankommenden werden sofort wie im Sog hineingezogen, alles twistet auf der Terrasse, nur die Alten reiben sich verwundert die Augen oder wenden sich ganz ab. Das ist nichts mehr für sie, das amerikanische Zeug, das überlassen sie den Jungen. Auch Cathou ist plötzlich mitten im Getümmel, Robert hat sich ihrer angenommen und versucht einen Twist, das sieht noch etwas unbeholfen aus, Cathou muss darüber lachen, was Robert jedoch nicht davon abhält, es weiter mit ihr und dem Twisten zu versuchen. Am Ende haben beide schon den Rhythmus raus, es macht Spaß. Robert ist blond, braun gebrannt und hat leuchtend blaue Augen. Seine Eltern besitzen die *Villa Rufus*, er gehört zur Sommerclique, aber zu den Älteren in der Clique. Cathou darf dieses Jahr zum ersten Mal mitmachen, mit sechzehn darf man schon, sie genießt es, allerdings mit Vorsicht, eine Romanze hatte sie ja schon dieses Jahr, das sollte genügen. Robert ist außerdem viel zu alt, bestimmt hat er schon Abitur, ein bisschen tanzen und rumalbern, das ist in Ordnung. Das Fest geht bis zum nächsten Morgen, doch Cathou muss um elf zu Hause sein. Robert ist bereit, mit ihr gemeinsam aufzubrechen und sie zurückzubegleiten. Soll sie darauf eingehen? Es bleibt ihr eigentlich keine andere Wahl, denn ganz ohne Begleitung wäre es zu gefährlich, irgendwie hat sie sich das nicht richtig überlegt, dass sie schon so früh wieder zurückmuss. Sie ist die Jüngste in der Clique, die anderen dürfen länger bleiben. Na gut, wenn Robert das nichts ausmacht, dann eben mit ihm. Sie verlassen das Haus an der Klippe wieder und fahren durch die milde Nachtluft. Der Mond leuchtet, als hätte man eine gigantische Laterne über der Straße entzündet, es ist hell wie am frühen Abend.

- Man erzählt, du hättest ein Jahr in Deutschland verbracht … Wie hat man dich denn dort behandelt?

- Wenn du an den Krieg denkst, dann spürt man davon nichts mehr. Ich habe unglaublich nette Leute kennengelernt.
- Gab es dort, wo du warst, auch Kämpfe? War da alles zerbombt wie hier?
- Nein, wo ich war, gab es offenbar keine Zerstörungen. Man sieht Männer mit Kriegsverletzungen, mal hat einer nur ein Bein oder einen Arm, das sieht man schon. Aber sonst habe ich keine Spuren vom Krieg bemerkt. Sie sind vielleicht sogar etwas wohlhabender als viele bei uns. Überall sieht man neue Autos, viele haben Fernseher, Telefon, es wird viel gebaut.
- Und die jungen Leute? Über was redet man?
- Über dieselben Dinge wie bei uns. Sie hören auch englische und amerikanische Musik, Elvis Presley und so. Aber auch Bécaud, Brel und Piaf ...

  Robert, sag mal, was machst du eigentlich, ich meine, studierst du vielleicht schon?

- Ja, Medizin.
- Dann bis du ja schon über ...
- Ich bin zweiundzwanzig.

So plätschert das Gespräch vor sich hin, bis sie bei der *Rue Courbet 15* ankommen.

- Wollen wir uns morgen wieder sehen, Cathou?
- Von mir aus gerne.
- *Allez, bisou.*

Sie mag Robert. Aber er ist ihr zu alt.

Am Ende der Ferien macht Robert ihr einen Antrag. Sie erklärt ihm, dass sie erst sechzehn ist und noch nicht bereit für eine Bindung.

Erich ist wieder zurück aus Berlin. Der ins Auge gefasste Urlaub in Bayern muss ausfallen, das gibt das Familienbudget im Moment noch nicht her.

Am dreizehnten August lässt die Führung der DDR Bauarbeiter damit beginnen, eine Grenzmauer in Berlin zu errichten. Zwei Monate zuvor noch hatte Ulbricht verkündet: Niemand hat die Absicht, eine Mauer zu errichten. Das ganze Land hält den Atem an. Doch als die Schule in Sobern wieder beginnt, hat man sich im Westen trotz aller Empörung schon fast damit abgefunden.

- Wie erklärst du dir das? Schockstarre?

- Nun ja, die sogenannte Zonengrenze war ja schon seit Anfang der Fünfziger befestigt worden. Und den Schießbefehl gab es auch schon seit einem Jahr, wenn auch nicht offiziell.

- Du meinst, man hatte sich schon an so was gewöhnt?

- Ja und nein. Der Mauerbau mit seiner Symbolik hatte da schon noch mal eine ganz andere Qualität.

- Aber konkret unternommen hat niemand etwas?

- Im Osten waren es vor allem junge Leute, die protestierten. Ansonsten saß allen der Schock vom siebzehnten Juni vierundfünfzig noch zu tief in den Knochen. Damals hatten die Sowjets ihre Panzer auffahren lassen.

- Und im Westen?

- Nur Willy Brandt setzte sich sofort energisch zur Wehr, konnte aber nichts machen. Am sechzehnten August demonstrierten dreihunderttausend vor dem Schöneberger Rathaus. Adenauer versteckte sich hinter den Alliierten und kam erst am zweiundzwanzigsten selbst nach West-Berlin. Die Westalliierten wollten vor allem keine Eskalation. Ihnen genügte es, wenn ihre Rechte gewahrt blieben. Kennedy sagte „Eine Mauer ist verdammt noch mal besser als ein Krieg".

Erich fällt es diesmal etwas schwerer, im neuen Schuljahr anzukommen. In den letzten Monaten ist viel passiert. Noch ist am und im neuen Haus nicht alles fertig, dann sein Vierzigster, der evangelische Kirchentag, die Ausstellungspläne. Er steht vor einer großen Menge an Zeichnungen und Aquarellen, ein paar Radierungen und Drucke, aber was davon auswählen? Der Plan ist, die Ausstellung im Sommer des nächsten Jahres zu eröffnen. Inga hat schon im Rathaus vorgefühlt, man könnte sich das dort sehr gut vorstellen.

Georg Bühler ist euphorisch. Er ist seit einem Jahr in Sobern, man hat ihn mit offenen Armen empfangen, denn die Schülerzahlen steigen rasch an, und ein zweiter Kunstlehrer wird dringend benötigt. Georg ist Jahrgang fünfunddreißig, hat vom Krieg nicht viel mitgekriegt, in Rheinbreitbach, und als er sein Abitur machte, fünfundfünfzig, gab es auch die Bundeswehr noch nicht. Also kein Wehrdienst, sondern gleich rein ins Studium und danach sofort ins Referendariat. Alles lief wie auf Schienen, lückenloser Anschluss am Gymnasium in Sobern, … eigentlich fehlt nur noch eine Frau, dann ist das

Glück perfekt. Aber vorerst ist er beruflich gefordert. Er hat im Referendariat manches in Sachen Didaktik und Kunstpädagogik gelernt, das kann er jetzt sofort anwenden. Die Schüler sind vom neuen Kunstlehrer begeistert, die Eltern sind begeistert, die Schulleitung horcht auf ... Georg macht ganz neue Sachen, Fotografie, Plastik, abstrakte Kunst, er plant Exkursionen in Museen. Vieles mag noch Anfangseuphorie sein, ein bisschen heiße Luft vielleicht sogar, aber in einem Provinznest tut sowas gut, neue Besen kehren gut.

Georg begegnet Erich mit großem Respekt. Erich ist der Ältere, der erste Kunstlehrer überhaupt in Sobern, Kriegsteilnehmer, Gefangenschaft in Frankreich, das ist allen bekannt. Doch Erich steht auch für ein sehr traditionelles Kunstverständnis, viel Zeichnen und Malen, ein bisschen Schnitzen und Drucken, aber was ist mit den neuen Materialien, Skulpturen aus Styropor, Kleber, Kunststoffe, was ist mit den Gebrauchsgegenständen des Alltags, was ist mit abstrakter Kunst ... Georg platzt fast vor Experimentierfreude, während Erich immer das gleiche zu tun scheint. Manchmal kann sich dieser oder jener Schüler nicht zurückhalten und gesteht: Herr Bühler, der Unterricht bei Ihnen ist viel interessanter als bei Herrn Pfeifer. Natürlich macht ihn das stolz, und natürlich erzählt er das nicht weiter, um Himmels Willen, Erich Pfeifer ist wie ein Denkmal am

Gymnasium in Sobern, ein Denkmal, das den gebührenden Respekt verdient, doch die Zukunft gehört eindeutig der modernen Kunst. Georg steht ja noch ganz am Anfang … Es ist einfach alles so spannend, so aufregend.

9

Am ersten September kommen Franzi und Jule in Grenoble an. Am dritten beginnt die Schule. Cathou überlässt den beiden ihr Zimmer, Antoine hat dort ein zweites Bett aufgestellt und Cathou zieht ins Gästezimmer. Franzi und Jule sind zum ersten Mal in einer Etagenwohnung und finden es ganz toll, alles auf einer Ebene. Dass es keinen Garten gibt, nichts Grünes rundherum, nehmen sie zunächst gar nicht wahr vor lauter Staunen über den Aufzug, das Wimmeln der Kinder in den Hausfluren, die so andere Ästhetik in der Wohnung, das Leben auf der Straße. Türen, Fenster, Tapeten, Schalter, Knäufe, Toiletten, alles ist anders als zuhause. Und wunderschön. Das Essen ist vielleicht die größte Umstellung, man isst in mehreren Gängen und zweimal warm. Cathou isst sehr wenig, noch weniger als bei ihrem Aufenthalt in Sobern, was die beiden überrascht, denn sie dachten, es wäre wegen des fremden Essens gewesen.

Michel ist begeistert. Er hat sich von Anfang an verliebt … in beide, mit einer leichten Präferenz für Franzi. Doch sie sind unerreichbar, mit vierzehn ist zwei Jahre älter so weit weg wie zwanzig. So begnügt er sich damit, von ihren

Augen und Mündern zu träumen, von ihren Rundungen und Wölbungen. Cathou hat ihn sofort durchschaut.

Auch Antoine weiß um die Nöte eines Pubertierenden. Nur zu gut erinnert er sich noch an seine Verehrung für Martine. Aber da muss Michel durch. Im Übrigen müssen sich alle etwas einschränken, die Wohnung ist für sechs Personen viel zu klein, im Bad und auf der Toilette heißt es Anstehen, Beeilung und Rücksichtnahme. Nur am Wochenende ist es entspannt, da schlafen die Kinder lange, jeder frühstückt, wann er will und erst zum Mittagessen versammeln sich alle wieder um den verlängerten Tisch (gut, dass er damals darauf bestanden hatte, den ausziehbaren Tisch zu kaufen).

Martine ist froh, Cathou wiederzuhaben. Es ist ihr schwer gefallen, sie so lange zu entbehren. Cathou hat sich sehr verändert, sie ist in dem einen Jahr eine junge Frau geworden. Aber da ist etwas, das Martine besorgt. Cathou wirkt angespannt, ohne richtige Freude, warum eigentlich? Sie kam doch so euphorisch aus Sobern zurück, dann der Sommer in Soulac … Doch bereits dort hatte sie zeitweise etwas Melancholisches, das war neu, das kannte Martine nicht bei ihr. Auch den Großeltern ist es aufgefallen. Ist sie verliebt? Ist das alles noch die Pubertät? Es war nie die Rede von einem Jungen. Wer sollte es sein? Vielleicht war da etwas in Sobern, eine Geschichte mit einem Jungen, vielleicht Joachim, aber dann wäre doch sein Name einmal gefallen. Vielleicht war da etwas in Soulac, aber auch da hat niemand etwas bemerkt … Vielleicht genauso viel und genauso wenig wie bei ihr und Erich vor fast zwanzig Jahren … Mein Gott, ist das schon so lange her, hat Erich den Krieg überlebt? Aber was ist bloß mit Cathou? Könnte es an Franzi und Jule liegen? Ist sie mit der Situation überfordert? Doch dafür gibt es gar keine Anzeichen, die drei kennen sich ja nun schon bestens, es sieht doch alles sehr harmonisch aus. Oder ist es die Schule? Natürlich muss Cathou jetzt einiges nachholen, aber sie schafft das locker, sie ist intelligent und fleißig, fast zu fleißig, jedenfalls fleißiger, als ich es einmal war, denkt Martine. Cathou hat sich eine strenge Selbstdisziplin angewöhnt, das macht es allen leichter, vor allem Antoine und ihr, Martine, doch richtig glücklich wirkt Cathou im Moment nicht. Insofern ist es wiederum gut, dass Franzi und Jule da sind, sie muss ja in der Buchhandlung arbeiten, ist unter der Woche fast den ganzen Tag weg.

Die Zeit bis Weihnachten vergeht wie im Flug. Franzi und Jule kommen in der Schule zurecht; etwas ungewohnt ist es schon, der strenge Ton, die Größe der Klassen, die langen Schultage, doch manches gefällt ihnen auch besser als zuhause. Es gibt eine Schulkantine, die Stunden sind nicht so gedrängt, und ja, es ist ja nur für ein Schuljahr. Cathou wirkt die ganze Zeit sehr angespannt, gar kein Vergleich zu ihrem

Jahr in Sobern. Auch Franzi und Jule fragen sich, woran es liegen könnte, finden jedoch keine rechte Antwort. Cathou ist verschlossener, als sie es in Deutschland war. Immerhin, ihr Verhältnis ist gut, sie sind Freundinnen geworden. Doch es scheint ein Geheimnis zu geben. Cathou scheint etwas zu verschweigen, nicht nur ihnen gegenüber, sondern allen gegenüber. In den Weihnachtsferien fahren die beiden nach Hause.

Erichs Vorbereitungen für die Ausstellung im Sommer kommen endlich gut voran. Er hat seine Auswahl getroffen – zwanzig Zeichnungen und Aquarelle, vorwiegend mit Motiven vom Hunsrück, aber auch einige von Krieg und Gefangenschaft – und nun beginnt er, einen Ausstellungskatalog vorzubereiten. Nach Weihnachten wollen er und Inga sich auf die näheren Absprachen mit der Stadtverwaltung konzentrieren. Es ist schon sehr aufregend: Nach so vielen Jahren wagt er es zum ersten Mal, seine Bilder einer Öffentlichkeit zu zeigen. Es ist ja nicht nur Kunst, es ist auch ein Stück von sich selbst, das er der Öffentlichkeit preisgibt.

Weihnachten geht vorüber, und aus Grenoble kommen beunruhigende Nachrichten, Cathou leidet an einer Depression. Martine telefoniert mit den Ungers und schildert Cathous Zustand. Die Magersucht und die Depression scheinen zwei Seiten ein- und derselben Sache zu sein. Wie konnte das nur so plötzlich über sie hereinbrechen? Es ist wie verhext, aber im Moment scheint ein weiterer Aufenthalt Franzis und Jules in Grenoble nicht mehr möglich zu sein, Cathou muss in therapeutische Behandlung. Rolf Unger selbst schlägt vor, dass die Zwillinge vorerst in Sobern bleiben, auch wenn es unglaublich schade ist, aber die Bedingungen für einen sinnvollen Aufenthalt bei den Leroux sind einfach nicht mehr gegeben.

- Der Jahresbeginn zweiundsechzig ist eine Zeit, an die ich mich genauestens erinnere. Im Grunde fängt da überhaupt erst meine zusammenhängende Erinnerungsgeschichte an. Übrigens habe ich auch Vaters Fotos für den geplanten Ausstellungskatalog gefunden. Er wollte sich tatsächlich, wenn nicht als Hunsrücker, so doch als Hunsrückmaler präsentieren. Die Zeichnungen aus Krieg und Gefangenschaft sind eher marginal.

- Was war mit der Sturmflut? Du hast schon mehrfach davon erzählt …

- Ja, davon weiß ich noch jedes Detail. Es hat uns Kinder aufgewühlt, im Radio davon zu hören und im Fernsehen die Bilder zu sehen. Es war Winter, wir saßen im Warmen, aber wir wussten, dass in Hamburg Tausende alles verloren hatten, ihr ganzes Hab und Gut, viele waren ertrunken. Mutter machte *Care*pakete, und wir Kinder waren mächtig stolz, unseren Teil dazuzutun, Kleider und Spielsachen. Ich gab meine Manchesterhose her.

- Manchesterhose?

- So nannten wir die. Eine funkelnagelneue, leuchtend blaue Baumwolllatzhose mit goldglänzenden Metallknöpfen. Abends am Tisch zählten wir noch einmal alles auf, was wir hergegeben hatten, und am nächsten Morgen brachte Mutter die Pakete zur Post. Wir stellten uns dann vor, wie es wohl wäre, wenn obdachlose Hamburger Kinder unsere Pakete aufmachten. Ich träumte davon, dass sie mit einem Sikorsky-Transporthubschrauber der Bundeswehr hingebracht würden. Solche Bilder zeigten sie nämlich im Fernsehen. Außerdem hörte ich damals zum ersten Mal den Namen Helmut Schmidt.

- Und dann kam der sechsundzwanzigste Februar.

- Ja, dann kam der sechsundzwanzigste Februar.
- Außer Carlo und mir saßen alle schon am Frühstückstisch. Es war sieben Uhr, als ich Carlo holen wollte. Er lag reglos auf seinem Bett, auf dem Rücken, nur halb angezogen, die Beine hingen schlaff herunter.

Zweiter Teil

1

Offenbar sind wir hier auf der Erde, um bestimmte Erfahrungen zu machen, ganz bestimmte Dinge zu erforschen. Wozu muss man die Erfahrung machen, ein Kind zu verlieren? Carlos Herz ist stehengeblieben, und es wird nie wieder schlagen. Sein regloser Körper versetzt alle in Schockstarre. Inga kümmert sich um Hannes, Connie und mich, während eine herbeigeeilte Nachbarin, die eine Erste-Hilfe-Ausbildung besitzt, versucht, Carlos Herz wieder zum Schlagen zu bringen. Sie versucht es unermüdlich, doch Erich weiß, dass die Entscheidung längst gefallen ist. Sie haben den Notarzt gerufen, er kommt bereits die Treppe hinaufgeeilt, dann trägt er den leblosen Körper hinunter zum Rettungswagen, der über ein Beatmungsgerät verfügt. Durch die Scheibe des Küchenfensters sieht Erich, wie der Notarzt und seine Helfer hinter dem Milchglas des Rettungswagens verzweifelte Gesten machen, wie die Minuten verrinnen, die angeblich ein Leben retten können, wie sie die Tür hinter sich schließen, nur noch kurz Bescheid sagen, und wie sie dann zum Krankenhaus aufbrechen. Das Kreiskrankenhaus in Sobern ist gar nicht weit weg, vielleicht fünf bis zehn Minuten, doch warum fahren sie so langsam, warum haben sie noch nicht einmal das Blaulicht eingeschaltet? Erich fährt mit dem Fahrrad hinterher, Inga wird von der Nachbarin gebracht. Man lässt sie warten, dann führt man sie in einen kahlen Raum mit Stühlen. Wieder ein langes, banges Warten. Nach einer halben Stunde kommen mehrere Ärzte, fünf oder sechs, nacheinander in den Raum und stellen sich vor Erich und Inga im Halbrund auf. Einer von ihnen ergreift das Wort:

-   Herr Pfeifer, es tut mir leid, ihnen sagen müssen, dass ihr Sohn es nicht mehr geschafft hat.

Erich ist, als hätte ihn eine Keule am Kopf getroffen. Er spürt denselben rasenden Schmerz wie damals, vor siebzehn Jahren, im April fünfundvierzig. Seine Kräfte verlassen ihn und er sinkt zu Boden.

-   Nein, nein, nein, nein, kommt es aus ihm heraus.

Er verbirgt sein Gesicht hinter seinen Händen und seine Seele windet sich vor Schmerz.

Man erlaubt ihnen einen letzten Blick auf den Leichnam, der auf einem Krankenbett im Nebenraum liegt, ein einsamer stiller Körper, geschlossene Augen wie im Schlaf.

Ein letztes Abschiednehmen, eine letzte gemeinsame Anwesenheit, ... obschon Carlos Seele längst nicht mehr an diesem Ort und in diesem Körper wohnt. Doch zu solchen Gedanken ist Erich in diesem Moment nicht fähig. Er spürt nur den Schmerz und die unendliche Leere.

Ein *Déjà-vu*. Erich kommt es vor, als habe er all dies vor siebzehn Jahren schon einmal erlebt. Sie sind jetzt wieder zu Hause, und sein Körper sitzt im Wohnzimmer, doch seine Seele scheint in einem anderen Raum umherzuwandern, einem Raum jenseits der physischen Welt. Dort spürt er auch Carlos Anwesenheit, doch er kann ihn nicht sehen. Er glaubt, eine Kinderstimme zu hören: Papa, sei unbesorgt, mir geht es gut, doch was hat er wirklich gehört? Hat er überhaupt etwas gehört, oder hat er sich nur eingebildet, etwas zu hören? Langsam kehrt Erich zurück in die Welt, zu diesem gepeinigten Körper, der sein Körper ist, zu Gedanken wie Messer, die seine Gedanken sind und die sein Hirn durchschneiden wie Butter. Denen er ohnmächtig ausgeliefert ist. Warum musste Carlo sterben? Warum mein Sohn? Warum darf ich nicht glücklich sein? Da ist es wieder, das Trauma vom Kriegsende, als er zuerst Martine verlor und dann fast sein Leben. Als eine Welt unterging.

- Wir Kinder haben als erste wieder den Weg zurück in die Normalität gefunden. Wir waren ja zu dritt, geteiltes Leid ist halbes Leid. Mutti hat sofort erkannt, dass wir jetzt ihre völlige Aufmerksamkeit brauchten, um keinen Schaden zu erleiden. Sie war es, die jetzt rasch für geregelte Abläufe sorgte, dass das Essen auf dem Tisch stand und dass wir nach zwei Tagen wieder zur Schule gingen.
- War das hart für euch in der Schule?
- Die Lehrer und die meisten Schüler wussten Bescheid und haben keine Fragen gestellt. Am Tag der Beerdigung kam Carlos Klasse in die Kirche, und alle beteten für ihn. Vorne stand ein großes Foto von ihm. Am schwersten war es für Vater.

„Wer sein Leben liebt, der wird es verlieren. Wer aber sein Leben in dieser Welt geringachtet, der wird es bewahren zum ewigen Leben. Wer mir dienen will, der folge mir nach, und wo ich bin, da soll mein Diener auch sein."

Wieder und wieder liest Erich die Verse im Evangelium nach Johannes. Doch diesmal findet er keine Ruhe, keinen Trost. Stattdessen verharrt er in einer

Schockstarre. Zwar schafft er es, die Beileidsbekundungen entgegenzunehmen und eine elementare Kommunikation mit der Außenwelt aufrechtzuerhalten, doch eine Art Schleier ist zwischen ihn und die Umgebung getreten. Sein Körper ist wie betäubt, der Schmerz, den er ohne Unterlass spürt, kommt aus der Seele. Er schläft drei, höchstens vier Stunden, und den Rest der Nacht liegt er wach. Bis er nach zwei, drei Tagen beschließt, mitten in der Nacht aufzustehen und sich zu beschäftigen. Er beginnt, seine inneren Bilder zu zeichnen, dann notiert er seine Gedanken dazu, oder umgekehrt, er notiert seine Gedanken und zeichnet seine inneren Bilder dazu. Wochenlang lebt er mit drei, vier Stunden Schlaf, bis seine Seele allmählich wieder Halt in den Routinen findet. Er lässt sich krankschreiben, erst nach den Osterferien wird er seinen Unterricht wieder aufnehmen. Um die Schläfen herum wird sein Haar schlagartig weiß.

- Mein lieber Schatz,

ich sitze in deinem Zimmer, es ist vier Uhr morgens, und ich weiß, dass du mich siehst. Ich weiß, du bist irgendwo da oben und siehst und hörst mich. Du fehlst mir so unendlich. Was gäbe ich, dich noch einmal in meinen Armen zu halten, dir noch einmal durch dein dichtes dickes Haar zu streichen, noch einmal deine treuen Augen anzuschauen, noch einmal deine Stimme zu hören, die Papa zu mir sagt. Ich sehe deinen Schreibtisch, deinen Schulranzen, deine Kuscheltiere und deine Kleider. Ich sehe, wie du emsig deine Hausaufgaben machst, wie du Karl May liest (von dem du deinen Namen hast), wie du nach unten rufst: Ich komme gleich, als wir dich zum Essen rufen. Doch ich habe dich nicht beschützen können, ich habe versagt. Ich bin doch dein Vater, ich war doch dafür da, dass dir nichts passierte. Ich bin an der einzigen wichtigen Aufgabe meines Lebens gescheitert. Ich hätte sehen müssen, dass du immer kraftloser wurdest und immer ängstlicher. Ich hätte es merken und dich zu einem Arzt bringen müssen. Warum habe ich nichts gesehen, nichts gemerkt? Doch, hätte er dir wirklich helfen können? Was für ein Leben hätte dich dann erwartet. Ich will mich nicht rausreden, es hilft ja nichts, Gott hat es anders entschieden. Es ist so unfassbar für mich, dass ich dich am sechsundzwanzigsten allein gelassen habe … Du musstest den Weg ganz allein gehen, und ich, dein Vater, habe dich nicht begleitet. Ich wünschte so sehr, Gott hätte mich an deiner Stelle zu sich genommen. Du fehlst mir so sehr, mein kleiner Spatz. Du warst doch das größte Geschenk unseres Lebens. Deine Mutti und ich, wir sind doch erst durch dich eine Familie geworden. Warum bist du gerade zu uns gekommen? Und warum nur neun Jahre? Was war deine Aufgabe? Und was war unsere? Ich habe dir alles gegeben, was ich dir geben konnte, alle Liebe, die in mir war. Doch es hat nicht gereicht. Ihr Sohn hat es nicht mehr geschafft, haben Sie zu uns gesagt. Was wissen sie schon … nichts, gar nichts wissen sie. Vermutlich wusstest du es schon lange, dass du bald gehen musstest, und die Wahrheit ist: Du hast es als einziger von uns geschafft. In einer Sekunde, in der keiner von uns etwas davon merkte, bist du leise gegangen. Nur wir leiden, du nicht mehr. Ohne dich zu sein, ist wie in einem verlassenen Haus zu leben. Vielleicht werden auch wir dieses Haus verlassen.

- Du meinst, dass er sich von da an hinter seinem Bart und seiner Lotterkleidung versteckt hat?
- Für mich ist der Zusammenhang klar. Es lässt sich ja datieren, dass er ab Frühjahr zweiundsechzig dieses Aussehen bekam. Und es dauerte kein halbes Jahr mehr, da hatte er seinen Spitznamen weg: der Rübi.
- Was glaubst du, ging in ihm vor?
- Schuldgefühle.

Das Gefühl, als Vater versagt zu haben. Die oberste und vornehmste Aufgabe eines Vaters ist es, seine Familie zu schützen. Er hat Carlo nicht schützen können. Erich hat seinen Sohn nicht schützen können, er hat die Signale nicht erkannt, vielmehr: sie nicht wahrhaben wollen. Ja, es hatte Signale gegeben. Carlos zunehmende Erschöpfung, ein Spaziergang genügte, und Carlo setzte sich auf eine Bank, verschwitzt und mit rotem Kopf; Carlos diffuse Ängste, Papa, ich habe Angst, wovor hast du Angst, ich kann es nicht sagen, aber da sind diese Ängste … Erich hatte es verdrängt, nicht wahrhaben wollen. Er hätte mit dem Jungen zum Arzt gehen müssen! Vielleicht hätte man etwas tun können, die Medizin hat große Fortschritte gemacht.

Schuldgefühle gegenüber Martine. War sie von ihm schwanger geworden? Etwas hatte ihm im Juli vierundvierzig gesagt, nachdem sie zum letzten Mal zusammen waren, dass sie von ihm schwanger sei. Er wusste genau, was das zu der Zeit bedeutete: *la pute du boche*. Er hatte bereits damals versagt, ihr gegenüber und dem Kind gegenüber, es hätte niemals dazu kommen dürfen. Er war verantwortlich dafür, dass Martine später vielleicht drangsaliert wurde und dass das Kind drangsaliert wurde, vielleicht ein Leben lang. Nie ist er diesen Gedanken losgeworden. In die hinterste Kammer seines Gewissens hatte er ihn verbannt, ihn vor sich selbst versteckt, doch nie war es ihm gelungen, den Gedanken an seine Schuld zu vergessen. Schuld ist unvergänglich. Und das Gewissen ist unbestechlich. Auch wenn er keinerlei Beweise für seine Schuld hatte, so hatte dieser Gedanke doch weiter in seinem Gewissen gelauert. Und weil er sich selbst nicht der Verantwortung gegenüber dem Kind, das Martine von ihm erwartete, hatte stellen wollen, so musste Carlo sterben. Er, Erich, war schuld am Tode Carlos. Warum hatte er damals nicht alles versucht, um Martines Spur zu finden und zu seiner Vaterschaft zu stehen? Warum hatte er sich stattdessen hinter seiner Opferrolle als Kriegsgefangener versteckt? Ja, es ist wahr: Feige hatte er seinem Leben ein Ende bereiten wollen, als er sich zum Minenräumen gemeldet hatte. Wäre es ihm lieber gewesen, eine Mine hätte ihn damals zerrissen, um ihn von seiner Schuld zu befreien? Er hatte damals den tiefsten Punkt seines Lebens erreicht, doch er hatte ihn durchschritten, ohne die notwendige Läuterung zu vollziehen. Er hatte die Talsohle verlassen, ohne sich zu seiner Verantwortung zu bekennen. Selbst wenn es ihm nie gelungen wäre, Martine und das Kind ausfindig zu machen: er hätte es versuchen müssen. Stattdessen war er den bequemeren Weg gegangen, hatte alles verdrängt und der Option das Feld überlassen, dass Martine nicht von ihm schwanger geworden sei. Es war eine bequeme Option, aber feige. Das Leben geht weiter, doch die Feigheit bleibt. Jetzt hat ihm Gott die Rechnung serviert. Er hat ihm das Liebste genommen. Niemals wird er glücklich sein.

- Der Schmerz war zu tief. Er brauchte eine vernünftige Erklärung, um damit fertig zu werden. Und die einzig vernünftige Erklärung, auf die er damals, in dieser Stunde kam, war seine Schuld.
- Er hatte wohl zuvor gehofft, so etwas wie das Kriegsende würde sich nicht mehr wiederholen. Als Carlo starb, war das dann wie eine Wiederholung?
- Ja, genau. Zum zweiten Mal in seinem Leben war er an einem Tiefpunkt angelangt. Zum zweiten Mal war eine Welt zusammengebrochen. Und in seiner

Ohnmacht sah er keinen anderen Ausweg, als sich in sich selbst und seine Schuldgefühle zurückzuziehen. Er verhüllte sich hinter Bart und Kleidung. Er machte sich unnahbar.

- Aber doch nicht für euch?

- Nein, nicht für uns. In der Familie – und ich denke auch im engsten Freundeskreis, Rolf Unger, Reinhold Vetter – brauchte er sich nicht zu verstecken. Aber in der Schule ließ er niemanden an sich ran.

- Und davon profitierte dann Georg Bühler.

- Was heißt schon „profitierte". Er wollte meinen Vater nicht verdrängen. Es waren eben zwei völlig unterschiedliche Biografien. Bei den Schülern bildeten sich zwei Lager, die einen waren Fans von Georg Bühler, die anderen von meinem Vater. Es stimmt schon, seine Fans waren weniger, aber gerade seine zauselige Art gefiel auch einigen. Genauso wie sein sehr traditioneller Kunstunterricht. Und Zeichnen und Malen konnte man wirklich bei ihm lernen. Kurioserweise passte mein Vater mit seinem Bart und seinen Klamotten am Ende, als die Hippies kamen, sogar wieder besser in die Zeit als Georg Bühler. Aber das dauerte noch ein paar Jahre.

- Wie habt ihr Kinder denn seine Verwandlung erlebt?

- Ich sagte dir ja schon: eher unproblematisch. Das war für uns normal, er war einfach so, er war ja unser Vater. Nur ein Mal ging es mir schlecht. Ich war auf dem Nachhauseweg von der Schule, da fing plötzlich ein Mädchen damit an: Dein Vater ist ein Rübezahl, Rübezahl, Rübezahl, dein Vater ist ein Rübezahl – Rü-be-zahl; und wieder von vorne, so als Kindervers, weißt du. Und nach und nach stimmten alle anderen Kinder ein, sie tanzten um mich herum und skandierten den Rübezahl. Ich habe mich in Grund und Boden geschämt.

- Und dann?

- Als ich nach Hause kam, erzählte ich alles meinen Eltern. Vater wurde wütend, aber Mutter beruhigte mich: Lass doch die Kinder, das hat mit uns nichts zu tun, SIE haben das Problem. In Wirklichkeit wünschen sich doch alle, auch so einen tollen Kunstlehrer als Vater zu haben. Das beruhigte mich, und von da an war ich so richtig stolz auf meinen Kunstlehrer-Vater.

- Lieber Vater im Himmel, bitte sag mir, warum du mir Carlo genommen hast. Und warum du ihm nur neun Jahre gegönnt hast. Hatte er denn kein ebenso langes Leben verdient wie die anderen? Oder gilt deine Prüfung nur mir, mir ganz allein? Was habe ich getan, dass ich so sehr leiden muss? Ja ich weiß, ich soll Demut lernen, ich wusste es von Anfang an, schon, als Du mir Martine genommen hast. Ich sollte lernen, dass ich keine Besitzansprüche auf einen Menschen habe, weder auf Martine noch auf Carlo. Deshalb hast du sie mir genommen. Aber warum gerade mir? Erheben nicht Millionen anderer auch Besitzansprüche auf einen Menschen, und dennoch nimmst du ihnen diesen nicht weg. Warum gerade ich? Natürlich, auch Inga hast du gestraft, doch mir scheint, Du hast in Wirklichkeit nur mich gemeint. Sie muss nun auch leiden, obwohl ich die Ursache bin. Sag mir, warum verlangst Du gerade mir das alles ab? Habe ich mich nicht immer zu dir bekannt, bin ich nicht immer zu Dir zurückgekehrt, wenn ich mich einmal von Dir entfernt hatte? Noch letztes Jahr, als ich mit Valentin auf dem Kirchentag war, glaubte ich, Dir ganz nahe zu sein. Willst Du mich etwa so prüfen, wie Du Hiob geprüft hast? Aber ich bin nicht Hiob, ich bin nicht so stark wie er. Ich schaffe das nicht. Liebst Du mich überhaupt? Ist nicht Liebe, alles für den anderen zu tun, alles Leid von ihm abzuwenden? Als Du mir eine Familie schenktest, glaubte ich, ich hätte Deine Liebe verdient, und jetzt nimmst Du mir ein Kind weg. Willst Du sie mir am Ende alle wieder wegnehmen? Liebst du mich überhaupt noch? Ich weiß, ich darf so nicht denken, ich weiß, ich muss demütig alle Prüfungen annehmen, doch dies ist eine unmenschliche Prüfung: Carlo war doch völlig unschuldig! Er wollte nur leben! Auch wenn Du mir mein Ego austreiben willst, warum musste es Carlo treffen? Warum nimmst Du nicht mein Leben? Ich bitte Dich, nimm meins und gib Carlo zurück. Ich wollte Dir schon einmal mein Leben geben, und Du hast es nicht angenommen. So tu es bitte jetzt. Was nützt es, wenn Du aus mir einen verbitterten Menschen machst, der nie wieder lieben kann, weil Du ihm das Liebste genommen hast? Ich weiß, ich darf so nicht denken, aber ich weiß nicht mehr weiter, Vater, ich habe keine Kraft und keinen Mut mehr. Bitte hilf mir, bitte sende mir irgendein Zeichen Deiner Liebe ... oder nimm mich zu Dir. Du glaubst vielleicht, ich liebe meinen Schmerz mehr als Dich, mehr als das

Leben, das Du mir geschenkt hast? Ist es das, was Du mir sagen willst?

Cathous Zustand hat sich verschärft, sie isst kaum noch etwas, die Depression hat sich festgesetzt. Martine hat verstanden, dass das Jahr in Deutschland nur einen Prozess beschleunigt hat, der irgendwann in Gang kommen musste und dass die Ursache viel tiefer liegt. Sie weiß, dass Cathou etwas ausarbeitet, was eigentlich sie, Martine, betrifft. Hat sie sich damals schuldig gemacht? Hätte sie zu Erich stehen müssen? Hätte sie bei Kriegsende nicht alles in ihrer Macht Stehende tun müssen, um herauszufinden, was mit Erich geschehen ist? Hat sie nicht Erich verlassen, Cathous Vater? Es sind schmerzliche Wochen für sie, seit Weihnachten, seit Cathous Depression manifest geworden ist. Sie weiß, sie muss handeln. Nur sie kann Cathou helfen. Warum um alles in der Welt hat sie so lange mit der Wahrheit gezögert? Hat sie es vermasselt?

Doch am Ende ist es Cathou, die handelt. Sie hat endlich verstanden, dass es so nicht mehr weitergehen kann, dass sie ernsthaft krank geworden ist.

- Mutti, wer ist mein richtiger Vater? Ich weiß, dass Antoine nicht mein leiblicher Vater ist.

Martine wird kreidebleich. Sie zögert. Soll sie Cathou wirklich alles erzählen? Ist sie schon so reif, das alles zu verstehen?

- Mein Schatz, ich wusste von Anfang an, dass ich dir eines Tages die Wahrheit sagen würde, aber ich wusste nicht, wann der richtige Zeitpunkt war. Ich glaube, ich hab ihn verpasst. Kannst Du mir verzeihen?
- Cathou nickt sanft.
- Hör mal zu. Als die Deutschen nach Soulac kamen, war ich siebzehn, so alt wie du demnächst. Sie blieben fast fünf Jahre. Neunzehnhundertzweiundvierzig lernte ich einen jungen Offizier kennen …

Und dann erzählt sie Cathou die gesamte Geschichte, von A bis Z. Als sie endet, ist Cathou, als habe sie alles schon immer gewusst, und Martine, als habe sie die größte Dummheit ihres Lebens begangen, ihr das alles verschwiegen zu haben. Sie umarmen sich lange, ganz lange, und sie weinen.

Doch der Name Erich Pfeifer ist nicht gefallen. Martine hat lediglich von Erich erzählt, immer nur von Erich, ohne je seinen Nachnamen zu erwähnen. Es ist keine Absicht dabei, fast hat sie den Nachnamen vergessen, es besteht einfach keine Notwendigkeit. (Was in Gottes Namen entscheidet im Unterbewusstsein eines Menschen über eine solche Unterlassung?). Und Cathou ihrerseits kann die Verbindung zu Erich Pfeifer in Sobern nicht herstellen. Sie kommt einfach nicht auf den Gedanken. (Kannte sie den Vornamen des Kunstlehrers überhaupt? Wenn ja: Was in Gottes Namen entscheidet im Unterbewusstsein, eine so naheliegende Verknüpfung wie die eines zeichnenden Wachtmeisters Erich von der Festung Gironde zu einem etwa gleichaltrigen späteren Kunstlehrer mit Vornamen Erich in Sobern nicht herzustellen?)

Cathous Zustand verbessert sich in den kommenden Tagen schlagartig. Sie spürt die große Liebe ihrer Mutter zu ihr, und sie begreift die Größe Antoines. Martine erklärt es ihr:

- Er hat mir die Schmach einer *pute du boche* erspart. Und er hat dich wie sein eigenes Kind aufgezogen, er hat nie einen Unterschied zwischen dir und Michel gemacht. Wir lieben euch, und wir lieben uns.

Doch was ist aus Erich, dem deutschen Wachtmeister der Flak, geworden? Martine macht ein Versprechen.

- Ich werde mich auf die Suche nach ihm machen. Ich verspreche es dir!

2

Inga weiß, dass alles prekär geworden ist, was sie im letzten Jahr geschickt eingefädelt hat. Wie unter einer Riesenwelle ist die Sandburg, die sie mühsam errichtet hat, wieder weggespült worden, und die Reste bröseln in der Flut, die auf die Riesenwelle folgte. Keine traute Zweisamkeit mehr am Mittag, keine Männertreffen, keine Ausstellung im Sommer, ... nur Schmerz. Sie ahnt, dass ihre Ehe jetzt bedrohter ist als je zuvor. Sie ahnt, dass Erichs Verbitterung wieder aufbrechen könnte, stärker als je zuvor. Oder auch allmählich, schleichend. Sie überlegt fieberhaft, was sie tun könnte, um es zu verhindern. Im Moment wohl gar nichts.

Erich beginnt eine Art Doppelleben. Er erfüllt seine schulischen und familiären Pflichten, und dann zieht er sich in seine Kunst zurück. Es ist Frühjahr, die Tage werden lang, er steht um vier Uhr auf, länger ist keine Nacht mehr für ihn, und er zeichnet und malt. Er malt biblische Motive. Die Weissagung Amos. Jonas. Im Wohnzimmer entsteht ein erstes Wandfresko.

- Außer meinem Vater betrat niemand von uns Carlos Zimmer. Es war wie eine heimliche Absprache. Selbst Connie, die ja erst vier war, hielt sich daran. Und auch mein Vater veränderte nichts, alles blieb an seinem Ort, Carlos Kleider, seine Bücher, seine Spielsachen. Seine Hausschuhe blieben unter seinem Bett. Mein Vater setzte sich mit seinen Mal- und Zeichensachen in die Mitte des Raumes, und da blieb er. Auch ein Tagebuch hatte er dort liegen, und da wir das Zimmer mieden, wusste auch niemand, was er gerade malte oder zeichnete. Mutter sorgte dafür, dass der Alltag wieder reibungslos funktionierte. Die beiden hielten die Fassade aufrecht. Wie es innen aussah, wussten wir Kinder nicht.

- Zweiundsechzig war doch auch wieder Fußballweltmeisterschaft. Habt ihr davon was mitgekriegt?

- Ja, klar! Wir hatten zwar schon einen Fernseher, aber die Spiele kamen für uns zu spät, da mussten wir immer schon ins Bett. Vater schaute öfters mal bei den Ungers ein Spiel der deutschen Nationalmannschaft. Im Viertelfinale schied Deutschland gegen Jugoslawien aus. Wir Kinder waren aber schon Feuer und Flamme, man redete die ganze Zeit über nichts anderes. Das Endspiel fand am siebzehnten Juni zwischen Chile und Brasilien statt, die Brasilianer gewannen. Es ist schon kurios: Plötzlich wussten alle, wo Chile lag.

Es regnet ununterbrochen, tagaus, tagein, in diesem Frühjahr. Hunsrückwetter. Doch was macht es. Es passt zu ihrem Leben, das durch Carlos Tod zu verschwimmen scheint. Alle Routinen, alle kleinen Freuden des Tages, auch die Geborgenheit des Alltags und der Familie sind ins Wanken geraten, scheinen wie der Regen im Meer der Trauer zu versickern. Jede Woche kommen Briefe, die wie Dolche direkt ins Herz dringen: polizeilicher Bericht, Sterbefall Nummer XY, Krankenhausbericht, gerichtsmedizinischer Bericht, Kindergeldstelle, … unbarmherzig bedrängt ihn die Bürokratie, Respekt vor Schmerz und Trauer scheint es für sie nicht zu geben.

Es gibt keine Unbeschwertheit mehr, kein spontanes Lachen, keine Lebensfreude. Erich war immer etwas verhalten, denkt Inga. Er tat sich schwer mit dem Leben, vielleicht lag das an den verlorenen acht Jahren. Dabei ist ihm Heiterkeit nicht fremd, sein ganzes Wesen sehnt sich nach

Glück, aber es war immer ein hart erarbeitetes Glück. Und jetzt steht alles auf der Kippe.

Der Regen prasselt, als gäbe es nichts anders mehr auf dieser Welt. Und wenn der Keller vollläuft … dann ist es auch egal, was soll's. Aber gibt man ein Haus auf, wenn der Keller vollläuft oder der Sturm das Dach abdeckt? Sind wir hier auf dieser Erde, um aufzugeben, wenn das Glück uns zu verlassen scheint? Wo ist Carlos Seele jetzt? Was würde er uns raten? Ist es das, was er wollte, nur noch Schmerz und Trauer? Sicher nicht …

Inga hat einen Gedankenblitz. Es ist früher Morgen, halb fünf. Sie steht auf, zieht sich an und geht in Carlos Zimmer, wo sie Erich vermutet. Er begrüßt sie verwundert, denn es ist ungewöhnlich, dass sie ihn um diese Zeit hier aufsucht. Sie streicht ihm liebevoll durchs Haar, was immer ein Zeichen ist, dass sie etwas im Schilde führt.

- Ich will dich nicht stören.
- Du störst mich nicht.
- Es ist nur … Ich hatte einen Traum. Und in diesem Traum sah ich uns an einem wunderschönen Ort am Meer, du und ich, Thomas, Hannes und Connie. Carlo

hatte diesen Ort für uns ausgesucht. Er hatte alles für uns vorbereitet, ein schönes Haus, eine Arbeit für dich, eine Schule für die Kinder. Ich weiß noch nicht genau, was dieser Traum zu bedeuten hat, aber Erich, ich weiß, dass dieser Traum uns den Weg weist. Wir brauchen wieder ein Projekt. Carlo will bestimmt nicht, dass wir hier depressiv rumsitzen, seine Seele ist doch bei uns, und sie hat mich auf den Gedanken gebracht.

Erich sagt nichts. Aber er ist auch nicht abweisend. Ingas Traum beeindruckt ihn. Sie fährt fort.

- Vielleicht hältst du mich für verrückt. Doch die Weltmeisterschaft in Chile hat mich auf einen Gedanken gebracht: Vielleicht sollten wir nach Chile gehen. Es gibt doch die deutschen Auslandsschulen. Kanntest du nicht mal jemanden, der in so einer Schule war? Und wenn du dich dort bewirbst? Was können wir verlieren?

Erich denkt nach. Sie sind gerade erst vor zwei Jahren in das neue Haus gezogen. So ein Bewerbungsverfahren dauert bestimmt ein Jahr, dann wären es drei Jahre … und zehn Jahre auf der Stelle in Sobern. Und es stimmt ja, sie brauchen ein neues Projekt, auch die Arbeit am Gymnasium in Sobern ist ihm längst zur Routine geworden. Sie könnten das Haus vermieten.

- Ich werde drüber nachdenken.

Schulleiter Dr. Mayer ist nicht gerade erfreut.

- Wo soll ich denn einen neuen Kunstlehrer herbekommen? Kunstlehrer sind rar.
- Ich weiß, aber ich bin sicher, dass sich da eine Lösung findet. Mit Georg Bühler hatte ja auch niemand gerechnet.
- Da haben sie recht. Aber sollte ich jemanden für Ihre Stelle kriegen, dann müssen Sie auch damit rechnen, dass sie bei Ihrer Rückkehr nicht nahtlos wieder hier weitermachen können. Vielleicht müssen Sie erstmal an einer anderen Schule der Region unterrichten, dann brauchen Sie ein Auto.
- Auch das wäre in Ordnung.
- Nun gut, Herr Pfeifer. Ich schreibe Ihnen das Arbeitszeugnis. Ich weiß ja, was Sie durchgemacht haben, und ich kann verstehen, dass es hier für Sie im

Moment schwer ist. Vielleicht würde ich mich in Ihrer Situation auch für sowas bewerben. Meinen Segen haben Sie.

3

- Wenn man dich so hört, könnte man den Eindruck gewinnen, mit der Idee, sich auf eine Stelle im Auslandsschuldienst zu bewerben, sei alles wieder ‚in die Spur gekommen', wenn ich das mal so salopp ausdrücken darf.

- Überhaupt nicht. Das siehst du schon an seiner äußerlichen Veränderung. Wenn du recht hättest, hätte er sich ja wieder in den Erich Pfeifer von vor Carlos Tod zurückverwandelt. Er hätte sich den Bart wieder abgenommen, die Haare sauber geschnitten und wieder gepflegte Kleidung getragen. Hat er aber nicht. Er hatte wohl das Bedürfnis, die tiefe Verunsicherung in seinem Leben auch äußerlich zum Ausdruck zu bringen. Man sieht es auch an seinen Bildern.

- Was meinst du?

- Seine Zeichnungen entfernen sich vom rein Gegenständlichen, nicht ganz, aber die Gegenstände bekommen etwas Kryptisches, etwas Geheimnisvolles. In seinen Aquarellen benutzt er erstmals Grautöne. Er mischt die Farben mehr als zuvor, reine Farben sind selten. Er beginnt, mit Öl zu malen, und auch hier experimentiert er mit denselben Mischungen. Und vor allem: Er wendet sich biblischen Motiven zu.

- Habt ihr Kinder ihn danach gefragt? Habt ihr gefragt: Papa, was malst du da für Sachen?

- In der Tat, das haben wir. Er erklärte uns auch manches. Zum Beispiel hat er uns erklärt, dass er versucht, durch das Malen und Zeichnen Dinge zu verstehen, die er sonst nicht verstehen würde, mit dem Verstand. Er sagte mehr als einmal: Man kann lernen, mit dem Pinsel zu sehen. So, als ob mit den Formen und Farben Dinge zum Vorschein kämen, die sonst verborgen blieben. Das werde ich nie vergessen. Ich glaube, er sagte auch mehrfach, dass nicht er Stift und Pinsel führe, sondern Gott. Vermutlich haben davon auch viele seiner Schüler profitiert.

- Wie meinst du das?

- Nun, er ließ ihrer Kreativität freien Lauf und vertraute darauf, dass es Gottes Sprache sei. So hat er es jedenfalls mit uns gemacht, zu Hause. Wir Kinder malten ja auch zuhause. Natürlich zeigte er uns Techniken, aber sehr behutsam, nicht belehrend. Eher so wie: „Versuch's doch mal so und schau, was dann passiert." Bei ihm durften wir einfach viel ausprobieren, er kritisierte nie etwas, sondern suchte immer Gottes Sprache dahinter zu verstehen.

- Half ihm das, mit seiner Trauer fertig zu werden?

- Mit der ist er nie fertig geworden, sein ganzes Leben nicht. Aber er konnte sie umlenken, in die Kunst, statt gegen sich selbst. Meine Mutter hatte diese Möglichkeit nicht, sie schaffte es eher durch die praktischen Dinge im Haushalt und in der Familie. Dabei war sie aber auch ein sehr reflektierter Mensch, ja auch ein spiritueller Mensch. Sie konnte Carlos Tod dadurch erklären, dass sie ihm einen spirituellen Sinn gab: Carlo ginge es jetzt gut, vielleicht besser als uns, er sei jetzt in Sicherheit, er habe bereits alles erreicht, er sei ein so vollkommener Mensch gewesen, dass er nicht mehr als neun Jahre gebraucht habe, vielleicht habe seine Seele jetzt schon wieder eine neue Aufgabe, eine noch wertvollere Aufgabe und sei schon auf einer höheren Ebene, und so weiter. Das waren alles sehr positive Botschaften.

Martine wendet sich als erstes an das deutsche Konsulat in Lyon. Von dort bekommt sie die Antwort, sie solle sich an die Wehrmachtauskunftsstelle in Berlin wenden, wo alle Angaben über gefallene, verwundete, vermisste oder gefangene deutsche Soldaten gesammelt würden. Sie greift auf ihre Deutschkenntnisse zurück und verfasst einen Brief, in dem sie um Auskunft über den Wachtmeister Erich Pfeifer, von neunzehnhunderteinundvierzig bis fünfundvierzig stationiert in Soulac, Aquitanien, erbittet. Nach zwei Monaten erhält sie Antwort. Wachtmeister Erich Pfeifer wurde am vierzehnten April neunzehnhundertfünfundvierzig verwundet. Vom achtzehnten Mai fünfundvierzig bis zum achten Mai achtundvierzig hielt er sich im Offizierslager Soulac auf. Entlassung am achten Mai achtundvierzig. Letzte Adresse in Deutschland: Konstanz, Singener Straße.

Martine muss schlucken. Er war also die ganze Zeit in Soulac! Sie beginnt einen zweiten Brief zu schreiben, den sie an die Konstanzer Adresse schicken wird.

Lieber Erich,   *Grenoble, 26. Juni 1962*

Du wirst dich über meinen Brief sehr wundern. Achtzehn Jahre sind vergangen, seitdem wir uns aus den Augen verloren haben, und in den achtzehn Jahren haben wir nichts mehr voneinander gehört. Deine Adresse habe ich von der Wehrmachtauskunftsstelle. Ich bin glücklich, erfahren zu haben, dass du das Kriegsende und die schrecklichen Kämpfe in Soulac überlebt hast. Ich selbst wohne in Grenoble, bin verheiratet und habe zwei Kinder.

Ich schreibe dir nun endlich, weil wir eine gemeinsame Tochter haben. Sie heißt Catherine und hat gerade ein Jahr in Deutschland verbracht. Sie interessiert sich sehr für Deutschland und die deutsche Sprache. In vielen Dingen erinnert sie mich an dich. Doch als sie aus Deutschland zurückkam, bekam sie eine Essstörung und eine Depression. Monatelang ging es ihr sehr schlecht, bis wir schließlich offen miteinander über dich, ihren Vater, sprachen. Ich hatte ihr die Wahrheit die ganzen Jahre über verschwiegen, was mir sehr leidtut. Ich habe ihr versprochen, mich auf die Suche nach dir zu machen, damit sie endlich ihren leiblichen Vater kennenlernen kann.

Ich hoffe, du bist mir nicht böse und kannst meine Motive verstehen. Ich wollte immer nur das Beste für Catherine. Ich bitte dich inständig, schreibe uns und sag uns, dass du deine Tochter liebst.

Martine

Als sie den Brief endlich abschickt, ist es Frühsommer geworden. Als der Herbst beginnt, hat sie immer noch keine Antwort. Inzwischen hat Charles de Gaulle Deutschland besucht und eine Rede an die deutsche Jugend gehalten. Ende Oktober steht die Welt am Rande eines Atomkriegs. Und

Martine … sucht den Frieden im Kleinen. Sie sucht verzweifelt nach dem Verbleib Erich Pfeifers, dem leiblichen Vater ihrer Tochter. Im November kommt ihr Brief an die Konstanzer Adresse wieder zurück: Adressat unbekannt verzogen. Im Januar dreiundsechzig kommt sie auf die Idee, einen Bekannten Antoines, der in Süddeutschland als Offizier stationiert ist, zu bitten, das Konstanzer Telefonbuch nach dem Namen Pfeifer durchsuchen zu lassen. Sie erhält im Februar ein Schreiben, es gibt zwölf Einträge mit dem Namen Pfeifer. Nun beginnt sie, die Namen abzutelefonieren, einen nach dem anderen. Niemand kennt einen Erich Pfeifer.

An dieser Stelle hätte die Geschichte folgendermaßen weitergehen können. Niemand kennt einen Erich Pfeifer, doch eine Person kennt eine gebürtige Elsa Pfeifer, jetzt Eberle, und meint sich zu erinnern, dass Elsa Pfeifer einen Bruder namens Erich hatte. Sie gibt ihr Elsas Nummer. Mit zitternder Hand wählt Martine die Nummer. Es antwortet eine Männerstimme, Martine ist verwirrt, und in stockendem Deutsch fragt sie nach Elsa Eberle.

- Elsa, da ruft eine Dame aus Frankreich an und möchte dich sprechen. Kommst du mal.
- Elsa Eberle. Ja bitte?

- Frau Eberle, mein Name ist Martine Leroux. Ich bin auf der Suche nach Ihrem Bruder Erich Pfeifer. Erich ist der Vater meiner Tochter, er weiß es aber nicht. Seit dem Krieg haben wir uns nicht mehr gesehen.

Elsa denkt nach. Was geht da vor? Will da jemand Unterhaltszahlungen von Erich? Von einer Tochter in Frankreich war nie die Rede. Martine kommt ihr zuvor.

- Hören Sie zu, es geht nicht um Geld. Es geht um meine Tochter, sie ist krank geworden, depressiv, sie möchte wissen, wer ihr Vater ist. Und … vielleicht geht es auch um Erich. Vielleicht ginge es auch ihm besser, wenn er wüsste, dass er eine Tochter hat und wer sie ist.

Elsa überlegt einen Moment. Sie braucht Zeit.

- Frau Leroux, bitte haben Sie Verständnis, dass ich dazu am Telefon nicht viel sagen kann. Ich fühle mich etwas überrumpelt. Ich gebe Ihnen jetzt meine Adresse. Sie können mir einen Brief schreiben, und ich verspreche Ihnen, dass ich Ihnen antworten werde. Einverstanden?
- Einverstanden.

Elsa ruft noch am selben Abend bei Erich an. Er bestätigt, dass er während des Krieges ein Verhältnis zu einer Martine hatte. Der Name Leroux sagt ihm nichts. Er wird nachdenken und sich wieder bei Elsa melden.

Nachdem er sich mit Inga beraten hat, wird er Elsa bitten, Martine positiv zu antworten und ihr seine Adresse zu geben.

Es ist Anfang April dreiundsechzig, ein Samstag, als Martine endlich den ersehnten Brief Elsas in Händen hält. Er ist kurz, er enthält eigentlich nur ein paar freundliche Zeilen und eine Adresse. Doch diese trifft Martine wie ein Blitz. Sie kann es nicht fassen, sie liest wieder und wieder den einen Namen der kleinen winzigen Stadt, in der Erich wohnt und in der Cathou fast ein Jahr verbracht hat: Sobern!

-   Cathou, schnell, komm und lies es selbst!

Cathou überfliegt die Zeilen, und ihr Gesicht verfärbt sich. Das ist unmöglich. Das kann nicht sein! Der Kunstlehrer Erich Pfeifer in Sobern ist ihr Vater! Derselbe Erich Pfeifer, zu dessen vierzigstem Geburtstag sie zusammen mit den Ungers eingeladen war. *Mon Dieu!*

Nun erzählt sie Martine von dieser Geburtstagsparty und alles, was sie von Erich Pfeifer weiß. Kunstlehrer –

natürlich, wie könnte es anders sein. Sie beschließen, den Brief an Erich gemeinsam zu schreiben. Mit einem guten Wörterbuch sollte es gehen.

Lieber Erich,   *Grenoble, 13. April 1963*

vielen Dank, dass ich dir schreiben darf. Eigentlich wollte ich meinen ersten Brief an dich, den ich letztes Jahr an deine alte Konstanzer Adresse geschickt habe, noch einmal verwenden. Doch als ich deine Adresse erblickte, war mir sofort klar, dass dies nun nicht mehr sinnvoll ist. Ich lege ihn aber dazu, dann weißt du, was ich dir geschrieben habe.

Ist es nicht eine unglaubliche Fügung, dass Cathou dich bereits kennengelernt hat und du sie, ohne voneinander zu wissen? Wir sind so dankbar, dass es dir gut geht und freuen uns, dass du glücklich bist. Cathou hat auch deine Kinder und deine Frau gesehen, ihr seid eine wunderbare Familie.

Cathou würde dich sehr gerne wiedersehen. Du verstehst, dass es nun etwas anderes ist, wenn sie dich als ihren leiblichen Vater treffen dürfte.

Ich möchte dir noch sagen, dass ich am Ende des Krieges Antoine Leroux geheiratet habe. Antoine hat mich im Sommer vierundvierzig nach Grenoble gebracht. Du weißt vielleicht, wie es den Frauen erging, die ein Verhältnis mit einem Deutschen oder sogar ein Kind von ihm hatten. Das alles ist uns erspart geblieben. Wir haben noch ein zweites Kind, Michel, er ist zwei jünger als Cathou. Antoine hat nie einen Unterschied gemacht, er hat Cathou wie eine leibliche Tochter behandelt.

Doch als Cathou aus Sobern zurückkehrte, muss etwas mit ihr passiert sein: Sie wurde sehr krank. Aber das steht schon in meinem ersten Brief. Sie wünscht sich sehr, dich noch einmal zu sehen, um endlich ihren leiblichen Vater umarmen zu können.

Sei herzlich gegrüßt

Martine

PS: Cathou hat mir geholfen, den Brief zu schreiben. Ihr Deutsch ist besser als meins.

Doch dieser Brief wurde nie geschrieben. Die Geschichte ist nicht wahr. Die Wahrheit ist: Martine hat es nicht geschafft, Erichs Verbleib ausfindig zu machen. Es gibt seit fünfzehn Jahren keinen Erich Pfeifer mehr in Konstanz. Er hat sich nie beim Einwohnermeldeamt abgemeldet, hat nie seine neue Adresse hinterlegt.

- Was ist mit dir?

- Ich kann nicht schlafen. Mir geht alles Mögliche durch den Kopf.

- Magst du es mir sagen?

- Ich muss an Martine denken.

- Ist es das, wovor du dich versteckst?

- Was meinst du damit?

- Erich, du weißt, dass du mir nichts vormachen kannst. Der Bart, die Maskerade. Du versteckst dich doch vor etwas. Und denkst du, es macht den Kindern Spaß, wenn sie von anderen Kindern gehänselt werden: Dein Vater ist ein Rübezahl!

- Es wird ihnen nichts schaden. Im Gegenteil, sie lernen, dass ihr Vater eben anders ist und dass es nicht auf das Äußere ankommt.

- Du hattest mir oft genug von Martine erzählt. Und davon, dass du immer den Verdacht hattest, sie könnte schwanger geworden sein. Wovor hast du Angst? Dass sie Unterhaltsforderungen stellen könnte?

- Mein Liebes, ich habe keine Angst vor Unterhaltsforderungen. Was geschehen ist, ist geschehen. Ich habe Angst, dass es dich belasten könnte.

- Inga schaut ihn liebevoll und besorgt zugleich an.

- Erich, du solltest mich besser kennen. Ich liebe dich doch. Was wir haben, kann uns niemand nehmen.

- Hör zu, ich möchte ehrlich zu dir sein. Es belastet mein Gewissen, dass ich vielleicht ein Kind in Frankreich habe und niemals versucht habe, Kontakt zu ihm aufzunehmen ... Wenn es dieses denn gibt. Ich hatte einfach so getan, als wäre Martine nicht schwanger geworden. Das war der bequeme Weg. Doch als Carlo starb, waren die Gewissensbisse wieder da. Ich fühle mich schuldig an seinem Tod. Es hat mit Martine nichts mehr zu tun. Das ist neunzehn Jahre her, meine Gefühle zu ihr sind erloschen. Was aber geblieben ist, sind meine Schuldgefühle.

Sie sagt irgendetwas, um Erich zu beruhigen, doch tief im Herzen spürt sie einen Schmerz. Ist es Eifersucht auf Martine und auf ihr Kind? Ist es, weil Carlo vor einem Jahr gestorben ist und sich ein fürchterlicher Schatten über die Familie gelegt hat? Ist es, weil sich gerade zwei dunkle Wolken übereinander schieben und sie dabei ist, die Kontrolle zu verlieren ... Just zu dem Zeitpunkt, als sie einen neuen rettenden Plan gefunden hat und sie mittendrin sind, das Projekt eines Auslandsaufenthalts in Angriff zu nehmen. Könnte das Auftauchen Martines und ihrer Tochter das ganze Projekt zum Scheitern bringen? Wie sicher kann sie sich Erichs sein?

Wie ehrlich gehen die beiden miteinander um? Wir belastbar ist die Ehe? Was kann Erich ihr zumuten, was kann Inga ihm zumuten? Man weiß solche Dinge immer erst im Nachhinein. Manchmal ist besser, nicht alle Gefühle rückhaltlos auszusprechen, weil der Partner es nicht aushalten könnte, und manchmal ist genau das der Kardinalfehler, weil man es selbst nicht aushalten wird. Beide spüren, dass ihre Ehe im letzten Jahr auf eine schwere Probe gestellt wurde. Wurde nicht das Urvertrauen beschädigt, dieser Vertrag gebrochen, der da lautet, wir gründen eine große Familie und erfahren das Glück des Lebens? Wurden sie nicht wahllos als Kandidaten einer monströsen Prüfung ausgewählt, als Menschenopfer eines kannibalischen Ritus, der durch den Fortschritt, den Wohlstand, die moderne Medizin längst hätte besiegt sein sollen? Beide wissen, dass sie so nicht denken dürfen, dass solche Gedanken vom christlichen Weg abweichen, doch beide wissen, dass solche Gedanken nicht unterdrückt werden können und dass auch der andere solche Gedanken hat. Ja, beide sprechen es aus, und im selben Moment wissen sie bereits, dass es falsch ist, so zu denken, dass es immer falsch ist, sich als Opfer zu sehen. Doch der Schmerz und die Ängste sind menschlich, auch Jesus Christus hatte Schmerzen und Ängste ... Und es ist so leicht und einfach, sich als Opfer zu sehen.

- Ich weiß, Inga, ich weiß, du hast dieses Urvertrauen, das ich nicht immer habe und das mir im letzten Jahr ganz und gar abhandengekommen ist. Du bist stärker als ich. Werden wir die Kraft haben, auch diese Prüfung zu bestehen?
- Wenn wir uns ihr nicht stellen, werden wir immer das Gefühl haben, gescheitert zu sein.
- Soll ich denn nach Soulac fahren und Nachforschungen anstellen? Ich glaube, ich schaffe das nicht. Die Kraft habe ich nicht.
- Wenn du es nicht tust, wird es dich immer belasten und du wirst dich immer vor etwas verstecken. Vielleicht hast du ein Kind in Frankreich, vielleicht auch nicht ... Wenn ja, muss ich es akzeptieren. Es wäre nicht leicht für mich, das gebe ich zu, doch ich möchte dich nicht verlieren, Erich.
- Wie kommst du darauf, du könntest mich verlieren?
- Weil ich es spüre ...Wir können vor der Wahrheit nicht davonlaufen. Wenn wir ihr ins Auge schauen,

können wir immerhin lernen, mit ihr zu leben, auch wenn sie uns nicht gefällt.

- Du klingst so verletzt.

- Ja, vielleicht ist es verletzter Stolz, nicht die erste und einzige zu sein, die ein Kind von dir hat. Aber wir haben gerade ein Kind verloren, Erich! Ich will nicht noch weitere Kinder verlieren. Und ich will dich nicht verlieren. Es geht um unsere Ehe, um unsere Familie!

- Mein Liebes! Ich möchte dich auch nicht verlieren. Ich liebe dich.

Lieber Vater im Himmel, ich lege alles in Deine Hände. Bitte hilf Du mir nun weiter. Hilf unserer Familie.

- So ein Jahr vergeht schnell, wenn man weiß, dass es das letzte vor einem großen Abenteuer ist.

- Im Oktober zweiundsechzig war auch die Kubakrise.

- Ja, stimmt. Die Erwachsenen, also unsere Eltern und Lehrer, versuchten das Thema von uns fernzuhalten, doch die Sorge war ihnen ins Gesicht geschrieben. Wer Augen hatte, konnte es dort ablesen, wie sie sich fühlten. Man darf nicht vergessen, dass die Amerikaner den Hunsrück zu einer Art stationärem Flugzeugträger ausgebaut hatten, hinzu kamen noch die Raketensilos und die Flugplätze der Luftwaffe.

- Aber das hätte euch doch Sicherheit vermitteln können.

- Ganz im Gegenteil. Überall war militärisches Sperrgebiet, und dahinter lagerten wer weiß welche Waffen. Sollte es zu einem nuklearen Krieg kommen, würden diese als allererste Ziel eines Angriffs werden. Meine Eltern waren also ganz froh über ihr neues Projekt, doch im Oktober zweiundsechzig hätten sie sich gewünscht, schon weit weg zu sein.

- Und wann hat Großvater den Zuschlag bekommen?

- Das war kurz vor Weihnachten. Einen Monat später erfuhren wir, dass es Valpo sein würde.

- Valpo?

- Valparaíso. In der Mitte Chiles, aber am Meer. Du weißt ja, Chile ist extrem schmal und langgestreckt.

- Wollten deine Eltern dahin?

- Er hatte Amerika als ersten Wunsch angegeben, Nord- und Südamerika. Am Ende war es dann Chile. „Jetzt müssen wir alle Spanisch lernen", war sein

Kommentar. Und dann stürzten wir uns auf den Atlas und suchten erst einmal Valparaíso.

- Der Name klingt vielversprechend.

- Er sollte nicht zu viel versprechen. Es war wunderbar dort.

- Und wie ging es dann weiter?

- Mutter hatte alles Griff. Das Haus sollte vermietet werden. Tatsächlich meldeten sich auf die Anzeige im Frühjahr drei junge Assistenzärzte, die im Sommer eine Stelle im Kreiskrankenhaus antraten, und mieteten das Haus zu dritt. Drei Jahre waren für sie genau die passende Perspektive. Später erzählten mir die Eltern, dass der Auslandsschuldienst auch finanziell ein gutes Geschäft für sie war, die Gehaltszulage fiel offenbar so üppig aus, dass sie damit einen Teil des Darlehens für das Haus abbezahlen konnten.

- Und wann seid ihr aufgebrochen?

- Schon gleich nach Schuljahresende, Mitte Juli, um zum Beginn des zweiten Schulhalbjahres in Chile zu sein. Das Schuljahr beginnt im Chile am ersten März. Wenn bei uns Sommer ist, ist dort Winter.

Cathou macht neunzehnhundertvierundsechzig ihr *baccalauréat*, das Abitur. Sie geht daraufhin für ein Jahr nach Saarbrücken und immatrikuliert sich in einem deutsch-französischen Studiengang. Neunzehnhundertfünfundsechzig kehrt sie nach Grenoble zurück und studiert Deutsch, sie möchte Deutschlehrerin werden. Jeden Sommer verbringt sie vier Wochen in Soulac. Siebenundsechzig macht ihr Robert erneut einen Antrag, sie ist zweiundzwanzig, er achtundzwanzig. Sie ist zu dem Schluss gekommen, dass sie jetzt alt genug ist, um ihm das Ja-Wort zu geben. Ein Jahr später heiraten sie. Cathou und Robert bekommen fünf Kinder. Ihr zweites Kind, André, stirbt mit drei Jahren am plötzlichen Kindstod.

Cathou wird niemals Deutsch unterrichten. Sie wird allerdings – als die Kinder größer sind – ein Diplom als Kunstlehrerin erwerben, Schwerpunkt Zeichnen, Malen und Porzellanmalerei. Sie wird die Hälfte ihres Lebens privaten Kunstunterricht erteilen, und sie wird die Porzellankacheln, die als Dekoration in Bad und Küche der *Villa Rufus* angebracht werden, eigenhändig nach Motiven des Médoc und der Girondemündung entwerfen, bemalen und brennen.

Erich erinnert sich an Martines Nachnamen und findet über die Telefonauskunft die Adresse der Schreibwarenhandlung Ribas in Soulac. Er schreibt Albert

Ribas einen Brief, gibt sich als Geliebter Martines während des Krieges zu erkennen und fragt, ob Albert einen Kontakt Erichs zu Martine herstellen könne, er würde gerne die Frage einer möglichen Vaterschaft aufklären. Albert lässt sich zwei Wochen Zeit mit der Antwort. Sein Brief ist höflich, allerdings unterkühlt und auf das Notwendigste beschränkt. Martine sei glücklich verheiratet, lebe jedoch nicht mehr in Soulac. Eine Vaterschaft Erichs bezüglich eines ihrer Kinder sei völlig auszuschließen. Im Übrigen bittet er Erich, von weiteren derartigen Anfragen abzusehen.

Ende Juli dreiundsechzig kommen die Pfeifers wohlbehalten in Valparaíso an. Erich wird seine Tätigkeit an der deutschen Schule um zwei Jahre verlängern. Sie kehren achtundsechzig nach Sobern zurück.

Drittes Buch

Kontinentaldrift

Erster Teil

1

Ernsthaft? Barrikaden in Paris? Straßenkämpfe? Erich
ist fassungslos. Die Bilder, die er im Fernsehen sieht, wühlen
ihn auf. Haben die denn nichts aus der Geschichte gelernt?

Vor genau zwanzig Jahren, im Mai achtundvierzig,
hatte er Frankreich nach exakt acht Jahren Zwangsaufenthalt
verlassen. Im Mai achtundvierzig war er in einem Zug von
Soulac über Grenoble nach Konstanz gefahren und hatte sich
von seiner geraubten Jugend verabschiedet, um als
Erwachsener das richtige Leben zu beginnen, endlich etwas
aufzubauen, etwas Liebevolles, Harmonisches, nach all der
Zerstörung, alle dem Grauen, all dem Leid. Er hatte Kunst
studiert, eine Familie gegründet, war Lehrer geworden, hatte
ein Haus gebaut und die schlimmste Katastrophe
überstanden, die einem Vater widerfahren kann. Und jetzt
muss er mit ansehen, wie junge Menschen, siebzehn-,
achtzehnjährige Schüler, junge Studenten, alle genau in dem
Alter, in dem er war, als man ihn einzogen und in den Krieg
geschickt hatte, wie diese jungen Leute Barrikaden bauen,

mitten in Paris, im *Quartier Latin*, im Quartier des Geistes, dort wo das Wissen von Jahrtausenden gelehrt und gelernt werden sollte, wie sie einer gewaltbereiten Ideologie anhängen, sich mit hasserfüllten Augen Straßenkämpfe mit der Polizei liefern, jegliche Ordnung auf den Kopf stellen wollen. Das hatten wir doch alles schon, das haben doch die Robespierres und Dantons schon gemacht, was haben die Nazis denn anderes gemacht, geht das denn wieder los? Hört das denn niemals auf? Haben die denn wirklich gar nichts dazu gelernt?

Wie einen fernen Tsunami, einen unterseeischen Vulkanausbruch hat er die Maiunruhen im viele tausende Kilometer entfernten Valparaíso wahrgenommen. Fast fünf Jahre lang haben sie in einer Traumwelt gelebt, in ihrer deutschen Kolonie in Valparaíso, haben das ganze Land bereist, viertausend Kilometer von der nördlichen Atacamawüste bis nach Feuerland an der Südspitze, dazu Abstecher nach Argentinien und Bolivien. Fast fünf Jahre lang haben sie vor allem ihre Trauer bearbeitet und sich um die drei verbliebenen Kinder gekümmert. Er hat wieder begonnen zu malen und zu zeichnen, und Inga hat das chilenische Kunsthandwerk für sich entdeckt, sie hat töpfern und weben gelernt. Vielleicht haben sie es auch deshalb nicht kommen sehen, was sich da in einigen westlichen Ländern zusammenbraute. Und nun sind sie mitten in den Abschiedsvorbereitungen, ihre Rückkehr nach Deutschland steht kurz bevor, als sie im Fernsehen diese verstörenden Bilder sehen.

Erich besorgt sich mehrere Zeitungen, liest, vergleicht, versucht sich ein Bild zu machen. Am sechzehnten Mai wird über eine Großdemonstration vom zehnten berichtet, ein Foto zeigt eine Gruppe Demonstranten, und Erich schaut verblüfft und verwundert auf die Gesichter. Genau in der Mitte des Fotos ist ein junger Mann mit weit aufgerissenem Mund zu erkennen, offenbar schreit er mit der Menge eine Parole. Er scheint völlig eins mit seiner Aktion, das ganze Gesicht spiegelt tiefe Überzeugung. Er trägt etwas längeres Haar als die meisten anderen, und es fällt auf, dass manche Anzug und Krawatte tragen, andere dagegen schlichte Jacken und Pullover. Hier klafft etwas auseinander. Manche Gesichter wirken vom Skandieren regelrecht verzerrt, doch nicht alle skandieren mit, manche blicken mit ernstem Ausdruck nach vorne zu einem nicht abgebildeten Redner oder Anführer. Ein Mann hat die Arme erhoben und scheint zu klatschen. Einer trägt einen weißen Motorradhelm, ein einziger Schirm ist aufgespannt, es scheint leicht zu regnen, ein Mann hat sich die Kapuze übergezogen.

Ein junger Mann – er steht neben dem mit dem weit aufgerissenen Mund – blickt konzentriert, fast nachdenklich nach vorne. Er ist jung, sehr jung, Anfang zwanzig, das blonde lockige Haar nach hinten gekämmt, ein flaumiger blonder Schnauzer, ein Grübchen mitten auf dem Kinn. Erich kann den Blick nicht von ihm lassen. Seine Augen heften sich auf dieses jugendliche Gesicht, saugen es geradezu auf, seine Gedanken versuchen, in die Gedanken des abgebildeten Mannes hineinzuschlüpfen, was denkt er wohl in diesem Augenblick, teilt er die skandierten Parolen, eher nicht, sein Blick bleibt ernst und eine Spur skeptisch. In diesem Moment fühlt sich Erich diesem jungen Mann so nah, wie keinem anderen Menschen auf der Welt. Dieser junge Mann sieht einem anderen jungen Mann sehr ähnlich, einem Mann, der vor fünfundzwanzig Jahren einmal in einer Wehrmachtsuniform abgelichtet worden war, von einem Wehrmachtsfotografen an der französischen Atlantikküste. Dieser junge Mann war Erich Pfeifer gewesen.

Könnte der jugendlich erscheinende Mann auf dem Foto vom zehnten Mai neunzehnhundertachtundsechzig etwa … sein Sohn sein? Warum um alles in der Welt kann Erich sich nicht von diesem Foto lösen? Warum löst es diese starken Gefühle in ihm aus? Er hatte es doch schwarz auf weiß bekommen, Albert Ribas hatte es ihm doch klar und eindeutig gesagt, dass eine Vaterschaft ausgeschlossen war. Zu fünfundneunzig Prozent, nein: zu neunundneunzig Prozent hat er es tatsächlich geglaubt. Doch zu einem Prozent hat er immer noch einen kleinen, einen winzigen Spalt offengelassen, einen Spalt so klein, dass allenfalls ein zarter Lichtstrahl hindurchgepasst hätte. Ein Lichtstrahl ins Ungewisse. Und wenn Martine doch von ihm schwanger geworden wäre, wenn sie das Kind ausgetragen hätte und es ein gesunder Junge geworden wäre, der jetzt Anfang zwanzig wäre, genau genommen: dreiundzwanzig, und der als Student vor ein paar Tagen in Paris an dieser Demonstration teilgenommen hätte und zufällig auf diesem Pressefoto abgebildet worden wäre? Dann aber wäre es natürlich kein Zufall, sondern dann wäre es eine göttliche Fügung, denn alles hat seine Ordnung im Universum, ein Vater muss ganz einfach irgendwann zu seinem Kind zurückfinden.

Ihn schaudert bei dem Gedanken, einerseits, dennoch löst er auch ein verstecktes Glücksgefühl aus. Wäre es denn möglich, dass das Verdrängte, Gefürchtete und zugleich Ersehnte, ja Erwartete tatsächlich einträte und … Erlösung brächte. Doch welche Erlösung wäre es? Erlösung von einer Schuld … die keine echte Schuld ist, denn war es Schuld zu lieben? Oder wäre es bloß die Erlösung von der Ungewissheit, was dem tiefen Bedürfnis des Menschen nach Wahrheit entspricht?

Erich beschließt, dass alles nur auf Einbildung beruht, dass alles nur eine Schimäre sein kann, hat er es doch schwarz auf weiß von Albert Ribas bekommen: dass es niemals eine

Vaterschaft mit Martine gegeben hat … Er bespricht es mit Inga, und sie bleibt ihrer Linie treu: „Wenn es dich umtreibt, dann geh den Dingen auf den Grund. Und ja, tatsächlich, der junge Mann auf dem Foto sieht dir ähnlich". Das Ganze dürfte zu hundert Prozent auf Einbildung beruhen. Dennoch wird er versuchen, den Fotografen zu finden, um an das Original heranzukommen.

- Ich habe übrigens das rausgeschnittene Foto in seinem Nachlass gefunden und sofort verstanden, dass es etwas mit seiner Geheimniskrämerei, was Frankreich betraf, zu tun hatte. Auch seine Porträts von Martine hatte ich ja nie zuvor zu Gesicht bekommen.
- Warum, glaubst du, hat Großvater denn das Foto ausgeschnitten?
- Er hatte diese latenten Schuldgefühle … dachte, er hätte irgendwo in Frankreich ein Kind. Es ist schon bizarr: Von Cathou wusste er nichts, ja er ahnte es noch nicht einmal, dass er tatsächlich eine Tochter in Frankreich hatte, aber das Foto dieses jungen Mannes, der ihm so ähnlich sah, brachte ihn sofort auf den Gedanken, er könnte sein Vater sein.

- Was könnte mächtiger sein als Schuldgefühle ...

- Die echten und die eingeredeten.

- Wie meinst du das?

- Nicht alle Schuldgefühle beruhen auf echter Schuld. Sind wir beide etwa mitschuldig am Nationalsozialismus und an seinen Folgen? Übrigens war das mit den Achtundsechzigern für deinen Großvater immer ein ambivalentes Thema. Er litt bei den Attentaten so mit, als sei er selbst getroffen. Ich habe das auch erst viel später verstanden.

- Welche Attentate meinst du?

- Das auf Benno Ohnesorg im Juni siebenundsechzig und das auf Rudi Dutschke im April achtundsechzig. Vater war extrem sensibel für Daten und zeitliche Zusammenhänge. Er hatte immer ein unfassbares Gedächtnis für Geburtstage, Hochzeitstage, Todestage und Ähnliches. Er muss das irgendwie aus der Presse rausgekriegt haben, dass Ohnsorg im Oktober neunzehnhundertvierzig geboren wurde und Dutschke im März vierzig. Die beiden waren etwa gleichaltrig, als sie erschossen, beziehungsweise angeschossen wurden, der eine siebenundzwanzig und der andere achtundzwanzig. Ich glaube, mein Vater identifizierte sich ein wenig mit ihnen.

- Aber er war doch fast zwanzig Jahre älter!

- Es war wohl wegen der verlorenen acht Jahre. Ihm hatte man seine Jugend geraubt, so empfand er es jedenfalls, und den beiden das Leben. Das ging ihm unter die Haut.

- Neunzehnhundertvierzig, als die beiden geboren wurden, da war er schon Soldat.

- Und dann gab es noch Cohn-Bendit.

- Erzähl mal.

- Mit dem hat er sich auch beschäftigt. Bei den ganzen Presseberichten über die Maiunruhen in Frankreich stieß er auch auf ein paar biographische Daten. *Dany le Rouge*, wie man ihn später nannte, wurde am vierten April fünfundvierzig in Montauban geboren, dreihundert Kilometer von Soulac entfernt im Süden Frankreichs.

- Ja und?

- April fünfundvierzig! Rechne mal neun Monate zurück, dann landest du Anfang-Mitte Juli vierundvierzig. Mein Vater konnte ja rechnen, und so etwas fiel ihm auf. Der rote Dany sah ihm übrigens als junger Mann auch ein wenig ähnlich.

- Das ist ja absurd.

- Natürlich ist das alles absurd, und mein Vater wusste das auch. Doch da ist wieder das Thema der Schuldgefühle. Da hört man das Gras wachsen.

- Jetzt verstehe ich es langsam. Du hattest ja erzählt, dass er sich gewissermaßen hinter einer Maske aus Bart, langen Haaren und zauseligem Äußeren versteckte.
- Genau. In Wirklichkeit war er ein sensibler und verletzlicher Mensch, der nicht verdrängen konnte. Natürlich wusste er, dass er mit dem roten Dany nichts zu tun hatte, aber der junge rothaarige Rebell erinnerte ihn daran, dass er einen genau gleichaltrigen Sohn in Frankreich haben könnte.
- … der nichts von seinem Vater wusste.
- So ist es.
- Puh, ganz schön kompliziert. Und irgendwie auch einfach.

Die Stecknadel im Heuhaufen finden.

- Oder einfach eine Neurose.
- Erich sagt es halb im Scherz zu Olivier.
- Ja, ich weiß, man könnte mich für verrückt halten. Aber was soll ich machen, ich habe nun mal seit damals in Soulac, als ich zum letzten Mal mit Martine

zusammen war, so eine Art schlechtes Gewissen, das mir sagt, sie könnte von mir schwanger gewesen sein.

- Warum fragst du sie nicht selbst?

- Weil ihr Vater es nicht will. Er hat mir klipp und klar geantwortet, dass Martine kein Kind von mir bekommen hat und dass er nicht will, dass ich noch einmal Kontakt zu ihr habe. Und ich weiß nicht, wo sie steckt. Sie hat angeblich fünfundvierzig geheiratet. Ihre Kinder sind von ihrem Mann, jedenfalls nicht von mir. Aber ehrlich gesagt, auch wenn sie ein Kind von mir verloren oder abgetrieben, auf alle Fälle nicht ausgetragen hätte, auch dann hätte ich Schuldgefühle. Du weißt, dass wir unseren erstgeborenen Sohn verloren haben. Er starb an plötzlichem Herztod, und seitdem suche ich die Schuld dafür bei mir.

- Und was ist mit diesem Pressefoto?

- Als ich den jungen Mann auf dem Foto entdeckte, hatte ich plötzlich so ein starkes Gefühl, er könnte mein Sohn sein. Ich weiß, es klingt verrückt, ja vielleicht bin ich verrückt. Doch ich fürchte, ich muss der Sache auf den Grund gehen.

- Und wie kann ich dir dabei helfen?

- Du kommst doch aus Paris. Wenn du vielleicht eine Detektei für mich ausfindig machen könntest, die ich dann beauftragen würde … ?

- Das kann ich machen, ich helfe dir gerne. Ich könnte heute Abend schon meinen Bruder anrufen, der sucht mir dann ein paar Adressen raus. Aber du weißt, das ist die Nadel im Heuhaufen.
- Du bist ein Schatz, Olivier.

Olivier ist ein echter Freund. Er unterrichtet an der französischen Schule in Valpo, sie sind Nachbarn in der Straße, sie haben sich über die Jahre angefreundet. Olivier bedauert es, dass die Pfeifers wieder nach Deutschland zurückkehren. Er selbst wird wohl in Chile bleiben, er hat gerade einen festen Vertrag als Ortslehrkraft bekommen, seine Frau Carmen ist Chilenin. Sie engagiert sich bei der sozialistischen Partei im Wahlkreis Valparaíso, und vor zwei Jahren wurde deren Vorsitzender, Salvador Allende, zum Senatspräsidenten gewählt. Carmen hat vorerst kein Interesse, Chile zu verlassen und nach Frankreich umzusiedeln. Also bleiben sie.

Olivier stellt den Kontakt zur Detektivkanzlei Mercier her und Erich übermittelt seinen Wunsch, herauszufinden, wer der junge Mann auf dem Pressefoto ist. Es wurde am zehnten Mai von einem Fotografen der AFP aufgenommen und von mehreren Tageszeitungen verbreitet. Mercier gelingt es tatsächlich, einige der abgebildeten Personen zu identifizieren, doch der blonde junge Mann mit dem flaumigen Schnauzer ist nicht dabei. Wochenlang hört Erich nichts mehr in der Sache. Fast vergisst er sie wieder, der Abschied aus Chile nimmt seine ganze Aufmerksamkeit in Anspruch.

2

- Wir waren gerade aus Valparaíso zurück. August achtundsechzig.

- Seid ihr wieder mit dem Schiff gefahren?

- Wir sind geflogen. Vier Wochen später ist unser Hausrat angekommen, er wurde verschifft. Ich konnte mich an vieles von früher gar nicht mehr recht erinnern. Fünf Jahre sind für einen Dreizehnjährigen wie eine Ewigkeit. Das Haus war mir fremd geworden, und ich sehnte mich nach unserem Haus in Valpo zurück. Wie war eigentlich Deutschland? Ich kannte ja nur Chile. Ich war acht, als wir nach Chile gingen.

- Auch in Sobern hatte sich vermutlich einiges getan …

- Das Neubaugebiet war angewachsen und im Industriegebiet hatten sich neue Geschäfte angesiedelt. Die Autos waren größer geworden und die Einkäufe, die man mit ihnen machte. Manche kauften gar nicht mehr in den kleinen Läden der Altstadt ein, sie fuhren mit dem Auto irgendwohin und kamen mit dem Kofferraum voller Waren wieder zurück. Dennoch, die Beschaulichkeit des kleinen

Hunsrückstädtchens war noch überall zu spüren, so schnell ging das nicht mit dem Fortschritt.

- Du hattest ja den Vergleich.

- Ja, ich weiß, ich hab ständig alles mit Valpo verglichen, ein schlechter Vergleich. Valpo ist eine Großstadt, Valpo ist eine Hafenstadt, Valpo ist die kulturelle Hauptstadt Chiles, Valpo ist die schönste Stadt Chiles, in Valpo lebte Pablo Neruda.

- Hast du es jemals ganz verwunden, nicht mehr in Valpo zu sein?

- Du hast recht, das Valpo-Virus werde ich nie ganz los. Eigentlich ist es eine Art Fernweh, in meinem Fall betrifft es allerdings alle romanischen Länder. Den meisten Menschen, die eine gewisse Zeit im Ausland verbracht haben, geht es ja so. Man idealisiert das dann auch …

- Aber das Leben geht weiter.

- Valpo lag hinter mir, und Deutschland lag vor mir. Und in Deutschland war es nun einmal Sobern im Hunsrück. Ich musste was daraus machen. Der Schüleraustausch war insofern ein Segen für mich. Ich lernte jetzt auch Französisch und dadurch eröffneten sich neue Perspektiven. Wir waren der erste Jahrgang, der an einem Schüleraustausch teilnehmen würde,

Sobern sollte bald eine offizielle Städtepartnerschaft eingehen. Ein Glücksfall.

- Hast du deine Freunde in Chile nicht vermisst?

- Dreizehn ist ein gutes Alter, um noch einmal neu anzufangen. Jedes Jahr mehr macht es dann schwieriger. Natürlich hatte ich auch meine Freunde in Valpo, aber die kamen alle aus dem Umfeld der Deutschen Schule, vor allem Lehrerkinder. Und die gingen – wie wir – mit ihren Familien irgendwann wieder nach Deutschland zurück. Also, das war eigentlich kein Problem. Aber tatsächlich, Freunde sind in dem Alter enorm wichtig. Jugendliche definieren sich teilweise über ihre Freunde.

- Wie ging es denn den anderen nach der Rückkehr aus Valpo?

- Papa konnte nicht gleich in Sobern anfangen, es gab gerade keinen Bedarf an einem Kunstlehrer. Seine Stelle hatte jetzt ein junger Lehrer, den es direkt nach dem Referendariat hierhin verschlagen hatte, genauso wie meinen Vater fünfzehn Jahre zuvor und genauso wie Georg Bühler vor fünf Jahren. Der Neue wollte aber wieder weg, das passte ganz gut. Bis es so weit war, musste Vater in Bad Kreuznach unterrichten. Er fuhr die Strecke mit dem Auto, das war unbequem,

ließ sich aber machen. Es war für ihn ganz in
Ordnung.

- Und deine Mutter?

- Mutter ergriff sofort wieder Besitz von unserem Haus.
Für sie war die Umstellung etwas härter, in Valpo
hatten wir eine Haushaltshilfe.

- Hannes war elf und Connie neun.

- Kein Problem für die beiden. In dem Alter zählt
eigentlich nur die Familie. Wenn es der Familie gut
geht, geht es ihnen auch gut.

- Habt ihr von der Politik etwas mitbekommen?

- Meine Eltern waren recht gut informiert, als wir
achtundsechzig nach Deutschland zurückkehrten. Wir
hatten bereits in Valpo über die Studentenunruhen in
Frankreich und die Attentate auf Benno Ohnesorg
und Rudi Dutschke gesprochen. Man spürte, es lag
etwas in der Luft, aber keiner konnte genau sagen, was
es war. Auch der Vietnamkrieg und die Hippies waren
Thema. Ich glaube, deine Großeltern liebäugelten ein
wenig mit dem neuen Zeitgeist.

- Obwohl sie im Kern konservativ waren?

- Ja. Konservative auf der Suche.

- Nach was?

- Erlösung …? Sie führten zwar ein durch und durch
spießiges Leben, aber das war nur die Gewohnheit. Er

war schon immer ein spiritueller Mensch, und sie hatte sich die Spiritualität erarbeitet. Bei Carlos Tod war sie schon sehr weit, vielleicht weiter als er.

- Mitte-Ende vierzig waren sie damals. Da hatten sie gerade mal die Lebensmitte erreicht.

- Und wir Kinder waren ja nun auch schon größer. Wahrscheinlich wussten sie nach Chile selbst noch nicht so recht weiter ... Auf alle Fälle war das Chile-Abenteuer ein Erfolg gewesen. Von dem zehrt man noch eine Weile, und da man nun einmal mit dem Reisen angefangen hat und noch Energie hat, geht vielleicht noch was. Sie waren unruhige Menschen, zu unruhig für ein kleines enges Hunsrückstädtchen.

Anfang September kommt Nachricht von Mercier. Er hat auch den blonden jungen Mann mit dem Schnauzer identifiziert. Das französische Recht lässt es nicht zu, dass er persönliche Daten der observierten Person brieflich oder per Fernnachricht weitergibt, doch so viel kann er an dieser Stelle sagen: Die Person hat französische Eltern, stammt aus Paris und ist tatsächlich dreiundzwanzig Jahre alt. Wenn Erich es wünscht, kann er selbstverständlich nach Paris kommen und persönlich Kontakt zu dem jungen Mann aufnehmen. Man erlaubt sich, den Fall damit abzuschließen und fügt die Honorarabrechnung bei.

In den Herbstferien macht sich Erich auf den Weg. Einen Tag hin, einen Tag Kontaktaufnahme (wenn alles gut geht), einen Tag zurück. Es ist ein herrlicher Oktobertag, und schnell entfernt er sich im Zug von Saarbrücken nach Paris von den heftigen Eindrücken der letzten Wochen. Ihre Rückkehr nach Deutschland hatte ihnen schlagartig klargemacht, dass Europa sich noch mitten im Kalten Krieg befand, dass es überall brodelte und kochte und dass sie in Chile fünf Jahre lang wie auf einer abgelegenen Insel gelebt hatten. Gerade haben die Truppen des Warschauer Pakts die Tschechoslowakei besetzt, bei Einreisen in die Ostzone herrscht neuerdings Pass- und Visapflicht, es liegt etwas Bedrohliches in der Luft. Die USA sind in Vietnam in der Defensive, im Frühjahr wurden Martin Luther King und Robert Kennedy ermordet. Immerhin, Frankreich scheint wieder zur Ruhe gekommen zu sein, die Neuwahlen haben de Gaulle gestärkt, das Land hat einen neuen Premierminister und Deutschland, Frankreich, Italien und Benelux haben sich zu einer Zollunion zusammengeschlossen.

Erich ist kein politischer Mensch. Er ist ein ästhetischer Mensch. Er sieht das Foto einer Demonstration und fragt sich nicht, gegen wen oder für was dort demonstriert wird, sondern er liest das Foto als ästhetisches Dokument: Die Gesamtkomposition des Bildes interessiert ihn, untergehakte Massen, verzerrte Gesichter, Plakate, er studiert ihre ästhetische Wirkung. Er ist auch ein empathischer Betrachter, wenn auch die Empathie die ästhetische Analyse gelegentlich vernebelt. So ist es ihm mit dem Foto der Demonstration vom zehnten Mai ergangen. Und wenn Leid sichtbar wird, sieht er vor allem das Leid, eigentlich nur das Leid.

Die Herbstlandschaft der Champagne fliegt an ihm vorüber, und er packt die mitgebrachten Brote aus. Eine ältere Dame im Abteil hat das Signal zum Essen gegeben, sie hat eine Banane ausgepackt und schält sie genüsslich. Die Gerüche im Abteil beginnen sich zu mischen, Banane, Butterbrote, menschlicher Schweiß verbinden sich mit den Ausdünstungen der Sitzpolster und der Heizungsluft zu einer süßlich-herben Geruchsumgebung. Anderswo hätte er sie als ekelhaft empfunden, im Zug gehört sie dazu. Es ist ein deutscher Zug, der da nach Paris rast, mit deutschen Zuggerüchen, vielleicht sind ja die französischen Zuggerüche andere. Am frühen Nachmittag läuft der Zug langsam im Osten von Paris ein, vorbei an tristen Neubausiedlungen, vielleicht liegt das Triste auch am mittlerweile trüben Nieselwetter, die Leute mögen ja ganz glücklich sein in ihren Wohnsilos, für ihn wäre das aber nichts, er kann nicht mit hunderten unter ihm, neben ihm,

371

über ihm in einem riesigen Bienenstock wohnen, das geht nicht, er würde ersticken. Der Zug rollt endlich in den Kopfbahnhof *Gare de L'Est* ein, kommt zum Stehen, die Türen öffnen sich mit einem Zischen, alles steht schon, rangiert Koffer und Taschen, ein großer Menschenstrom zieht alles mit sich hinaus auf den Bahnsteig, auch Erich marschiert jetzt den endlos scheinenden Bahnsteig entlang in Richtung Ausgang.

Ein einziges Mal war er in Paris, im Herbst vierzig, also vor exakt achtundzwanzig Jahren, meine Güte, schon achtundzwanzig Jahre ist das her, ich werde langsam alt, denkt er, was hatten wir damals bloß hier verloren, wir kamen aus der Normandie und wollten nach Bordeaux weiter, was heißt schon wollten, verlegt wurden wir, meine Einheit wurde an den Atlantik verlegt, und der Quartiermeister, wie hieß er nochmal, Berthold, ja so hieß er, hatte die geniale Idee, noch fast einen Tag in Paris rauszuschlagen, irgendwie war ihm das gelungen, morgens um elf kamen wir an und am nächsten Morgen um sieben ging es weiter, wir schliefen in einer Kaserne, aber es reichte noch für einen Rundgang, Eiffelturm, Champs-Elysées, Notre-Dame, Montmartre, abends kleine Restaurants, das war's, aber schön, immerhin.

Er wird sich jetzt als erstes zur *Gare de Lyon* begeben und eine Unterkunft dort in Bahnhofsnähe suchen, die

Adresse, die er von Mercier bekommen hat, ist angeblich gar nicht weit weg. Am frühen Abend bewegt er sich mit einem faltbaren Stadtplan entlang der *Rue de Charenton* zur *Impasse*, wo sich die angegebene Adresse befinden müsste. Die Uhrzeit sollte passen, achtzehn Uhr dreißig, da sind die meisten Leute wieder von der Arbeit zurück. Hier gibt es nur sechsstöckige Wohnhäuser aus der Zeit der Jahrhundertwende, eines wie das andere, da ist die Nummer achtzehn, eine riesige Menge an Klingeln und Namensschildern, vierter Stock, Brassard, also los, ich versuch's. Man hört eine ältere Frauenstimme, hallo, wer ist da, Erich stellt sich vor und fragt, ob er Bernard Brassard sprechen könne. Man öffnet ihm die Tür von oben, Erich betritt das Gebäude und geht die breite Treppe zum vierten Stock hinauf. Als er vor der Tür ankommt, tritt ein junger Mann heraus und fängt ihn draußen ab.

-   Wer sind Sie? Was wollen Sie von mir?
-   Guten Tag, Monsieur Brassard, und bitte entschuldigen Sie mein Französisch (das gar nicht so schlecht ist; mit Olivier hat er in Valpo regelmäßig Französisch gesprochen).
-   Ihr Französisch ist ausgezeichnet.
-   Also, weshalb ich sie aufgesucht habe: Ich habe Ihr Foto vor einem halben Jahr in einer Zeitschrift in Chile entdeckt. Ich lebte dort fünf Jahre mit meiner

Familie, bin aber jetzt wieder in Deutschland. Das Foto weckte Erinnerungen in mir. Ich möchte herausfinden, ob wir beide etwas miteinander zu tun haben. Ich war als Soldat ab neunzehnhunderteinundvierzig an der Atlantikküste stationiert und hatte ein Verhältnis mit einer Französin namens Martine Ribas. Es wäre für mich wichtig, zu wissen, ob wir ein gemeinsames Kind haben.

- Ich kann Ihnen jetzt schon sagen, dass ich nicht die Person bin, die Sie suchen. Wie kommen Sie da gerade auf mich?

Erich erklärt ihm kurz die Geschichte mit dem Pressefoto und der Detektivkanzlei.

- Hören Sie zu, Herr Pfeifer, die Sache mit der Detektivkanzlei finde ich ungeheuerlich, das muss ich Ihnen schon sagen. Auf der anderen Seite rührt es mich, dass Sie sich auf die Suche nach einem möglichen Sohn von Ihnen gemacht haben. Ich bin es sicher nicht, aber kommen Sie einen Moment herein, einen Berührungspunkt gibt es.

Dann ruft er nach hinten in die Wohnung hinein, in Richtung der Küche:

- *Mamie*, ich lass den Mann einen Moment herein und unterhalt mich mal mit ihm. Lass dich nicht stören ...
- Kommen Sie herein. Wir setzen uns ins Wohnzimmer ... Ich möchte Ihnen etwas von meiner Familie erzählen, damit sie verstehen, dass ich zwar nicht Ihr Sohn sein kann, dass wir aber dennoch etwas Gemeinsames haben. Mein Vater war ein Mitarbeiter der Pariser Stadtverwaltung. Er hatte einen hohen Posten beim Grundbuchamt. Als die Deutschen Paris im August vierundvierzig räumten, wurde er wegen Kollaboration denunziert. In den Wirren der *Libération* gab es zunächst keine ordentlichen Verfahren, es herrschte Anarchie, plötzlich standen sie vor der Haustür, holten meinen Vater heraus und nahmen ihn mit. Sie folterten ihn und brachten ihn um. Es war ein *règlement de comptes*, eine Abrechnung, man wollte Spuren verwischen. Denn mein Vater hatte Einblick in Betrügereien mit Immobilien gewonnen, und deshalb musste er verschwinden. Meine Mutter ist darüber fast verrückt geworden, sie konnte die falschen Anschuldigungen gegen meinen Vater und den Mord an ihm nicht überwinden. Sie brachte mich zur Welt und hielt noch zehn Jahre lang durch, dann starb sie ... offiziell an einer Lungenentzündung, aber tatsächlich an einer Depression. Sie hielt es nicht mehr

aus. Ich war zehn Jahre alt, als sie starb, und meine Großmutter nahm mich zu sich. Seitdem lebe ich hier bei ihr in dieser Wohnung.

Auf einem Mal versteht Erich auch den ernsten Blick des jungen Mannes auf dem Pressefoto, dieser Blick ist gar nicht der konkreten Situation geschuldet, es ist seine Geschichte.

- Dann haben wir tatsächlich etwas gemeinsam, auch wenn es nicht das ist, was ich suchte. Der Krieg und die Jahre danach waren furchtbar. Eine Frau, die sich mit einem Deutschen eingelassen hatte, wurde als *pute du boche* abgestempelt und oft genug misshandelt.
- Wissen Sie, das kann man vielleicht noch ein Stück weit verstehen, das war vielleicht in Deutschland nicht anders mit den Kindern amerikanischer, französischer oder russischer Soldaten. Aber was sie meinem Vater angetan haben, straffrei, ungesühnt, das war gemeiner Mord. Ich glaube nicht mehr an diese Gesellschaft, solange diese Verbrechen nicht gesühnt werden.
- Wer könnte das schaffen?
- Jetzt ist es vielleicht zu spät. Damals wurde ein Mantel des Schweigens über diese Verbrechen gehüllt, man wollte den Triumph über die verhassten Deutschen nicht beschädigen, man wollte sich als geeintes Volk

präsentieren, das gemeinsam den Feind besiegt hat. De Gaulle beschwor die Einheit aller Franzosen, um die tiefen Gräben zwischen ihm beziehungsweise seinen Anhängern und den Kommunisten zu übertünchen und sich als legitimen Anführer einer erneuerten Republik zu installieren. Die Kommunisten standen schließlich zur Übernahme der Macht bereit. Es war ein perfider Machtkampf, dessen Opfer in die Tausende gingen. Da zählte ein Ermordeter mehr oder weniger gar nichts. Recht und Gesetz waren für einen Moment ausgesetzt. Und niemand sollte es später wagen, die Leichen noch einmal aus dem Keller zu holen.

- Was Sie da sagen, macht mich sehr betroffen. Davon wusste ich gar nichts. Als ich in Soulac im Gefangenenlager war, erfuhr ich nur von den geschorenen Frauen und ihren unglücklichen Kindern, aber nichts von den vielen anderen Opfern dieser Zeit.

- Es fällt mit noch sehr schwer, den Tätern zu verzeihen. Aber ich werde es eines Tages tun müssen, wenn ich Frieden finden will. Wenn ich mich nicht als Franzose für den Rest meines Lebens selbst hassen will.

- Das ist sehr weise für einen jungen Menschen. Ich bewundere Sie.

- Da gibt es nichts zu bewundern. Leben oder sterben, ganz einfach. Meine Mutter hatte sich für das Sterben entschieden. Ich will es ihr nicht gleichtun. Das bin ich meinen Eltern schuldig …

- Als Christ kann ich ihnen nur zustimmen. Auch ich musste durch Talsohlen hindurch. Ich habe meinen ältesten Sohn verloren.

Erich erzählt ihm in knappen Worten davon.

- Und warum waren Sie am zehnten Mai auf dieser Demonstration?

- Ich wollte mir das anschauen. Ich wollte wissen, was meine Altersgenossen denken, was sie wollen, wie sie handeln. Aber ich kann nicht sagen, dass ich irgendeine dieser Parolen teile. Allerdings, auch die andere Seite hat übertrieben. Die Polizei ist nicht gerade zimperlich mit den Demonstranten umgegangen.

- Sind Sie Marxist?

- Ich? Marxist? Um Himmels Willen … ! Ich sagte Ihnen doch, ich will meinen Frieden. Marxisten wollen den Klassenkampf, und was das bedeutet, wissen wir doch: die einen gegen die anderen aufzuhetzen. Sie verachten das Individuum, das Kollektiv ist alles. Schauen Sie sich die Sowjetunion an. Sie hatten in Deutschland den Nationalsozialismus, dann kam die DDR. Keiner von uns möchte in solch einem Staat leben. Marx hat sich auch in der Natur des Menschen getäuscht. Er glaubte, mit dem Sozialismus käme das Paradies auf Erden ...

- Und wie möchten Sie leben?

- Jedenfalls nicht im Sozialismus und vor allem nicht in der Anarchie. Was Anarchie bedeutet, haben wir vierundvierzig erlebt. Es hat meine Eltern das Leben gekostet ...

- Und beruflich, welche Pläne haben Sie?

- Was ich einmal beruflich machen werde, weiß ich noch nicht, bin auf der Suche. Jetzt studiere ich zuerst einmal Philosophie, vielleicht werde ich Lehrer. Vielleicht auch nicht. Das Theater reizt mich, vielleicht kann ich Schauspielunterricht nehmen ... sollte ich jemals die Dämonen der Vergangenheit besiegen ... Und Sie? Wie werden Sie mit Ihrer Vergangenheit fertig?

- Ich glaube, fertig werde ich mit ihr nie, sie gehört zu mir. Ich fange gerade erst an, dies zu akzeptieren ... Mein Leben verlief auch ein wenig anders als bei vielen damals. Ich kam aus der Gefangenschaft zurück, konnte studieren und wurde Lehrer. Allerdings studierte ich Kunst, ich habe ein wenig Talent fürs Malen und Zeichnen … Habe dann geheiratet, eine Familie gegründet, ein Haus in einem kleinen Provinznest gebaut … alles recht bieder, ein Kleinbürgerleben. Wenn meine Kinder gedeihen, ist es ein gutes Leben. Mehr kann ich nicht erwarten.

Es wird Zeit zum Aufbruch.

- Ich müsste Sie jetzt verabschieden, Herr Pfeifer. Meine Großmutter ist schon Mitte siebzig, sie braucht ihre Ordnung und feste Zeiten. Jetzt gibt es Abendessen. Aber wenn Sie wollen, können wir uns morgen noch einmal verabreden. Wenn Sie schon den weiten Weg auf sich genommen haben …
- Sehr gerne, für heute wünsche ich Ihnen und Ihrer Großmutter noch einen schönen Abend. Und vielen Dank, dass Sie sich die Zeit genommen haben.
- Ganz meinerseits. Dank an Sie.

Sie verabreden sich für morgen um fünf noch einmal, in *L'escargot, Rue de Charenton*. Übermorgen geht's zurück nach Sobern. Am nächsten Tag treffen beide fast gleichzeitig in dem vereinbarten Lokal ein. Tahar bedient sie.

- Tahar hat das Café-Restaurant letztes Jahr übernommen … algerische Küche, *Couscous, Mhadjeb* und so weiter, alles sehr lecker … Diese Leute wollen ihre Ruhe haben, im Mai haben sie sich nicht beteiligt, der siebzehnte Oktober einundsechzig ist noch zu sehr präsent, damals starben einhundertzwanzig Algerier durch die Polizei.

- Davon war mir nichts bekannt.

- Ja, es gab hier eine große Demonstration, die Atmosphäre war aufgeheizt, Angst machte sich breit, und der Polizeipräfekt reagierte mit brutalen Mitteln … Ich will damit nur sagen: Das Rad hat sich längst weitergedreht. Wir können uns nicht in der Vergangenheit aufhalten, wenn uns die Gegenwart unter den Nägeln brennt. Neunzehnhundertvierundvierzig, als Sie in Frankreich stationiert waren und meine eigenen Landsleute meinen Vater umbrachten, galt Algerien noch als Teil Frankreichs. Heute ist Algerien längst unabhängig, und Millionen Algerienfranzosen, *harkis* und algerische Arbeiter sind in die *métropole* geströmt. Algerien ist jetzt auch in Frankreich, und wir müssen alle miteinander auskommen. Der Kolonialismus wurde sozusagen auf den Kopf gestellt, die Kolonien sind jetzt bei uns angekommen. Darauf wird man

Antworten geben müssen, die man nicht aus der Geschichte lernen kann.

-   Aus der Philosophie?

-   Vielleicht. Aber eher nicht.

-   Sondern?

-   Vielleicht aus der Religion …

-   Aus der Religion?

-   Hat Christus nicht gesagt: Liebe deinen Nächsten?

-   … wie dich selbst.

-   Daher muss man auch lernen, sich selbst zu lieben. Wer sich selbst hasst, hasst auch seinen Nächsten.

-   Wer ist mein Nächster?

2

Als sie im Sommer achtundsechzig von Valpo wieder nach Sobern zurückkehren und Thomas die Enge des verlorenen Hunsrückstädtchens zusetzt, ist ihm der Schüleraustausch mit Frankreich eine große Hilfe.

- Wie bist du eigentlich zu Yannick gekommen?
- Nach den Herbstferien verteilte Frau Maier, unsere Französischlehrerin, plötzlich Briefe aus Frankreich. Das heißt, sie legte einen Haufen Briefe aufs Pult, und wer wollte, konnte sich einen davon schnappen, zwecks Brieffreundschaft und Schüleraustausch. Wie ein Raubtier hat sich die ganze Klasse auf den Stapel gestürzt, die Briefe aufgerissen, die Fotos angeschaut und sich auf Grund des ersten, fotografischen Eindrucks bedient.
- Und dann hast du dir Yannicks Brief ausgesucht.
- Nein, er lag noch herum, dieser Brief, aufgerissen, halb zerrissen. Wie gesagt, wie wilde Tiere sind alle über den Haufen hergefallen, und irgendjemand hatte wohl dieses Foto schon mal angeschaut und für ungeeignet befunden. Als ich realisierte, was da geschah, war es fast schon wieder vorbei.

In der Tat schaut auch er als erstes auf das Foto und nicht auf den Brief. Es ist ein Passfoto und deutet einen jugendlichen männlichen Kopf an. Etwas dunkel das Foto und etwas dunkel der Kopf, ein versuchtes, aber missglücktes Lächeln. Er weiß nicht, ob er glücklich oder unglücklich sein soll mit dem ihm Zugefallenen, aber es ist kein anderes Foto mehr da, er war viel zu zögerlich. Beim Vergleich mit den Beutestücken seiner Mitschüler fällt ihm dann auf, dass die Unterschiede unbedeutend sind, außer dem Geschlecht natürlich. Die Briefe klingen auch mehr oder weniger alle gleich, sogar die Schrift ist einheitlich (die zentralistische Norm-Schrift), und fast alle besitzen mit dreizehn Jahren bereits eine Bewunderung erheischende, barock anmutende Unterschrift mit großzügigen Schwüngen.

Ein dreiviertel Jahr später. Das Schuljahr neigt sich dem Ende zu, und da stehen sie nun am Bahnhof von Sobern, um ihre französischen Brieffreunde abzuholen.

Yannicks Ankunft gleicht stark der Ankunft seines ersten Briefes. Beide Ereignisse haben etwas Verlorenes, Zufälliges, ein ‚Wann darf ich wieder heim?‘ Er sieht ungefähr so aus, wie auf dem Foto: schmächtig, dunkles Haar, bleiche Haut, Oberlippenschatten. Ein viel zu großer Koffer.

- Zum Glück war ich nicht allein mit ihm. Wir packten Yannick und Yannicks Koffer ins Auto und brachten beide nach Hause. Da weder er noch ich der Sprache des anderen mächtig waren, kommunizierten wir vornehmlich über das Zeigen: mein Zimmer, dein Zimmer, Speisen und Getränke, ein Fußball, Fußball spielen und so weiter. Der kleine Yannick, sagte meine Mutter später manchmal, wenn sie von ihm sprach. Er war in der Tat deutlich kleiner als ich. Obwohl er ein Jahr älter war.

- Wie ging es ihm denn bei euch?

- Wir wussten nicht so recht, wie er sich fühlte, doch so ganz glücklich war er anfangs offenbar nicht. Wir dachten, das Essen schmeckte ihm nicht, weil er den Teller nicht so aufhäufte wie wir. Beim ersten Mal. Beim zweiten Mal hatte er dann verstanden, dass man in Deutschland den Teller aufhäuft, weil es nur einen Gang gibt, obwohl Mutter ihm extra eine Käseplatte herrichtete. Und kein Brot zum Mittagessen. Er lernte aber rasch, den Teller genauso aufzuhäufen wie wir.

- Nachmittags stand er vor dem Haus und hielt dabei ein Transistorradio ans Ohr gepresst. Er verfolgte die *Tour de France*. Am Samstag sahen wir zusammen die Sportschau, da kam sie noch einmal, die *Tour*. Und wer war dabei: Rollwollschohl!

-   Rollwollschohl?

-   Yannick zeigte auf einen deutschen Fahrer im vorderen Feld, dessen Namen bekannt war: Rolf Wolfshohl!

-   Da hast du wohl so langsam verstanden, welches Kreuz es für einen Franzosen sein musste, die deutsche Sprache zu erlernen.

-   Natürlich. Auch umgekehrt: mit dem Französischen hatte ich ebenfalls meine Probleme. Ich konnte zwar Spanisch. Doch die Aussprache des Französischen ist so komplett anders.

Als Yannicks Eltern mit ihrem Renault *Dauphine* zu Besuch kommen, ist Yannick über den Berg und traut sich, erste Halbsätze zu sagen. Sie fahren zu den Burgen am Rhein, das Wetter spielt sogar mit, alle sind vergnügt. Thomas lernt die Gegend zusammen mit Yannick kennen, und er staunt, was alles in einen Renault *Dauphine* hineinpasst. Als sie bald darauf die Lektion zum Thema Autos behandeln, kommt er sogar vor, der Renault *Dauphine*, und Thomas kennt sich aus. *Elle roule très vite, et elle consomme peu d'essence*, sie fährt sehr schnell und sie braucht wenig Benzin. (Er wird eine Weile brauchen, um sich zu merken, dass französische Autos weiblich sind.)

Yannicks Eltern fahren wieder nach Hause, über „Kalschuh" (Karlsruhe), wie Thomas bei seinem Gegenbesuch erfahren wird.

- Und anschließend seid ihr zum Gegenbesuch nach Frankreich gefahren.
- Genau. Zuerst ging es nach Paris, obwohl Paris hundertfünfzig Kilometer nördlich des kleinen Städtchens liegt. Da hab ich gelernt, dass ohne Paris in Frankreich wirklich nichts geht. Nach dem Umsteigen von *Gare de L'Est* zu *Gare de Lyon* fuhren wir mit erhöhtem Pulsschlag endlich zum Ziel. Als der Zug anhielt, tönte der Name des Bahnhofs aus allen Lautsprechern. Mit einem Male konnte ich Yannicks Gefühle bei der Ankunft in Deutschland verstehen.

Ihre Erregung geht in erhöhte Nervosität über, Angst vor dem Ungewissen. Herr Schulz, der Begleitlehrer, übergibt seine Schäfchen ordnungsgemäß. Er strahlt (vielleicht ist es normal, dass ein Französischlehrer strahlt, wenn er in Frankreich ist und endlich richtig Französisch reden darf).

- Jedenfalls konnte er es: einfach drauflosreden, so als wäre es seine Muttersprache; das hat mich echt beeindruckt. Denselben Herrn Schulz hatten wir bald darauf ein Jahr lang in Geschichte. Er erzählte uns, dass man am Hofe von Versailles zwar eine vollendete Aufstehzeremonie für den König – der bekanntlich der Staat war –, aber noch keinerlei Vorstellungen von Hygiene hatte, so dass die Frauen sich hinter den nächsten Vorhang stellten, um ihr Bedürfnis einfach unter dem Rock zu verrichten, und sich alle deshalb heftig puderten und parfümierten.

- Ob das stimmt?

- Der Renault *Dauphine* hatte sich inzwischen in einen R9 verwandelt. Yannicks Vater brachte uns zu einer Art Neubauviertel, in dem alle Häuser gleich aussahen. Das hat mich damals fasziniert. Sie hielten am Ende der allerletzten Straße, vor einem *pavillon*, einem Einfamilienhaus, vor dem ein Hund, mehrere Katzen, zwei Schwestern und eine Mutter zum Empfang bereitstanden. Darüber hinaus gab es noch Goldfische und Hasen. Die ganze Karawane begab sich zuerst in die Garage, die mit dem Heizungsraum und einem weiteren kleinen Raum eine Art Kellerwohnung unter dem Parterre bildete. Ein großer, ausgezogener Tisch beherrschte das Bild, an den Seiten standen noch Küchen- und Kühlschränke, zahlreiche Stühle und am Ende ein großer Herd und eine Kühltruhe.

- Das heißt, sie benutzten die Garage als Esszimmer?
- Ja, angeblich nur im Sommer, weil es oben so warm war. Ich vermute aber, dass der *R9* nur noch in Katastrophenmomenten wie schweren Orkanen oder Einmärschen deutscher Truppen hineinbewegt werden würde. Yannick zeigte mir dann mein Zimmer. Das Yannicks Zimmer war, jedoch als Gästezimmer benutzt wurde. Yannick schlief, als ich da war, in dem kleinen Raum neben der Garage.
- Das war also für die nächsten drei Wochen dein Zuhause.
- Genau. Bei dem Gedanken verspüre ich immer noch eine gewisse Geborgenheit, die sicherlich auch zum Teil von der Enge des Hauses herrührte.

Doch ein enges Haus allein vermag noch keine Geborgenheit zu erzeugen. Es mussten noch andere Dinge dazukommen. Unbewusst kommt Thomas in den Sog eines Universums voller kleiner faszinierender Details, die so anders sind als die Dinge, die er kennt: winzige verchromte Lichtschalter, während es bei ihm zu Hause bereits die großen flachen aus Plastik sind; Betten, die zwar zu kurz, aber doppelt so breit sind wie zu Hause, eine Kellertreppe, die, so schmal und verwunden, alpine Gefühle vermittelt; Autotüren, die nach vorne aufgehen; Düfte: *eau de javel* im Bad, Öl- und Speisefette in der Küche; Körperdüfte in den privaten Gemächern. Nur bei den Speisen ist er aus Chile einiges gewohnt: Salate mit Knoblauch, Essig und Olivenöl; *pâté* als Vorspeise dagegen, eine Art Leberpastete, ist ihm neu.

Am ersten Abend gibt es Bohnen. Lange, dünne, grüne Bohnen. Thomas häuft sich wie zu Hause den Teller auf, enttäuscht über ein Essen, das aus *pâté* mit Weißbrot und Bohnen mit Weißbrot zu bestehen scheint. Er nimmt noch einmal Bohnen, schließlich hat er Hunger. Als er satt ist, was die Gastgeber mit Zufriedenheit registrieren, dreht sich Yannicks Papa zum Herd um und zieht zu Thomas Erstaunen eine große Platte mit Schweinefleischmedaillons aus dem Ofen. Aus reiner Höflichkeit nimmt Thomas ein Stück davon. Warum zum Teufel hat ihm niemand das mit den Gängen erklärt …

Yannicks Vater ist Stellwerker bei der *SNCF*, der französischen Eisenbahn, seine Mutter Verkäuferin bei einem Metzger. Am Sonntag morgen bessern alle das Haushaltsgeld auf, indem sie in einer Wettscheinannahme für Pferderennen, dem *tiercé*, aushelfen. Alle wetten mit.

Die Franzosen haben bereits Ferien, zwei volle Monate. Dieser Schüleraustausch bringt ihm somit drei zusätzliche Ferienwochen ein. Die Tage vergehen mit Tischtennisspielen, Baden im Fluss und Solex-Fahren. Dieses Gefährt existiert ebenfalls nicht zu Hause, ein Fahrrad mit Motor ... sehr schnell! Sie machen kleine Rennen, man muss beim Bremsen ganz schön aufpassen, da der Motor über dem Vorderrad sitzt und das Fahrzeug instabil macht.

An einem der letzten Tage des Aufenthalts spielen sie nachmittags in der Garage einer Schulkameradin von Yannick noch einmal Tischtennis. Sie hören Platten auf Louises Plattenspieler: Joe Dassin, *Les Champs-Elysées*; Michel Polnareff, *La poupée qui fait non*; Johnny Halliday, *Que je t'aime*. In der Garage ist es angenehm kühl. Louise lässt Yannick und die anderen spielen, sie drängt sich nicht um den Platz an der Platte, nimmt Thomas stattdessen am Arm und fragt ihn draußen Sachen auf Deutsch. Er versteht sie kaum. Aber er versteht, dass das auch nicht zählt. Es ist heiß, und er ist verwirrt. Louise gibt ihm draußen, wo es die anderen nicht sehen, einen Kuss. Oder vielleicht gibt er ihr einen Kuss ... Am letzten Tag fahren Louise und er noch einmal mit dem Solex raus zu den prallen Getreidefeldern.

Louise, das Haus seiner Gastfamilie, Baden im Fluss, Solex-Fahren ... Es ist ein sorgloser Sommer. Da gibt es aber noch anderes. Zum Beispiel Menschen, die Dinge sammeln. Ein Nachbar sammelt Oldtimer-Modelle. Sie stehen, fein geputzt, in einer Vitrine im Wohnzimmer. Andere sammeln Käseetiketten und Zigarettenpackungen. Ein Waffensammler hat sein Haus zu einem richtigen Museum ausgebaut. Ein *Gitanes-bout-filtre-maïs* rauchendes kleines Männlein mit Baskenmütze und blauem Overall. Neben Waffen, Schwertern, Pistolen, Gewehren sammelt das Männlein auch Helme, Koppeln, Abzeichen und so weiter. Sie besuchen alle zusammen sein Haus-Museum. Thomas ist fasziniert von den Stahlhelmen mit SS-Emblem und kleinem Einschussloch (noch nie hat er irgendetwas aus der Nazi-Zeit zu Gesicht bekommen, außer einem Helm mit Hakenkreuz auf dem Dachboden eines Nachbarn, eigentlich weiß er überhaupt nichts über die Nazi-Zeit und über den Krieg). Er ist wohl der letzte, der die Schwelle des kleinen privaten Waffenmuseum-Hauses verlässt. Der kleine Mann mit der *Gitane* im Mundwinkel schließt die Tür hinter ihm zu, lächelt ihn väterlich an und sagte: *Je hais tous les Allemands*, ich hasse alle Deutschen.

Thomas versteht nur *tous les Allemands*, aber Yannick hat verstanden. Er wird kreidebleich und berät sich zu Hause mit seinem Vater. Man kommt überein, dass es besser sei, ihm den Satz zu erklären. *Monsieur* versucht, Thomas zu erklären, dass im Krieg viele Menschen unter der deutschen Besetzung gelitten hätten, vor allem in dieser Stadt mit dem großen Bahnhof, dass es viele Bombenangriffe gegeben habe und einige Widerstandskämpfer. Thomas versteht nicht recht, denn zu Hause hat er nur gehört, dass Deutsche unter dem Krieg gelitten hätten. Yannicks Vater fügt noch hinzu, dass ein deutscher Lokomotivführer neunzehnhundertvierundvierzig das Städtchen gerettet habe, weil er einen Munitionstransport unter dem Bombardement der alliierten Flieger aus dem Bahnhof herausgefahren habe.

- Warst du schockiert?
- Ich würde sagen: überrascht. Ich spürte natürlich, dass es da ein Problem gab. Und ich verstand auch mit einem Mal, warum sich alle solche Mühe gaben mit Schüleraustauschen, Städtepartnerschaften, deutsch-französischem Jugendwerk und so weiter. Doch auf der Ebene der persönlichen Begegnung in den Familien und unter uns Jugendlichen stimmte alles. Auf alle Fälle begann ich, mich für diese verworrene Geschichte zu interessieren und schwor mir, so gut Französisch zu lernen, dass ich mich mit Franzosen darüber unterhalten konnte. Und so viel über die Geschichte zu lernen, dass ich wiederkehren und ihnen sagen würde: Ich weiß jetzt, was damals geschehen ist!
- Und deshalb hast du Geschichte studiert?
- Auch deshalb.

3

Im Sommer sitzt Thomas nachmittags in einem Liegestuhl hinter dem Haus und hört Musik auf seinem Tonbandgerät. Ein zweispuriges, aber tragbares Telefunken. Durchweg anglo-amerikanische Musik: die Stones, Creedence Clearwater Revival, Jimmy Cliff, Jimmy Hendrix ... Seit zwei, drei Jahren scheint die Welt auseinanderzudriften: Seine Eltern schütteln den Kopf, meine Güte, was hat der Junge nur mit dieser komischen Musik, Hannes und Connie bewundern ihn und wollen es ihm nachmachen ... Ein extrem lässiges Lebensgefühl ist das, du weißt, dass deine Eltern dich nicht mehr verstehen, das macht dich plötzlich unabhängig ... und dann die langen Haare, das reicht als Protest, man gehört zu einer neuen Zeit, einer neuen Welt. Einmal im Monat, am Samstag, kommt der Beat Club mit Uschi Nerke. Die Musik ist gar nicht mal so wichtig, es ist mehr das Drumherum, und für Thomas vor allem: Uschi Nerke. Mein Gott ist die sexy. Popmusik, eine scharfe Grenze zieht sich durch den Geschmack, durchs Land ... Die etwas Älteren kriegen davon rein gar nichts mit, sie hören noch die deutschen Schlager, die gibt es auch noch, zwei Kontinente driften auseinander ... Die Älteren fahren noch zu den Tanzveranstaltungen in den Dörfern, in größeren und kleineren Sälen, Gastwirtschaften, regionale Bands spielen dort bekannte Schnulzen. Viel Alkohol, manchmal eine Schlägerei. Parallelwelten.

Anfang der Siebziger, es muss dreiundsiebzig gewesen sein, eröffnet die *Moon*. Als Thomas sich zum ersten Mal hineinwagt, pocht sein Herz. Man muss um das verzweigte Gebäude herum gehen, dort ist der Eingang, einundzwanzig Uhr dreißig, er hat sich mit Collin verabredet, seinem Nebensitzer in der Klasse und zu dem Zeitpunkt sein bester Freund. Collins Vater arbeitet auf der *Airbase*, amerikanischer Berufssoldat, seine Mutter ist Deutsche. Da sitzt er, wartet schon. Hallo, na endlich, komm setz dich.

In der *Moon* begegnen sich Oberschüler und amerikanische Soldaten, man hört amerikanische Musik, die Doobie Brothers, die Alman Brothers, Lynyrd Skynyrd, und britische wie Yes und Jethro Tull. Man sieht mitten in der Nacht Woodie Woodpecker-Streifen. Man reicht sich Joints. Wer kein Geld hat, verbringt einen ganzen Abend oder die halbe Nacht mit einem einzigen Bier. Die Disco ist wie ein Jugendzentrum. Felix Schranz hat als Bedienung angeheuert. Wie soll er da das Abitur schaffen? Er ist auch schon etwas älter, wiederholt die zwölfte. Er hat lange Haare und Pickel.

Thomas hat sich Beatrix aus dem Kopf geschlagen und sich stattdessen in Veronika verliebt, sie trägt Hotpants und

Miniröcke, die ihr ziemlich gut stehen. Doch das war's auch schon, sie zieht mit einem GI los, geht nach dem Abitur sogar mit ihm in die USA. Dann entdeckt Thomas Hellen, die Engelshafte, er holt sie mit dem Fiat achthundertfünfzig ab und verbringt die halbe Nacht mit ihr in der kleinen Blechkiste. In der *Moon* geht's um zehn Uhr abends erst richtig los, da treffen sie ein, einer nach dem anderen, die siebzehn-, achtzehn-, neunzehnjährigen Pennäler … Was reden sie eigentlich? Was rauchen sie? Einer führt seine Freundin aus, eine ihren Freund, man lauscht der neuartigen Musik aus den Südstaaten, berauscht sich an ihr, tanzt zu ihr. Die Jungs tragen das Haar bis über die Schultern, nur die GIs fallen durch den kurzen Haarschnitt auf. Man bleibt eher unter sich. Um drei oder vier morgens kommt Thomas sonntags nach Hause, legt sich ins Bett und schläft bis um elf.

- Hast du was von Chile mitgekriegt?

Was soll er mitgekriegt haben? Er kommt gerade aus dem Unterricht. Es ist Viertel nach eins.

- Das Militär putscht. Sie haben Allende zum Rücktritt aufgefordert.

- Und jetzt?
- Keine Ahnung. Mehr weiß ich auch nicht. Ich hab nur die Nachricht gehört.

In den Abendnachrichten erfahren sie mehr. Doch die Verwirrung ist groß. Allende sitzt in *La Moneda* fest, dem Präsidentenpalast. Der Palast wird bombardiert, überall im Land gibt es Verhaftungen. Am nächsten Morgen hören sie in den Nachrichten vom Tod des Präsidenten. Er habe Selbstmord begangen.

Erich geht bedrückt und nachdenklich in seinen Unterricht. Er ist nicht bei der Sache, er ist in Gedanken in Valpo. Was machen seine Freude und Bekannten von der Deutschen Schule, wie geht es Olivier und Carmen? Carmen ist in der Regierungspartei und hat seit drei Jahren eine Stelle im Erziehungsministerium. Erich und Inga haben seit einem halben Jahr nichts mehr von den beiden gehört, die Situation hat sich seitdem ständig weiter zugespitzt, eigentlich war es nur noch eine Frage der Zeit, bis das Pulverfass explodierte.

Zwei Tage später ist es zur Gewissheit geworden: Das Regime verhaftet nicht nur massenweise die Anhänger Allendes, es foltert und tötet scheinbar willkürlich seine Gegner … Es kommt zum *ajuste de cuentas*, zum großen Abrechnen … nicht nur mit politischen Gegnern, offenbar wird auch manche private Rechnung gleich mitbeglichen. Das Übliche.

Aus Paris kommt die Nachricht, dass Olivier und Carmen mit ihren beiden Kindern nach Argentinien und von dort nach Europa fliehen konnten. Sie sind vorläufig bei Oliviers Bruder untergekommen. Aufatmen.

Inga ergreift als erste die Initiative.

-   Wir müssen etwas tun. Wir können hier nicht tatenlos rumsitzen.
-   Was stellst du dir denn vor?
-   *Amnesty International.* Die haben auch in Sobern eine Sektion. Lass uns da mal hingehen.

Das Treffen findet in einem separaten Raum eines Gasthofs statt, den die beiden noch nicht einmal als Restaurant kennen, deutsche Küche … Wann sind sie in Sobern jemals in einem Restaurant gewesen? In dem separaten Raum wartet bereits eine überschaubare Gruppe Gutmeinender und Entschlossener auf sie. Nach einer kurzen Vorstellungsrunde öffnet ein junger Mann Anfang zwanzig mit wirrem Haar und funkelnden Augen einen Aktenordner, aus dem er mehrere Fotos verfolgter Personen und deren biografischen Steckbriefen hervorholt. Erich und Inga kommen zu dem Schluss, dass es sich um Personen handelt, die bereits von der hiesigen Sektion betreut werden. Das meiste bleibt ihnen unklar, doch die beiden wollen nicht durch zu viele Fragen auf ihre Unwissenheit aufmerksam machen. Es geht die ganze Zeit um drei afrikanische politische Häftlinge, Südamerikaner oder gar Chilenen sind zu ihrer Enttäuschung nicht dabei. Doch die Atmosphäre entspannt sich nach und nach, und die Gruppe beschließt, für jeden der drei Häftlinge einen Unterstützerbrief zu schreiben. Erich und Inga brauchen für dieses Mal noch keine konkrete Aufgabe zu erledigen, sie sind ja zum ersten Mal dabei.

Thomas und Hannes haben vor dem Fernseher auf sie gewartet, Connie ist schon im Bett.

- Na, wie war's?
- Interessant.
- Und das ist alles?
- Na ja, wir haben einfach mal zugehört, was die so machen. Es wurde über drei afrikanische politische Häftlinge gesprochen. Man will jetzt Unterstützerbriefe schreiben, um auf ihre Freilassung hinzuwirken.
- An wen gehen diese Briefe?
- An die Behörden in den jeweiligen Ländern.
- Und das soll Erfolg haben?

- Offenbar schon. Es wurden schon zahlreiche Inhaftierte entlassen.
- Schreibt ihr jetzt auch einen Brief?
- Nö. Wir beteiligen uns dann beim nächsten Mal konkret.

Es kommt zu keinem nächsten Mal. Erich und Inga stellen fest, dass sie für politischen Aktivismus nicht geeignet sind. Vielleicht sind sie auch schon ein bisschen zu alt für die Gruppe. Oder vielleicht sind sie einfach keine politischen Menschen.

Das Projekt Ausstellung rückt plötzlich wieder in den Fokus. Jahrelang haben sie nicht mehr davon gesprochen. Jetzt wäre doch eine gute Gelegenheit dafür, Erich könnte seine Chile-Bilder zeigen, das hätte einen aktuellen Bezug, und ja, auch *Amnesty International* könnte einen Infostand dazustellen. So könnte man etwas für sein Gewissen tun. Bestimmt würde diese Verbindung auch im Rathaus gut ankommen.

Dort nimmt man die Idee mit Wohlwollen auf. Der Mitarbeiter von damals ist allerdings mittlerweile in Rente und seine Nachfolgerin, die ausgesprochen kompetente und zuvorkommende Frau Maier-Strom, arbeitet auf eine etwas andere Art und Weise. Man verwendet jetzt Antragsformulare und überhaupt, man macht aus allem erst einmal einen Vorgang. Dieses Wort hatte Erich bis dahin in seinem bürokratischen Sinne noch gar nicht wahrgenommen, er hatte von Vorgängen immer nur alltagssprachlich gehört. Aber das macht ja nichts, man geht eben mit der Zeit, und bei der Beamtenkasse hat er es jetzt ja auch mit Vorgängen zu tun. Sie füllen also ein Formular aus, bevor Sie alles Weitere mit Frau Maier-Strom in einem persönlichen Gespräch klären. Der Ausstellungssaal muss beantragt und eine Saalmiete entrichtet werden. (Das wurde damals, einundsechzig, auch etwas legerer gehandhabt, von einer Saalmiete war niemals die Rede gewesen). Die Summe ist aber gering, das ist wohl eher den Vorschriften geschuldet, dafür kann Frau Maier-Strom natürlich nichts, wie überhaupt Erich und Inga nach ihrer Rückkehr aus Chile beobachtet haben, dass es mehr Vorschriften zu geben scheint als früher. Und damit auch mehr ‚Vorgänge‘. Es sitzen jetzt auch viel mehr Leute in den Behörden, was gut ist, denn dann hat man für alles einen kompetenten Ansprechpartner. Dennoch verbringt man aus irgendeinem Grund mehr Zeit als früher auf den Behörden, in schönen neuen Gebäuden mit viel Glas und Beton. Inga organisiert das alles.

Die Ausstellung wird auf Februar-März terminiert. Das ist ein guter Zeitpunkt, mitten im Winter, wenn es draußen kalt und grau ist, dann gehen die Leute gerne mal in eine Ausstellung und wärmen sich auf. Erich hat drei Zeichnungen aus Soulac, fünf Zeichnungen und Aquarelle aus dem Hunsrück der fünfziger Jahre, fünf Zeichnungen und Aquarelle aus Valpo sowie zwei Pastelle aus den letzten Jahren im Hunsrück ausgewählt. Die ganze Familie beteiligt sich am Bilderaufhängen. Zwei Säle stehen zur Verfügung, und es gibt eine Leiste zum Befestigen der Schnüre. Erich würde die Bilder auch verkaufen, sofern es Interessenten gäbe, doch das steht nicht im Vordergrund. Zum allerersten Mal geht er mit seinen Bildern in die Öffentlichkeit, vielleicht gibt es hier ja eine Perspektive. Die Kinder werden in ein paar Jahre alle aus dem Haus sein, und mit dreiundfünfzig kann man ja mal anfangen, über die Berufstätigkeit hinauszudenken.

Am Tag der Ausstellungseröffnung, einem Samstag, ist es klirrend kalt. Es haben sich etwa zwei Dutzend Soberner Interessierte eingefunden, und Rolf Unger wird die Ausstellung mit einer kleinen Ansprache eröffnen:

- Liebe Kunstliebhaber, lieber Erich,
- Ich bin kein großer Redner, das ist ja bekannt, daher will ich es kurz machen. (Erich erinnert sich dunkel: Den Satz hat er doch schon einmal gehört ...). Als du und Inga vor einundzwanzig Jahren nach Sobern kamt, da wusste ich natürlich noch nicht, wer da demnächst meine Kinder im Fach Kunst unterrichten

würde. Doch als echter Hunsrücker weiß ich, wer in diese Gegend passt und wer nicht. Ihr habt von Anfang an hierher gepasst! (Auch diese Sätze glaubt Erich bereits zu kennen. Macht nichts, Rolf ist ein echter Freund)! Und dann ist es dir doch tatsächlich gelungen, nicht nur ein echtes, nicht mehr wegzudenkendes Soberner Original zu werden, sondern auch unsere Heimat in deinen Bildern so festzuhalten, wie sie tatsächlich ist oder war. In den fünf Jahren deiner Abwesenheit – wie hier sicherlich alle wissen, wart Ihr von dreiundsechzig bis achtundsechzig in Chile – haben wir euch allerdings schmerzlich vermisst. Dafür dürfen wir jetzt hier auch ein paar Zeichnungen und Aquarelle von dir aus Chile sehen, die uns dieses Land etwas näherbringen. Gerade jetzt fühlen wir mit allen Chilenen: Viele wurden nach dem Putsch verhaftet und ermordet, viele konnten in letzter Minute fliehen. Ich weiß, dass Ihr noch Freunde und Bekannte in Chile habt, denen Ihr sehr verbunden seid und die jetzt vielleicht in Gefahr schweben. Daher denken wir jetzt mit dieser Ausstellung auch an sie. Ich freue mich, lieber Erich, die Ausstellung jetzt eröffnen zu dürfen.

Alles klatscht, und dann ergreift Inga noch rasch das Wort.

- Vielen herzlichen Dank, Rolf. Ich möchte allen, die heute gekommen sind, für ihre Anwesenheit danken und noch auf den kleinen Umtrunk ab siebzehn Uhr im Eingangsbereich hinweisen.

- Wie hast du das eigentlich mit der Ausstellung erlebt. Es soll zu einem kleinen Tumult gekommen sein.
- Kein Tumult, sondern eher eine Ausweitung, die mit der Ausstellung selbst nichts zu tun hatte. Die Soberner *AI*-Sektion hatte in Absprache mit Inga und Erich im Foyer des Rathauses einen kleinen Stand aufgebaut. Das Fernbleiben der beiden nach dem ersten Schnuppertreffen hatte keine Verstimmung hinterlassen, man akzeptierte das ohne Weiteres, dass sie da nicht reinpassten. Es gab aber auch ein paar marxistische Aktivisten in Sobern um einen Zivildienstleistenden herum, der in der evangelischen Kinder- und Jugendhilfe tätig war, Wolfgang Rotfuß. Es waren höchstens drei, vier junge Leute, aber sie machten viel Lärm, und sie nutzten das Event, um Klassenkampfparolen zu skandieren und zum Widerstand gegen den amerikanischen Imperialismus aufzurufen.
- Störten sie denn die Ausstellungseröffnung?

- Das kann man so nicht sagen. Sie kaperten sie ein wenig für ihre eigenen Zwecke. Vater wirkte da etwas hilflos.

Erich hat sich nichts dabei gedacht, als er für die Ausstellungseröffnung seine Baskenmütze anzieht. Er trägt sie oft, es ist kalt, und so kann er nebenbei die schütteren Stellen ganz gut verdecken, und tatsächlich, wenn man bedenkt, dass er noch diesen Bart und die langen Haare trägt, die aber angesichts der herrschenden Mode eigentlich gar nicht mehr auffallen, wenn man also mal alles zusammennimmt, dann … ja dann passt er irgendwie sogar zu der Che Guevara-Fahne, die die vier Aktivisten dabeihaben. Es ist nichts Greifbares, es ist keine explizite Geste im Spiel, es ist wirklich nur eine Art ästhetische Resonanz zwischen dem kurzen Auftritt der vier Aktivisten, dem *AI*-Stand und Erichs Erscheinungsbild. Es ist so, als konvergierten die drei Auftritte auf einer phänomenologischen Ebene, so könnte man es im philosophischen Fachjargon ausdrücken. Oder auf Deutsch gesagt: da passte etwas ungewollt zusammen. Erich wollte eigentlich nur seine Ausstellung eröffnen, die *AI*-Gruppe wollte eigentlich nur auf die politischen Inhaftierten aufmerksam machen, und die marxistischen Aktivisten wollten eigentlich nur den Marxismus verbreiten. Aber plötzlich waren sie alle drei auf einem der Pressefotos zu sehen, und Erich passte mit seiner Baskenmütze und seinem

Bart perfekt ins Bild. Wer würde noch bestreiten, dass der Journalist der Hunsrücker Zeitung das Foto nicht mit schelmischer Absicht ausgesucht hatte …

- Es hatte auch keine direkten Konsequenzen für ihn. Ich glaube, er selbst war es, der den größten Schock bekam, als er das Bild in der Zeitung sah. Aber im Unterbewusstsein der Leute blieb dann doch etwas an ihm hängen. Erich der Revoluzzer … wider Willen.
- Einen unpolitischeren Revoluzzer kann man sich eigentlich kaum vorstellen.
- Ja, völlig absurd, diese Geschichte. Aber sie zeigt einem, wie man mit einem einzigen Bild die Wahrnehmung der Leute manipulieren kann.
- Die Macht der Bilder. Und das in dem kleinen verschlafenen Sobern.
- Übrigens kannte ich den Wolfgang Rotfuß ganz gut.
- Sag, woher?
- Ich hatte mich ein paar Mal mit ihm getroffen, um meine Kriegsdienstverweigerung durchzusprechen. Er war sowas wie der inoffizielle Ansprechpartner in Sobern und Umgebung, sein Name machte unter uns die Runde, er gab Tipps und erklärte einem das Verfahren. Eines Abends, als ich mich mal wieder mit

ihm im Kinderheim getroffen hatte und es ziemlich spät wurde, kam er plötzlich auf die Idee, eine revolutionäre Aktion in Sobern zu machen.

- Eine revolutionäre Aktion?

- Ja, darunter verstand er das nächtliche Herumstreifen, um dabei Mercedessterne abzureißen. Er warf sie in den nächstbesten Briefkasten.

- Und da hast du mitgemacht?

- Mir fehlte der Mut. Mein Mut reichte gerade mal zum Mitherumlaufen mitten in der Nacht. Und außerdem hatte ich noch genug Unrechtsbewusstsein, um davor zurückzuschrecken. Ich schlich hinter Wolfgang her, der wie eine Raubkatze von Fahrzeug zu Fahrzeug sprang, und immer, wenn er einen Mercedes erspähte, machte es kurz knack, und schon hielt er die Trophäe in der Hand. Ich gebe zu, das hatte etwas Faszinierendes, etwas Robinhoodhaftes. Ich hielt mich immer im Halbdunkel.

- Thomas, der Sohn Erichs des Revoluzzers, reißt in nächtlichen Razzien Mercedes-Sterne ab und wird vom Amtsgericht Sobern zu hundert Stunden Sozialarbeit verurteilt.

- Das wollte ich meinem Vater dann doch ersparen. Er hatte genug an seinem neuen Image zu knabbern.

- War das mit der Kriegsdienstverweigerung ernst gemeint? Du hast doch gar keinen Zivildienst geleistet.

- Weil ich ausgemustert wurde! Alle in meinem Jahrgang verweigerten, wurden ausgemustert oder kamen auf irgendeine andere Masche, vor allem Berlin. Manche simulierten erfolgreich bei der Musterung. Zur Bundeswehr zu gehen war uncool, würde man heute sagen. Aber ja, ich war tatsächlich fest entschlossen, zu verweigern, dein Großvater unterstützte mich da. Er hatte diese Nie-Wieder-Krieg-Einstellung. Und der Zivildienst interessierte mich, das war mal was Sinnvolles.

- Im Kinder- und Jungendheim?

- Ja, das war meine Wunschadresse. Diese ganze Zivi-Welt dort, mit selbstgedrehten Zigaretten, schmuddeligen Klamotten, viel Bier, langen Haaren und kirchlichem Sozialtamtam zog mich an. Es war so ein richtiges Mikromilieu. Aber als die Ausmusterung kam, war ich dann doch ganz erleichtert. Es fühlte sich nach Freiheit an.

- Und weshalb wurdest du ausgemustert?

- Kreislaufschwäche. Das reichte damals. Ich hatte immer viel zu niedrigen Blutdruck und konnte ein entsprechendes ärztliches Attest vorzeigen. Man hatte genug Rekruten und wollte offenbar nichts riskieren, von wegen starb bei einem Zwanzig-Kilometer-Marsch an Herzversagen. Solche Fälle gab es nämlich.

- Das war vierundsiebzig.

- Das Jahr als die inhaftierten Mitglieder der RAF ihren großen Hungerstreik begangen und Sartre Baader in Stammheim besuchte.

- Woher weißt du das noch so genau?

- Es kommt mir vor, als wäre es gestern. Ich war achtzehn, knapp neunzehn. Das vergisst man nicht. Man vergisst das nicht, wenn man mal in eine Straßenkontrolle reingerät und zunächst glaubt, es wäre, weil man zu schnell gefahren ist, und dann haben die da ihre Maschinenpistolen im Anschlag, und du musst dich mit gespreizten Beinen vors Auto stellen und mit Händen auf die Motorhaube, und dann tasten sie dich ab. Am Ende darfst du weiterfahren. Das vergisst du nicht, da merkst du dir sogar das Datum. Gibt's heute zum Glück nicht mehr so häufig.

- Warst du links?

- War ich links? Was heißt denn: links sein? Wenn links sein bedeutet, für Willy Brandt zu sein, dann war ich links. Ansonsten war ich einfach Mainstream, angepasst und unkritisch. Fast alle Pennäler waren so, man hörte die Debatten im Bundestag, Ostverträge, Paragraph zweihundertachtzehn, man ließ sich von den Medien emotionalisieren, und am Ende wählte man die SPD. Von politischer Mündigkeit keine Spur. Was mich interessierte, waren die Mädels in ihren Hotpants und dass ich endlich mein Abitur in der Tasche hatte, jedenfalls nicht die Politik.

- Schätze, das ist heute in dem Alter auch nicht anders.

- Wenn ich so drüber nachdenke, fällt mir wirklich nicht viel ein, was man bei mir vielleicht als links bezeichnen könnte. Sogar der Kulturbruch, die Popmusik, die Ablehnung der alten Rituale, die Ablehnung der Autoritäten … das war nicht links, sondern Anpassung an den Zeitgeist.

- Was meinst du mit Ablehnung der alten Rituale?

- Na ja, wir waren gegen fast alles, was in den Sechzigern noch zum festen Bestand des Eintritts in die Gesellschaft zählte: Abifeier, Abiball, Abirede … für die jedenfalls, die ein Gymnasium besuchen durften, Kirchenbesuch, Verlobung, et cetera. Wir ließen uns unser Abizeugnis per Post zuschicken, das war's. Wer in einer festen Beziehung war, verlobte sich nicht mehr, sondern man zog einfach zusammen, meist in WGs. Das war ein echter Bruch mit der Vergangenheit … und völlig unpolitisch.

- Was war mit der RAF? Hast du dich mit denen irgendwie beschäftigt?

410

- Kein bisschen. Auch nicht, als ich mit Wolfgang Rotfuß rumzog, der ja ein echter Marxist war. Für mich waren das keine Freiheitskämpfer, jedenfalls nicht auf der Ebene vom Che, sondern einfach nur gefährliche Terroristen, die unser schönes Leben im westlichen Wohlstand bedrohten. Als sie dann mit den Hungerstreiks begannen, taten sie mir zwar leid, vor allem, als Holger Meins starb, aber mehr auch nicht. Verständnis für ihre politischen Ziele konnte ich nicht aufbringen, das hatten sie mit ihren Methoden selbst vermasselt. Und außerdem hatten wir seit neunundsechzig eine SPD geführte Regierung, einen SPD-Bundeskanzler. Als Sartre Ende vierundsiebzig den Baader in Stammheim aufsuchte, hat er sich damit auch keinen Gefallen getan. Die waren im Grunde alle schon durch.
- Wusste man schon, dass die Stasi mit im Boot saß?
- Nein, das mit den Reisen über Schönefeld in den Nahen Osten erfuhr man erst viel später. Vieles kam sogar erst nach dem Mauerfall ans Licht, als man die Stasi-Akten einsehen konnte.
- Und für die CDU warst du also auch nicht?
- Mit denen konnte ich rein gar nichts anfangen, die sprachen uns Junge überhaupt nicht an. Ein Rainer Barzel: igitt. Wer in den Siebzigern offen für die CDU

war, der galt schon als ganz schön reaktionär. Meistens erkannte man die schon an ihrer Kleidung und an der Frisur. An der Uni waren das meist die Juristen und die BWLer.

- Wenn du gegen fast alles warst: Gab es nicht doch irgendetwas, wofür du warst?

- Das ist eine gute Frage. Ich idealisierte damals Frankreich, projizierte alle meine Sehnsüchte dorthin. Deutschland schien mir fade und langweilig. Dabei half mir die schwierige Studienwahl. Du weißt ja, dass ich mir zunächst einreden ließ, Medizin zu studieren, wegen des guten Abiturdurchschnitts. Im Sommer machte ich dann ein Pflegepraktikum im Krankenhaus und merkte sofort, dass ich hier völlig fehl am Platze war. Die weißen Kittel, die ganze Krankenhauswelt, das kam mir alles gruselig vor. Ich brauchte was Geistiges. Ich schrieb der ZVS einen netten Brief und sagte meine Bewerbung für Medizin wieder ab. Irgendjemand wird sich sicher gefreut haben.

4

Franco meurt toujours. Eine seltsame Formulierung, findet Thomas. Im Deutschen ergibt es Sinn: Franco liegt im Sterben. Aber: Franco stirbt immer noch, das klingt unlogisch, ist Sterben doch ein in der Zeit eng begrenztes Ereignis. Sterben ist, wenn das Leben aufhört, und das müsste eigentlich in wenigen Stunden abgeschlossen sein. Man liegt also im Sterben, aber dieses Liegen kann doch nicht monatelang dauern ... findet Thomas. Der Diktator scheint eine Ausnahme von dieser Regel zu bilden. Allerdings gibt es im Spanischen auch ein reflexives Verb dazu, *morirse*, im Spanischen kann man anscheinend, anders als im Deutschen, sein Sterben ein wenig selbst steuern, im Spanischen stirbt man sich, während man im Deutschen einfach nur im Sterben liegt und im Französischen im schlimmsten Falle immer weiter und weiter stirbt. Das ist semantisch einigermaßen verwirrend, während ansonsten dieser Herbst fünfundsiebzig mit einer gewissen Gelassenheit aufwartet. Das Jahrhundert scheint sich selbst eine Schleife umgebunden zu haben und seinen fünfundsiebzigsten Geburtstag zu feiern. In Vietnam schweigen die Waffen, in Helsinki verabschiedet eine internationale Sicherheitskonferenz eine vielbeachtete Schlussakte, und zum Abschluss feiert die Welt das Ableben

413

des langlebigen iberischen Diktators. Die Welt scheint sich eine Ruhepause zu gönnen.

Ein roter VW-Käfer fährt Anfang Oktober von Sobern über Saarbrücken, Verdun, Bar-le-Duc, Troyes ins nördliche Burgund. Der Medizinstudienplatz ist weg und die Bewerbungsfrist für ein anderes Studium längst verstrichen. Mit Hellen ist Schluss. Außerdem braucht Thomas Bedenkzeit, er muss sich neu orientieren, was das Studium angeht. Er hat kurz entschlossen bei Yannick angerufen, und dessen Eltern haben ihm einen Job als Hilfsarbeiter bei einer örtlichen Baufirma besorgt. So kann er die nächsten Monate erst einmal überbrücken.

Die Arbeit ist monoton, man stellt ihn ins Lager, wo er Material empfängt, sortiert und bereitstellt. Achtundvierzig Stunden die Woche, auch samstags. Die Temperaturen sinken, es wird empfindlich kalt auf dem Gelände, aber die Männer behandeln ihn gut. Die Essenspausen sind das Beste, hier frotzeln alle rum, man wird Kumpel.

Thomas ergreift eine unbändige Gier nach Lektüre, abends und am Wochenende verschlingt er alles, was er finden kann, Romane, Zeitschriften, am liebsten Geschichtliches. Er liest Yannicks Geschichtsbücher aus der Schule, er kauft neue hinzu, noch fühlt er sich als Analphabet in Sachen

Geschichtswissen. Sein Französisch ist bald so gut, dass er mühelos dicke Wälzer über die Französische Revolution lesen kann. Er spürt seinen Bildungshunger, sehnt sich an die Uni, empfindet die vielen Stunden im Lager der Baufirma als unglaubliche Zeitverschwendung. Yannick ist schon seit einem Jahr im Studium, er studiert Französisch in Dijon, will mal Französischlehrer werden. An einem Brückentag fährt Thomas mit ihm an die Uni und setzt sich in seine Lehrveranstaltungen. So fühlt sich das also an: studieren. Vor Weihnachten verabschiedet er sich von den Kumpels der Baufirma und fährt wieder zurück. Es reicht jetzt. Im Januar hat er außerdem den Papierkram für eine neue Bewerbung vor sich, diesmal ist die Wahl klar: Geschichte, Politikwissenschaft und Französisch. Als er alles abgeschickt hat, macht er noch eine Reise nach Ostberlin, wo Verwandtschaft wohnt. Es ist Anfang Februar sechsundsiebzig.

- Ich fing an, über Politik ernsthaft nachzudenken. Ostberlin: das schien mir das richtige Kontrastprogramm nach den drei Monaten in Frankreich. Ich beantragte ein Visum für einen Verwandtenbesuch und fuhr hin.
- Ging das denn so ohne Weiteres mit dem Visum?

- Klar, die DDR wollte ja an den Visagebühren und am Zwangsumtausch verdienen.

- Und was hast du da gemacht?

- Na rumlaufen, alles anschauen: Palast der Republik, Museumsinsel, Fernsehturm. Außerdem wollte ich den real existierenden Sozialismus sehen.

- Und was hast du gesehen?

- Alles grau, alles trist. Ein bisschen lag's zwar auch am Winter. Aber die Leute wirkten müde auf mich, wie ausgehöhlt. Meine Verwandten erzählten mir Witze: Warum sind die Leute in der DDR so erschöpft?

- Weiß nicht.

- Weil es schon seit über zwanzig Jahren bergauf geht.

- Kein *Highlight*, nichts?

- Doch, ein *Highlight* gab's. Ich war Wolf Biermann-Fan, hatte mir gerade erst seine Chausseestraße 131 gekauft, kannte fast alle Lieder auswendig. Eines Abends fragte ich meine Verwandten nach Biermann und der Chausseestraße. Sie sagten, ich könne ja mal hingehen. Chausseestraße, das sei ganz in der Nähe der Mauer. Sie sagten das wohl eher im Scherz und dachten nicht im Ernst, dass ich es tun würde. Aber ich hab's gemacht. Am nächsten Tag bin ich mit meiner knallblauen Plastikwinterjacke und mit meinem Fotoapparat wie ein japanischer Tourist vor die Chausseestraße hunderteinunddreißig marschiert, ein schönes altes Gebäude aus der Gründerzeit (Wie überlebt so etwas den Krieg? Hier fielen doch die Bombenteppiche, und fünfundvierzig war hier doch der Endkampf! …), bin rein ins Haus, die Treppen rauf und stehe vor der Wohnung mit der Klingel mit seinem Namen. Ich überlege einen Moment, fasse mir dann ein Herz und drücke auf die Klingel.

- Und weiter?

- Die Tür geht auf und eine junge wunderhübsche Frau mit einem Säugling auf dem Arm fragt mich, wer ich sei und was ich wolle. Ich sagte ihr, dass ich ein Fan von Wolf Biermann sei, aus dem Westen käme, gerade einen Besuch in Berlin mache, seine Adresse von seiner Platte her kenne und sehr gerne ein Autogramm mit nach Hause nähme, oder sowas Ähnliches. Das Autogramm vergaß ich dann, denn sie rief nach hinten: Wolf, da ist ein Fan von dir, will ein Autogramm, und es antwortete von hinten: Soll halt reinkommen. Dann kam der Barde persönlich zur Tür, ein kleines Männlein mit großem Schnauzer, und übernahm. Die junge Frau ging wieder nach hinten. Ich erinnere mich noch, dass er sagte: Wissen Sie, wie viele Leute wie Sie hier jeden Tag klingeln? Das ist eine echte Belästigung. Aber wenn Sie schon mal da sind, dann kommen Sie halt rein. Und seien Sie vorsichtig, ich werde von der Stasi überwacht. Dann nahm er mich mit in seine Wohnung und unterhielt sich ein wenig mit mir über meinen Werdegang. Viel hatte ich ja nicht zu erzählen, daher nahm er einfach seine Gitarre und spielte was. Er probte, während seine Frau den Säugling fütterte und sich um den Haushalt kümmerte. Zwischendurch klingelte auch mal das Telefon, Biermann ging ran und sprach ein paar Minuten mit jemandem, kam dann wieder zurück und spielte weiter. Mir war das alles unglaublich peinlich, aber er ließ mich einfach an seinem Familienleben teilhaben. Seine Frau machte eine Suppe.

- Und wie lange warst du da?

- Alles in allem vielleicht zwei Stunden. Kam mir wie eine Ewigkeit vor. Irgendwie schaffte er es auch, mich elegant wieder zu verabschieden.

- Überzeugten dich seine Lieder?

- Nur musikalisch. Ich war völlig vernarrt in seine ironisch-traurige Gitarrenlyrik, so nennt man das, glaube ich. Da war alles drin, was junge Leute mitriss, ein begnadeter Gitarrist und Liedermacher war er. Inhaltlich konnte ich damit weniger anfangen. Ich fand zwar toll, dass er die Partei-Apparatschiks nervte, doch das linke Denken wurde mir immer fremder.

Vielleicht lag es an der allgegenwärtigen Tristesse im real existierenden Sozialismus, vielleicht hatten mir meine dort eingesperrten Verwandten auch mit ihren DDR-Witzen jegliche Illusion genommen. Klar, dass wir nicht allein auf der Erde sind, sondern in einer großen Gemeinschaft leben und dass es da zu einem sozialen Ausgleich kommen muss. Aber ich fand, dass die linken Projekte immer auf das Gleiche hinausliefen: Am Ende wird der Sand knapp.

- Was meinst du denn damit?
- Kennst du nicht den bekannten Ostwitz: Was passiert, wenn die Sahara sozialistisch wird?
- Keine Ahnung.
- Die ersten zehn Jahre gar nichts. Dann wird allmählich der Sand knapp.

Der R4 ist mit den fünf Passagieren am Rande seiner Möglichkeiten. Vorne sitzen Jean-Marc und Jean-Claude, hinten Nicole, Chloé und Thomas. Jean-Marc wird als Fahrer benötigt (Jean-Claude hat gar keinen Führerschein), Thomas als Übersetzer, und warum Véronique und Chloé mitfahren, erschließt sich im Nachhinein nicht mehr. Vielleicht einfach nur, weil sie zum engeren Freundeskreis gehören? Die Hauptperson ist auf alle Fälle Jean-Claude. In den winzigen Rest Kofferraum des R4 passen gerade noch fünf Schlafsäcke.

Jean-Claude hat den Kontakt zu Sperr hergestellt, nachdem er schon ein Jahr lang an der Übersetzung der Jagdszenen aus Niederbayern gearbeitet hat. Aber nicht nur an der Übersetzung, auch schon an den Vorbereitungen für die Aufführung. Das ist das eigentliche Projekt, die Übersetzung bildet nur die Textgrundlage. So fahren sie jetzt also nach irgendwo in Niederbayern, um mit dem Autor über sein Werk zu reden und damit Jean-Claude sich einen Eindruck vom Ambiente verschaffen kann. Sperr ist einverstanden, sie privat bei sich zu Hause zu empfangen, fünf junge Leute Anfang Mitte zwanzig, vier Franzosen und ein Deutscher.

- Wie habt ihr euch überhaupt kennengelernt?
- Das war in Irland gewesen. Ich hatte Jean-Claude und Nicole in einer Jugendherberge im Süden Irlands getroffen, zufällig saßen wir mal an einem Tisch zusammen, und man half sich gegenseitig mit den Lebensmitteln aus. Das Kochen war damals in einer irischen Jugendherberge ein Abenteuer, wie alles auf diesem Trip. Die Küche war unglaublich schmutzig, wenn es die Gäste nicht selbst taten, putzte da niemand, aber wenn man sich zusammentat, kam man

schon einen Schritt weiter, man konnte sich auch zum Beispiel bei den Zutaten aushelfen. So kam es also, dass wir plötzlich zusammen kochten, zusammen aßen und zusammen spülten. Danach sagten wir *au revoir* und vergaßen einander wieder. Bis wir am nächsten Tag in der nächsten Jugendherberge wieder zusammentrafen. Und so wiederholte sich das Spielchen noch ein paar Mal, was auch gar nicht verwunderlich ist, denn wenn man mal zum Beispiel in Rosslare anfängt, wo damals die Fähre aus Cherbourg anlegte, und der Route über Cork nach Bantry folgt, wenn man dazu in Jugendherbergen übernachtet und vielleicht noch wie wir damals alles per Anhalter macht, dann ist die Wahrscheinlichkeit ziemlich groß, dass man sich in den Jugendherbergen wiedersieht. Nur dass Jean-Claude und Nicole theoretisch schneller vom Fleck kamen als Jörg und ich, denn eine Frau stand nie lange, bis jemand anhielt, auch wenn sie einen Begleiter hatte, während Jörg und ich stundenlang rumstanden. Das gehörte damals zu den Spielregeln. Vielleicht hat sich das inzwischen geändert.

- Wer ist Jörg?

- Ein Kommilitone aus Mainz. Wir wohnten damals im selben Studentenwohnheim und freundeten uns ein wenig an. So weit jedenfalls, den Plan zu fassen, vier Wochen gemeinsam durch Irland zu trampen.

- So lerntet ihr euch also kennen, in den Jugendherbergen Irlands.

- Genau. Jean-Claude und ich tauschten die Adressen aus. Sein markanter Ausdruck ging mir nicht mehr aus dem Sinn: groß, aufrecht, die dicken Haare nach hinten gekämmt, verzwirbelter rötlichbrauner Vollbart, leuchtende Äuglein. Chloé meinte einmal: Ein Gesicht wie aus dem neunzehnten Jahrhundert. So in etwa stellte ich mir die Künstler des neunzehnten Jahrhunderts vor, die Courbets, die Degas, die Manets; oder die Schriftsteller, die Victor Hugos, die Maupassants und die Zolas.

- Und wie ging es dann weiter? Wir kamt ihr auf das Projekt mit den Jagdszenen aus Niederbayern?

- Das war allein seine Idee gewesen. Einige Monate nach Irland besuchte ich ihn in Paris, im zwölften *Arrondissement*, in der *Rue de Charenton*, im ersten Stock eines Wohnblocks, wo er in der Wohnung seiner Großmutter, die alle nur *Mamie* nannten, mitwohnen durfte. Jacques Delors hatte eine Wohnung im fünften Stock, man sah ihn gelegentlich mit seinen Leibwächtern vorfahren. Delors kannte die Sorgen der kleinen Leute. Mit ihm konnte man im Treppenhaus oder im Aufzug auch mal ein Schwätzchen halten, Belangloses, aber immerhin.

- Erstaunlich, wer und was alles da zum Vorschein kommt …

(Noch erstaunlicher ist, dass Erich neun Jahre zuvor in genau jener *Rue de Charenton* Bernard Brassard aufgesucht hat, und noch sehr viel erstaunlicher, dass Bernard ebenso wie Jean-Claude Waise ist, ja, dass beide eine depressive Mutter hatten und dann von der Großmutter betreut wurden beziehungsweise in der Wohnung der Großmutter aufwuchsen und dort sogar noch als erwachsene Männer lebten. Beide Seiten haben etwas davon, der junge Mann, der ein Zuhause hat, und die Großmutter, die nicht allein leben muss und noch eine Aufgabe hat. Allerdings hindert es die beiden jungen Männer daran, auszuziehen und eine eigene Familie zu gründen … Sie fühlen sich für ihre Großmutter verantwortlich, solange sie lebt. Übrigens kehren beide bei Tahar im *L'escargot* ein, ohne sich jemals kennenzulernen … Erich wiederum wird niemals erfahren, dass auch Thomas *L'escargot*, Tahar und die *Rue de Charenton* kennt, und Thomas wird niemals erfahren, dass Erich *L'escargot*, Tahar und die *Rue de Charenton* kennt. Ich meine, Paris ist eine riesengroße Stadt, in der Kernstadt leben allein fünf Millionen Einwohner, es gibt tausende von Straßen, und dass Bernard in unmittelbarer Nähe von Jean-Claude wohnt, gerade mal ein paar Häuser weiter, das kann kein bloßer Zufall sein, es muss ja irgendeinen Sinn haben. Es ist einfach eine Gemeinsamkeit, die man nicht ignorieren sollte. Wir alle neigen dazu, Gemeinsamkeiten zu ignorieren, sie gar nicht erst wahrzunehmen, wir neigen dazu, erst mal das Unterschiedliche zu sehen, wir sind geradezu auf Unterschiede gepolt, statt eine Antenne für Gemeinsamkeiten zu entwickeln … Doch zu vermuten ist, wie gesagt: Keiner weiß vom andern, Bernard weiß nichts von Jean-Claude und Jean-Claude nichts von Bernard (obwohl sie sich vermutlich oft begegnet sind), und Erich weiß nicht, dass Thomas die *Rue de Charenton* kennt, wie auch Thomas nicht weiß, dass Erich die *Rue de Charenton* kennt. Weil sie sich niemals etwas erzählt haben. Weder hat Erich seinen Kindern erklärt, warum er eigentlich im Herbst achtundsechzig nach Paris fuhr, noch hat Thomas Erich erzählt, wen er genau in Paris kannte und warum und mit wem er siebenundsiebzig nach Niederbayern fuhr. Eltern und Kinder leben aneinander vorbei und hüten ihre Geheimnisse. Meistens nehmen sie sie mit ins Grab. Vielleicht ist es normal, dass es diese Geheimnisse gibt, es sind ja unendlich viele, weil man das meiste im Leben eben nicht mit den Eltern oder den Kindern teilen kann und möchte, und weil sich die Wege trennen müssen, um auf verschlungenen Pfaden – manchmal – wieder zusammenzufinden.)

- Die Wohnung war groß genug, und zum Glück hatte er ja noch das Mansardenzimmer in der Sackgasse um die Ecke, fünf Treppen, ein gutes Training jedes Mal. Aber dieses Mansardenzimmer war wirklich ein Glücksfall, denn so hatte er eine Übernachtungsmöglichkeit für Freunde, auch wenn alles ziemlich staubig war, der Kühlschrank abgeschaltet und voller Bücher, und es auch etwas unbequem war, die Gemeinschaftstoilette im Flur benutzen zu müssen, die typische Hocktoilette, vor allem nachts, für die man einen eigenen Schlüssel benötigte, einen riesigen rostigen Eisenschlüssel. Mit den Jahren wurde mir das alles so vertraut, die fünf Treppen, das Mansardenzimmer und sogar die Hocktoilette, man kannte mich sogar im Haus, irgendwann, man grüßte mich freundlich, auch wenn es vielleicht mal auf einer Etage einen Wechsel gab. Bei Tahar konnte man sich den Schlüssel abholen.
- Tahar, wer ist denn das schon wieder?
- Hatte ich ihn nicht bereits erwähnt? Er hatte diese Kneipe, *L'escargot*. Hier traf man sich gelegentlich zum *Couscous*. Jean-Claude hatte ein Vertrauensverhältnis zu Tahar, hinterließ Schlüssel oder Nachrichten für

Freunde, wenn *Mamie* mal weg war … Es gab eine Reihe algerischer Männer, die praktisch immer da waren. Sie spielten Flipper oder saßen mit einem Tee herum. Was sie dachten oder fühlten, blieb mir verborgen, auch die Kommunikation auf Französisch war manchmal für mich etwas … sagen wir mal: prekär. Wegen des Französischen, nicht wegen der Kultur. Bataclan und Samuel Paty waren noch Lichtjahre entfernt.

- Und wie lief das jetzt mit den „Jagdszenen"?

- Nun ja, die Idee stammte von ihm. Ich weiß auch gar nicht mehr, wie er darauf gekommen ist. Irgendwie muss das Stück damals, Mitte der Siebziger, in Paris angekommen sein. In seinem Mansardenzimmer saßen wir nun also ein halbes Jahr lang, immer wenn ich es für ein verlängertes Wochenende schaffte, wieder nach Paris zu kommen, und arbeiteten an der Übersetzung. Bis wir an einen Punkt kamen, wo der größte Teil der Arbeit geschafft war und nur noch ein paar Fragen offen waren, die nur der Autor selbst beantworten konnte. Also beschlossen wir, Kontakt zu ihm aufzunehmen. Er lud uns zu sich ein.

- So seid ihr also einfach mal zu Martin Sperr gefahren …

- Genau.

Und so fahren sie also an einem eiskalten Märztag nach Landshut und von Landshut irgendwo aufs Land, weitab vom nächsten Dorf, wo Sperr mit seiner Familie auf einem abgelegenen Bauernhof wohnt, den er allerdings nicht mehr als Bauernhof bewirtschaftet. Der Autor empfängt sie mit einem großen Gemüse-Rindfleisch-Eintopf, und sie verbringen zwei Tage bei ihm, in denen sie viel über Niederbayern reden und wenig über die „Jagdszenen". Sie spazieren entlang der riesigen baumlosen Felder, es ist eisig und windig auf den Hügeln in Niederbayern, und sie verabschieden sich wieder.

- Welchen Eindruck habt ihr wohl bei dem Autor hinterlassen?
- Er hat es uns nicht gesagt. Aber wir haben ein Gefühl dafür bekommen, was es heißen könnte, auf einem abgelegenen Hof in Niederbayern zu leben.
- Wenn ich dich so davon erzählen höre, muss ich unweigerlich an Wolf Biermann denken. Du hast da Einblicke ins Privatleben bekannter Künstler gewonnen, das ist schon sehr ungewöhnlich.
- Beide waren links, unangepasst, auch in der eigenen *Community*, starke Persönlichkeiten, aber auch sehr empfindsame Menschen ...

5

In der zweiten Hälfte der Siebziger ziehen die Kinder alle nacheinander zu Hause aus. Thomas studiert Geschichte und Französisch, Hannes Chemie und Connie Grundschullehramt. Sie hat ein Jahr in der Schule übersprungen und mit Hannes zusammen Abitur gemacht. Schon im letzten Jahr, als die beiden noch zu Hause wohnen und sich auf's Abi vorbereiten (Thomas ist schon ein Jahr zuvor ausgezogen), wird es langsam still im Haus.

Erich hat die Zimmer der beiden Jungs mit Thomas Einverständnis verbinden lassen, die Trennwand ist weg, ein geräumiges Atelier mit großen Dachflächenfenstern ist da entstanden. Inga kümmert sich um die soziale Vernetzung in Sobern, sie hat ihre Freundinnen, kennt fast jeden, das kommt von allein, bei drei Kindern auf dem Gymnasium … Zugegeben, ihre Freundinnen sind vielleicht etwas oberflächlich (besser gesagt: ungebildet, aber woher auch, die meisten haben kein Abitur, haben nicht studiert, waren nicht im Ausland, außerdem ist Inga in Frankfurt aufgewachsen, da besteht natürlich eine Kluft).

Einen Bioladen gibt es neuerdings in Sobern. Junge Leute haben den Trend aufgegriffen, das liegt in der Luft, alles vegetarisch, dazu Henna, Räucherstäbchen, Kerzen ... eine Yoga-Lehrerin macht Werbung für ihre Kurse, die in einem Nebenraum stattfinden. Eine Zeitlang ist sogar geplant, ein alternatives Café einzurichten, doch das Yogakonzept setzt sich durch, vorläufig. Inga ist auf den Geschmack gekommen, sie fängt mit Yoga an, kauft ihre Kosmetik jetzt im Bioladen und füllt sich Getreide und Müsli aus Säcken direkt ab ... lässt sich dadurch auch das Altern etwas hinauszögern oder zumindest der Alterungsprozess verlangsamen? Morgens gibt es Müsli, Fleisch kommt nur noch selten auf den Tisch. Erich ist damit nicht ganz glücklich, aber wenn es Inga so wichtig ist, dann soll es eben so sein. Vielleicht ist ja was dran, was man so zu hören und zu lesen bekommt, Chemie in Lebensmitteln ... Mit Mitte fünfzig denkt man mehr über die Gesundheit nach, und was soll das mal werden, wenn es mit der Umwelt so weitergeht, es gibt ja jetzt auch ein neues Wort dafür: Ökologie. Nachmittags fahren Inga und Erich mit dem Auto zum neuen Trimm-Pfad am Soberbach und machen den ganzen Parcours.

Erich verliert sein Alleinstellungsmerkmal: Sein zauseliges Äußeres wird allmählich zur Mode. Auch in einem kleinen Landgymnasium lassen viele Lehrer ihre Haare wachsen und kleiden sich jugendlich. Allerdings nicht die

Älteren, die in den Fünfzigern. Einundsiebzig schon hatte Erich seinen Fünfzigsten.

- Was denkst Du über das Gerücht, er habe eine Affäre mit Maria Unger gehabt?

- Völliger Quatsch! Er war doch gar nicht der Typ für so was. Und Rolf Unger war sein bester Freund in Sobern. Die Freundschaft hätte er nie aufs Spiel gesetzt. Die beiden Paare waren eng in all den Jahren, aber Papa und Maria Unger, um Himmels Willen, was für eine komplett absurde Vorstellung.

- Und Inga und der Oberarzt?

- Genauso ein Unsinn. Könnte schon sein, dass er ihr schöne Augen gemacht hat, sie hatte ja mal einen Beinbruch und lag ein paar Tage im Krankenhaus. Und sie hatte mit Anfang fünfzig noch eine fast jugendliche Figur. Vielleicht fand sie ihn sogar attraktiv, keine Ahnung, aber sie hatte überhaupt kein Interesse, ihre Ehe aufs Spiel zu setzen.

- Wer könnte denn ein Interesse an solchen Gerüchten gehabt haben?

- Es gibt immer Leute, die das Gras wachsen hören und die gerne anderen etwas anhängen, was eigentlich sie selbst betrifft. Die Siebziger waren schon echte

Wohlstandsjahre, da fing das mit dem vielen Geld an, teilweise groteske Lohnsteigerungen, vierundsiebzig holte Klunker für die ÖTV elf Prozent raus, das muss man sich mal vorstellen, die Leute bauten sich jetzt große Häuser in den gerade erschlossenen Neubaugebieten, kauften sich Möbel und Autos für ihre Kinder, die eben erst den Führerschein gemacht haben (das waren wir, die *Boomer*), sie machten teure Urlaube oder teure Kuren auf Kosten der Krankenkasse … dekadent. In solchen Zeiten denkt man sich gerne mal eine Affäre aus, die man selbst gerne hätte, weil man sich vielleicht als grüne Witwe langweilt und weil man es nicht hinbekommt, dichtet man sie jemand anderem an.

- Knirschte es denn nicht auch manchmal zwischen den beiden?

- Nur an der Oberfläche. Die Basis war solide. Dafür wussten beide viel zu gut, was sie aneinander hatten. Und was sie gemeinsam durchgestanden hatten.

- Und dennoch kriselte es.

- Wir Kinder waren alle aus dem Haus, Connie ist sogar mit achtzehn direkt nach dem Abitur ausgezogen, sie saßen plötzlich allein am Tisch. Da kamen Konflikte hoch, die sie zuvor immer unter den Teppich gekehrt hatten.

- Zum Beispiel?

- Mutter störte sich an seiner übertriebenen Sparsamkeit und seiner Zurückgezogenheit, sie gingen fast nie aus, nicht mal in eine Pizzeria, fuhren nirgends hin, und ihn störte, dass sie plötzlich mehr Geld für Kleider, Schuhe und Friseurtermine ausgab. Sie machten sich wohl gegenseitig Vorwürfe. Dabei ging es ihnen finanziell gut, sie hatten von ihrer Seite geerbt, nicht viel, aber doch so viel, dass sie uns das Studium finanzieren konnten und immer noch etwas übrig war. Mutter wollte noch was erleben, sie wollte sich nicht damit abfinden, dass sie jetzt schon zu den älteren Frauen gehörte. Sie hatte sich ihre Jugendlichkeit bewahrt.

- Wollte sie nicht wieder arbeiten gehen?

- Doch, hat sie ja auch eine Weile gemacht. Aber das war erst nach Peru.

- Die Peru-Reise war ihre Idee?

- Ja, immer war sie es, die frischen Wind in die Ehe brachte.

Zweiter Teil

1

Inga spürt mal wieder, dass etwas passieren muss … in ihrer Ehe. Eine Zimmerpflanze braucht schließlich auch hin und wieder neue Erde, sonst geht sie irgendwann ein. Die Kinder sind aus dem Haus, und der Alltag dümpelt vor sich hin. Bei beiden geht die Laune immer öfter in den Keller. Depression wäre zu viel gesagt, so weit geht es dann doch nicht, eher eine Leere. Sie will sich einen Job suchen, hat schon ihre Fühler ausgestreckt. Frau Maier-Strom in der Stadtverwaltung meint, Inga solle sich ruhig mal initiativ bewerben, es gäbe da immer mal Wechsel, und eine Person mit Marketingerfahrung würde der Stadtverwaltung guttun. Schließlich wolle man den Bürgern etwas bieten, musikalische und künstlerische Veranstaltungen, vielleicht eine Ausstellung zur Stadtgeschichte, wer weiß … Aber Inga will damit noch ein wenig warten, es würde Erich vielleicht verletzen, wenn sie gerade jetzt, wo die Kinder weg sind, aushäusig wird, und sei es nur halbtags. Vielleicht ist das übertrieben, Erich kommt gut allein klar, aber es ist schon ein Unterschied, wenn man nach einem anstrengenden Schulvormittag nach Hause kommt, und es ist niemand da, allenfalls ein am Morgen vorgekochtes, nur noch lauwarmes Essen auf dem Herd. Er ist es gewohnt, dass er nach Hause kommt, und das Essen steht auf dem Tisch. Danach macht er seinen Mittagsschlaf und braucht sich um nichts mehr zu kümmern. Es würde ihn treffen, wenn dieses ruhige Leben gestört würde, er hat es schließlich verdient, mit Mitte fünfzig, sich auszuruhen und in Gedanken schon mal zu überlegen, was er im Ruhestand machen könnte. Wenn sie noch ein wenig wartet mit dem Job, sieht er es vielleicht von selbst ein, dass er Inga nicht im Haus einsperren kann, wo die Kinder weg sind. Das kommt schon. Aber eben nicht jetzt sofort. Jetzt ist was anderes dran, jetzt brauchen sie ein gemeinsames Abenteuer, damit die Ehe wieder Fahrt aufnimmt.

Der Gedanke an Peru liegt in der Luft. Es ist schon merkwürdig, wie bestimmte Reiseziele in Mode kommen und andere rausfallen. Vor Jahren fuhr alle Welt nach Italien, Capri, eine Kur auf Ischia, dann nach Spanien, Costa Brava, und dann kam das Fliegen auf. Plötzlich konnte man nach Mallorca fliegen, gar nicht mal so teuer, OK – Pauschalreisen, aber immerhin, und dann kamen die Fernreisen in Mode, Island, USA, Indien, Südamerika … Peru ist ein Geheimtipp (aber wie das mit Geheimtipps so ist, sie sind in aller Munde). Die Jüngeren machen dort Rucksacktouren, doch das kommt für sie eigentlich nicht mehr in Frage. Selbst buchen, selbst planen und organisieren, das würde sie sich schon zutrauen. Sie haben ja den großen Vorteil, dass sie die Sprache können. Wenn man von den Sommerferien die mittleren vier Wochen mal ins Auge fasst, dann sind das immerhin volle vier Wochen, das wäre ein tolles Abenteuer, und die eine oder andere kleine Rucksacktour können sie sich schon noch zumuten, sie sind ja noch keine Rentner.

Inga geht ins Reisebüro und erkundigt sich (übrigens, das wäre auch was für sie, als Halbtagsjob selbstverständlich). Die nette Frau Eifler braucht nur zwei Tage, um ein paar Sachen rauszusuchen. Es gibt mehrere bezahlbare Flugverbindungen, Direktflüge ab Basel, und es gibt Hotelanbieter. Schauen Sie mal, Frau Pfeifer, da hätte ich schon was für Sie, Lima, Huancayo, Cusco, Arequipa, alles für ungefähr fünfhundert pro Person, gute Hotels, ach sie meinen, weil das nur zehn Tage sind, Sie wollen vier Wochen verreisen. Stimmt, da müssen sie anders vorgehen, da können Sie diese Vorschläge alle vergessen. Ich würde Ihnen empfehlen, sie nehmen sich diese Hotels mal als Anhaltspunkte und gehen einfach das Risiko ein, direkt vor Ort zu buchen. Mit einem Massenansturm ist nicht zu rechnen. Und die Flüge können Sie ja hier bei mir buchen.

Inga hat Erich noch nichts davon gesagt, sie möchte ihn überraschen, seine Überraschung auskosten. Sie kennt das, im ersten Moment ist er überrumpelt und sträubt sich, dann aber taut er langsam auf und seine Widerstände schmelzen weg. Am Ende ist er Feuer und Flamme und möchte am liebsten alles selbst in die Hand nehmen. So ist das immer bei ihm.

Erich runzelt zunächst die Stirn … wieso Peru? Wie kommst du denn da drauf? Viel zu teuer, kommt gar nicht in Frage. Was, vier Wochen in den Sommerferien? Ist doch viel zu anstrengend … Andererseits, da ist es jetzt nicht so heiß, die haben ja Winter, und in Äquatornähe ist es eigentlich gerade dann gut auszuhalten. Hast du denn eine Ahnung, was ein Flug dahin kosten könnte? Tausend Mark pro Nase, lass mal überlegen, wenn wir ein bisschen bei den Hotels sparen würden, könnten wir uns das vielleicht leisten. Ich muss mich mal einlesen.

Erich kauft sich einen Reiseführer, den er von vorne bis hinten durchliest.

- Die empfehlen, man solle unbedingt den Inka-*Trail* machen. Es gibt da eine kürzere Variante, für einen Tag.
- Sollten wir unbedingt machen.

Das ist mal wieder geschickt von ihr, sie überlässt ihm scheinbar die Initiative. Erich überlegt, man käme vielleicht mit einem kleineren Koffer und einem mittelgroßen Rucksack pro Person aus. Wo bekommt man geeignete Rucksäcke her? Die Investition sollte sich lohnen, vielleicht gefällt ihnen das Wandern ja, dann hätten sie schon mal die Rucksäcke. Wanderschuhe kommen noch dazu und spezielle Kleidung. Inga kümmert sich um die Flüge. Ein gutes Team.

Es gibt eine Fluggesellschaft, SATT Airlines, die günstige Direktflüge nach Lima anbietet, neunhundert Mark pro Person. Nur AEROFLOT kommt da noch ran. So sitzen sie nun in der Wartehalle des Flughafens Basel, es ist der vierundzwanzigste Juli, am Morgen um neun. In einer Stunde soll es los gehen. Sie haben ihre Reiselektüre ausgepackt, Inga hat eine Erzählung von Böll eingesteckt, Die verlorene Ehre der Katharina Blum, Geschenk zum Geburtstag, lange nachgedacht hat sie nicht, ein Taschenbuch, eher dünn, das muss reichen. Auch Erich hat nicht lange nachgedacht, obwohl das Thema ihn eigentlich gar nicht interessiert. Thomas hat es ihm aufgedrückt, er muss sich was dabei gedacht haben, der Bengel, ernsthaft mal: Die Lebenden und der Tod, Ein Buch über den Tod, was soll das, von Jean Ziegler, einem Schweizer, Soziologe, das Buch ist wohl gerade erst erschienen. Erich hat es dennoch widerstandslos eingepackt.

Draußen parkt eine Boeing sieben null sieben, das müsste sie sein, älteres Modell, die dürfte schon ein paar Jährchen auf dem Buckel haben. Um Erich und Inga herum sitzen viele andere, die alle so aussehen, als wollten sie nach Lima, so etwas spürt man, die wollen bestimmt nicht nach New York oder nach Johannesburg. Allen ist die Vorfreude ins Gesicht geschrieben, manchen auch die Müdigkeit, wo die wohl alle herkommen … Jetzt gibt es Einlass, eine hübsche Stewardess hat das *Check-in* eröffnet, Inga zieht die beiden Tickets aus ihrer Brusttasche (diese Kartontickets, die man damals hat), und reicht sie der jungen Dame, geduldig schiebt man sich die *Gangway* hinauf, die Koffer liegen schon auf einem Wagen, werden in den Bauch der Maschine hineinbefördert. Erich und Inga suchen nach ihren Sitzen, vierunddreißig und fünfunddreißig, ein Fensterplatz, man wird sich abwechseln. Die Maschine ruckelt ein wenig, es kann losgehen, sie rollen raus aufs Flugfeld, warten ein wenig, bis das Signal zum Start kommt, der Pilot gibt Gas, und schon presst sie die Geschwindigkeit in die Sitze, bis die alte Kiste endlich abhebt und steil nach oben zieht. Es zittert und klappert, es ächzt und stöhnt, eine Gepäckklappe hat sich geöffnet, doch nichts fällt heraus, und nach ein paar Minuten senkt sich die Schnauze der Maschine auch schon leicht, es dauert nicht mehr lange, da kommt das erste Signal, man soll noch sitzen bleiben, bis der Flieger seine angestrebte Flughöhe erreicht hat, doch die Stewardessen sind schon unterwegs, eine von ihnen schließt die Gepäckklappe, die andere hantiert mit dem Mikrophon und macht die erste Ansage. Meine Damen und Herren, bitte bleiben sie noch angeschnallt bis blablabla, es ist alles ruhig, alles entspannt, die Passagiere lehnen sich zurück und vertrauen dem Piloten. Monoton und wie ein Uhrwerk arbeitet die Maschine ihren Flugplan ab, sie gleitet durch die Wolken, bald ist man über dem Atlantik, bald gibt es das Mittagessen, eine Alubox mit irgendwas Warmem darin, tendenziell Fisch mit Kartoffeln, kleines Plastikbesteck, Erich und Inga schauen sich aufgeregt und verliebt an … Ist das die Sorte Abenteuer, die Ehen retten? Jedenfalls ist es ein weiter Sprung raus aus dem Alltag, raus aus den Routinen, jetzt ist man schon tausende Kilometer weg von zu Hause und die nächsten vier Wochen wird sich daran auch nichts ändern. Das Leben ist jetzt konzentriert auf diese beiden Sitze in der Boing, während sich die Zeit zu dehnen scheint, je weiter sie sich von zu Hause entfernen. Irgendwann am Nachmittag kündigt der Pilot den geplanten Zwischenstopp auf Guadeloupe an, die Maschine geht in den Sinkflug über, das Zeichen zum Anschnallen leuchtet auf, und bald setzt der Flieger sanft auf der Landebahn der Karibikinsel auf. Zwei Stunden Wartezeit bis zum Weiterflug. Alle verlassen das Flugzeug, laufen zum Flughafengebäude, ein wenig die Beine vertreten, das tut gut.

Als die zwei Stunden vorüber sind, haben sich die meisten bereist erhoben und warten auf die *Crew*. Man stellt sich vor der großen Fensterfront des Wartebereichs auf und starrt in Richtung Boeing sieben null sieben der SATT. Doch dort rührt sich nichts, die Türen sind zu, keine Gangway, nichts. Es wird wohl eine kleine Verspätung geben. Nach dreißig Minuten vergeblichen und zunehmend unruhigen Wartens kommen Diskussionen auf. Einige wollen gesehen haben, wie die *Crew* die Tür der Boeing verriegelte und sich mit ihren Köfferchen davon machte. Eine neue *Crew* ist nirgends in Sicht, und die Zeit vergeht. Andere wollen gesehen haben, dass Techniker sich zuvor an einem Triebwerk zu schaffen machten, doch nicht den Anschein erweckten, als seien sie fertig geworden.

Draußen steht ein verlassenes Flugzeug. Allerdings steckt dort auch das gesamte Gepäck der Passagiere, die meisten haben lediglich ihre Hand- oder Brieftasche mit ins Flughafengebäude genommen. Langsam wird es Abend. Da kommt einer auf eine Idee: Wenn sie alle die Startbahn blockieren, könnten sie Druck auf die Flughafenleitung ausüben. Ein Sitzstreik! Die Idee findet unverzüglich Anhänger, die Verzweiflung ist groß, zumal eine Delegation bereits unverrichteter Dinge vom Büro der Flughafenleitung zurückgekehrt ist. Man könne ihnen nicht weiterhelfen, sie sollten sich gedulden, bis SATT eine neue *Crew* schicke. Schon suchen die ersten den Ausgang zum Rollfeld, es entsteht ein Sog, eine Gruppendynamik, die auch Erich und Inga mitreißt. Alle drängen sie durch die mittlerweile weit geöffnete Tür, ohne dass irgendjemand vom Flughafenpersonal eingreifen würde. In Windeseile stehen einhundertsiebzig Menschen, Männer, Frauen, Kinder, Jung und Alt auf der Startbahn, als sich eben ein blütenweißer Jumbo von Air France in Bewegung setzt. Er möchte starten. Die einhundertsiebzig aber setzen sich genau vor ihn auf die Startbahn und bewegen sich keinen Zentimeter mehr. Erich und Inga haben beide längst ihre Rolleis herausgezogen und machen ein Foto nach dem anderen. Eine wunderbare Abendsonne leuchtet die Szene perfekt aus, Hollywood hätte es nicht besser hingekriegt. Der Pilot starrt aus dem Cockpit, der Copilot starrt ebenfalls, dann spricht der Pilot ins Mikrofon, er fordert die Flughafenleitung auf, unverzüglich einzugreifen. Die Flughafenleitung hat keinen Wachdienst, der in der Lage wäre, einhundertsiebzig Menschen gegen ihren Willen zu entfernen, wegzutragen oder was auch immer, aber sie hat größtes Interesse daran, Air France nicht zu verstimmen, schließlich gehört Guadeloupe zu Frankreich, und deshalb kommt nach einer halben Stunde der Chef der Flughafenbehörde höchstpersönlich zu den Sitzstreikenden auf die Startbahn und verkündet ihnen, dass man zwar niemanden von SATT habe auftreiben können, dass man jedoch bereit sei, allen Passagieren der unglücklichen Boeing eine kostenlose Übernachtung in Hotels der Insel inklusive Verpflegung und Taxitransfers anzubieten, wenn sie im Gegenzug die Startbahn unverzüglich räumten. Auch würde man dafür sorgen, dass alle ihr Gepäck aus der Boeing holen könnten und dass man am nächsten Tag eine Ersatz*crew* für sie auftreiben würde. Nachdem die – zwar nicht demokratisch gewählten, dafür per Akklamation legitimierten – Sprecher der hundertsiebzig auf dieses Angebot eingehen, nicht ohne vorher anzudrohen, dass bei Nichterfüllung der Versprechungen unverzüglich eine erneute Startbahnblockade erfolgen würde, bewegen sich nun die hundertsiebzig erst langsam und zögerlich, dann immer zügiger zur einsam parkenden Boeing, während sofort eilig aufgetriebene Techniker eine Gangway heranschieben, die Tür der Boeing von außen öffnen, die Passagiere hineinlassen und vom Cockpit aus die Ladeluke entriegeln, so dass auch die Koffer entladen und auf einen Gepäckwagen verbracht werden können. Die hundertsiebzig nehmen nun müde, jedoch sichtlich erleichtert ihr sämtliches Gepäck wieder an sich und strömen dem Empfangsbereich zu, wo sich inzwischen an einem extra für sie geöffneten Schalter zwei ohne Zweifel adrette, zugewandte und in hübsche dunkelblaue

Uniformen gekleidete Damen postiert haben, die nach einigen Telefonaten jedem Einzelnen einen Hotelgutschein für eine Übernachtung, ein Abendessen, ein Frühstück und ein Mittagessen sowie einen Taxigutschein für eine Hin- und Rückfahrt nach der Hauptstadt Pointe-à-Pitre ausstellen. Erich und Inga atmen auf. Alles wird gut.

2

Regenzeit. Man hört, wie ein leichter, aber anhaltender Regen auf die Dächer und Markisen oder in irgendwelche Pfützen tropft. Erich liegt auf dem Rücken und schaut nach oben, auf die Zimmerdecke, wo von draußen eindringendes Licht ein Muster aufzeichnet. Neben ihm liegt Inga bereits in tiefem Schlaf. Erich kann noch nicht schlafen, zu sehr verlangt das an diesem Tag Erlebte nach einem Sinn, einer Erklärung. Ihre enthusiastisch vorbereitete Reise hat schon am ersten Tag einen erheblichen Dämpfer bekommen, sie sind sozusagen ausgebremst worden, gestrandet auf Guadeloupe. Am Ende haben sie alle, die hundertsiebzig, die Kurve noch einmal gekriegt und jeder ist jetzt wohlbehalten in einem Hotel untergekommen. Dennoch: warum ist das passiert? Zufälle gibt es nicht, so viel hat Erich wahrhaftig schon in seinem Leben gelernt, und am Ende liegt auch in jedem scheinbaren Unglück ein Stück Weiterentwicklung, ja Hoffnung. Ein regelrechtes Unglück war das nicht, was ihnen heute passiert ist. Nur eine ungeplante Unterbrechung, eine kleine Zwangspause. Morgen wird bestimmt eine neue *Crew* auftauchen und das Flugzeug sicher nach Lima fliegen. Eine Zwangspause, ein Angehaltenwerden, ein Rausgenommensein aus dem ständigen Fluss der Pläne und ihrer Ausführungen.

Etwas Unvorhergesehenes ist passiert, etwas Ungewolltes, Ungeplantes … das aber dazu geführt hat, dass sie diese Insel nicht einfach nur zu einem Tankstopp benutzen, sondern hier eine Weile verbringen. Das Abendessen war lecker, frischer Fisch und frisches Gemüse, Obst in Mengen, das Hotel ist gut und sauber, eine etwas höhere Kategorie, das Bett straff. Erich spürt seinen regelmäßigen Pulsschlag, er hört Ingas regelmäßiges Atmen, er spürt die Zeit, wie sie verrinnt, doch nicht erst im Nachhinein, so wie man mit einem Blick auf die Uhr erstaunt feststellt, dass schon wieder zwei Stunden vergangen sind, nein, diesmal spürt Erich das Verrinnen der Zeit selbst. Es ist ein schönes Gefühl, ein seltenes Gefühl, eigentlich nimmt er sich nie die Zeit für die Zeit, das heißt für das Beobachten ihres Verfließens, ihres Verrinnens, ihres Vergehens … Es ist seine eigene Zeit, seine Lebenszeit, die da verfließt, diese Sekunde seines Lebens ist unweigerlich vorüber, wird niemals wiederkommen, es sei denn, es gibt sie, die Wiedergeburt. An dem Punkt ist Erich noch nicht, im Moment nimmt er erst einmal wahr, mit einem Mal, dass er das Verfließen der Zeit erleben kann, und zwar als ein warmes, ein tröstendes Ereignis mitten in der Nacht, als ein Geschenk des Himmels. Hat er denn sein ganzes sechsundfünfzigjähriges Leben damit verbracht, Zeit zu verbringen, ohne sie jemals zu spüren? Was hat er eigentlich mit seiner Zeit gemacht? Verplant und runtergelebt hat er sie, wenn man mal von den Jahren im Krieg und in der französischen Gefangenschaft absieht, immer in der Erwartung irgendeiner Zukunft, einer nahen oder fernen Zukunft, jedenfalls einer vorgestellten Zukunft, und dabei das Hier und Jetzt, das er als Kind noch kannte, völlig vergessen. Erich spürt eine große Dankbarkeit für das Geschenk dieses Tages und dieser Nacht, für die Havarie auf Guadeloupe, für die Großzügigkeit der Flughafenleitung. Er ist dankbar. Ich danke Dir, lieber Vater im Himmel, ich danke Dir.

Guadeloupe ist ein armes Eiland. Doch Armut ist immer etwas Relatives. Gemessen am Lebensstandard in Deutschland ist Guadeloupe arm, gemessen an dem in Haiti ist Guadeloupe vielleicht sogar wohlhabend. Auf Guadeloupe wohnen arme und auch reiche Menschen. Der Chef der Flughafenbehörde ist sicherlich reich, die Putzfrau im Hotel ist sicherlich nicht bettelarm, aber auch nicht mehr. In der Regenzeit, von Mai bis Oktober, ist es schwül, der Himmel ist meistens bedeckt, und wenn nicht die Winde wären, dann wäre es vermutlich für Europäer nur schwer auszuhalten. So aber können Erich und Inga ihren Zwangsaufenthalt sogar für einen Hafenbummel in Pointe-à-Pitre nutzen. Touristen sind um diese Zeit rar, die meisten sieht man in der Trockenzeit von November bis April, die beste Zeit zum Baden.

Nach einem ausgedehnten Frühstück ziehen die beiden los. Erich hat sein Skizzenheft dabei, Inga ihre Rollei. Beim Hafen gibt es eine verlassene Markthalle, wie eine Pagode ohne Wände sieht sie aus, und überhaupt wirkt alles etwas verlassen in diesen Morgenstunden, warum erschließt sich ihnen nicht. Ein Kind in Lumpen sitzt in einer der leeren Bankreihen, die an einem Markttag sicherlich prall gefüllt sind. Ein zerbeulter VW-Bus parkt daneben, auf seinem Dach liegt ein seltsames großes Holzbrett wie eine Biertischgarnitur. Das Wasser im Hafenbecken ist ölig und voller Abfälle, der Himmel grau und wolkenverhangen, und nur bei den Wohnhäusern im Hintergrund scheint es etwas lebendiger zuzugehen. Da steht auch eine ganze Reihe Lieferwagen, die be- oder entladen werden. Erich zeichnet das Bild, das sich ihm bietet, mit all dem Schmutz und den vielen Regenpfützen. Nach einer halben Stunde verlassen sie den Hafen wieder. Es ist ein bedrückender Ort, doch Inga hat den Blick für ein paar interessante Motive, die sie mit ihrer Rollei festhält, eine riesige Marmorskulptur auf einem erhöhten Podest, Graffiti, Alltagsszenen auf Balkonen und Dachterrassen. Sie schlendern wieder zum Hotel zurück, dort ist alles so hergerichtet, dass sich die Touristen wohlfühlen können, Pool, Palmen, Liegestühle, doch jetzt in der Regenzeit gibt es hier fast niemanden, kein Wunder, dass die Flughafenverwaltung im Handumdrehen Zimmer für alle hundertsiebzig Passagiere der Boeing organisieren konnte. Der Speisesaal wird gerade vorbereitet, wieder gibt es frischen Fisch und Gemüse. An ihrer Zimmertür hängt ein Zettel der Rezeption, Abflug sechzehn Uhr. Erich erkundigt sich an der Rezeption, ja, vom Flugplatz habe man angerufen, eine neue *Crew* sei angekommen, nach dem Mittagessen sollen alle Passagiere mit Taxis zum Flughafen kommen, geplanter Abflug sechzehn Uhr.

Um halb drei sind Erich und Inga wieder in der Wartehalle. Man kann klar erkennen, dass an der Maschine gearbeitet wird. Mechaniker haben Teile der Triebwerksverkleidung entfernt und schrauben an irgendetwas herum. Schon gestern ist Erich aufgefallen, dass die Rotorblätter sehr abgenutzt erscheinen, er hat sich aber nicht viel dabei gedacht, er ist ja kein Techniker, vor allem wollte er Inga nicht verunsichern. Um kurz vor vier taucht die neue *Crew* auf, alle adrett gekleidet, mit einem gewinnenden Lächeln, die Piloten mit Pilotenkoffer, die Stewardessen mit Handtaschen, das sieht doch schon mal gut aus, wirkt jedenfalls professionell, wenn auch die Zeitangabe Abflug sechzehn Uhr nicht ganz zu halten sein wird, da müssten erst einmal die Flugzeugmechaniker da draußen fertig sein, und es sieht noch nicht danach aus. Dennoch öffnen zwei der

Stewardessen jetzt den Schalter, und organisieren den Abtransport der Koffer auf einem Förderband. Dann endlich geht es auch mit den Passagieren weiter, alle dürfen zum Flugzeug laufen und über zwei herangerollte Treppen einsteigen. Die Mechaniker haben die Motorverkleidung wieder vollständig angebracht, der Pilot die Triebwerke bereits in Gang gesetzt. Das wirkt alles beruhigend.

Als die Maschine endlich gegen siebzehn Uhr abhebt, haben sich auf einmal die Wolken gelichtet und lassen die Sonne durch. Es ist ein atemberaubender Anblick, als sie über dem glitzernden Meer durch die in allen Farben leuchtenden Wolkenschichten hindurchstoßen. Die Maschine gleitet vollbetankt in den Abendhimmel, die Motoren schnurren beruhigend wie gehätschelte Hauskatzen, alles an Bord bereitet sich allmählich auf die bald einsetzende Dunkelheit vor, und am nächsten Morgen wird das Flugzeug endlich am Zielort Lima eintreffen, mit einem Tag Verspätung, aber es gibt Schlimmeres.

Erich hat die Wanderschuhe ausgezogen, seine Beine herangezogen und sich in „Die Lebenden und der Tod" vertieft, während es ringsherum bereits leise schnarcht und pfeift, knistert und ächzt. Doch nicht alle können schlafen, Inga hat ebenfalls ihr Leselicht eingeschaltet, hier und da blättern Einzelne in Zeitschriften. Erich folgt staunend den Ausführungen des Soziologen, er hatte zunächst große Bedenken bezüglich des wissenschaftlichen Stils, doch das Buch ist eher erzählend geschrieben, wenig Fachkauderwelsch, stattdessen gut lesbare Vergleiche der Todesrituale in der westlichen Welt und in afrikanischen Stammeskulturen. Verblüfft liest Erich, wie der Tod in der westlichen Welt verwaltet und der Sterbende von den Ärzten entmachtet wird. Erich muss voll Bitterkeit an den sechsundzwanzigsten Februar zweiundsechzig zurückdenken, an die Hilflosigkeit der Ärzte, als sich die Gerätemedizin als ohnmächtiger Scheinriese entpuppte. Er muss an die Einsamkeit des Trauernden zurückdenken, der in der Geschäftigkeit der Umwelt seinen Platz nicht finden kann. Er muss an das Verschweigen des Todes und der Toten denken, dem er sich unterworfen hat, weil es im westlichen Leben jenseits des Friedhofs keinen Platz für sie gibt. Er muss auch an den vierzehnten April fünfundvierzig denken, als er selbst im Zwischenreich von Himmel und Erde wandelte und erfahren durfte, dass die Seele nicht an einen Körper gefesselt ist, sich von ihm lösen und in andere Sphären eintauchen kann. Mitten in der Nacht und mitten in diesem Flug über Meere und Kontinente nimmt ihn das Buch mit in das Ringen eines Autors um eine Erlösung, die auch Erich ersehnt. Auch wenn bei aller spannenden Analyse eine Frage ungestellt bleibt: die Frage nach Gott. Vater, was ist Dein Plan? Wohin führst Du mich? Und wohin hast Du Carlo geführt?

Der Sturzflug kommt so plötzlich, dass niemand reagieren kann. Weder die Passagiere, von denen einige noch dösen, noch die Stewardessen, die gerade dabei sind, das Frühstück auszugeben. Der Essenswagen landet daher auch in Sekundenbruchteilen wieder im Heck des Fliegers, während die Stewardessen auf dem Bogen liegen und sich, wo es gerade geht, festhalten. Alles, was nicht fest in der Gepäckablage verstaut ist, macht sich auf die Reise ins Flugzeugheck, Plastiktassen und Brötchen, Kameras und Bücher, Brillen, Taschen und Schuhe. Wie ein gewaltiger Magnet zieht die Trägheit der Objekte diese gegen die Sturzrichtung, also nach hinten. Erich ist vollkommen ruhig, das ist die Wirkung seiner Lektüre mitten in der Nacht ... Ist es jetzt soweit? Passiert jetzt etwa genau das, womit er sich ein paar Stunden zuvor beschäftigt hat: „Die Lebenden und der Tod"? Er schaut nach Inga, Inga sieht ihn entsetzt an, er zeigt auf ihre Füße, Schuhe anziehen, fast wie ein Befehl, dabei ist es nur ein durch und durch rationaler Reflex ... Sollte es zu einer Bruchlandung kommen, dann heißt es vielleicht schnell wegrennen, und dann braucht man Schuhe. Er beugt sich nach vorn, fischt seine Bergstiefel hervor und zieht sie geduldig an, so tut man etwas

Sinnvolles. Als er beide Schnürsenkel festgeschnürt hat, bemerkt er zu seiner Beruhigung, dass Inga ihre Schuhe die ganze Zeit schon anhatte. Wie versteinert wirkt sie, ihre Hände krallen sich um die Armlehnen, während ein kleines Tablett haarscharf an ihrem Kopf vorbeisegelt. Ein Kind schreit, ansonsten ist es still, keine Panik, eine Reihe vor ihnen scheint jemand zu beten.

Erich faltet seine Hände und erinnert sich an Johannes zwölf, Vers vierundzwanzig: „Wer sein Leben liebt, der wird es verlieren. Wer aber sein Leben in dieser Welt geringachtet, der wird es bewahren zum ewigen Leben. Wer mir dienen will, der folge mir nach, und wo ich bin, da soll mein Diener auch sein." Dann betet er das Vaterunser. Er sieht, dass auch Inga die Hände gefaltet hat. Er ergreift ihre Hand und hält sie fest.

Wie lange der Sturzflug dauert, kann man nicht sagen, schließlich hat niemand die Zeit gestoppt. Aber irgendwann ist es vorbei, und die Maschine richtet ihre Schnauze auf. Langsam, aber sicher gelingt es dem Piloten, sie wieder in Normallage zu bringen, wobei diejenigen, die einen Fensterplatz haben, selbst im Morgengrauen sofort erkennen, dass es knapp war. Unter den Tragflächen breitet sich der dunkle Urwald aus, zum Greifen nahe. Sie fliegen über den Anden, irgendwo über Kolumbien, während im Osten zart die Sonne aufgeht. Die Maschine gewinnt nun wieder an Höhe, die Baumwipfel verschwinden, und die Stewardessen beginnen mit den Aufräumarbeiten. Eine bekommt ein Pflaster, doch außer Prellungen scheint ihnen nichts passiert zu sein, die Passagier sitzen alle auf ihren Plätzen, sie haben weiter nichts abbekommen. Allerdings sieht es überall aus, als hätte eine Bombe eingeschlagen.

Nach wenigen Minuten öffnet sich die Cockpittür, der Flugkapitän tritt hervor. Er ist jung, vielleicht Mitte dreißig, kräftiges pechschwarzes Haar, sein Hemd ist verschwitzt, er setzt seine Mütze auf und lächelt. Dann sagt er zwei, drei Sätze auf Englisch, lächelnd, dann ist es einen Moment still, bevor — wie auf ein Kommando — die hundertsiebzig anfangen zu klatschen. Es ist eine Ovation, die Dankbarkeit bricht sich Bahn, das Klatschen wird frenetisch, will kaum enden ... Da verneigt sich der Pilot, dankt ihnen für die Geste und verschwindet wieder im Cockpit. Sekunden später hört man seine Stimme durch die Lautsprecher, er fasst kurz das Geschehene auf Englisch und Französisch zusammen. Erich versteht nicht, was genau passiert ist, die Motoren sind wohl ausgefallen, doch es genügt ihm zu hören, dass die Maschine nun wieder stabil fliegt, und dass der Pilot damit rechnet, in zwei Stunden in Lima zu sein.

Das Flugzeug erreicht Lima ohne weitere Zwischenfälle

3

Erich und Inga sind in einem Hotel in der Stadtmitte untergekommen und lassen die Nacht noch einmal Revue passieren. Sie liegen auf ihren Hotelbetten, alle viere ausgestreckt, und reden. Zuviel ist passiert in den beiden Tagen, zu heftig hat Gott sie durchgeschüttelt, um zur Tagesordnung überzugehen. Eine Tagesordnung, die es ohnehin mit einem Male nicht mehr gibt. Gab es sie jemals? Gilt es jetzt vielleicht, endlich Gottes Ordnung zu erkennen? Will er etwa, dass sie ihre Reise wieder abbrechen und zurückfliegen? Was ist die Botschaft? Sie kommen zu dem Schluss, die Reise mit offenen Augen und offenem Herzen fortzusetzen.

- Was hat der liebe Gott mit uns vor? Was haben wir bloß angestellt? fragt Erich.
- Vielleicht sollen wir wieder lernen, mehr mit ihm zu kommunizieren. Zu beten. Ihn zu bitten.
- Ich habe zu ihm gebetet, er möge uns retten.
- Das hat er getan.
- Er hat die Macht, ein Flugzeug abstürzen zu lassen … und es auch wieder zu retten. Vielleicht hatten wir das vergessen.

- Ist es nicht verrückt, dass du gerade jetzt dieses Buch liest.

- Daran muss ich auch schon die ganze Zeit denken. So langsam beginnt sich der Kreis zu schließen.

- Was meinst du?

- Ich meine die Todeserfahrungen. Soulac, Carlo, das von heute Morgen, alles hängt miteinander zusammen. Leben heißt sterben.

- Heißt das denn, dass das Leben nicht wichtig ist?

- Im Gegenteil, es ist sehr wichtig, es ist ein Geschenk. Aber das Sterben ist eben ein Teil davon … „Wer mir dienen will, der folge mir nach, und wo ich bin, da soll mein Diener auch sein." Ich glaube, ich verstehe endlich, was das bedeutet.

- Sag's mir.

- Unser Ego. Jesus wollte uns klarmachen, dass wir in unserem Ego keine Erlösung finden. Er selbst war auch ein Diener, er wollte uns den Weg zeigen, dafür ist er gestorben.

Am übernächsten Tag kaufen sie sich ein Bahnticket nach Huancayo. Die Stadt liegt auf der Hochebene, dem über viertausend Meter hohen *Altiplano*. Um sieben Uhr morgens fährt der Zug gemächlich los, durchquert schier endlose Barackensiedlungen und erreicht endlich das offene Land, bevor er sich auch schon in die Berge begibt, um sich dort, hin und her, in einer ständigen Scherenbewegung, mühsam hinaufzuarbeiten. Er fährt so langsam, dass gelegentlich indianisch aussehende und indianisch gekleidete Personen, Frauen mit endlos langen Zöpfen und Hut, Männer mit und ohne Kopfbedeckung, schmutzbefleckte Kinder, von draußen Lebensmittel anbieten, die allerdings niemand kauft, denn der Zug hat einen Speisewagen, wo die Verpflegung für den europäischen Magen sicherer erscheint. Ohnehin ist nur leichte Kost angesagt, gilt es doch, einen Scheitelpunkt bei weit über viertausend Metern zu überwinden. Trinken ist hier wichtiger als Essen, zumal die Luft immer trockener wird … und dünner. Erich und Inga halten gut durch, selbst beim Bahnhof *La Galera* bei fast viertausendachthundert Metern bleiben sie bei Atem, während andere Reisende in Nöten sind, mancher sogar eine Sauerstoffmaske benötigt. In Huancayo angekommen, mitten im kargen Bergland, nehmen sie sich wieder ein Hotel und machen eine zweitägige Pause. Doch Erichs Ziel ist Machu Picchu. Darauf hat er die ganze Ausrüstung abgestellt, das kleine Zelt, die Schlafsäcke, die Wanderschuhe. Sie müssen zuerst mit dem Bus nach Cusco fahren und von dort weiter mit dem Zug. In Cusco lassen sie alle nicht benötigte Kleidung im Hotel und besteigen den Zug.

Bei Kilometer einhundertvier heißt es aussteigen. Der Zug hält mitten im Gelände und entlässt die Wanderer, die den Inkapfad begehen wollen.

- Hast du gesehen, wir sind hier nicht die einzigen Alten.

Erich versucht, sich und Inga Mut zu machen. Natürlich sind sie noch nicht alt, doch die allermeisten um sie herum sind deutlich jünger, zwischen zwanzig und dreißig. Die bunt zusammengewürfelte Kolonne durchquert ein trockenes Waldgebiet und beginnt bald den beschwerlichen Aufstieg.

- Wir müssen gut aufpassen, wo wir hintreten. Eine Bänderdehnung oder ein verstauchter Knöchel wäre hier gar nicht lustig.

Immer steiler geht es hinauf, es wird kühler, am Ende sogar leicht regnerisch, bis sie einen Pass überqueren und auf der anderen Seite wieder steil hinunterlaufen, immer auf den großen, glatten, jahrhundertealten Granitsteinen der Inkas. Am Abend stehen sie stolz und erschöpft am Ziel, oberhalb der Ruinenstadt Machu Picchu. Sie machen sich bereit für die Übernachtung im Freien. Inga ist stolz auf sich, noch mehr auf Erich, und vor allem auf ihr Paar:

- Wir haben es geschafft.
- Stimmt! schmunzelt Erich.

Er ist so erschöpft wie stolz. Er hat etwas Atemnot und einen stechenden Schmerz in der Brust, doch das kommt natürlich von der Anstrengung, das wird bald weggehen. Eben nähert sich ein junger Mann, er spricht Englisch, Erich konzentriert sich auf die Sprache, glaubt zu verstehen, dass der junge Mann an Verstopfung leidet, ob Erich und Inga vielleicht zufällig ein Mittel gegen Verstopfung dabeihätten. Haben sie, zufällig. Die beiden haben schwarzen Tee eingepackt, das hilft garantiert. Muss schon eine üble Verstopfung sein, wenn der junge Mann einen Wildfremden anspricht, aber helfen macht Freude. Erich vergisst, dass er einen Augenblick zuvor noch an Atemnot litt. Er baut das kleine Zelt auf, legt die Schlafsäcke aus, während Inga die Essensvorräte auspackt. Vielleicht wird das die einzige Nacht sein, die sie auf dieser Reise im Freien schlafen.

Am nächsten Morgen haben sie es nicht eilig. In aller Ruhe packen sie wieder ihre Rucksäcke und verstauen Zelt und Schlafsäcke. Ein Blick rüber zu den beiden Amerikanern, ein freudiger Gruß zurück, also der Tee hat schon mal funktioniert, prima, jetzt runter in die Ruinenstadt. Man ist noch – fast – ganz allein, acht Uhr am Morgen, die Massen kommen erst später. Erich nimmt sein Skizzenheft heraus, der Anblick einer Alpaka-Gruppe auf einer Terrassenweide vor einer himmelstürmenden Bruchsteintreppe hat es ihm angetan: verlassenes kulturelles Erbe, menschenleer, und mittendrin Tiere, die sich ausschließlich für die Nahrungsaufnahme interessieren. Inga fotografiert Erich beim Zeichnen.

Die Bahnstation ganz unten im Tal, am Ende einer langen Kette von Serpentinen, die sie am späten Vormittag mit einem Taxi hinunterfahren, heißt *Aguas Calientes*, warme Wasser, im Plural, und sie macht ihrem Namen alle Ehre, denn es gibt warme Quellen, die dem erschöpften Körper guttun. Erich und Inga beschließen, die Nacht noch hier zu verbringen und mieten sich in einem billigen *Hostal Restaurant* ein. Am nächsten Morgen reicht die Zeit noch für die Skizze einer Gruppe auf die Abfahrt des Zuges wartender Bahnarbeiter, zwei sitzen auf einer Draisine, die anderen stehen herum, wieder andere stehen auf dem Wagondach, vor der schon dampfenden Lokomotive. Sie tragen Helme und Overalls oder einfach Pullover, Mützen und löchrige Hosen. Sie schauen ernst oder heiter auf den, der sie zeichnet. Er hat sie nicht um ihre Erlaubnis gefragt, und ihm ist unwohl bei dem Gedanken. Der Zug bringt sie zurück nach Cusco.

Cusco ist ein Monument. Koloniale Bauten auf den Grundmauern einer uralten Inkastadt. Inga hat für sie eine etwas teurere Unterkunft rausgesucht, kein Billig*hostal*. Der Plan ist, sich in Cusco etwas von den Anstrengungen der ersten Reisehälfte mit Lima, Andenaufstieg, Huancayo und

Inka-*Trail* zu erholen und dann erst zum Titicacasee weiterzufahren. Nach der Zugfahrt gehen sie ins Hotel und holen ihr dort verbliebenes Gepäck. Dann beziehen sie ihr Zimmer.

- Meine Güte, Erich, was hast du?

Erich ist kreidebleich, er fasst sich an die Brust, stechender Schmerz, Atemnot, viel heftiger als vorgestern Abend. Er hat starken Schwindel und setzt sich auf die Bettkante.

- Ich habe Angst. Ruf einen Arzt.

Dr. Romero erkundigt sich nach den Symptomen, er ist ein erfahrener Arzt, er weiß sofort Bescheid.

- Ihr Mann hat einen Herzinfarkt. Er muss unverzüglich in die Notaufnahme.

Der Geschäftsführer hat Dr. Romero gebeten, nach Erich zu sehen, es ist ein Zufall, dass sich ein spanischer Arzt unter den Hotelgästen befindet und noch dazu ein Arzt, der Deutsch spricht. Dr. Romero hat in Deutschland studiert. Als der Krankenwagen eintrifft, begleitet er Erich und Inga ins Krankenhaus. Erichs Zustand hat sich etwas stabilisiert.

- Ihr Mann wird jetzt achtundvierzig Stunden lang überwacht werden. Treten bis dahin keine besonderen Komplikationen auf, könnte er vielleicht wieder entlassen werden. Im schlimmsten Falle braucht er eine *Bypass*operation. Im Moment sieht es nicht danach aus. Ich würde auch nicht empfehlen, eine solche Operation gerade hier durchführen zu lassen.

Inga schaut ihn mit weit aufgerissenen Augen an.

- Ich will sie aber nicht zu sehr beunruhigen. Es sieht mir nicht nach einem schweren Infarkt aus. Jetzt muss der Herzmuskel auf alle Fälle entlastet werden, danach sehen wir weiter. Ich fahre ins Hotel zurück, sie können mich dort jederzeit rufen lassen.
- Ich weiß nicht, wie ich Ihnen danken soll, Dr. Romero. Ohne sie hätte ich völlig den Kopf verloren.

Inga geht zu Erich zurück. Im Krankenzimmer befinden sich drei weitere Betten, nur eins ist belegt, neben Erich, ein älterer Mann, er scheint zu schlafen. Erich schaut sie an und sagt mit schwacher Stimme:

-   Liebes, mach dir keine Sorgen, alles wird wieder gut. Lass uns die zwei Tage abwarten, dann reden wir.

Es ist völlig still im Raum, inzwischen ist es auch dunkel geworden. Inga sitzt neben Erichs Bett auf einem Stuhl, dem einzigen im Zimmer. Sie hat ihn direkt vors Bett gezogen, das ist jetzt ihr Platz. Der Platz an Erichs Seite ist immer ihr Platz gewesen, seit siebenundzwanzig Jahren ist das so, wenn man mal vom Kirchentag absieht, wo er mit Reinhold Vetter hinfuhr, und von der Fahrt nach Paris, als er Bernard Brassard kennenlernte. Auch sie war hin und wieder mal allein weg, wenn sie zu ihren Eltern fuhr, selten und kurz, ansonsten hatten sie immer alles gemeinsam gemacht, sie wird auch jetzt nicht von seiner Seite weichen. Was sollte sie allein im Hotelzimmer?

Ihre Gedanken wandern umher, es ist nicht zu fassen, jetzt sind sie beide hier in diesem Krankenhaus in Cusco, mit einem wildfremden Patienten muss er das Zimmer teilen. Meine Güte, wären sie doch zu Hause geblieben.

Ja, Erich, wir hätten diese Reise nicht machen sollen … Wir sind offenbar auf einem falschen Weg … Es war meine Idee, ich dachte, es würde unserer Ehe guttun. Ich habe dich da reingezogen. Ich weiß, wie ich es anstellen muss, um dich von etwas zu begeistern, ich hab's immer gewusst, und es hat fast immer funktioniert. Die Idee mit Chile war auch meine Idee gewesen, aber das ging ja gut, das war damals genau richtig. Und jetzt? Von Anfang war der Wurm drin, auf Guadeloupe, als sich die *Crew* einfach verdrückte, und dann natürlich auf dem letzten Stück nach Lima. Es liegt kein Segen auf dieser Reise … Was habe ich falsch gemacht? Hat unsre Ehe denn wirklich einen neuen Anschub gebraucht? Das mit dem Oberarzt war doch gar nichts. Er hat mir schöne Augen gemacht, ok, das hätte er bei einer verheirateten Frau nicht tun dürfen, und ja, ich habe ein wenig mit ihm geflirtet, aber um Himmels Willen, ich lasse mich doch auf kein Abenteuer ein … ich werde vierundfünfzig, es tut einfach gut, wenn man merkt, dass man für Männer noch nicht ganz unsichtbar ist … Mehr war da doch nicht! Aber du musst zugeben: Dass man dir ein Verhältnis zu Maria Unger angedichtet hat, war auch schon sehr belastend für mich. Ich weiß, Maria und du, das war schon eine komplett absurde Vorstellung, wie konnte jemand auf so eine Idee kommen, du kannst mit Maria überhaupt nichts anfangen, aber es bleibt was hängen … Es schmerzt, dass überhaupt irgendjemand so etwas in die Welt setzen konnte. Was haben wir denn den Leuten in Sobern getan? Verstehst du, dass ich da mal raus musste, und wenn auch nur für ein Reiseabenteuer ... Du hast immer noch deine Malerei gehabt, wenn dich deine Kollegen oder sonst irgendjemand nervten, du konntest mit deinen Bildern auch der Enge von Sobern entfliehen, aber ich hatte das nicht, ich hatte immer nur die Kinder. Und ich bin nun mal in der Großstadt aufgewachsen, das steckt in mir, ich kann doch nicht über meinen Schatten springen ... Sobern ist ein kleines Nest im Hunsrück, ich hab immer damit gefremdelt, wer würde mir einen Vorwurf daraus machen, dass ich da vom Reisen geträumt habe. Du hast das verstanden, hast ja auch mitgemacht, aber es stimmt, du hast auch gesagt, man kann der Fremde nicht entkommen, in dem man in die noch fremdere Fremde entflieht ... Woher hast du das gewusst?

Vielleicht ist es nicht mehr dran, in unserem Alter solche strapaziösen Touren zu unternehmen ... Vielleicht ist es das Privileg der Jugend, die Welt zu erkunden, und vielleicht sollen wir beide einfach einsehen, dass das in unserem Alter nicht mehr dran ist ... Aber was ist jetzt dran, was kann ich denn tun? Vielleicht muss ich Sobern akzeptieren, so klein und provinziell, wie es ist ... und mir dort endlich einen Job suchen, bevor es zu spät ist. Jetzt, wo du ... wo wir beide hier in diesem Krankenhaus so einsam sind, fällt es mir wie

Schuppen von den Augen: Unsere Heimat ist Sobern, nirgends sonst.

Erich, ich habe Angst, ich habe Angst davor, alt zu werden, faltig, runzelig, verbraucht, ohne Aufgabe … Es war so schön, als die Kinder um uns herum waren, auch wenn Carlo gegangen ist, und du weißt, wie sehr ich getrauert habe, auch wenn ich es nicht zeigen konnte. Ich bin eben so, das ist keine Gefühlskälte, du weißt es ganz genau, ich habe das als Kind so gelernt, dass man seine Gefühle nicht zeigt, ich komm da nicht mehr raus, und als Carlo starb, hab ich eben auch meine Trauer nicht gezeigt. Du bist da anders, ich weiß, doch du hast mich verstanden … Du weißt vielleicht gar nicht, wie sehr ich dich liebe. Und jetzt liegst du da, und vielleicht gehst du, und lässt mich allein. Ich fürchte mich, Erich, lass mich nicht allein, du darfst mich nicht allein lassen, ich brauche dich … Lieber Vater im Himmel, bitte mach, dass er wieder gesund wird.

Als Erich aufwacht und sich vorsichtig umschaut, braucht er eine Weile, um sich im Raum und in der Zeit zu orientieren. Es ist noch dunkel, doch die Notbeleuchtung reicht, um zu sehen, wo er sich befindet. Neben dem Bett steht ein leerer Stuhl, Inga liegt neben ihm, sie hat sich eng an ihn geschmiegt, um nicht runterzufallen. Vielleicht hebt er besser einen Arm und legt ihn um ihren Kopf, so haben beide mehr Platz, und vielleicht wärmt es sie ja. Er hebt seine Decke an und zieht sie soweit über sie, dass wenigstens ihre Schulter bedeckt ist. Das sollte reichen.

Die Reise ist zu einem Fiasko geworden. Jetzt kann nur Gott helfen … Ich bitte dich, lieber Vater im Himmel, lass diesen Krug an mir vorübergehen. Ich weiß, wir hatten diese Reise nicht mit dir abgesprochen, wir haben es einfach gemacht, ohne dich zu fragen. Wie so oft. Ein Herzinfarkt, das ist eine schwere Warnung. Ich spüre zwar, dass du es nicht zum Äußersten kommen lässt, und mein Körper sagt mir irgendwie, dass er es schafft, aber ich weiß, dass ich die Ursache für diesen Infarkt herausfinden muss. Und dass es nichts Medizinisches ist.

In diesem Augenblick treffen sich seine und Ingas Blicke. Sie ist aufgewacht. Erich flüstert:

-   Was denkst du?
-   Ich liebe dich.
-   Er küsst sie sanft auf die Stirn.
-   Ich dich auch …

- Ich muss herausfinden, was die Ursache für den Infarkt ist.
- Was glaubst du?
- Meine Schuldgefühle.
- Viele Menschen haben Schuldgefühle …
- Doch nur wenige bekommen einen Herzinfarkt. Es fehlt mir ein Baustein.
- Ich glaube, ich kenne ihn.
- Sag es mir.
- Vergebung. Wir müssen beide vergeben lernen.
- Wem soll ich vergeben?
- Dir selbst.
- Und du?
- Mir selbst und Sobern.
- Wie bist du darauf gekommen?
- Ich hab lange dagesessen, auf dem Stuhl neben dir, und plötzlich fiel es mir wie Schuppen von den Augen.
- Wie geht Vergebung?
- Ich weiß es nicht. Ich weiß nur, dass es unsre einzige Chance ist. Wollen wir es versuchen?
- Ja … Lass es uns versuchen.

- Es ist schon sehr erstaunlich, Herr Pfeifer. Vorgestern hatten Sie diesen Herzinfarkt, und heute sehen Sie schon wieder aus, als sei nichts gewesen. Ehrlich gesagt, ich frage mich, ob es wirklich ein Herzinfarkt war.

Doktor Romero freut sich ehrlich mit Erich und Inga.

- Dennoch muss ich Sie als Arzt dringend auffordern, die nächste Zeit absolute Ruhe und Schonung zu wahren. Ich habe mir erlaubt, Ihnen schon einmal diese Medikamente hier zu besorgen, die den Herzmuskel weiter entlasten und stärken werden. Alles Weitere werden Sie mit Ihrem Hausarzt in der Heimat besprechen. Für den Rückflug in zehn Tagen sehe ich keine Probleme, sofern Sie Ihr Gepäck nicht selbst tragen.
- Wir wissen gar nicht, Doktor Romero, wie wir Ihnen danken sollen. Sie haben uns so sehr geholfen!
- Indem Sie Ihren Aufenthalt in diesem schönen Hotel bis zu Ihrer Rückreise verlängern, nichts anderes mehr unternehmen und sich schonen und wir uns in den nächsten Tagen gelegentlich zum Essen treffen.

Epilog

1

Während Erich sich in Cusco von seinem ... was auch immer es gewesen sein mag, erholt, besucht Thomas das im Januar eingeweihte *Centre Georges Pompidou* in Paris und zur gleichen Zeit geschieht das Attentat auf den Vorstandsvorsitzenden der Dresdner Bank, Jürgen Ponto, in seiner Villa im Taunus. Er wird von den Terroristen Christian Klar und Brigitte Mohnhaupt erschossen. Ebenfalls zeitgleich proben Jean-Claude und seine Schauspieler intensiv die *Scènes de chasse en Basse-Bavière*, die Jagdszenen aus Niederbayern von Martin Sperr. Die Premiere ist für Mitte Oktober geplant, muss aber auf November verschoben werden.

Die Proben werden zur Zerreißprobe. Alles scheint sich gegen den Erfolg verschworen zu haben. Die Schauspieler sind mürrisch: Wenn alles immer nur auf Freundschaftsbasis geschieht, ohne Budget, dann kostet es die doppelte Energie. Jean-Claude mietet einen Raum für die Proben, nimmt dafür einen Kredit auf und hofft, alles aus den erwarteten Einnahmen einspielen zu können. Immer wieder kommt es zu Ausfällen, während der Proben, weil in diesem verregneten September eben alles zusammenkommt und niemand von Erkältungen verschont bleibt. Pierrot, der die Hauptrolle spielt, hat in seinem Betrieb gekündigt, er will sich ganz aufs Schauspielen konzentrieren, glaubt einen Moment lang an seine Zukunft auf den Brettern, wie auch Jean-Claude an seine als Regisseur. Drei Stücke haben sie als Laien schon aufgeführt, dreimal lief es ganz ordentlich, die „Jagdszenen" könnten der Durchbruch werden. Dann ist es so weit, am neunzehnten November findet die Premiere in den *Bouffes du Nord* statt.

Das Echo ist verhalten. Genauer gesagt: Das Publikum meidet das Stück. Die Kritiker verreißen es. Jean-Claude bleibt auf einem Berg Schulden sitzen, Pierrot muss sich eine neue Arbeit suchen, jeder geht seiner Wege. Das Plakat zur Aufführung bleibt noch eine Weile an der Tür des Mansardenzimmers hängen, irgendwann ist es dann weg.

- Nicole traf ich im nächsten Jahr einmal in Pisa, bei Familienangehörigen. Ihre Eltern stammten aus Italien, und Nicole fand es ganz praktisch, mich nach außen hin als ihren ‚Begleiter' zu deklarieren (man wird nicht belästigt). Auch ich fand es praktisch, so konnte ich Italien ein wenig von innen kennenlernen.

- Warum war sie eigentlich nicht mehr mit Jean-Claude zusammen?

- Er hatte keine Anstalten gemacht, mit ihr etwas aufzubauen, so jedenfalls hat sie mir das damals erzählt. Sie dachte dabei noch nicht mal an Kinder ... Aber wenigstens so etwas wie eine Verlobung, eine gemeinsame Wohnung, eine gemeinsame Perspektive.

- Du meinst, er war damit zufrieden, in der Wohnung seiner Großmutter weiter mitzuwohnen?

- So ist es. In diesem Leben war für Nicole kein Platz. Sie hat sich dann ohne ihn eine Wohnung genommen, musste ja mal festen Boden unter die Füße bekommen. Sie blieben nach wie vor eng befreundet, und wenn sie ein Problem hatte, rief sie ihn. Aber sie waren kein Paar mehr. Einmal hatte sie einen Unfall, da hatte sie sich mit einem Elektrobohrer den halben Schopf ausgerissen, und wer ihr sofort geholfen hat, das war natürlich er. Auf ihn konnte sie sich immer verlassen. Aber sie waren kein Paar mehr.

- Und machte ihm das nichts aus?

- Ich glaube nicht. Erst wenn seine Großmutter einmal nicht mehr da wäre, würde er sich neu orientieren. Bis dahin würde er nichts ändern. Aber da hatten wir uns schon aus den Augen verloren.

- Was machte Nicole eigentlich konkret?
- Sie arbeitete als Dokumentalistin beim Rundfunk.
- War sie zufrieden?
- Denke schon. Die Arbeit war interessant. Vermutlich hat sie längst geheiratet.

Zwei Jahre später bewirbt Jean-Claude sich beim Bildungsministerium für eine Ausbildung als pädagogischer Berater am *Collège*. Fortan wird er ein Büro im Schulgebäude haben, wo er die An- und Abwesenheiten der Schüler kontrolliert, den Kontakt zu Eltern und Lehrern herstellt und schwierige Schullaufbahnen begleitet. Es wird seine neue Familie.

Das Theater kann er allerdings nicht lassen. Mit den Kindern seiner Schule macht er unverzüglich weiter und wird – bis zu seinem Ruhestand – jedes Jahr eine Aufführung haben. Immer wenn ich ihn besuche, lädt er mich zu den Proben ein. Dann sehe ich seine große, aufrechte Gestalt, die dicken nach hinten gekämmten Haare, den verzwirbelten rötlichbraunen Vollbart und die leuchtenden Äuglein – ein Gesicht aus dem neunzehnten Jahrhundert – inmitten einer

Kinderschar, ernsthaft bei der Arbeit, mit dutzenden Proben, Bühnenaufbau, Beleuchtung, Musik, Kostümen und Schminke, genauso als wäre es eine große Bühne und als wären nicht die Vorstadteltern das Publikum, sondern das kritische Publikum der Theaterprofis.

- Wie geht's *Mamie*?
- Gut, wie immer. Sie fährt immer noch regelmäßig in die *Yonne*.

- Ein seltsamer Zufall. Seine Familie väterlicherseits kam aus der Gegend, wo auch Yannick wohnte, wo er jedes Jahr im Sommer für zwei Wochen alte Freunde besuchte und wo auch *Mamie* immer noch hinfuhr. Von dort brachte sie dann frisch gekochte Erdbeermarmelade mit. Dort, im Dorf, hate er auch einmal Annie und Chloé kennengelernt. Sie wohnten inzwischen alle in Paris, und waren mehr als nur Freunde für ihn.
- Was meinst du damit?
- Sie waren wie eine große Familie.
- Hat er sich keine Lebensgefährtin gesucht?
- Ich hab ihn das nie zu fragen gewagt. Irgendwie hatte es mit seiner Mutter zu tun.

Keiner möchte darüber sprechen. Sein Vater lebt noch, in *Courbevoie*. Manchmal treffen sie sich.

Irgendwann haben Thomas und Jean-Claude sich aus den Augen verloren, in den Neunzigern, irgendwann, nachdem auch Thomas ein paar Laienaufführungen mitgemacht hatte und sich jedes Mal fragte, wo Jean-Claude eigentlich die Kraft hernahm, so etwas ein Leben lang jedes Jahr auf die Beine zu stellen.

- Yannick wollte Französischlehrer werden. Er hatte sein Abitur ein Jahr früher gemacht als ich und musste noch den Wehrdienst absolvieren, bevor er mit dem Studium beginnen konnte.
- Du sagst, er war auf einem Luftwaffenstützpunkt in der Champagne? Was hat er denn dort gemacht?
- Er war da als normaler Wehrpflichtiger. In Frankreich konnte man seinen Wehrdienst auch nach dem Studium absolvieren. Der Luftwaffenstützpunkt lag nicht sehr weit von seinem Heimatstädtchen, so konnte er an den Wochenenden meistens nach Hause

fahren. Und dann schaffte er es, Redakteur der Geschwaderzeitung zu werden: Er schrieb ein Jahr lang Artikel über den Alltag des Geschwaders.

- Und hat sein Talent für die Feder bewiesen.
- Ja. Hätte er sich die ganze Zeit langweilen sollen? So hatte er eine sinnvolle Beschäftigung und ein paar Privilegien. Er musste nicht zu Übungen raus und konnte stattdessen Reportagen machen. Er hatte sogar ein Büro.
- Wie kam er denn zu dem Job?
- Der Job muss irgendwie an ihm hängen geblieben sein. Man suchte jemanden, der das übernehmen wollte, und von den anderen hatte keiner Lust oder Interesse.
- Das war dann wohl so eine Art Schreibwerkstatt für ihn? Seine ersten Gehversuche in Sachen kreatives Schreiben?
- Ja, offensichtlich.
- Und wie ging es weiter mit dem Schreiben?
- Als Französischlehrer am *Collège* kam er wieder dazu.
- Erzähl mal.
- Offenbar merkte er, dass er die Schüler mit den traditionellen Methoden nicht mehr erreichen konnte. Das Leistungsgefälle wurde immer größer. Also fing er damit an, einfache Theaterstücke mit ihnen aufzuführen. Und der nächste Schritt war, die

Theaterstücke selbst zu schreiben. Das hat er dann jedes Jahr gemacht, bis zu seiner Pensionierung.

- Aber irgendwann ist er auch mal außerhalb der Schule aktiv geworden.

- Ja, es gab ja schon eine Laienspielgruppe in seinem Ort. Sie fragten ihn einmal, ob er ein Stück über das alte Weihnachten in der Region schreiben könnte. Das hat er gemacht, und über die Jahre wurden es an die zehn solcher Stücke, die historische Anlässe aufgreifen.

- Aber mit der Zeit löste sich euer Kontakt.

- Wir telefonierten, und ich machte gelegentlich einen kleinen Umweg durch das nördliche Burgund, wenn ich mit meiner Familie an den Atlantik fuhr. Zweitausendneunzehn war ein solcher Zwischenstopp. Er zeigte uns die Wandmalerei in der Kirche *La Ferté-Loupière*, die einen Totentanz abbildet und auf den Ausbruch der Schwarzen Pest im vierzehnten Jahrhundert zurückging. Wer hätte geahnt, dass wir ein halbes Jahr später in einer Pandemie stecken würden.

- Kaum zu glauben! ... Dass er euch im Sommer neunzehn zu dieser Wandmalerei geführt hat.

- Seine Familie ist übrigens fast ganz verschwunden. Als erster ging sein Vater, er starb mit achtundfünfzig an

476

Krebs. Dann starb die älteste Schwester, sie litt an einer seltenen Krankheit. Ihr folgte die jüngere der beiden Schwestern, Alkoholikerin, vermutlich starb sie an Herzversagen. Beide Schwestern waren kinderlos. Die Mutter ist im Pflegeheim, Alzheimer, sie versteht das alles nicht mehr.

- Nur Yannick ist übriggeblieben.

Bernard Brassard hält noch lange brieflichen Kontakt zu Erich. Er schreibt auf deutsch. Nach seinem Philosophiestudium und dem Wehrdienst verschlägt es ihn trotz außergewöhnlich guter Noten an eine Schule in Nancy. Nach zwei Jahren kann er nach Paris zurückkehren, die Pflegebedürftigkeit seiner Großmutter dürfte hierfür ausschlaggebend gewesen sein. Er unterrichtet am *Lycée Louis-le-Grand*, wo ihm die *agrégation* gelingt, eine Aufnahmeprüfung für höhere Posten in der französischen Verwaltung. Doch er bleibt am *Lycée Louis-le-Grand* und arbeitet neben dem Unterricht an einer Doktorarbeit über Heidegger. Von einer anderen Person in seinem Leben außer seiner Großmutter ist nie die Rede. In den Neunzigern wird er als Dozent an die Sorbonne zurückkehren.

Nach der Rückkehr aus Peru bemüht sich Inga aktiv um einen Job in der Soberner Stadtverwaltung. Ihr Kontakt zu Frau Maier-Strom erweist sich dabei als hilfreich, es klappt mit einer halben Stelle im Referat Tourismus und Kultur. Sie muss vieles neu erlernen, doch wer Germanistik studiert und als Verlagssekretärin bei Suhrkamp gearbeitet hat, kommt damit zurecht.

2

Herbst siebenundsiebzig. Erich und Inga verfolgen besorgt die Nachrichten. Im September wird Hanns-Martin Schleyer entführt, drei Sicherheitsbeamte und sein Fahrer werden dabei erschossen. Die Entführer fordern die Freilassung von elf inhaftierten Terroristen. Mitte Oktober wird die Lufthansa-Maschine „Landshut" entführt, um den Forderungen der Schleyer-Entführer Nachdruck zu verleihen. Die „Landshut" wird in Mogadischu gestürmt, die Geiseln befreit. Noch am selben Tag begehen Baader, Ensslin und Raspe in Stuttgart-Stammheim Selbstmord. Einen Tag darauf wird die Leiche Schleyers, drei Schüsse ins Genick, nach einem Hinweis im Elsass gefunden.

-   Es gibt das berühmte Foto des entführten Schleyer mit dem Schild „Seit 31 Tagen Gefangener" vor der Brust und hinter ihm, an der Wand, der RAF-Schriftzug mit Maschinenpistole und Stern. Es gibt das Bild auch mit dem Schild „Seit 20 Tagen", man hat einfach nur die Zahl ersetzt und das Foto aktualisiert. Bei den zwanzig Tagen sieht Schleyer schlimmer aus als bei den dreißig Tagen, die Augen wirken müder, Lieder und Mundwinkel stehen tiefer. Vater hat diese Fotos aus der Tagespresse ausgeschnitten und analysiert. Er hatte den Blick des Künstlers, er sah andere Dinge als ich.

- Und? Was sah er in den Fotos?

- Vor allem die Demütigung des Staates. Schleyer war einer der höchsten Repräsentanten der Bundesrepublik. Einer Handvoll Terroristen war es gelungen, diesen Mann zu entführen und ihre Macht über den verhassten Staat mit dem Foto des Gefolterten und Gedemütigten, mit handgeschriebenen Plakaten und martialischem Revolutionskitsch zum Ausdruck zu bringen. Ungewollt haben sie Schleyer damit zum Märtyrer gemacht.

- Inwiefern?

- An was erinnert dich denn das Foto?

- Weiß nicht?

- Überleg mal?

- An den Gekreuzigten?

- Genau. Dem einen hat man das Kreuz auf den Rücken gebunden und INRI drauf geschrieben, dem anderen hat man, gefesselt und gefoltert, das Schild vor die Brust gehalten. Dein Großvater hat mir damals die Augen für diese Dinge geöffnet, vor allem für die Symbolik.

- Und weiter? Was folgt daraus?

- Überleg mal weiter. Was ist der Kern der christlichen Botschaft? Matthäus fünf: „Liebet eure Feinde, segnet, die euch fluchen, tut wohl denen, die euch hassen, und bittet für die, welche euch beleidigen und verfolgen."

- OK, also die absolute Vergebung.

- Schleyer war mal überzeugter Nazi. Dass gerade er entführt wurde, hat eine Logik, genauso wie die Tatsache, dass seine Entführer ungewollt in die eigene Falle getappt sind. Wer mit dem Finger auf andere zeigt, zeigt gleichzeitig mit drei Fingern auf sich selbst: Sie haben ihn mit maximaler Kälte ermordet, in perfekter terroristischer Logik. Vater sprach davon, dass der Mensch nur in bedingungslosem Vergeben die Erlösung findet. Er wusste mehr als wir über diese Dinge.

- Ich habe im Internet ein Foto Ulrike Meinhofs als junge Frau gefunden. Da muss sie Mitte zwanzig gewesen sein. Eine hübsche Frau, gut gekleidet, auf einem Sofa sitzend, mit einem Blick, der unter die Haut geht, leicht herausfordernd. Die Haare zurückgesteckt, die Stirn frei, ein am Hals offenes Hemd mir dreiviertellangen Ärmeln, hinter dem linken Handgelenk ein weißes Armband, die Fingerkuppen im Spiel über dem Schoß verbunden ... ein Porträt, das Offenheit suggeriert, allerdings auch schon so etwas wie Selbstgefälligkeit.

- Und dann das bekannte Porträtfoto von fünfundsiebzig, das man praktisch überall findet.

- Da war sie vierzig, die Stirn verdeckt durch den Pony, die Haare rechts und links von den Wangen suggerieren eine Tendenz zur Verhüllung, die Offenheit ist jedenfalls weg, immer noch glatte Haut, aber Falten am Hals ... und die Augen, die zur Seite nach unten blicken, irgendwohin, immer noch leicht herausfordernd, ja madonnenhaft, dabei melancholisch ... und immer noch genauso selbstgefällig. Da hat ein Mensch bereits einen Schlussstrich gezogen, die Sache ist gelaufen, das war's.

- Über solche Dinge habt Ihr geredet?

- Ja, wenn wir uns gesehen haben. Vater taten diese Leute leid. Er dachte über seine eigene Geschichte nach, von den jüngeren – Baader, Ensslin, Raspe – hätte er ja der Vater sein können. Heute, im Nachhinein, würde ich wirklich sagen, er sah sie als seine verlorenen Söhne an. Im doppelten Sinne, einmal im biblischen Sinne als der verlorene Sohn, dem der Vater alles verzeiht, wenn er nur zurückkehrt, und dann auch im ganz persönlichen Sinne, als das

Kind, das Martine vielleicht am Ende des Krieges von ihm erwartete und das er für immer verloren hatte.

- Schuld war sein großes Thema?
- Nein, Schuld und Vergebung. Aber erst nach der Peru-Reise hat er von Vergebung gesprochen.
- Und die Schuld? Persönliche Schuld?
- Ja, persönliche Schuld Martine gegenüber und vielleicht einem Kind Martines gegenüber. Er stellte sich auch den Schuldvorwürfen der zwischen vierzig und fünfzig Geborenen an die Eltern. Er fühlte sich zu einer Generation gehörig, die von den Achtundsechzigern angeklagt wurde.
- Und wie reagierte er darauf?
- Anfangs mit völligem Unverständnis, ja mit Gekränktsein. Schließlich hatte er acht Jahre seiner Jugend verloren. Später mit Trauer und Empathie.
- Du meinst, er hatte Verständnis für Meinhof und Co?
- Sie taten ihm leid, weil sie nicht vergeben konnten. Und weil sie nicht lernen konnten, sich auch als Deutsche zu lieben. Sie hassten die Deutschen und damit sich selbst.
- Hat er es denn gelernt?
- Erst nach dem Vorfall in Peru. Er hat das Zeichen verstanden und dankbar angenommen.
- War er glücklich?

- Weiß ich nicht. Doch eines kann ich sagen: Er war dankbar.

3

Gelegentlich läuft Erich an der alten Schule vorbei, dem früheren Gymnasium. Manchmal allein, manchmal mit Inga. Das löst dann meist Erinnerungen aus.

- Erinnerst du dich noch an meinen Vierzigsten? Wir hatten eine Geburtstagsparty, wir hatten die Ungers eingeladen, ein paar Kollegen.
- Und die kleine Französin, die ein Jahr bei den Ungers verbrachte.
- Catherine!

Ihr Name fällt ihm spontan ein, nach fünfunddreißig Jahren.

- Ja, so hieß sie.
- Was aus ihr wohl geworden ist?
- Sie wurde magersüchtig, als sie wieder zurück war. Das hatten die Unger-Mädels erzählt. Die waren ein paar Monate bei ihr, dann mussten sie den Aufenthalt abbrechen.

- Ja, kann mich erinnern. Gar nicht so selten übrigens. Connie hatte auch Probleme damit, in der Pubertät. Eine Mutter kriegt sowas eher mit als ein Papa.
- Du hast mir nie davon erzählt.
- Musste ich das?
- Na ja, sie ist unsere Tochter.

Inga lächelt. Natürlich hatte sie so manches von ihm ferngehalten … um ihn zu entlasten, nicht um Dinge geheim zu halten. Vielleicht war es ein Fehler gewesen. Vielleicht sollte man sich in einer Ehe alles sagen. Vielleicht machen die Paare das heute anders. Lange hatte auch Erich ein Geheimnis vor ihr. Irgendwann kam es dann raus: Soulac, Martine, die Vermutung, sie könnte von ihm schwanger geworden sein.

Nie hatten sie ihren Kindern auch nur ein Sterbenswörtchen davon erzählt. Nur sie, Inga, wusste von seiner Ungewissheit, seinen Ahnungen. Und sie würden dieses Geheimnis wohl immer wahren. Es verband die beiden, ein absolutes Geheimnis zu haben. Bis dass der Tod euch scheide. Und darüber hinaus. Es war ja kein Verbrechen geschehen.

Fünfundachtzig ist Erich pensioniert worden. Seitdem malt und zeichnet er wieder mehr und macht alle zwei, drei Jahre eine kleine Ausstellung. Dennoch bleibt das Geheimnis um Martine. Es scheint versiegelt wie der Sarkophag von

Tschernobyl, in der Hoffnung, dass die Zeit das regelt. Sicherlich, die Zeit kann manches regeln ...

Wie ist er nur plötzlich wieder auf Soulac gekommen? Inga hat keine Ahnung. Plötzlich spricht er davon. Spricht davon, noch einmal hinzufahren, einen Sommerurlaub dort zu machen, oder in der Nähe, wenigstens einen Abstecher.

- Meine innere Stimme! Irgendwas sagt mir, ich soll hinfahren. Hältst du mich für verrückt?
- Denk nicht drüber nach, wir machen's einfach.

Sonst hat sie nichts dazu gesagt. Sie hat nie etwas gesagt, wenn das Thema aufkam, hat ihn immer unterstützt. Sie wird auch diesmal nichts sagen, wird ihn auch diesmal unterstützen. Nur dass sie es diesmal gemeinsam in Angriff nehmen müssen. Allein wird er da kaum hinkommen, Erich ist fünfundsiebzig. Natürlich wird sie ihn nicht im Stich lassen.

Kein Sterbenswörtchen zu den Kindern. Die beiden gehen ins Reisebüro (Frau Eifler arbeitet schon lange nicht mehr dort) und nehmen die Kataloge mit nach Hause, doch Soulac finden sie nirgends. Sie werden das anders machen. Sie werden einfach hinfahren und sich vor Ort etwas suchen. Direkt am Strand, Meerblick. Das wird schon klappen, wenn man am Saisonende fährt. In Frankreich endet die

Hauptsaison Ende August, wenn die Kinder wieder zurück in die Schule müssen. Sie werden am ersten September losfahren. Den Kindern sagen sie, sie wollten einfach mal Urlaub am Atlantik machen, hätten das schon immer vorgehabt, Anfang September sei es da noch schön, und eben nicht so heiß wie am Mittelmeer, ideal also für Leute in ihrem Alter (wieder ein kleines Geheimnis, eines mehr … neben den anderen). Ja, sie werden mit dem Auto fahren, sie trauen sich das auf alle Fälle noch zu, gar kein Problem, sie legen eine Etappe ein, übernachten in Burgund oder an der Loire.

Inga hat nachgeforscht, die französischen Schulferien enden am ersten. Sie brechen am Sonntag, dem dritten September, in Sobern auf. Strahlendes Wetter, kaum Verkehr. Nur, dass das Licht schon herbstlich geworden ist und die Sommerhitze längst vorbei. Schon in Lothringen beginnt das satte Grün sich rar zu machen, in den Bach- und Flussauen zeigt es sich noch etwas, so wie im Hunsrück, wo sie gestartet sind, ansonsten ist das Land gelblich, die riesigen Getreidefelder abgemäht, stoppelig. Metz, Verdun, Mittagspause in Troyes, dann Sens, Orléans. Hier suchen sie sich ein Hotel, ihr Französisch ist passabel, wird von Mal zu Mal besser, vom Mittagessenbestellen zum Abendessenbestellen, von der Ankunft im Hotel in Orléans zur Abreise am nächsten Morgen, so als ob bereits die bloße Anwesenheit in Frankreich den Wortschatz wie mit einem

Zauberstab auffrischte. Inga hat sogar mal in Saarbrücken ein paar Semester Französisch studiert, Erich hatte eine andere Art Unterricht, vor Ort, vierzig bis achtundvierzig, das merkt man sofort. Das Hotel ist liebevoll geführt, Familienbetrieb, frische Croissants vom Bäcker, eigentlich müsste man ein paar Tage hierbleiben, die Loire und ihre Schlösser anschauen. Doch das geht nicht, es zieht sie fort, Richtung Südwesten. Am nächsten Tag also weiter, an Tours und Poitiers vorbei, Karl Martell, das hat man in der Schule gelernt, das sitzt, dann Niort, Saintes, Royan, die Häuser und das Licht scheinen immer heller zu werden, der südliche Atlantik kündigt sich an. In Royan gibt es eine Fähre, ein kleines Abenteuer, es geht über die Gironde-Mündung hinüber in den Médoc, auf der Fähre brennt die Sonne, pass auf Erich, setz deinen Hut auf, du kriegst noch einen Sonnenbrand ... Am späten Nachmittag erreichen sie Soulac.

Eine Spannung liegt in der Luft, wie elektrisch aufgeladen. In Le Verdon hat sie sich Erichs bemächtigt, er wirkt wie entrückt, verändert, etwas hat Besitz von ihm ergriffen, etwas, das Inga so noch nicht an ihm kennt. Die Erinnerung.

Der Ort hat sich kaum verändert, stellt Erich sofort fest. Natürlich, die Infrastruktur ist modern geworden, Straßen, Eisenbahn, Geschäfte, alles proper, alles rausgeputzt.

Die Uferpromenade ist hergerichtet, Flaggen europäischer Länder, auch die deutsche; große, mit Graffiti besprühte, in Schieflage geratene Bunker, scheinbar die einzige sichtbare Spur der Kriegsvergangenheit … Ein paar große moderne Hotels sind hinzugekommen, doch das Wahrzeichen des Ortes, die Villen, die *Soulacaises*, sie stehen noch alle da wie neunzehnhunderteinundvierzig, als er das hier alles zum ersten Mal sah. Sie fahren durch die *Avenue de la Pointe de Grave* … alles noch wie damals … da, sieh mal, da haben wir drei gewohnt, Reinhold, Valentin und ich, das Haus steht noch, dahinter die *Villa Rufus*, komm, wir stellen das Auto ab und laufen mal dran vorbei, da hatten wir das Offizierskasino. Lass uns jetzt mal durch die Hauptstraße laufen, dort drüben, in der *Rue Courbet 15*, da wohnte Martine, unten im Parterre hatten sie ihre Schreibwarenhandlung, alles noch da.

- Wie und wo habt ihr euch denn kennengelernt?
- In der Schreibwarenhandlung. Ich kaufte dort mein Zeichenpapier. Und sie bediente mich …

Komm sei nicht eifersüchtig. Ich seh's dir doch an.

- Ich sag ja gar nichts.
- Das ist ein halbes Jahrhundert her! Lass uns jetzt zum Strand gehen.

Sie stehen genau an der Stelle, an der er vor vierundfünfzig Jahren schon einmal stand. Vor ihnen erstreckt sich nach beiden Seiten ein schier endloser und hell leuchtender Sandstrand und dahinter der weite Ozean. Das Licht verwandelt den Strand in ein einziges glitzerndes Band, auf das die Wellen mit sich wild auftürmender und ganz am Ende erst abflachender Brandung zurollen und das den Betrachter zu einem kleinen Punkt schrumpfen lässt, während sich das Gegenüber zu unendlicher Weite ausdehnt. Minutenlang stehen sie vor diesem Anblick, regen sich kaum, saugen sich mit Bildern voll. Mitten im Meer ragt der Leuchtturm von Cordouan empor, und als Erich sich einmal kurz umdreht, lugen die verzierten Giebel einiger Villen hinter der Düne hervor.

- Ich fange langsam an, zu verstehen, sagt Inga.
- Ja, das hier muss man schon mit eigenen Augen gesehen haben, um zu verstehen, wie wir uns damals fühlten. Ich kam aus Konstanz und kannte wenigstens den Bodensee, und in dieser Ecke gibt es im Sommer auch manchmal Tage, da glaubt man, man sei irgendwo im Süden, aber das hier, das ist noch Mal was ganz anderes.
- Der Atlantik …

- Komm, lass uns gleich hier nach einem Zimmer fragen.

Nicht weit entfernt ist das *Grand Hôtel*, direkt an der Fußgängerzone, und vom Terrassenrestaurant blickt man aufs Meer. Wer weiß, vielleicht das teuerste Hotel vor Ort, aber ganz egal, das Leben ist jetzt, überleg nicht lange, mach's einfach. Sie beziehen tatsächlich ein Zimmer mit Meerblick, noch nie hat Erich so viel für ein Hotelzimmer bezahlt (und, so denkt er, vermutlich wird er auch nie wieder so viel für eins bezahlen), doch er möchte endlich etwas zurückhaben, für all das, was er gegeben hat. Sie genießen es, weil sie wissen, wie rasch es wieder vorbei sein wird.

- Zeigst du mir mal die Bunkeranlage? Ich hab gelesen, man kann sie besichtigen.
- Ich glaube nicht, dass ich sie dir zeigen kann, da brauchen wir wohl einen ortskundigen Führer. Vermutlich darf man da auch nicht so ohne Weiteres rein. Aber ich kann dir vielleicht erzählen, wie es uns damals erging.

Beim Abendessen erzählt er ihr dann von seiner Ankunft in Soulac, von ihrer Dreier-WG in der *Avenue de la Pointe de Grave*, von der Begegnung mit Martine und ihrem Job in der *Villa Rufus*, von Rommels Besuch in Soulac, vom Leben in der Festung, vom Angriff der Franzosen im April fünfundvierzig, von seiner Genesung dank Doktor Loevs und von den langen Jahren der Gefangenschaft inklusive Minenräumens.

Sie leihen sich am nächsten Morgen Fahrräder und fahren damit hinaus zur ehemaligen „Festung Gironde-Süd". Inga hat eine Führung ausfindig gemacht, der sie sich anschließen. Beklemmende Gefühle angesichts der geborstenen und teilweise überwucherten Anlagen, Graffiti an den Wänden, Uringestank. Hier war Erichs Gefechtsstand, der von einer Fliegerbombe getroffen wurde, dort das Feldlazarett, in dem er behelfsmäßig versorgt wurde. Es sind wahrhaft keine schönen Erinnerungen.

Als sie mit den Fahrrädern nach Soulac zurückkehren und die ersten Häuser im Norden des Ortes passieren, sieht er die beiden schon von weitem. Antoine schiebt den Rollstuhl, in dem sie sitzt. Erich weiß sofort, dass sie es ist, dabei gibt es nichts, an dem man sie erkennen könnte … Nichts, gar nichts erinnert an die, die er einmal kannte. Eine gebeugte ältere Person im Rollstuhl, mit Kopftuch und Sonnenbrille, wird von einem älteren Mann mit Schirmmütze auf dem Gehweg geschoben. Sonst nichts. Ihre Augen hinter der Sonnenbrille verborgen, so dass nur Gott ihre Gedanken lesen kann. Doch Erichs Herz pocht so heftig, dass er anhalten muss.

- Was ist? Was hast du?
- Ich glaube, da vorne ist Martine.

Sie könnten rasch umdrehen und mit ihren Rädern wieder nach Norden zurückfahren, das ginge schon … Doch er kann es nicht, und auch wenn seine Knie weich sind und sein Herz pocht, als wolle es zerspringen, er muss auf das Paar vor ihnen zugehen. Er lässt das Rad an eine Mauer gelehnt stehen und geht langsam weiter. Der Abstand verringert sich, der Mann vor ihm hat die Situation erkannt und ist stehengeblieben. Das Paar mit Rollstuhl verharrt in gefasster Erwartung, während Erich und hinter ihm Inga langsam, ganz langsam auf sie zukommen. Noch drei Meter, zwei Meter, ein Meter.

- Martine!

Der Mann antwortet an ihrer Stelle.

- Sie müssen sich zu ihr runterbeugen.

Leise, den Kopf zu ihr runtergebeugt, wiederholt Erich ihren Namen:

- Martine.
- Erich.

Sie spricht seinen Namen mit französischem Akzent, *Erisch*, mühsam, leise, und wie aus dem Mundwinkel. Ihr Gesicht wirkt dabei verzerrt. Es ist das Gesicht einer Leidenden. Es scheinen Minuten zu vergehen, in denen sie sich nur anschauen. Und etwas in der Erinnerung suchen, was längst vergangen ist.

Der Mann wendet sich an Erich.

- Sie hatte einen Schlaganfall, ist halbseitig gelähmt, globale Aphasie. Wissen Sie, was eine Aphasie ist?

Erich nickt.

- Sie kann kaum noch sprechen.

Nach einem Moment des Schweigens nimmt der Mann Erich zur Seite.

- Sie wollte unbedingt noch einmal hierherkommen. Sie wollte, dass ich sie im Rollstuhl genau zu dieser Stelle fahre. Vermutlich wissen Sie, warum.
- Woher wusste sie, dass wir kommen?
- Sie wusste es nicht, sie hoffte es. Sie hat dafür gebetet. Seit einem Monat sind wir hier, und jeden Tag möchte sie, dass ich sie zu dieser Stelle bringe.
- Aber … das ist doch unmöglich.
- Dem Herrn ist nichts unmöglich.

Die beiden schauen sich kurz um und sehen, dass Inga vor Martines Rollstuhl kniet und ihre Hände umfasst. Die beiden Frauen verstehen sich wortlos. Der Mann tritt noch einen Schritt weiter zurück.

- Ich bin Antoine, Martines Ehemann. Wir haben zwei Kinder, Catherine und Michel. Martine wollte unbedingt, dass ich Ihnen etwas sage: Sie sind Catherines leiblicher Vater. Catherine wurde am vierzehnten April fünfundvierzig in Grenoble geboren. Sie ist verheiratet und hat vier Kinder, zwei Mädchen und zwei Jungen.

Stell dir vor, du wachst nach einem hundertjährigen Schlaf auf, so wie Dornröschen, in diesem Falle allerdings sind es nur fünfzig Jahre, das ist auch schon sehr viel, und du betrachtest die Welt um dich herum. Manches ist genauso wie damals, das Meer, der Himmel, das Licht, die Luft. Das Meer hat sich ein paar Meter der Küste geschnappt, einige Bunker am Strand sind teilweise versandet, teilweise umgekippt, mit Graffiti besprüht. Du erinnerst dich, ja richtig, die Bunker am Strand, damals waren sie neu, gerade erst fertig geworden, ein mächtiger Schutzwall, heute wirken sie wie überdimensionale Spielzeuge. Du erinnerst dich noch vage an deinen Auftrag, man hat dich dorthin geschickt, um die Küste gegen Angriffe aus der Luft zu verteidigen, du dienst in einer mächtigen Armee, die dieses Land besetzt hat und es noch eine Weile behalten will. Dann lernst du ein Mädchen kennen, nur wenig jünger als du selbst, und verliebst dich in sie, und ihr beide erlebt einen wunderbaren Sommer. Und noch einen.

Doch dann kommen sie, eines Tages kommen sie mit ihren Schiffen und ihren Flugzeugen, ihren Bomben und Granaten. Das Mädchen ist längst weg, und du stehst in deinem Gefechtsstand und wartest und wartest. Bis es deinen Gefechtsstand plötzlich in die Höhe hebt, der ganze Gefechtsstand scheint für einen Augenblick zu schweben, wie von einer unsichtbaren Kraft getragen, bis er wieder zu Boden fällt. Und als du aufwachst, liegst du auf einer Pritsche, hast einen dicken Verband um den Kopf, und wartest. Du wartest darauf, dass das Mädchen zurückkehrt, dich in ihre Arme nimmt, du wieder gesund wirst, den Verband ablegst, und ihr beide aus dem Feldlazarett heraustretet in die Sonne, ins Licht, in die Schönheit der Landschaft.

Langsam, ganz langsam verblasst Erichs Traum wieder. Vor ihm sitzt, in einem Rollstuhl, die, die einmal dieses Mädchen war. Ihr Gesicht wirkt starr, doch ihre Augen sind wach und ihre Hände warm.

Personen

Erich Pfeifer	geb. 1921 in Konstanz, Soldat im Frankreichfeldzug, 1941 bis 1945 stationiert in Soulac, bis 1948 Gefangenschaft, dann Frankfurt a. M., ab 1953 Sobern.

Erichs Familie:

Ernst Pfeifer	Erichs Vater (Konstanz)
Irene Pfeifer	Erichs Mutter (Konstanz, Sobern, Koblenz)
Elsa Pfeifer	Erichs Schwester (Konstanz)
Inga Pfeifer	Erichs Ehefrau (Frankfurt a. M., Sobern)
Carlo Pfeifer	Erichs ältester Sohn (geb. 1953, Sobern)
Thomas Peifer, (Ich-Erzähler)	Erichs zweiter Sohn (geb. 1955, Sobern, Historiker)
Hannes Pfeifer	Erichs dritter Sohn (geb. 1957, Sobern)
Cornelia (Connie) Pfeifer	Erichs Tochter (geb. 1959, Sobern)
Fragensteller	Thomas Sohn, Erichs Enkel (Hunsrück)

Erichs Kameraden:

Valentin Hartmann	(Soulac)
Reinhold Vetter	(Soulac)

Familie Ribas:

Martine Ribas	Erichs Geliebte während des Krieges (Soulac, Grenoble)
Simone Ribas	Martines Schwester (Soulac)
Corinne Ribas	Martines Mutter (Soulac)
Albert Ribas	Martines Vater (Soulac)

Familie Leroux:

Antoine Leroux	Martines Ehemann (Soulac, Grenoble)

Catherine (Cathou) Leroux	Martines Tochter (Grenoble, Soulac)
Michel Leroux	Martines Sohn (Grenoble)
Familie Unger	
Rolf Unger	Erichs Freund, Bauunternehmer (Sobern)
Maria Unger	Rolfs Ehefrau
Joachim Unger	Rolfs Sohn
Franziska (Franzi) Unger	Rolfs und Marias Tochter
Julia (Jule) Unger	Franzis Zwillingsschwester
Weitere Personen:	
Major Weippert	Erichs Vorgesetzter und Freund von Erichs Vater
Dr. Loev	Freund von Erichs Vater (Soulac, Lesparre)
Stabsarzt Dr. Neumann	(Soulac)
Assistenzarzt Berger	(Soulac)
Anton Bürk	Kriegsgefangener (Soulac)
Armin Zerfas	Kriegsgefangener (Soulac)
Monsieur Vernon	Nachbar von Albert Ribas (Soulac)
Rainer	Klassenkamerad von Joachim Pfeifer (Sobern)
Georg Bühler	Kunstlehrer (Sobern)
Olivier	Nachbar und Freund Erichs in Valparaíso
Carmen	Oliviers Ehefrau
Bernard Brassard	Student (Paris)
Yannick	Thomas Austauschschüler
Jean-Claude	Thomas Freund (Paris)
Nicole	Jean-Claudes Freundin (Paris)
Dr. Romero	Arzt, der Erich in Cusco behandelt
Wolf Biermann	(Berlin)

Bücher von Micha Theis

Der folge mir nach (2025)

Ein Zipfel vom Paradies (2025)

Der Unterricht (2024)

Die sieben Reisen des Víctor Gascón (2023)

Herbstlaub (2023)

Zweieinhalb Stunden mit mir (2023)

www.michatheis.de